Tausend Küsse in der Nacht

Weltbild Taschenbuch

Die Autorin

Constance Hall lebt mit ihrer Familie in Richmond, Virginia.

Constance Hall

Tausend Küsse in der Nacht

Roman

Aus dem Amerikanischen
von Joachim Honnef

Weltbild

Die amerikanische Originalausgabe erschien 1999 unter dem Titel
My Wicked Marquess bei Zebra.

Besuchen Sie uns im Internet:
www.weltbild.de

Genehmigte Lizenzausgabe für Verlagsgruppe Weltbild GmbH,
Steinerne Furt, 86167 Augsburg

Übersetzung: Joachim Honnef
Umschlaggestaltung: zeichenpool, München
Umschlagmotiv: Pino Daeni via Thomas Schlück GmbH, Garbsen;
Shutterstock (© stocker1970)
Gesamtherstellung: CPI Moravia Books s.r.o., Pohorelice
Printed in the EU
ISBN 978-3-86800-370-3

2013 2012 2011 2010
Die letzte Jahreszahl gibt die aktuelle Lizenzausgabe an.

Für meine Schwester Cathy und meine Nichte Meagan.
Möget ihr Spaß und Liebe bei allem finden, was ihr tut.
Dieses Buch widme ich euch mit all meiner Liebe.

Kapitel 1

London, Dezember 1823

Barrett Rothschild, der Marquis von Waterton, verharrte vor dem Zelt. Auf einem Schild vor dem Eingang stand geschrieben:

GESELLSCHAFT FÜR DIE BEDÜRFTIGEN
ZWÖLFTER JÄHRLICHER WEIHNACHTSBASAR

Er fragte sich, weshalb Sir James Neville, sein Cousin und Leiter der Abteilung für auswärtige Angelegenheiten, ihn an einem solch öffentlichen Platz treffen wollte – besonders, weil er in seiner Nachricht mitgeteilt hatte, dass es um eine Sache der nationalen Sicherheit ging.

Barrett passierte einige lächelnde Gentlemen und betrat das Zelt. Die Hitze zweier Kohlenfeuer wärmte seine kühlen Wangen, als er die Stände an den Zeltwänden betrachtete. Eine Ansammlung von Handarbeiten, handgefertigten kleinen Teppichen, Töpferwaren, Aquarellen und Gebäck lag auf den Theken, wo sich einige Damen tummelten; doch der am meisten besuchte Stand befand sich im hinteren Teil des Zeltes.

Sieben Leute standen in einer Schlange vor dem Eingang, der mit Mistelzweigen und roten Bändern dekoriert war. Ein großes Holzschild verkündete:

DIE WINTERPRINZESSIN SAGT IHR GLÜCK VORAUS –
NUR EINEN SHILLING

Barrett hob sein Lorgnon. Derjenige, der für den Stand verantwortlich gewesen war, hatte ihn geschickt mit Tüchern verhängt, sodass er geheimnisvoll und verlockend wirkte. Er wurde von einem hellen Licht erleuchtet, das die Silhouette der »Prinzessin« und die des Besuchers auf die Plane warf.

Eine Frau mittleren Alters stand lustlos vor dem Stand. Sie schien für das Einsammeln des Eintrittsgeldes verantwortlich zu sein. Die Frau war blond, von stattlicher Gestalt und wie ein Dienstmädchen gekleidet. An der Art, wie sie den Eingang mit dem Blick eines Wachtmeisters bewachte, war offenkundig, dass ihre Herrin die Winterprinzessin sein musste.

Barrett betrachtete die Silhouette der Prinzessin genauer. Ihr Haar floss in Wellen bis auf ihren Rücken hinab. Das Gesicht wurde so von einem Schleier verhüllt, dass nur ihre Augen sichtbar waren. Ihr fülliger Busen, deutlich umrissen von dem Licht, nahm Barretts Aufmerksamkeit zunächst in Anspruch; dann schweifte sein Blick über ihre schmale Taille bis zu den sinnlich gerundeten Hüften. Seine Fantasie beschwor allerlei Bilder herauf, wie sie in natura aussehen mochte. Die fünf Gentlemen, die in der Schlange warteten, um sich die Zukunft vorhersagen zu lassen, mussten das Gleiche gedacht haben.

Barrett rief sich in Erinnerung, weshalb er hier war, und hielt unter den Basarbesuchern Ausschau nach der breitschultrigen Gestalt und dem rabenschwarzen Haar seines Cousins James. Er entdeckte ihn, als dieser gerade den Stand der Winterprinzessin verließ. Bevor James die Segeltuchplane fallen ließ, wandte er sich um und schenkte der Prinzessin noch ein charmantes Lächeln. Dann verabschiedete er sich von ihr. Als James Barrett bemerkte, ging er zu ihm. Seine schwarzen Augen funkelten belustigt.

»War es so amüsant, dir wahrsagen zu lassen?«, fragte Barrett und beobachtete, wie ein anderer Gentleman der blonden Frau einen Shilling überreichte und zur Winterprinzessin eingelassen wurde.

»In der Tat, vor allem wenn die Wahrsagerin so intelligent und verlockend wie die da drinnen ist.« James' Mundwinkel verzogen sich zu einem Grinsen. Nach einem abschätzenden Blick auf Barrett wechselte er das Thema. »Warum bist du so spät dran? Du solltest mich doch vor einer halben Stunde schon treffen.«

»Ich wurde bei Tattersall's aufgehalten.«

»Dein Stall ist bereits voller Pferde.« James kannte Barrett besser als sich selbst, und dies bewies er jetzt, indem er fragte: »Leidest du wieder an deiner Weihnachts-Melancholie? Jeden bei Tattersall's zu überbieten, wird es nicht besser machen.«

»Ich brauchte ein paar neue Jagdpferde.« Barrett behielt seine ausdruckslose Miene bei und verbarg damit, dass er soeben gelogen hatte.

»Klar brauchtest du die.« James musterte seinen Cousin mit wissendem Blick.

Barrett würde James gegenüber niemals zugeben, dass er das Gefühl hatte, Weihnachten würde dieses Jahr noch trostloser als einige vergangene aus Kindertagen. Deshalb hatte er das Bedürfnis nach ein wenig Zerstreuung gehabt, um sich aufzuheitern. Er erkannte, dass James wohl seine Gedanken las und wechselte hastig das Thema. »Warum hast du ausgerechnet den Basar zu diesem Treffen ausgewählt?«

»Ich unterstütze ihn jedes Jahr und dachte mir, ich könnte so zwei Fliegen mit einer Klappe schlagen.« James lächelte.

»Was gibt es so dringend?« Barrett hängte seinen Spazierstock über den Arm und zog seine Schnupftabakdose hervor.

»Ich brauche deine Hilfe bei einem Fall.« Eine Gruppe von Damen schritt mit raschelnden Seidenkleidern an ihnen vorbei. James senkte die Stimme. »Ich muss diesmal außerhalb des Außenministeriums ermitteln. Ein Verräter arbeitet für mich, und ich habe noch nicht herausgefunden, wer es ist.«

»Muss ich wieder nach Frankreich reisen?«

»Nein. Diesmal spielt sich der Fall hier ab. Ich brauche dich, um Lord Fenwick Knüppel zwischen die Beine zu werfen.«

»Fenwick.« Barrett klopfte mit seinen behandschuhten Händen auf den gerundeten Griff seines Spazierstocks und runzelte die Stirn. Er dachte angestrengt nach. »Ich habe den Gentleman in der Stadt gesehen. Steht in dem Ruf, ein leichtsinniger Spieler zu sein. Spielt um hohe Einsätze, glaube ich. Erbte vor ein paar Jahren ein Vermögen mit seinem Titel.«

»Ja. Seit Fenwick geerbt hat, hat er nahezu sein gesamtes Vermögen auf den Kopf gehauen. Er hat fast bei jedem in der Stadt Schulden.«

»Was hat Fenwick denn getan?«

»Meine Quellen sagen mir, dass er ein Mitglied der Advokaten des Teufels ist.«

»Ein ziemlich unangenehmer Kreis radikaler Extremisten. Hervorgegangen aus der Thistlewood-Gruppe, nicht wahr?«

James nickte. »Nach der Cato-Affäre. Bis jetzt sind sie harmlos gewesen.«

Barrett runzelte die Stirn und erinnerte sich an die Sensation, die Arthur Thistlewood im Jahre 1820 verursacht hatte. Er hatte versucht, die Mitglieder des Kabinetts zu ermorden und die Macht zu ergreifen. Doch er wurde mit seinen zwanzig Gefolgsleuten auf einem Speicher in der Cato Street gefangen genommen. Thistlewood und vier andere wurden gehängt.

»Was planen sie jetzt?«, fragte Barrett, den Blick auf die Silhouette der Winterprinzessin gerichtet.

»Ich habe erfahren, dass sie ein hohes Tier der Regierung ermorden wollen, aber ich bin mir nicht sicher, wen. Wir werden das durch Fenwick herausfinden.«

»Das sollte nicht schwierig sein.« Barrett blickte wieder zum Stand der Winterprinzessin. Sie betrachtete die Handfläche des Mannes, ihre Lippen bewegten sich.

»Nicht für jemanden mit deiner Art skrupellosem Charme. Nach dem, was ich gehört habe, ist er nur Spieltischen gegenüber loyal.« James blickte Barrett fragend an. »Wirst du es machen?«

»Selbstverständlich. In letzter Zeit habe ich mich zunehmend gelangweilt.«

»Großartig. Ich wusste, dass ich auf dich zählen kann.« James klopfte Barrett auf den Rücken. »Du lässt mich wissen, wann es erledigt ist?«

»Ja.« Barretts Blick glitt wieder zur Silhouette der Winterprinzessin.

James wandte sich zum Gehen und bemerkte, dass Barrett sich nicht rührte: »Kommst du?«

»Nein. Ich habe eine Verabredung mit meinem Glück.«

Barrett schritt durch das große Zelt und stellte sich an der Schlange am Stand der Wahrsagerin an. Die Silhouette der Prinzessin faszinierte ihn, und er wollte den Basar nicht verlassen, ohne sie in natura gesehen zu haben.

Auf seinem Weg aus dem großen Zelt warf James einen Blick in Barretts Richtung, und seine dunklen Augen funkelten vor Zufriedenheit.

Eine Viertelstunde stand Barrett schon in der Schlange, als eine Frau, die fast so breit wie groß war, den zeltartigen Stand verließ. Ihr pausbäckiges Gesicht zeigte ein strahlendes Lächeln. Sie sah, dass Barrett als Nächster an der Reihe war und richtete die Spitze ihres Sonnenschirmes auf ihn. »Oh, die Prinzessin ist einfach wunderbar! Merken Sie sich meine Worte, sie ist den Shilling wirklich wert.« Ohne auf eine Erwiderung zu warten, rauschte sie davon zu einem Stand, an dem Duftkugeln verkauft wurden.

Barrett überreichte dem Dienstmädchen, deren Augenausdruck an den eines Wachhundes erinnerte, den Shilling. »Ihr habt fünf Minuten, Sir«, sagte sie und starrte auf die Münze in ihrer Hand.

»Mehr brauche ich auch nicht.« Er sah ihr Stirnrunzeln, als er das Zelt betrat.

Sein Blick traf den der Prinzessin. Er erkannte, dass seine Fantasie ihr nicht gerecht geworden war. Sie trug ein Bauernkleid und ein gelbes Umhängetuch. Ihr Haar war dunkler, als er es sich vorgestellt hatte, ein tiefes rot- bis kastanienbraun. Die langen Locken wurden von einem Tuch zurückgehalten. Sie trug große Ohrringe, unzählige metallene Armreife klimperten an ihren Handgelenken.

Ein Schleier bedeckte ihre Nase und die untere Gesichtshälfte, doch Augen und Stirn der Prinzessin waren zu sehen. Unter langen Wimpern sah Barrett die tiefblausten Augen, die er jemals gesehen hatte. Viel zu schnell blickte sie fort. Sie wirkte beunruhigt durch seine Musterung. War sie wirklich scheu, oder handelte sie so, um das Geheimnis zu verstärken, das sie umgab?

Die Prinzessin drehte eine Sanduhr herum, die neben einer flackernden Lampe auf dem Tisch vor ihr stand. »Bitte, Ihr könnt Platz nehmen«, sagte sie mit leicht rauchiger Stimme und wies auf einen Stuhl ihr gegenüber.

Barrett hob seine Rockschöße und setzte sich.

»Lasst mich jetzt Eure Handflächen sehen.«

Er legte die Hände auf das Tischchen, begierig darauf, dass sie sie berührte.

Das tat sie nicht. Ihre fein geschwungenen Augenbrauen zogen sich zusammen, und sie blickte aus zusammengekniffenen Augen auf seine Handflächen. »Was wünscht Ihr zu wissen?«

»Ihr könnt mir sagen, ob Ihr heute Abend mit mir speisen könnt.«

Die Prinzessin hielt den Blick scheu gesenkt. »Gewiss wisst Ihr, dass Prinzessinnen nie mit Fremden speisen.« Sie betrachtete weiter seine Handflächen.

»Dann sagt mir Euren Namen.«

»Nein, nein.« Sie fuhr mit einer Hand durch die Luft. »Das ist nicht erlaubt. Lasst mich jetzt sehen, ob ich Euch etwas über Euch selbst sagen kann.«

»Bitte.«

»Hm!« Sie neigte sich vor und zog mit ausgestrecktem Finger eine der Linien nach, ohne seine Handfläche zu berühren. Die vielen Armreife klimperten. Der Klang verlockte Barrett, auf ihre zarten Handgelenke zu blicken. »Ich sehe, Ihr habt Kummer in Eurem Leben.«

»Tatsächlich?« Barrett betrachtete eine dichte Locke, die über ihre Schulter gefallen war und sich bis zur Brust hinabringelte. Fasziniert beobachtete er, wie das Haar unter den Atemzügen der Prinzessin erzitterte.

»O ja. Sehr großen Kummer. Ihr habt eine ruhelose Seele. Ihr findet keinen Schlaf.«

Barrett versteifte sich und verbarg seine Überraschung hinter seiner üblichen Maske. »Woher wisst Ihr, dass ich an Schlaflosigkeit leide?«

»Ich sehe es in Eurer Handfläche.« Sie blickte auf, Entrüstung in den Augen.

»Was sonst seht Ihr?«

Er glaubte zu erkennen, dass sie lächelte. »Ich sehe, Ihr seid ein Mann, der gern Geld ausgibt, doch es verschafft Euch wenig Freude. Ihr langweilt Euch.«

Barrett spürte, wie sich der Druck in seiner Brust verstärkte. Seinen Reichtum konnte sie aufgrund seiner Kleidung leicht erraten haben. Die Bemerkung über seine Schlaflosigkeit musste ebenfalls eine Vermutung sein. Aber wie konnte sie wissen, dass ihm das Leben wenig Freude machte und er an Langeweile litt? »Welche anderen Charaktereigenschaften könnt Ihr erkennen?«, fragte er, und das Misstrauen, das in seiner Stimme mitklang, war nicht zu überhören.

»Ihr seid besonders wählerisch bei der Auswahl eines Schneiders – oh! Und ich sehe, dass Ihr eine schwierige Vergangenheit hattet. Irgendetwas verfolgt Euch immer noch.«

»Könnt Ihr sehen, was es ist?«

»Hm! Die Linien – sie sind verschwommen. Vielleicht Probleme mit Familienmitgliedern.« Sie blickte auf und musterte ihn kurz. »Vielleicht mit Geschwistern oder Euren Eltern.«

Eine weitere Mutmaßung. Sie konnte nichts von der Entfremdung mit seinem Vater wissen. Diese Lady war nicht nur verlockend, sie hatte auch eine sehr große Fantasie. Dennoch konnte er ihr die unheimliche Fähigkeit, aus seiner Hand zu lesen, nicht ganz absprechen.

»Ah. Ich kann Euch am Gesicht ablesen, dass ich Recht habe.« Sie senkte den Blick wieder auf seine Hand und blickte dann zu den letzten Körnchen, die durch die Sanduhr sickerten. »Ich befürchte, das ist alles, was Euch die Prinzessin sagen kann. Die Zeit ist um.«

Er stand auf und ergriff ihre Hand. Dann fuhr er mit seinem Daumen über ihre warme, weiche Haut. Er nahm wahr, dass ihre Handfläche schweißfeucht war. Er spürte ein leichtes Zittern und wusste, dass er sie entnervt hatte. »Sagt mir, wer Ihr wirklich seid«, sagte er und neigte sich hinab, um ihre Hand an seine Lippen zu drücken. Ihre Haut fühlte sich zart wie eine Daune an seinem Mund an. Er fragte sich, ob ihre Lippen ebenso weich waren.

»Das kann ich nicht.« Sie hielt den Blick gesenkt, und die dunklen Wimpern warfen lange, halbmondförmige Schatten auf ihre Wangen.

Barrett löste nur ungern seine Lippen von ihrer Hand. Der Schauer, der ihren Arm hinauflief, ließ ihn innerlich lächeln. »Wie kann ich Euch überreden?«

Das Dienstmädchen öffnete die Plane am Eingang und spähte hinein. »Alles in Ordnung hier?«

»Ja, Mildred. Der Gentleman will gerade gehen.«

Als Barrett der Prinzessin einen weiteren Blick zuwarf und die Entschlossenheit, ihn loszuwerden, in ihren Augen sah, faszinierte sie ihn mehr denn je. Sie hatte seine Neugier geweckt und eine Saite tief in ihm berührt, von der er sich niemals würde lösen können.

Ein Tumult draußen zwang sie, hinauszublicken. Lord Collins, ein großer, schlanker Gentleman mit einem Raubvogelgesicht, stolperte an Mildred vorbei und warf ihr einen Shilling zu. Er blieb schwankend im Eingang stehen, sein Atem roch nach Alkohol. »Wo ist die süße kleine Wahrsagerin?«, brüllte er.

Dann fiel Collins' Blick auf die Prinzessin. Er grinste und zwinkerte ihr lüstern zu. »Ich hoffe, du kannst mehr als nur wahrsagen.«

Barrett sah, dass die Prinzessin zurückwich. »Geht, Collins«, sagte er mühsam beherrscht. »Ihr seid betrunken.«

Collins heftete den Blick auf Barrett. Sein Grinsen verschwand. »Bei Gott! Waterton! Welches Ungeziefer lässt man nur auf diesem Basar herumkriechen!«

»Ganz meine Meinung.« Barrett hielt Collins' Blick stand.

»Warum seid Ihr hier, wenn Ihr doch unterwegs sein könntet, um sonst jemandem die Existenz zu ruinieren?«, fauchte Collins

Barrett umklammerte seinen Stock fester, um Collins nicht damit zu schlagen. »Ihr habt die Dame beleidigt, und ich fordere Euch noch einmal auf, das Zelt zu verlassen.«

»Ich denke nicht daran. Ich habe meinen Shilling bezahlt.«

Mildred drückte ihm die Münze in die Hand. »Hier,

nehmt Euer Geld und geht, Sir. Hier sind nur Gentlemen zugelassen.«

Collins verdrehte die Augen. »Oh, so ist das, wie? Mein Geld ist so gut wie seines.« Er wies mit dem Daumen auf Barrett und hob dann die andere Hand, um die Münze zu Mildred zurückzuwerfen.

»Ihr hört wirklich nicht zu.« Barrett ergriff Collins' Arm und stieß ihn zum Eingang.

Mildred hielt die Plane zur Seite, und Collins stolperte rückwärts hinaus.

Barrett hörte die Prinzessin hinter sich nach Luft schnappen, als Collins zurück ins Zelt stürmte, den Blick seiner dunklen Augen auf Barrett gerichtet. Er holte zu einem Schwinger aus.

Barrett stieß ihm seinen Spazierstock gegen die Rippen. Collins krümmte sich und griff dann wieder wütend an.

Barrett duckte sich, hob seinen Stock und versetzte Collins damit einen Schlag ans Kinn. Bevor Collins zurücktaumelte, benutzte Barrett den gebogenen Griff des Spazierstocks, um ihn hinter Collins' Nacken zu haken und ihn nach vorn zu ziehen. Dann schlug er zu.

Sein Gegner flog zurück, prallte gegen die Seitenwand des Standes und rutschte dann an dem schweren Segeltuch herab. Collins blinzelte aus glasigen Augen. Blut sickerte aus seiner Nase.

Einige der Gentlemen in der Warteschlange eilten hinein, um ihm auf die Beine zu helfen.

Collins schob sie zur Seite und hob die Faust. »Ich sollte Euch töten!«, schrie er Barrett zu.

»Nennt den Ort und die Zeit.« Barrett hakte seinen Spazierstock wieder über den Arm; dann schnipste er einen Fussel vom seinem Mantel und sah Collins an.

Für einen Moment sagte keiner von ihnen etwas. Die Spannung zwischen ihnen schien die Luft zum Knistern zu bringen. Barrett behielt seine trügerisch ausdruckslose Miene – eine Maske, die er im Laufe vieler Jahre meisterhaft zu beherrschen gelernt hatte, um einzuschüchtern und zu demütigen.

Collins' Gesicht verzerrte sich vor Wut und Frustration. Dann blickte er fort und wischte sich das Blut von der Nase. »Das werde ich nicht vergessen!«, stieß er hervor, bevor er aus dem Zelt stolperte.

Barrett wandte sich um und sah die Winterprinzessin an. Sie stand dort mit weit aufgerissenen Augen. »Seid Ihr wohlauf?«, fragte er besorgt.

»Mir geht es gut.« Sie nickte bekräftigend und schien ihre Fassung schnell wiederzugewinnen.

Barrett hatte das Gefühl, dass die Prinzessin trotz ihrer offensichtlichen Scheu sehr beherrscht war. Er wandte den Blick von ihr ab und sah Mildred an. »Und Ihr seid auch wohlauf?«

»Ich habe mich erschreckt, Sir. Es war freundlich, was Ihr getan habt. Schwer zu sagen, wozu er sonst fähig gewesen wäre.« Ihre Stimme klang aufgeregt.

Die Prinzessin sah Barrett an. »Euch haben wir zu verdanken, dass es so glimpflich ausgegangen ist.«

Barrett bemerkte, dass ihre Stimme den gleichen rauchigen, verführerischen Klang hatte wie zuvor. »Erlaubt mir, Euch nach Hause zu begleiten.«

»Das ist sehr freundlich, aber ich habe versprochen, auf diesem Basar mitzuwirken.«

»Wie viel hattet Ihr erhofft, heute einzunehmen?«

Sie zuckte die Achseln. »Ich weiß es wirklich nicht, Sir. Wir hofften, mindestens fünfundzwanzig Pfund für die Armen zu verdienen.«

Barrett griff in seine Jacketttasche und zog eine Hundert-Pfund-Note hervor. »Wird das reichen?«

Ihre Augen weiteten sich. »Ihr seid zu großzügig.«

»Nein, Mylady. Ich bin vieles, aber niemals großzügig.« Barrett zwinkerte ihr zu. »Ich gebe zu, dass ich es nur um Euretwillen tue.« Er schenkte ihr sein charmantestes Lächeln.

Sie lächelte scheu zu ihm auf, während sie nervös die Reife an ihren Handgelenken befingerte. »Dieser verachtenswerte Mann mag Euch anscheinend nicht.«

»Ja, wir kennen uns lange.«

»Bitte, sagt mir, dass Ihr Euch nicht meinetwegen mit ihm duellieren werdet.« Sie schaute ihn besorgt an.

»Ihr könnt unbesorgt sein. Als das Rückgrat verteilt wurde, bekam Collins ein sehr schwaches.«

Ein Lächeln erreichte ihre Augen.

Und irgendetwas an diesem Lächeln berührte Barrett wie nichts seit langer Zeit. »Genug zu Collins, Lady«, sagte er. »Kommt, Ihr müsst Euch von mir nach Hause begleiten lassen.«

Mildred warf Barrett einen misstrauischen Blick zu und reichte der Prinzessin ihr Retikül. »Ich werde sie nach Hause bringen.«

»Nein, Mildred«, sagte die Prinzessin. »Ich kann nicht weggehen. Mrs Pool verlässt sich auf mich.«

Eine grauhaarige, blasse Frau betrat den Stand. Sie eilte zur Prinzessin und tätschelte ihren Arm. »Oh, solch eine

Aufregung! Hat man so was schon erlebt? Ihr solltet heimkehren, meine Liebe. Wir können auch ohne Euch auskommen.«

»Und was wird mit diesem Stand, Mrs Pool?«

»Die Leute werden sich einfach von mir wahrsagen lassen müssen.« Mrs Pool lächelte und gab der Prinzessin einen mütterlichen Klaps.

»Hier, Mrs Poole.« Die Prinzessin überreichte ihr die Hundert-Pfund-Note.

Die ältere Frau nahm sie und schnitt eine Grimasse. »Du meine Güte. Als ich die Organisation für diesen Basar übernahm, dachte ich nie an die Sicherheit. Ich kann eine solch große Summe nicht hier behalten. Nach dem, was soeben passiert ist, überrascht es mich, dass noch niemand versucht hat, uns auszurauben.« Mrs Pool erschauerte. »Ich bitte Euch, meine Liebe, nehmt dieses Geld mit Euch nach Hause. Ich werde mich erst ruhiger fühlen, wenn ich weiß, dass es von hier fort ist.« Sie drückte der Prinzessin den Geldschein in die Hand. »Ich werde meinen Mann vorbeischicken, um es abzuholen.« Sie schaute auf das Bauernkleid, das Umhängetuch und den Schleier und fügte hinzu: »Zusammen mit den Kleidungsstücken.«

»Wenn es Euch beruhigt, Mrs Pool.«

»Oh, das wird es.«

Die Prinzessin steckte die Banknote in ihr Retikül. Barrett beobachtete sie. Er wünschte, sie würde den Schleier abnehmen, damit er die untere Hälfte ihres Gesichtes sehen konnte.

»Ich werde dafür sorgen, dass sie sicher nach Hause kommt.« Nachdem Barrett sich vor der älteren Dame verneigt hatte, wartete er, während Mildred ihrer Herrin ein Cape um die Schultern hängte. Dann bot er der Prinzessin seinen Arm und führte sie hinaus.

Er bemerkte die enttäuschten Gesichter der Gentlemen, die in der Schlange standen. Ein Gefühl des Triumphes stieg in ihm auf, als er sagte: »Meine Kutsche wartet nicht weit entfernt.«

»Wir haben unsere eigene Kutsche, Sir«, sagte das Dienstmädchen und blickte ihn aus ihren schmalen braunen Augen an.

»Dann erlaubt mir die Ehre, Euch dorthin zu begleiten.«

»Nein. Wir haben Eure Freundlichkeit schon über Gebühr strapaziert.« Die Prinzessin lächelte scheu. Dann rannte sie fast fluchtartig aus dem großen Zelt hinaus, das Dienstmädchen an ihrer Seite.

Er erkannte, dass das Objekt seiner Begierde entkam, und folgte ihr hinaus zu einer Reihe von Mietdroschken, die auf der Straße parkten. Bevor die Prinzessin einstieg, ergriff er ihren Arm. »Ihr könnt nicht so einfach aus meinem Leben verschwinden, Mylady. Nennt mir wenigstens Euren Namen.«

»Das wird sie nicht tun, Sir«, fuhr Mildred ihn an und schlug seine Hand vom Arm ihrer Herrin fort. »Es wäre nicht schicklich, und das wisst Ihr.«

»Dann erlaubt mir, so vermessen zu sein, Euch meinen ...« Barrett verstummte, als Mildred ihre Herrin in die wartende Kutsche drängte und hinter ihr hineinsprang. Die Tür knallte zu.

»Lord Wat ...«

Der Fahrer schlug mit den Zügeln, die Kutsche fuhr an und gewann rasch an Geschwindigkeit.

Barrett presste die Lippen aufeinander, und der Rest seines Namens erstarb. Er murmelte einen Fluch.

Als er sich umwandte, um zu seiner Kutsche zu laufen, sah er, wie ein Ingwerkuchenverkäufer seinen Stand verließ, einen Hund an seinem Fell am Nacken packte und mit einem Gürtel schlug. Barrett blickte zu der Mietdroschke, die sich immer weiter entfernte, und dann zu dem Mann, der den Hund schlug. Der Lady folgen oder den Hund retten – was sollte er tun?

Kapitel 2

»Hölle und Verdammnis!«, stieß Barrett hervor und rannte über die Straße.

»Ich werde dir austreiben, hier wieder betteln zu kommen!« Der Mann holte aus, um den Hund von neuem zu schlagen.

Das klägliche Winseln des Tieres schoss Barrett wie Nadelstiche durch den Körper. Binnen Sekunden erreichte er den Verkäufer, stieß ihm seinen Spazierstock gegen die Brust und entriss ihm den Hund. Er schaute den Mann böse an. Fettiges Haar lugte unter dessen brauner Mütze hervor, in seinen Augen war keine Spur von Mitleid zu sehen.

»He, was soll das? Dieser Köter kommt dauernd betteln. Ich habe das Recht, ihm das Fell zu gerben!« Der Mann drohte mit dem Gürtel.

»Nicht in meiner Gegenwart. Wenn ich jemals wieder sehe, dass Ihr ein Tier schlagt, werdet Ihr die gleiche Behandlung von mir erfahren.«

»Jawohl, Mylord«, murrte der Verkäufer.

Barrett schritt zu seiner Kutsche. Er blickte auf den Hund hinab, der immer noch in seinen Armen zitterte. Große braune Augen, fast verdeckt von zottigen grauen Haarbüscheln, blickten zu ihm auf.

»Du brauchst mich nicht so anzusehen.« Barrett suchte die Straße nach der Mietdroschke ab. Sie war nirgends zu entdecken. »Sie ist fort, mein Junge. Ich habe sie verloren.« Er tätschelte den Kopf des Hundes und murmelte vor sich hin: »Wie schwer mag es sein, eine junge Dame mit einem Dienstmädchen namens Mildred ausfindig zu machen?«

»Ich bin froh, dass ich mich daran erinnert habe, dich Mildred zu nennen.« Lady Meagan Fenwick sah ihre Zofe Tessa an. Dann zog sie mit einem Ruck das Tuch von ihrem Kopf. Lange kastanienbraune Locken fielen bis über ihre Schultern hinab. Sie schob eine Strähne hinter ihr Ohr zurück und schaute aus dem Fenster der Kutsche auf die Bäume des St. James's Parks.

»Das ist gut. Ich glaube nicht, dass Lord Watt die Suche nach dir so leicht aufgeben wird.«

»Lord Watt?«

»Ja, der Gentleman nannte seinen Namen. Hast du das nicht gehört?«

»Nein.« In ihrer Hast, dem Gentleman zu entkommen, hatte Meagan überhaupt nichts gehört. Sie war viel zu durcheinander gewesen.

Sie rief sich in Erinnerung, wie Lord Watt sie geküsst hatte, wie sie seine Lippen auf ihrem Handrücken gespürt hatte, wie sein heißer Atem ein Prickeln ihren Arm hinaufgeschickt hatte.

Tessas Stimme riss Meagan aus ihren Gedanken. »Du hast kein Wort von dem mitbekommen, was ich gerade gesagt habe.«

»Entschuldigung, ich war in Gedanken.«

»Ich sagte, es war Glück, dass Lord Watt dort war, um

diesen Collins rauszuwerfen. Es gibt immer einen in der Menge, der Ärger macht.«

»Ja.« Meagan sah geistesabwesend aus dem Fenster, in Gedanken bei Lord Watt. Obwohl sie wusste, dass sie nicht an ihn denken durfte, ihn vergessen musste. »Es wird mir immer ein Rätsel bleiben, warum um alles in der Welt ich mich von Harold habe zwingen lassen, nach London zu kommen und meine Dienste für den Basar anzubieten.«

»Nun, ich missbillige vieles, was dein Bruder tut, aber es konnte nicht schaden, in die Stadt zu fahren und auf dem Basar zu arbeiten. Du warst verkleidet, also hat dich niemand erkannt. Es hat dir gut getan, vom Land fortzukommen – auch wenn dieser stupide Collins den Tag verdorben hat.« Tessa blickte Meagan von der Seite an. »Und mir missfällt auch dieser Lord Watt.«

Meagan sah Tessa fragend an.

»Er hatte ein hungriges Glitzern in den Augen. Oder nenne es meinetwegen ein begieriges Funkeln. Er hat dich betrachtet wie ein schmackhaftes Stück Roastbeef, ist dir zu der Kutsche hinaus gefolgt und hat dich nach dem Namen gefragt.« Tessa schnaubte missbilligend. »Nun, er mag ein Gentleman sein, aber ich traue ihm nicht. Es wird andere für dich geben.«

»Ich will keine anderen.« Meagan erkannte, dass sie ihre Worte überbetont hatte.

»Du bist erst zwanzig, und ich weiß, was du denkst. Es ist nicht nötig, dass du wegen deiner körperlichen Verfassung dein Leben wegwirfst. Seit fünf Jahren hattest du keinen Anfall mehr. Es ist unwahrscheinlich, dass es einen Rückfall gibt, nachdem wir jetzt wissen, wie dein Leiden zu beherrschen ist.«

»Ich hatte nicht daran gedacht.« Meagan schluckte hart. Ihre Krankheit lauerte stets drohend in ihrem Unterbewusstsein wie ein Schreckgespenst. Das Leiden hatte ihr Leben derart zerstört, dass sie sich vermutlich nie davon erholen würde. Sie blickte hinab auf die Hand, die Lord Watt geküsst hatte. »Ich bin entschlossen, dass nur tiefste Liebe mich zu einer Ehe bewegen kann. Ich bezweifle, dass irgendein Mann bereit sein wird, mich mit einer so kleinen Mitgift zu heiraten oder sich mit meiner Vorliebe für Bücher und wissenschaftliche Studien abzufinden.«

»Mach dir nicht selbst etwas vor. Irgendwo dort draußen wird es jemanden geben.«

»Ich werde ihn nicht finden. Du weißt, wie eigen ich in meiner Art bin. Und ich will keinen Mann haben, der mich nicht liebt, wie ich bin. Jedenfalls möchte ich nicht von einem Mann herumkommandiert werden.«

Tessa blickte Meagan von der Seite an. »Es ist nicht so schlecht, von einem Mann herumkommandiert zu werden, der einen liebt.«

Meagan winkte ab. »Lass uns nicht mehr von Liebe sprechen. Ich werde direkt heimfahren.« Der Gedanke an die Heimkehr veranlasste Meagan, auf den Schleier in ihren Händen zu blicken. Seit einiger Zeit war ihr die Langweiligkeit ihres Lebens zuwider geworden, doch das würde sie Tessa gegenüber niemals zugeben.

»Es wäre eine Schande, wenn du nicht ein bisschen länger bleiben würdest.«

»Dir gefallen einfach die Belustigungen hier.«

»Du solltest sie ebenfalls genießen. Es gibt mehr im Leben als Bücher und Astrologie. Bis jetzt haben wir nicht viel außer dem Museum gesehen. Du hast die ganzen zwei Tage in der Bibliothek herumgestöbert.«

»Es ist nicht irgendeine Bibliothek. Ist dir klar, dass sich darin Sir William Herschels Schriften und der Entwurf für sein Newton-Teleskop befinden?«

»Ja. Aber was willst du damit anfangen?«

»Ich habe die Entwürfe gesehen. Mehr konnte ich nicht erhoffen.« Meagans Stimme klang entzückt.

»Ich verstehe nicht, was es dir bringt, irgendwelche Schriften anzusehen.« Tessa schüttelte den Kopf; ihre Miene zeigte an, dass sie ihre Herrin niemals verstehen würde. »Du solltest diese Sternguckerei vergessen. Bei den Sternen wirst du in der Ewigkeit sein, leben tust du nur einmal. Amüsier dich, geh zu Bällen und Vergnügungen!«

»Ich sollte heimgehen, wo ich hingehöre.«

»Du kannst dich nicht dein ganzes Leben lang vor den Leuten verstecken.«

Meagan wusste, dass Tessas Vorhaltungen aus Zuneigung und Loyalität geboren waren. Tessa war bis zum Tod ihrer Mutter deren Zofe gewesen; danach war sie Meagans Zofe geworden. Und Tessa war immer wie ein Familienmitglied behandelt worden, doch manchmal konnte sie nervtötend sein – wie jetzt.

Meagan sah ihre Zofe finster an. »Du weißt, wie unbehaglich ich mich in der Gesellschaft von Fremden fühle. Wenn ich mich nicht hätte verkleiden können, hätte ich mich niemals auf die Wahrsagerei eingelassen. Nein, ich fühle mich am wohlsten allein auf dem Land.«

»Nun, wenn das so ist!« Tessa schüttelte den Kopf. »Aber es ist nicht richtig. Es mag ja prima sein, sich in die Astrologie zu vertiefen und über das Schicksal anderer Leute in

Büchern zu lesen, aber das ist nicht das Gleiche wie selbst das Leben zu genießen. So, jetzt habe ich's mir von der Seele geredet und werde still sein.«

Dankbar für Tessas Schweigen, konnte Meagan den Rest des Heimwegs etwas entspannen, doch sie empfand keine wirkliche innere Ruhe. Ihre Gedanken beschäftigten sich mit Lord Watt.

Er hatte einen eleganten schwarzen Anzug getragen. Sein blondes, welliges Haar war in der Mitte gescheitelt und so lang, dass es bis auf seinen Kragen fiel. Sie rief sich seine scharf geschnittenen Gesichtszüge in Erinnerung, das energische Kinn, den breiten Mund und seine aristokratische Nase, die aussah, als wäre sie mal gebrochen gewesen. Alles in allem war er eine imposante Erscheinung.

Aber wenn sie ehrlich war, dann war es nicht sein gutes Aussehen, das sie anzog. Es war die kühle Distanz in seinen Augen. Sie würde diese Augen nie vergessen: Sie blickten durchdringend, räuberisch und unnachgiebig und waren so tiefblau wie ein Sommerhimmel.

Er hatte zwar versucht, das Gefühl darin hinter einer unbewegten Miene zu verbergen, doch es hatte einen Moment gegeben, als sie ihn mit ihren Vermutungen über seine Eltern verblüfft hatte, in dem etwas tief in ihm berührt worden war. Der Ausdruck seiner Augen war weicher geworden, und sie hatte einen Blick auf das Unnahbare in den blauen Tiefen erhascht.

In diesem Moment war sie ebenfalls verwirrt gewesen, denn er hatte einen mitleidsvollen Teil von ihr angerührt. Sie wusste, wie es war, sich einsam und elend zu fühlen, und für einen Moment hatte sie so viel Mitgefühl mit ihm empfunden, dass sie geglaubt hatte, seinen Schmerz zu spüren. Nie war ihr so etwas passiert – besonders nicht bei einem Mann.

Sie hielt die Hand, die er geküsst hatte, erinnerte sich daran, wie er sie durchdringend mit seinen blauen Augen angesehen hatte, wie bewusst ihr seine Nähe gewesen war. Allein bei der Berührung seiner Hand, einer warmen, kräftigen, aber sanften Hand, war Hitze durch ihren Körper geströmt. Nie würde sie seine Berührung vergessen. Nie.

Verloren in Tagträumen über diesen geheimnisvollen Mann, verpasste Meagan fast ihren Halt. Sie rief zum Kutscher herauf, dass er sie in der Fenchurch Street aussteigen lassen solle, und zog ihr Cape fester um sich, damit niemand das Bauernkleid darunter sehen konnte.

Die Kutsche hielt schließlich mit einem Ruck. Meagan stieg aus und bezahlte. Für den Fall, dass Tessa Recht hatte und Lord Watt tatsächlich versuchte, ihre Identität herauszufinden, wartete sie, bis die Mietdroschke im Strom der Kutschen verschwunden war. Dann mischten sie und Tessa sich in das Gewühl der Passanten auf dem Gehsteig. Dies war nicht der schönste Teil von Cheapside; die verrosteten Zäune und der dicke Rußfilm auf den schmutzigen Fensterbänken und Backsteinfassaden gaben Zeugnis davon.

Ein Junge passierte sie und warf eine Zeitung auf die Treppe ihres Nachbarn. Vor einer der Türen stand ein Diener und hängte einen Weihnachtskranz aus Stechpalmenzweigen auf. Das Haus Nummer 12 stand in der Mitte einer Reihe von Mietshäusern, die eine Seite der Straße säumten. Es war nicht das beste Stadthaus, das Harold jemals gemietet hatte, aber es war zumindest ein Platz zum Schlafen während ihres Aufenthaltes in London.

Sie hatten längst den teuren Luxus aufgegeben, einen

Lakaien zu beschäftigen, und Reeves, ihr Butler, öffnete selten Besuchern die Tür. So dachte sich Meagan nichts dabei, als sie selbst die Tür aufschloss und eintrat.

Sie prallte mit Reeves zusammen und hielt seinen Arm, damit er nicht stürzte.

Reeves stand gebeugt über seinen Stock da. Er hatte einen Schal um die Schultern gewickelt, sein schütteres weißes Haar stand wirr von den Seiten seines kahl werdenden Kopfes ab. Er spähte mit zusammengekniffenen Augen – er konnte kaum noch sehen – und sagte: »Ah, Miss Meagan, Ihr seid heimgekommen. Ich habe mir schon Sorgen gemacht.«

»Was hat Euch aus dem Bett getrieben, Reeves?«

»Ich fühle mich ein wenig besser, Mylady. Ich hörte jemanden an der Tür.«

Er streckte seinen zitternden Arm aus, um ihr Cape entgegenzunehmen.

Es strengte ihn schrecklich an, doch sie wusste, dass sein Stolz das Einzige war, was ihn noch am Leben und in Bewegung hielt. So legte sie ihr Cape behutsam über seinen Arm und stützte ihn, als er unter dem Gewicht zu zittern begann.

»Ich mache Tee, Mylady.« Tessa zog ihr Cape aus und schritt durch die Halle.

»Der Herr« – Reeves stieß das Wort *Herr* aus, als verursache es einen bitteren Geschmack in seinem Mund – »hat nach Euch gesucht.« Reeves hatte sein Leben lang ihrem Vater gedient und sich mit dem Tod des Earls ebenso wenig abfinden können wie mit der Tatsache, dass Harold seinen Titel und Grundbesitz geerbt hatte.

»Wo ist er?«

»Gleich hier«, antwortete Harold für Reeves. Er kam mit einem breiten Lächeln in die Halle. Die Wandtäfelung, von jahrelangem Polieren und dem Rauch des Kamins und der Kerzen dunkel geworden, bildete einen starken Kontrast zu Harolds burgunderfarbenem Anzug.

Harold war ihr Halbbruder und William Fenwicks Erstgeborener. Nachdem seine erste Frau an Fieber gestorben war, hatte ihr Vater Lady Lillian St. Clair geheiratet. Meagan war aus dieser Ehe hervorgegangen. Harold ähnelte mit seinem blonden Haar und den hellbraunen Augen sehr seinem Vater, im Gegensatz zu Meagan, die auf ihre Mutter kam. Sie hatte die rötlichbraunen Haare und die blauen Augen vieler Generationen von St. Clair-Frauen geerbt.

Mit seinen vierundzwanzig Jahren hatte Harold immer noch ein jungenhaftes Gesicht, das seinen Zügen einen unschuldigen Charme verlieh. Er wusste auch, ihn einzusetzen. Er war das makellose Kind, der zukünftige Erbe, derjenige, der von seinen Eltern verhätschelt und verwöhnt worden war. Meagan hatte nie an ihn heranreichen können – besonders nicht mit der Hautkrankheit, an der sie gelitten hatte. Sie hätte voller Groll gegen Harold sein können, doch er hatte eine einnehmende Art, deretwegen sie ihn liebte.

Reeves bemühte sich um einen sicheren, aufrechten Gang, als er durch die Halle zur Garderobe schritt.

»Oh, du hast dich neu eingekleidet?« Meagan betrachtete Harolds teuren Samtanzug, die gelbgestreifte Seidenweste und die gestärkte weiße Krawatte, die so gebunden war, dass er kaum das Kinn senken konnte.

»Selbstverständlich. In meinen alten Anzügen kann ich mich hier in der Stadt nicht sehen lassen. Ich muss schließlich den Schein wahren.«

»Und woher hast du das Geld dafür? Schuldest du deinem Schneider nicht bereits neunhundert Pfund?«

»Ich hatte eine gute Nacht an den Spieltischen«, sagte Harold stolz, »Diese Kleidung habe ich in Gold bezahlt.« Als Harold Meagans Stirnrunzeln bemerkte, legte er einen Arm um ihre Schultern. Er neckte sie mit seinem charmanten, jungenhaften Lächeln. »Sei nicht so streng, Meggie.«

»Du hast mir gesagt, dass du nicht wieder spielen wirst.«

»Ich weiß, aber ich dachte, nur noch einmal um der alten Zeiten willen. Und ich bin froh, dass ich so dachte. Ich habe dreihundert Pfund gewonnen!« Harold musterte das Bauernkleid und den Umhang. »Was treibst du in dieser Aufmachung?«

»Ich habe am Stand der Wahrsagerin gearbeitet.«

»Kaum zu glauben, dass die alte Mrs Pool dir diese Aufgabe gegeben hat. Wie willst du jemanden kennen lernen, wenn du in diesen Lumpen herumläufst? Erst diese Gouvernantenkleidung, die du ständig trägst, und jetzt diese Bauernkleider.« Er wies auf Meagans verknittertes braunes Kleid. »So wirst du nie einen Mann finden.«

»Ist dir jemals in den Sinn gekommen, dass ich gar nicht auf der Suche nach einem Mann bin?«

Harold verhielt sich, als hätte er sie nicht gehört. »Jede Frau will gefallen. Es ist nicht natürlich zu wünschen, eine alte Jungfer zu werden und auf dem Land zu versauern.«

»Wenn du mich gezwungen hast, nach London zu kommen, um nach einem Mann zu suchen, dann sage ich dir besser jetzt gleich, dass du deine Zeit verschwendest. Ich kehre heim.«

»Das wirst du nicht. Ich würde mich vor meiner Verantwortung drücken, wenn ich keinen Mann für dich suchen würde. Und es ist deine Pflicht, zu heiraten. Ich kann dich nicht dein ganzes Leben lang unterstützen.« Harold drohte ihr mit dem Finger. Der niedergeschlagene Ausdruck auf Meagans Gesicht veranlasste ihn, einen milderen Tonfall anzuschlagen. »Du wirst nicht heimkehren. Vergessen wir es einfach, ja? Erzähl mir, wie es lief. Du musst einiges Geld für den Basar eingenommen haben.«

Meagan blickte auf ihr Retikül, und es wurde ihr bewusst, dass es zu nichts führte, mit Harold zu streiten. Manchmal wollte er sie einfach nicht verstehen. »Ich habe hundert Pfund eingenommen.«

Harold stieß einen leisen Pfiff aus. Seine Augen nahmen bei der Erwähnung des Geldes einen gierigen Ausdruck an. Er warf einen schnellen Blick zu ihrem Retikül. »Da hast du aber oft wahrsagen müssen.«

Meagan schob ihr Retikül hinter den Rücken. »Da war ein freundlicher Gentleman, der das Geld gespendet hat.«

»Ich werde ihn ausfindig machen und an ihn herantreten müssen. Vielleicht ist er daran interessiert, dir den Hof zu machen. Ein Mann spendet nicht einfach grundlos hundert Pfund.«

»Vielleicht ist er schon verheiratet.« Meagan runzelte die Stirn bei ihren eigenen Worten. Wenn er verheiratet war, wollte sie nichts davon wissen und ihn auch nicht wiedersehen. Als sie ihn in der Verkleidung einer Zigeunerin kennen gelernt hatte, war ihre Scheu dahingeschmolzen. Aber der Gedanke, ihm unmaskiert gegenüberzustehen, entsetzte sie. Er würde eine verlockende exotische Schönheit erwarten, stattdessen würde er eine verschüchterte Jungfer sehen. »Bitte, suche nicht nach ihm«, flehte sie.

»Also gut, wenn du darauf bestehst.« Harold zuckte in

seiner üblichen unbekümmerten Art mit den Schultern. »Nun, ich gehe in den Club.«

»Denk daran, dass du versprochen hast, nicht zu spielen.«

»Das habe ich, aber ich spüre, dass eine Glückssträhne aus mich zukommt.«

»Als du das beim letzten Mal gesagt hast, endete es im Verkauf unseres Hauses in der St. James Street.«

»Ich werde es zurückbekommen, keine Sorge.« Harold küsste sie auf die Wange und zwickte ihre Nase, damit sie nicht mehr schmollte. Als es nicht klappte, schenkte er ihr sein fröhlichstes Grinsen, schnappte sich seinen Mantel und schlenderte durch die Tür hinaus.

Meagan stieg die Treppe hinauf und starrte auf ihr Retikül. Sie dachte an das fast wahnsinnige Funkeln in Harolds Augen, als sie die hundert Pfund erwähnt hatte, die ein kleines Vermögen waren.

Sie hörte Tessas Schritte nahen und blickte zu ihr auf. Tessa trug ein großes Tablett mit Teegeschirr und Gebäck.

»Warum blickst du so böse wie eine Katze, der man auf den Schwanz getreten hat?«, fragte Tessa stirnrunzelnd.

Meagan sah sie fragend an.

»Oh!« Sie strich mit der Hand über das alte Treppengeländer aus Eichenholz. »Harold weiß, dass ich dieses Geld habe. Er hat nie zuvor Geld von mir gestohlen, aber dieser Ausdruck in seinen Augen ...« Meagan beendete den Satz nicht.

»Du wirst es vor ihm verstecken müssen«, sagte Tessa. »Du solltest davon ausgehen, dass er durch und durch verkommen ist. Ich wusste, dass es so kommen wird, weil die Herrin ihn abgöttisch liebte. Ich versuchte, ihr die Augen zu öffnen – ihre Seele ruhe in Frieden –, doch sie wollte nicht auf mich hören. Schlimme Dinge passieren, wenn die Leute nicht auf mich hören wollen. Und jetzt ist es so weit. Er hat alles verspielt. Reeves und ich haben seit einem Jahr keinen Lohn mehr bekommen – nicht dass ich mich beklagen will, aber ...«

»Das tut mir Leid«, unterbrach Meagan ihre Zofe. Sie wusste, dass Harold Schulden hatte, aber sie hatte nicht gewusst, dass er die Bediensteten seit einem Jahr nicht bezahlt hatte.

»Oh, es ist nicht deine Schuld.«

Meagan konnte keine Worte finden, um das peinliche Thema zu entschärfen, und so schwieg sie, erzürnt über Harolds Egoismus und seine Spielsucht.

Schließlich sah sie Tessa wieder an. »Ich werde den Tee mit auf mein Zimmer nehmen, Tessa, und früh zu Bett gehen – aber vorher werde ich ein gutes Versteck für das Geld suchen.«

Die Uhr auf dem Kaminsims von Meagans Kammer schlug zwölf. Harold erstarrte. Meagan lag zusammengerollt auf der Seite unter den Decken, nur ihr Kopf war zu sehen. Sie rührte sich nicht. Er stieß den angehaltenen Atem langsam aus.

Das Kaminfeuer warf Schatten auf den Betthimmel und die Tagesdecke. Jetzt musste er die Beute finden. Er konnte Geld förmlich riechen wie ein Jagdhund. Die Tatsache, dass Meagan ein Gewohnheitsmensch war, würde dazu führen, dass er schnell fündig werden würde.

Harold schlich durch die Kammer, hob Porzellanfigurinen auf und schaute darunter, suchte hinter den schweren Brokatvorhängen. Den Blick auf die schlafende Meagan geheftet, schlich er zum Bett.

Er suchte an all den üblichen Stellen. Fuhr mit der Hand am Rand der Matratze entlang, schaute unter das Bett, unter die beiden Decken. Vorsichtig, um sie nicht zu wecken, überprüfte er das Kissen unter ihrem Kopf. Als Nächstes die Frisierkommode, alle Schubladen. Nichts.

Vorsichtig zog er die Kleiderschranktür auf. Die Angeln quietschten leise. Sein Blick schnellte zu Meagan. Sie regte sich nicht. Für gewöhnlich bedurfte es eines Exekutionskommandos, um sie zu wecken, wenn sie erst einmal eingeschlafen war.

Er durchsuchte ihre Kleider und Unterröcke. Suchte in Handtäschchen, in Schuhen. Als er nichts finden konnte, sank er auf den Stuhl bei ihrer Frisierkommode, stemmte die Ellenbogen auf die Knie und stützte sein Kinn in die Hände. Das Holz des kleinen Stuhls ächzte unter seinem Gewicht. Er machte sich nicht mal mehr die Mühe, zu überprüfen, ob Meagan aufgewacht war. Was hatte sie mit dem verdammten Geld gemacht?

Er schüttelte den Kopf, dann hob er ihn. Ein dunkler, rechteckiger Schatten am Rand des Betthimmels hatte ihn aufmerksam gemacht. Der Kamin befand sich am Fuß des Bettes, und der Feuerschein sickerte durch die Rüschen des billigen Musselins. Etwas war in den Stoff eingenäht.

Harold holte sein Taschenmesser hervor. Aufregung stieg in ihm auf. Das Blut schien in seinen Ohren zu rauschen, so stark, als hätte er ein Gewinnerblatt und decke die Karten auf, beobachte, wie ein Mitspieler nach dem anderen ein langes Gesicht machte. Diese Art Hochgefühl war für ihn besser als den Höhepunkt mit einer Frau zu erreichen oder den ersten Schluck von hundert Jahre altem Scotch zu kosten. Nichts fand er so köstlich wie das Gefühl zu gewinnen, über würdige Gegner zu triumphieren – selbst wenn wie in diesem Fall der Gegner zufällig seine schlafende Schwester war.

Grinsend neigte er sich näher und untersuchte den Stoff. Das Bild der Banknote schien durch den grob gewebten Stoff. Sein Grinsen verstärkte sich, als er ein großes Stück um die Banknote herum ausschnitt. Dann eilte er mit dem Geldschein aus der Kammer, überzeugt, dass Lady Fortuna an diesem Abend auf seiner Seite sein würde.

Kapitel 3

Durch einen Schleier von Zigarrenrauch blickte Barrett zu Fenwick hinüber und wusste, dass der vom Glück verlassen worden war. Schweißperlen liefen an Fenwicks Schläfen herab. Er hatte seine Krawatte gelockert, sie hing ihm schief um seinen Hals. Sein Pech beim Würfeln hatte ihn zu hastigem Trinken veranlasst. Sein Gesicht war stark gerötet. Er umklammerte die Würfel in der Hand, als wollte er sie zerquetschen.

Stille senkte sich über den Club mit Namen White's. Die Mitglieder hatten ihre eigenen Spieltische verlassen und sich um Barretts Tisch geschart. Selbst die Kellner hatten eine Pause eingelegt und schauten neugierig zu. Das taten sie oft, wenn um hohe Einsätze gespielt wurde, und für gewöhnlich immer, wenn Barrett im Club spielte.

Barrett hatte die Nacht über in allen Spielhöllen der Stadt nach Fenwick gesucht. Vor einer Stunde hatte er ihn hier im White's entdeckt. Barrett hatte gewonnen, seit er sich an den Spieltisch gesetzt hatte, doch seine Gedanken waren nicht bei dem Spiel. Die Prinzessin ging ihm nicht aus dem Kopf. Tief in Gedanken klopfte er mit einem Fingernagel gegen sein kristallenes Weinglas. Das helle *ping* durchbrach die Stille.

Fenwick blickte finster zu Barrett hinüber. »Hört mit diesem störenden Lärm auf. Ich kann mich nicht konzentrieren.«

Barrett prostete Fenwick zu, trank das Rotweinglas leer und musterte dann seinen Gegner über den Rand des Glases hinweg.

Lord Stockmann sprach aus der Menge der Zuschauer, sein tiefer Bariton dröhnte durch die Stille. »Blödsinn, Mann! Man braucht sich nicht zu konzentrieren, um zu würfeln.«

Schallendes Gelächter ertönte rings um den Spieltisch.

Fenwick bedachte Stockman mit einem giftigen Blick.

Zu dickhäutig und arrogant, um sich einschüchtern zu lassen, blies der alte Gentleman seine rötlichen Wangen auf, verschränkte die Arme über seinem Schmerbauch und erwiderte Fenwicks wütenden Blick.

»Sollen wir bei dieser Partie den Einsatz ein wenig erhöhen?«, fragte Barrett, begierig darauf, die ganze Sache hinter sich zu bringen und sein Versprechen an James zu erfüllen. Er wollte seine Energie für die Suche nach dieser geheimnisvollen Prinzessin einsetzen, die in seinem Kopf herumspukte. Er schob den Stapel Chips vor sich in die Mitte des Tisches.

Fenwick wurde blass. »Ihr könnt nicht so viel setzen. Das müssen ja fünfzigtausend Pfund sein!«

»Zu viel für Euresgleichen?« Barrett nahm sein Lorgnon auf und betrachtete Fenwick damit. »Vielleicht solltet Ihr aussteigen, solange Ihr es noch könnt.« Barrett senkte den Blick auf die Stelle auf dem Tisch, wo sich vor einer Stunde noch sechs Stapel Chips befunden hatten.

Die Spielsucht zeigte ihre wahre Fratze in Fenwicks Augen. Er starrte auf Barretts Chips und leckte sich über die Lippen, als gehöre das Geld bereits ihm. »Nein, nein. Ich weiß, dass ich diesmal gewinnen kann.«

»Was habt Ihr zum Einsetzen?« Barrett legte das Lorgnon hin, streckte seine langen Beine unter dem Tisch aus und schlug sie übereinander.

»Ich habe meinen Besitz bei Weymouth – der ist gut dreißigtausend Pfund wert.«

»Was sonst?«, fragte Barrett in seinem kühlsten Tonfall.

Fenwick zögerte und umklammerte die Tischkante. »Eine kleine Jagdhütte bei Glasgow.«

»Ich werde etwas mehr brauchen. Besitz in Schottland ist heutzutage nicht viel wert.«

Fenwick wischte sich mit dem Handrücken den Schweiß von der Stirn. »Ich – setze meine Schwester. Wenn Ihr gewinnt, dürft Ihr sie heiraten.«

Geraune und Getuschel unter den Zuschauern wurde laut.

»Sie soll nicht die Schönste sein, nach allem, was ich gehört habe.«

»Ich hörte, sie soll so hässlich sein, dass ihre Eltern sie vor den Leuten versteckten.«

»Habe das Mädchen nie in der Gesellschaft gesehen.«

»Hieß es nicht, dass sie irgendeine Hautkrankheit hat, die ihren Körper verunstaltet?«

»Ich hörte, sie sei nur an wissenschaftlichen Studien interessiert.«

»Muss inzwischen eine alte Jungfer sein. Was soll denn Waterton mit der?«

Das fragte Barrett sich ebenfalls, doch er hatte gelernt, niemals einen Vorteil aufzugeben. James fand die Schwester vielleicht nützlich, um die Wahrheit aus Fenwick herauszubekommen. Vielleicht gab es auch eine Beziehung zwischen ihr und des Teufels Advokaten, ein Punkt, den James nicht angesprochen hatte.

»Also gut. Würfelt.« Barrett wies auf die Würfel.

Erneut senkte sich Stille über den Raum. Stockmans Magen knurrte. Ein Kellner atmete schnaufend.

Fenwick nahm nicht den Blick von den Chips, während er würfelte. Die Zuschauer neigten sich näher über den Tisch, den Blick auf Fenwicks Wurf gerichtet. Barett behielt seine desinteressierte Miene bei. Er schnipste einen Flusen von seinem Jackett, bevor er würfelte.

Die Würfel blieben liegen.

Atemberaubende Stille.

Barrett schaute auf sein Paar Sechser, langsam stahl sich ein Lächeln auf seine Lippen.

»Verdammt, Fenwick hat nur Mist geworfen.« Stockman klopfte Barrett auf den Rücken. »Ich wusste stets, dass Ihr ein glücklicher Bastard seid. Hätte ihm sagen können, dass er gegen Euch keine Chance hat. Ihr seid der Reichste von uns allen und gewinnt immer.« Er warf den Kopf zurück und brach in Gelächter aus.

Fenwick hatte den Blick nicht von den Würfeln genommen, das Gesicht von Fassungslosigkeit und Enttäuschung verzogen. Die Hand, mit der er geworfen hatte, lag wie erstarrt auf dem Spieltisch.

Barrett genoss für gewöhnlich den Kitzel des Spielens, doch Fenwick war überhaupt keine Herausforderung für ihn gewesen. Er empfand fast Mitleid mit dem jungen Aufschneider. Fast. Jeder Gentleman, der sein letztes Hab und Gut verspielte, war wie ein hirnloser Fisch und verdiente den Haken in seinem Mund.

Ein Kellner berührte Fenwick am Arm. »Kann ich Euch etwas bringen, Sir?«

Fenwick schüttelte den Kopf, wie um seine Benommenheit loszuwerden. Er erkannte seine peinliche Lage und zog seine Hand zurück; dann fuhr er sich mit den Fingern durch sein blondes Haar und stützte die Stirn mit der Handfläche. Mit kaum hörbarer Stimme sagte er: »Scotch.«

»Kommt sofort.« Der Kellner verneigte sich und verließ den Kreis der Männer.

Barrett konnte die ersten Strahlen der aufgehenden Sonne durch die Fenster in den Raum fallen sehen. »Ihr könnt Euren Schuldschein an der Kasse hinterlegen.« Er stand auf, um zu gehen, doch Fenwicks Stimme stoppte ihn.

»Wann wünscht Ihr, meiner Schwester einen Besuch abzustatten?«

»Vielleicht heute Abend.« Barrett wandte sich um und schlenderte zur Tür. Die Schwester kennen zu lernen, war das Letzte, was er wollte. Er hatte nicht vor, seine Zeit mit einer kränklichen alten Jungfer zu vergeuden, die wie ein Einsiedler lebte. Sollte James sich um diese Sache kümmern. Er, Barrett, musste einen anderen Fisch fangen: die Winterprinzessin.

Draußen schritt Barrett die Treppe hinunter auf den Bürgersteig. Eine kalte Dezemberbrise schlug ihm ins Gesicht. Rauch kräuselte aus den Kaminen empor, die an der Skyline aufragten. Der Duft von frisch gebackenem Brot drang aus einer Bäckerei über die Straße herüber. Ihm lief das Wasser im Munde zusammen, und es fiel ihm ein, dass er gestern nicht zu Abend gegessen hatte. Er war zu beschäftigt beim Rawlings' Ball gewesen, hatte versucht, die Identität der jungen Dame herauszufinden, die ihm so leicht entkommen war – vergebens. Dann hatte er sich auf die Suche nach Fenwick gemacht.

Er ging zu seiner Kutsche, die an der Spitze einer langen Reihe von Kutschwagen vor dem White's parkte. Hinter ihm stiegen einige der anderen Gentlemen in ihre Kutschen.

»Barrett!«

Er wandte den Kopf und sah James, der gerade einen Droschkenkutscher entlohnte. Dann eilte James zu ihm. »Nun, Cousin, ich dachte mir, ich finde dich hier. Hast du Neuigkeiten?« James' Augen glitzerten begierig.

»Er ist ruiniert und meiner Gnade ausgeliefert.«

»Ich wusste, dass du es schaffst, und in so kurzer Zeit. Jetzt brauchen wir ihn nur noch ein wenig unter Druck zu setzen.«

»Ja, gut, ich habe beim Würfeln auch seine Schwester als Braut gewonnen. Das könntest du vielleicht ausnutzen.«

»Ich?« James blickte Barrett mit erhobenen Brauen an, und seine dunklen Augen funkelten.

»Ja, du. Ich habe meine Pflicht getan.«

»Du kannst jetzt nicht aussteigen. Ich kann keinen anderen Mann ins Spiel bringen. Du musst dies hier durchziehen.« James sah Barrett beschwörend an.

Barretts Miene verfinsterte sich. Nach dem Tod von James' Vater vor fünf Jahren, hatte James dessen Position als Leiter des Geheimdienstes des Außenministeriums eingenommen. Seither brach dann und wann eine dunkle, harte Seite bei ihm durch. Barrett kannte James gut und war überzeugt, dass sein Cousin im Augenblick wieder von dieser skrupellosen, listigen Seite beherrscht wurde. Aber Barrett bewunderte die Arbeit, die James für sein Land leistete, und er konnte jetzt nicht kneifen. James war das ebenfalls klar.

In skeptischem Ton fragte Barrett: »Was verlangst du von mir? Was soll ich tun?«

»Heirate die Schwester.«

Barrett umklammerte den Griff seines Spazierstocks. »Das kann nicht dein Ernst sein! Ich hörte, sie ist eine alte Jungfer mit einer Hautkrankheit.«

»Ich meine es absolut ernst. Es wird die perfekte Tarnung sein, um Fenwick und seine Schwester im Auge zu behalten.«

»Hast du den Verdacht, dass die Schwester ebenfalls in die Geschichten mit den Advokaten des Teufels verwickelt ist?« Barretts Stimme klang ungläubig.

»Ich bin mir nicht sicher. Deshalb brauche ich dich.« James behielt seine übliche stoische Miene – kein Zwinkern, keine Bewegung seiner Brauen, keine Spur von Emotion in den Augen.

»Ich kann sie trotzdem nicht heiraten. Ich habe nicht vor, überhaupt zu heiraten. Du weißt verdammt genau, wie ich über eine Ehe denke.«

»Wir grübeln immer noch über Lady Matilda, wie?« James sah Barrett von der Seite an.

»Ich denke nicht mehr an sie.«

»Ich hörte, sie ist aus der Anstalt zurückgekehrt.«

Barrett äußerte sich nicht zu dieser Information.

In Barretts Schweigen hinein sagte James: »Du hältst dich von ihr fern, wenn du weißt, was gut für dich ist.«

»Ich habe nicht vor, mich zum Narren zu machen wie beim letzten Mal.« Barrett fragte sich, ob die Frau, die sein Herz zu Stein gemacht hatte, geheilt war, oder ob sie mit ihrem Reichtum ihre Freilassung erkauft hatte.

Als Barrett wieder schwieg, sagte James: »Du solltest

daran denken, dein Kinderzimmer einzurichten. Du bist dreiunddreißig und hast keinen Erben.«

»Ich finde es seltsam, dass du mir Ratschläge gibst, obwohl du drei Jahre älter und immer noch unverheiratet bist.«

»Ich habe keinen Titel, und ich kann nicht heiraten, nicht bei meiner Art Arbeit.« James klang zufrieden mit seinem Schicksal. »Willst du mir nun helfen, Fenwick zur Strecke zu bringen oder nicht?«

»Nicht, wenn ich die Schwester heiraten muss. Wenn ich mich für eine Braut entscheide, dann wird sie meine Wahl sein und keine Lady, die ich mit Glück am Spieltisch gewonnen habe.«

James überlegte einen Moment und rieb sich übers Kinn. »Was wäre, wenn ich es so arrangieren würde, dass du Fenwicks Schwester nicht zu heiraten brauchst? Würdest du dann mitspielen?«

»Hängt davon ab, was dir vorschwebt.«

»Komm. Ich kann dich zu meinem Büro mitnehmen, dort werde ich dir sagen, was wir tun müssen.« James' Miene gab nicht das Geringste preis. Sie war völlig ausdruckslos.

Vor seinem geistigen Auge sah Barrett plötzlich die dunklen Augen der Prinzessin. Er runzelte die Stirn. In der vergangenen Nacht hatte er sich an ihre rauchige Stimme erinnert, an ihren Körper. Er hatte ihre Hand geküsst, ihre weiche, warme Haut unter seinen Lippen gespürt. Er hatte sich in seiner Fantasie ausgemalt, sie auszuziehen, ihr den Schleier abzunehmen, sie auf seine Satinlaken zu legen und zu lieben.

Er erkannte, dass seine Jagd nach ihrer Identität durch

diesen Fall behindert werden würde. Aber das machte nichts. Wenn es darum ging, ein Ziel zu erreichen, war er ein geduldiger Mann. Und er liebte eine gute Jagd.

Würde er die Prinzessin immer noch begehren, wenn er sie einfing? Bei diesem Gedanken vertiefte sich sein Stirnrunzeln. Wie bei allem in seinem Leben, dauerte es nicht lange, bis er sich mit einer Frau zu langweilen begann. Im vergangenen Jahr hatte er zwei Affären mit Frauen gehabt. Er hoffte eine Weile Zufriedenheit zu finden, wenn erst die Winterprinzessin sein Bett wärmen würde.

Wie spät war es? Meagan streckte sich schläfrig in ihrem Bett und warf einen Blick zur Uhr. Sechs. Ganz gleich, wie spät oder früh sie zu Bett ging, ihre innere Uhr weckte sie jeden Morgen zur gleichen Zeit. Punkt sechs. Sie lauschte dem Zwitschern der Spatzen vor ihrem Fenster, räkelte sich und rief sich ihren Traum in Erinnerung. Sie hatte von dem großen, blonden Lord mit den tiefblauen Augen geträumt. Die ganze Nacht lang hatte er sie in den Armen gehalten, geküsst und ihr Liebesworte ins Ohr geflüstert.

Sie lächelte in der Erinnerung. Dann wurde sie sich der Realität bewusst, und das Lächeln verschwand. Bis sie Lord Watt auf dem Weihnachtsbasar kennen gelernt hatte, war sie zufrieden mit ihrem Schicksal gewesen. Durch ihn war ihr bewusst geworden, wie einsam ihr Leben war, ganz gleich wie sie auch versuchte, die Einsamkeit aus ihrem Gedächtnis zu löschen.

Ein Strahl der Morgensonne sickerte durch die Fensterläden. Meagan runzelte die Stirn, als sie die Staubkörnchen in der Luft tanzen sah. Dann erinnerte sie sich an das Geld. Sie blickte zum Betthimmel.

Ihre Augen weiteten sich. Sie warf die Decke zurück und kroch über die Bettkante. Mit zitternder Hand berührte sie den zerschnittenen Stoff. Sie glaubte, ihren Augen nicht trauen zu können. Ein flaues Gefühl breitete sich in ihrem Magen aus und wurde immer stärker bis zur Übelkeit. Wenn Harold versucht hätte sie umzubringen, hätte sie sich kaum schlimmer fühlen können.

Die Geräusche einer Kutsche, die draußen vorfuhr, veranlasste sie, zum Fenster zu blicken. Wenn Harold spielte, kehrte er selten vor dem Morgen nach Hause zurück.

Der Anblick der Kutsche trieb sie zum Handeln. Sie sprang aus dem Bett und zog ihren Morgenrock an. Draußen ertönten Männerstimmen. Sie eilte zum Fenster und öffnete einen Laden.

Zwei Männer bezahlten bei einem Droschkenkutscher und winkten Harold zu, der auf dem Bürgersteig ging. Ihr Bruder ließ die Schultern hängen. Sein bleiches Gesicht hatte den gleichen Ausdruck, den es gehabt hatte, als er das Stadthaus verloren hatte. Meagan ballte die Hände zu Fäusten. Ihr Blick blieb auf Harold haften, während er stehen blieb und auf die beiden Gentlemen wartete. Er wirkte überhaupt nicht erfreut, sie zu sehen.

Meagan hatte die beiden Gentlemen schon kennen gelernt. Sie besuchten Harold häufig. Mr Walter Coburn, der Jüngere der beiden, hatte ein schmales Gesicht und stumpf blickende Augen. Der andere, Mr Fields, mochte vielleicht dreißig Jahre alt sein. Sein braunes Haar, stets mit Pomade zurückgekämmt, klebte an seinem Kopf wie eine zweite Haut. Beide Männer hatten kalte Augen und wirkten entschlossen, ein Ziel zu erreichen, wobei es ihnen gleichgültig zu sein schien, mit welchen Mitteln sie das schafften. Die beiden Gentlemen folgten Harold den Bürgersteig hinauf zur Haustür. Meagan stürzte aus ihrem Zimmer und eilte die Treppe hinab. Sie nahm immer zwei Stufen auf einmal und stolperte fast in ihrem Morgenrock. Ihre Stimmen hinter der Tür wurden lauter, ein Schlüssel wurde ins Schloss geschoben. Jeden Moment würden sie in der Eingangshalle stehen …

Kapitel 4

Meagan huschte in einen Alkoven unterhalb der Treppe. Sie hörte, wie die Tür knarrend aufschwang und wieder geschlossen wurde. Die Schritte der Männer hallten unheimlich auf den Marmorfliesen in der Halle.

»Meine Schwester kann jeden Moment herunterkommen«, sagte Harold. »Lasst uns ins Wohnzimmer gehen. Dort sind wir ungestört.«

Meagan runzelte die Stirn und lauschte. Sie wischte eine Spinnwebe zur Seite, die von der Umrandung des Alkovens herabhing, und huschte aus dem Alkoven heraus. Mit heftig pochendem Herz schlich sie durch die Halle. Die Dielen auf dem Gang zum Wohnzimmer knarrten unter ihren Füßen. Sie erstarrte und hoffte, dass die Männer sie nicht gehört hatten. Durch die geschlossene Wohnzimmertür konnte Meagan ihrer Unterhaltung lauschen.

»Kann ich euch etwas zu trinken holen?«, fragte Harold.

»Nein, danke. Wir kommen gerade von Brooks's und dachten uns, wir fangen dich auf dem Heimweg ab.« Mr Coburns tiefe Stimme klang hohl und kalt.

»Welch ein Zufall«, sagte Harold, »ich wollte euch später am Tag aufsuchen.«

»Tatsächlich?«, fragte Mr Fields, und seine Stimme klang scharf.

»Ja, Gentlemen. Ich muss mir zweitausend leihen.«

»Ich befürchte, wir können dir nichts mehr leihen, Fenwick, du schuldest uns bereits zwanzigtausend Pfund.« Mr Coburns Stimme klang hämisch.

Meagan schlug eine Hand vor den Mund und erstickte so einen Laut des Erschreckens.

»Wie ist es mit hundert?«, fragte Harold, Verzweiflung in der Stimme.

Eine lange Pause. Meagan stellte sich vor, dass Mr Coburn und Mr Fields einen verschlagenen Blick tauschten.

Schließlich sprach Mr Fields. »Wir werden sehen, was wir tun können, aber wir brauchen deine Hilfe.«

»Wobei?«

»Du bist jetzt seit einem halben Jahr einer von uns. Es ist an der Zeit, dass du deinen Wert als Mitglied zeigst«, sagte Mr Coburn.

»Was soll ich für euch tun?«, fragte Harold, und seine Stimme zitterte leicht.

»Wir haben eine Nachricht von unserem Boss bekommen. Unser nächstes Ziel ist ein hoher Regierungsbeamter. Bei dieser Sache sind wir alle beteiligt«, sagte Mr Fields, und seine Stimme enthielt eine Drohung, die Harold galt.

»Aber …«

»Kein Aber, Fenwick«, sagte Mr Fields. »Du wusstest bei deinem Eintritt, dass du dem Rest der Schafsherde zu folgen hast.«

»Ich habe nie im Traum gedacht, dass ihr so etwas tun würdet«, jammerte Harold.

»Verdammt, Mann! Hältst ihr uns für Ladys bei einem Nähkränzchen? Wir werden nicht umsonst des Teufels Advokaten genannt.«

»Ich weiß, aber …«

»Du bist dabei, Fenwick. Und lass mich dich erinnern: Es gibt schrecklich viele hungrige Wölfe dort draußen, die nach verirrten Schafen suchen«, sagte Mr Coburn.

Beim drohenden Klang seiner Stimme bekam Meagan eine Gänsehaut.

»Triff uns in zwei Wochen im Hyde Park. Bis dahin haben wir eine Nachricht, wie wir vorgehen.«

Stühle wurden gerückt, als die beiden Männer aufstanden.

Meagan wandte sich um und schlich zur Halle zurück, wobei sie sorgfältig die knarrende Diele auf dem Gang vermied. Ihr Puls raste, als sie wieder in den Alkoven schlich.

»Guten Tag«, sagte Harold und schloss die Tür hinter den beiden Männern.

Bevor sie ganz geschlossen war, huschte Meagan in die Halle und tauchte hinter Harold auf. Er erschrak und fuhr herum. »Guter Gott, Meagan! Was, zum Teufel, schleichst du hier herum? Schnüffelst du hinter mir her?«

»Ich bezweifle, dass ich der einzige Heimlichtuer in dieser Familie bin.« Sie starrte ihn finster an und verschränkte die Arme vor den Brüsten.

»Ich kann das mit dem Geld erklären.«

»Nicht nötig – wir beide wissen, was du damit getan hast.« Meagan verlor die Beherrschung und schrie: »Wie konntest du das tun? Dieses Geld gehörte mir nicht. Es gehört dem Verein. Es ist für Arme bestimmt. Du hattest kein Recht, es zu stehlen!«

»Ich dachte, ich könnte es verdoppeln.« Er konnte ihr nicht in die Augen sehen, und so starrte er auf den Boden.

»Ja, das denkst du immer.«

»Ich werde es zurückzahlen.«

»Nicht mit Hilfe dieser schrecklichen Männer, die soeben gegangen sind. Du schuldest ihnen bereits zwanzigtausend Pfund.« Das Blut wich aus Meagans Gesicht, als sie daran dachte, welch ein Vermögen das war.

»Du hast unsere Unterhaltung belauscht?« Harolds Augen weiteten sich ungläubig.

»Ich bin froh, dass ich das getan habe. Wie kannst du bei diesen schrecklichen Männern Schulden machen? Merkst du denn nicht, dass sie deine Schulden nutzen, um dich zu zwingen, furchtbare Dinge zu tun? Ich wusste in dem Augenblick, in dem ich sie kennen lernte, dass etwas Böses im Spiel ist. Du kannst doch nicht daran denken, ihnen zu helfen, jemanden zu ermorden!«

»Das hast du missverstanden.« Harold zwang sich, ihr in die Augen zu sehen, doch Meagan sah ihm an, dass er log. »Sie haben diese Aufnahmebedingungen und erwecken den Eindruck, dass man als Neuling jemanden töten muss. Du glaubst doch nicht, dass sie das ernst meinen, oder? Es ist alles ein Scherz, Meggie.«

»So klang es aber nicht für mich.«

»Doch, es war nur ein Spaß.«

»Das interessiert mich nicht. Ich traue den beiden nicht. Du musst sie ausbezahlen und aus diesem Club austreten, bevor es zu spät ist.«

»Das kann ich nicht. Wir sind ...« Er verstummte, und seine Miene nahm einen gequälten Ausdruck an.

»Was? Sag's mir.«

»Wir haben kein Geld mehr!«

»Wir haben noch Fenwick Hall. Du kannst auf den Besitz einen Kredit aufnehmen.«

Harold zuckte unter ihren Worten zusammen wie unter Peitschenhieben. Er sank gegen die Tür.

»O nein! Sag mir nicht, dass du mein Zuhause verloren hast. Es gehört mir. Mein Gott! Papa wusste, dass ich niemals heiraten werde und hat ein Treuhandvermögen für mich eingerichtet. Du hast etwas verspielt, das dir nicht gehörte!« Sie wollte mit den Fäusten auf ihn einschlagen. Stattdessen packte sie ihn an den Armen und schüttelte ihn. »Sag mir, dass du es nicht verloren hast! Sag es mir!«

Harold blickte zu ihr auf. Er brauchte kein Wort zu sagen; die Antwort war ihn anzusehen.

Meagans Knie wurden weich. Sie ließ ihn los und taumelte von ihm fort. Sie stieß mit dem Rücken gegen das Treppengeländer und hielt sich daran fest.

»Ich kann es erklären.« Harold sah sie mit seinen braunen Augen flehend an.

Meagan starrte ihn an, konnte aber kein Mitleid für ihn empfinden. »Nein, das kannst du nicht erklären. Du bist krank. Und wegen deiner Krankheit haben wir alles verloren. Wie konntest du so egoistisch sein? Wie konntest du mein Zuhause verspielen? Unseren Lebensunterhalt? Hast du überhaupt nicht an mich gedacht? Wo soll ich jetzt leben?« Meagan seufzte. »Ich nehme an, in der Jagdhütte.«

»Das geht auch nicht mehr.«

Meagan verlor den Rest an Beherrschung. Sie stürzte sich auf Harold und trommelte mit den Fäusten auf seine Brust. »Dort haben wir immer Weihnachten verbracht! Wir hatten so viele Erinnerungen daran! Ich wollte dieses Jahr dort hingehen!« Ihre Worte gingen in ein Schluchzen über. Sie hörte auf, gegen seine Brust zu trommeln. Verschwommen nahm sie Harolds Gesicht hinter ihren Tränen wahr.

Ihre liebsten Erinnerungen an ihren Vater waren mit dieser Jagdhütte verbunden. Nachdem vor fünf Jahren ihre Mutter gestorben war, hatte ihr Vater nur noch zwei Jahre gelebt. Für Meagan waren es die glücklichsten beiden Weihnachten gewesen, die sie in ihrem Leben verbracht hatte. Ihre Mutter hatte sich nie damit abfinden können, dass ihr einziges Kind ein Hautleiden hatte, und sie hatte eine unsichtbare Mauer der Spannung zwischen ihnen aufgebaut. Ohne diese ständige Spannung hatte sich Meagan in der Gesellschaft ihres Vaters entspannt. Ihre Beziehung war inniger geworden, bevor er an derselben Krankheit gestorben war wie ihre Mutter. Jetzt hatte sie nur noch die Erinnerungen an die Zeit in der Jagdhütte.

Bevor sie etwas sagen konnte, das sie den Rest ihres Lebens bereuen würde, zog sich Meagan zurück und ging die Treppe hinauf. »Ich kehre heim nach Fenwick Hall.«

»Das kannst du nicht tun. Es gehört uns nicht mehr.«

Sie verharrte und grub die Fingernägel in das Treppengeländer. »Bis der neue Besitzer kommt, um Fenwick Hall zu beanspruchen, bleibe ich dort.« Sie wollte weiter die Treppe hinaufgehen, doch Harolds Stimme stoppte sie.

»Du kannst nicht von hier fort. Ich habe dich dem neuen Besitzer von Fenwick Hall als Ehefrau versprochen. Du musst hier bleiben, und dir von ihm den Hof machen lassen.«

Sie fuhr herum, ihr Gesicht war vor Empörung gerötet. »Du hattest kein Recht, so etwas ohne mein Wissen zu tun – besonders nicht bei einem Spieler, den ich bereits verabscheue, weil er unser Zuhause als Gewinn beansprucht.« Sie zitterte am ganzen Körper und musste sich am Geländer festklammern.

»Es ist gleichgültig, ob dir sein Charakter gefällt oder nicht. Er ist reich – nur das zählt. Wie du weißt, Meagan, werden Ehen arrangiert. Es ist so üblich. Und ich habe an dein Wohlergehen gedacht, als ich ihm deine Hand angeboten habe.«

»Natürlich hast du an mein Wohlergehen gedacht«, sagte sie, und ihre Stimme klang voller Verachtung.

Sie starrten einander schweigend an. Meagan brauchte nicht zu sagen, was sie dachte. Sie beide wussten, dass er sie verspielt hatte, weil er nichts anderes mehr einzusetzen gehabt hatte. Er konnte ihrem Blick nicht länger standhalten und sah weg.

Meagan durchbrach schließlich die Stille. »Es ist mir gleichgültig, wie es dazu gekommen ist. Ich werde niemals diesen Gentleman heiraten, und das ist mein letztes Wort.«

Harold fuhr mit den Händen durch sein blondes Haar, als wollte er es ausreißen. »Du wirst ihn heiraten. Dir bleibt keine Wahl.«

»Ich habe noch Lochlann.«

»Wenn er dich haben wollte, hätte er längst um deine Hand angehalten. Er hat in dir nie mehr als eine Freundin gesehen.«

»Weil er mein Freund ist, wird er niemals zulassen, dass du mit so etwas durchkommst.«

»Er hat in dieser Angelegenheit nichts zu sagen. Bis du einundzwanzig wirst, bin ich dein gesetzlicher Vormund. Du tust, was ich dir befehle.«

»Gott sei Dank werde ich in zwei Monaten volljährig. Dann hast du nicht mehr über mich zu bestimmen.«

Harolds Gesichtsaudruck verhärtete sich zu einer unnachgiebigen Maske. »Bis dahin bin ich aber dein Vormund.«

»Ein toller Vormund bist du gewesen, indem du meine Erbschaft verspielt hast und mich zwingen willst, einen Fremden zu heiraten.«

»Er ist einer der reichsten und mächtigsten Männer Londons«, sagte Harold, schon weniger reumütig. Sein Zorn begann Oberhand zu gewinnen. »Du kannst ihn nicht abweisen. Du hast verdammtes Glück, dass ich ihn für dich gewinnen konnte. Du hast nur eine sehr kleine Mitgift, keinen Titel und – seien wir ehrlich – du wärst fast sitzen geblieben. Du bist keine Traumfrau, weil du ständig die Nase in Bücher steckst. Welcher Mann will schon eine so wissbegierige Frau?«

Meagan zuckte zusammen, als hätten die Worte ihr Stiche versetzt.

Ohne zu merken, dass er ihr wehgetan hatte, fuhr er fort: »Du musst Waterton heiraten – wenn er dich haben will. Wenn du seine Frau wirst, wirst du alles haben, was du dir jemals in deinem Leben gewünscht hast.«

Ihr Mund klaffte auf, als er den Namen Waterton erwähnte. Sie erholte sich von dem Schock, presste die Lippen aufeinander und stieß dann durch die Zähne hervor: »Ist das der Marquis von Waterton, von dem ich in den Gesellschaftsspalten gelesen habe?«

»Genau der.« Harold strahlte vor Stolz, weil er glaubte, einen wunderbaren Fang gemacht zu haben.

»Nun, er ist ein herzloser Schurke. Eine Bestie! Er ist ein Schuft. Es gibt jede Menge Gerüchte über seine berüchtigten Duelle. Und sie drehen sich immer um die Frau oder Schwester irgendeines Gentleman. Erst vor zwei Tagen habe ich in der Royal Society zwei Gentlemen darüber reden hören, wie Waterton Lord Dennison in einem

Club unmöglich gemacht hat, weil er sich ein paar Tage zuvor mit ihm duelliert hatte. Jetzt lassen die Leute den armen Dennison nicht mehr in ihre Häuser. Es ist absurd. Waterton tut, was ihm beliebt, weil er reich und mächtig ist, und seine Opfer zahlen den Preis.«

»Du kennst die Einzelheiten nicht. Ich kenne Dennison. Er ist selbst kein so feiner Kerl.«

»Ich weiß, was ich gehört habe, und ich verabscheue diesen Mann. Ich würde lieber eine Knochen- oder Lumpensammlerin sein und auf den Straßen schlafen als solch einen Mann zu heiraten.« Meagan wandte sich um und stürmte die Treppe hinauf.

»Du wirst ihn heiraten! Ich werde dafür sorgen!«

»Du kannst es versuchen«, sagte Meagan leise und spürte, wie sich ein Urinstinkt in ihr meldete. Irgendwie musste sie es schaffen, heimzukehren zu Lochlann, ihrem einzigen Freund. Er würde sie retten.

Eingeschlossen. Er hatte sie in ihrer Kammer eingeschlossen wie ein unartiges Kind, als sie versucht hatte, davonzulaufen. Jetzt saß Meagan dort und knotete ihr Bettlaken zusammen. Sie erschrak, als sie Stimmen aus der Halle heraufschallen hörte. Die Stimmen klangen gedämpft, doch sie konnte den Zorn darin hören. Wie sie sich Lochlann herbeisehnte! Er würde wissen, wie er sie aus diesem Debakel herausholen konnte.

Es klopfte leise an der Tür.

Meagan nahm hastig die Laken und schob sie unter das Bett.

»Ich bin's nur, Mylady.«

Beim Klang von Tessas gedämpfter Stimme atmete Meagan erleichtert auf und eilte zur Tür. Sie hörte, wie der Schlüssel im Schloss umgedreht wurde.

Die Tür wurde einen Spalt geöffnet, und Tessa spähte hinein. »Ich muss mich beeilen, sonst erwischt mich der Herr. Hier ist Männerkleidung.« Sie überreichte Meagan ein Bündel. »Ich hab sie mir von der Wäscheleine des Nachbarhauses geborgt.« Tessas Gesicht rötete sich bei dem Geständnis. »Ich dachte, du musst anders aussehen, wenn er nach dir sucht. Ich habe einen Droschkenkutscher aufgetrieben, wie du angeordnet hast. Er wartet in der Gasse. Oh, und Reeves spielt immer noch verrückt. Sagt, er kommt mit uns. Er weigert sich, hier zu bleiben und sich um Seine Lordschaft zu kümmern.« Als Meagan die Stirn runzelte, fügte Tessa hinzu: »Du weißt doch, dass er den Herrn nie akzeptiert hat. Als Reeves erfuhr, dass der Lord alles verspielt hat, hätte er ihn am liebsten gevierteilt. Jetzt ist er schrecklich deprimiert.«

»Der arme Reeves. Natürlich kann er mitkommen, aber du wirst dafür sorgen müssen, dass er es bis zur Kutsche schafft.«

»Das mache ich«, sagte Tessa in ihrer mütterlichen Art. »Und jetzt ist es an der Zeit, von hier zu verschwinden. Diese Mrs Pool und ihr Mann sind gekommen. Sie wollen das Geld abholen, das dein Bruder gestohlen hat. Er erzählt ihnen gerade irgendeine Lügengeschichte.«

»Ich werde nicht in der Lage sein, mich zu rechtfertigen, wenn die Wahrheit herauskommt. Ich muss dieses Geld wiederbeschaffen.«

»Mach dir keine Sorgen. Dein Freund, Mr Burrows, wird es dir leihen.«

»Natürlich, du hast Recht. Ich kann Lochlann um einen Kredit bitten.« Meagans besorgter Gesichtsausdruck verschwand.

Sie hörten die Tür in der Halle klappen und dann Harolds Schritte auf der Treppe.

»O nein! Er kommt. Er wird überprüfen, ob die Tür noch abgeschlossen ist.«

»Schließ ab. Ich werde einen Ausweg finden.«

Meagan schob schnell die Tür zu.

Tessa drehte den Schlüssel im Schloss. Dann knarrten Dielen, als sie sich entfernte.

Meagan schnappte sich das Kleiderbündel und begann, sich umzuziehen. In ihrer Hast riss sie einen Knopf von ihrem Kleid ab. Die Jungenhose und das Hemd waren zu klein, sie konnte sie kaum zuknöpfen. Sie schlüpfte in das alte Jackett, das Reeves gehört haben musste. Die Ärmel fielen bis über ihre Hände. Nachdem sie sie hochgekrempelt hatte, stopfte sie ihr Haar unter eine Mütze und lief zum Kamin. Sie rieb sich Ruß auf die Wangen, um glaubwürdiger zu wirken.

Harold hämmerte so hart gegen die Tür, dass sie in den Angeln ächzte.

Meagan erstarrte. »Geh weg!«, rief sie, nahm ein Ende der zusammengebundenen Laken und band es an den Bettpfosten.

»Ich muss mit dir reden, Meggie!« Harold drehte den Schlüssel im Schloss.

»Komm nur ja nicht herein! Ich will dich nicht sehen! Eine Frechheit, mit mir reden zu wollen, nachdem du mich den ganzen Nachmittag lang hier eingeschlossen hast.« Sie nahm einen Kerzenhalter vom Kaminsims und schleuderte ihn gegen die Tür.

Er krachte gegen das Eichenholz, fiel herab und rollte gegen ein Bein der Frisierkommode.

»Ich habe es zu deinem Besten getan. Du wirst Waterton heiraten, ob es dir gefällt oder nicht!«

Meagan schnappte sich eine Vase und warf sie gegen die Tür. Sie zerklirrte. Glasscherben flogen durch die Kammer auf den Boden und den Teppich.

Meagan hoffte, dass dies ihren Bruder davon abhalten würde, die Kammer zu betreten. Für alle Fälle drohte sie: »Ich schwöre, du wirst es bereuen, wenn du hier hereinkommst!« Sie rannte zum Fenster, öffnete es leise und warf das andere Ende der zusammengebundenen Laken hinaus.

»Also gut. Ich werde warten, bis du dich beruhigt hast. Aber wir müssen miteinander sprechen. Lord Waterton hat eine Botschaft geschickt, in der er mitteilt, dass er um neunzehn Uhr herkommen wird, um dich zu sehen. Du wirst herunterkommen, ihn begrüßen und nett sein.«

»O ja, ich werde die Nettigkeit in Person sein.« Meagan blickte zur Uhr über dem Kaminsims. Viertel vor sieben. Sie hastete zum Bett hinüber und zog eine kleine Tasche darunter hervor, die einige ihrer Kleidungsstücke enthielt. Um Harold weiter abzuschrecken, sagte sie: »Soll ich ihn um die hundert Pfund bitten, die dem Wohltätigkeitsverein gehören? Ich nehme an, Mrs Pool ist bereit, mich wegen Diebstahls hängen zu lassen.«

»Ich werde das Geld zurückzahlen. Sorge du nur dafür, dass du bereit bist, Waterton gebührend zu empfangen. Du hast zehn Minuten, um dich vorzubereiten. Wenn du dann nicht hier draußen bist, werde ich dich an den Haaren aus der Kammer schleifen.« Harold hämmerte ein letztes Mal gegen die Tür. Dann entfernten sich seine Schritte.

Meagan atmete auf. Mit einem Schal band sie sich ihre Tasche um die Taille. Dann eilte sie zum Fenster zurück. Kalte Dezemberluft schlug ihr entgegen. Unzählige Sterne funkelten am dunklen Himmel. Sie blickte hinab, holte tief Luft, sammelte Mut und schwang die Beine über die Fensterbank. Dann griff sie das Laken und ließ sich daran herab.

Ein paar Blocks entfernt saß Barrett in seiner Kutsche und steckte die Nase in die *Times*. Das Glück, eine Kutsche mit der besten Federung zu besitzen, erlaubte Barrett das Lesen während der Fahrt. Dennoch konnte er sich nicht auf die Nachrichten des Tages konzentrieren. Er wollte seine Vorstellung bei Fenwicks Schwester hinter sich bringen, damit er seine Energie wieder auf die Suche nach der Winterprinzessin einsetzen konnte.

Quälgeist – so hatte er den Hund getauft, den er gerettet hatte – stieß ein staccatohaftes Bellen aus.

Barrett faltete die Zeitung zusammen und ließ sie sinken. Der Hund hing halb aus dem Fenster, die Pfoten auf dem Fensterrahmen.

»Was ist es denn dieses Mal, Junge?« Barrett blickte die nervtötende Promenadenmischung von der Seite an. Quälgeist kläffte jede Kutsche und jede Person auf der Straße an. Er äußerte ununterbrochen akustisch seine Gebietsansprüche und wurde so dem Namen gerecht, den Barrett ihm gegeben hatte.

Über Quälgeists zottigen Kopf hinweg erhaschte Barrett

einen Blick auf eine dunkle Gestalt, die durch eine Gasse rannte. Die Gestalt sah wie ein junger Kerl mit einer Schultasche in den Händen aus. Vermutlich einer der vielen Straßenräuber, die sich in London herumtrieben.

»Also ist es dieses Mal wirklich etwas.« Barrett klopfte dreimal mit dem Griff seines Spazierstocks gegen das Dach der Kutsche.

Sie kam ruckartig zum Stehen.

Quälgeist sprang aus dem Fenster, sein Kläffen steigerte sich noch.

»Dummer Hund«, murmelte Barrett. Er fragte sich, ob Quälgeist sich beim Sprung aus der Kutsche verletzt hatte.

Bevor der Fahrer die Tür öffnen konnte, war Barrett schon herausgestürzt und rannte hinter Quälgeist her. Dem schien der furchtlose Sprung aus der Kutsche überhaupt nichts ausgemacht zu haben. Das Tier flitzte an einer Mietdroschke vorbei, die am Straßenrand parkte, rannte in die Gasse, in die die dunkle Gestalt verschwunden war, und bellte, als sei es hinter dem Teufel her.

Als der Dieb den Hund und Barrett bemerkte, rannte er schneller.

»Du da! Halt!«, schrie Barrett über das Kläffen von Quälgeist hinweg.

Der Bursche hetzte weiter.

Ich habe schon genug Zeit vergeudet, dachte Barrett atemlos und stürmte an Quälgeist vorbei. Die Aufregung ließ seinen Puls rasen und brachte ein Lächeln auf seine Lippen. Die Jagd begann, ihm Vergnügen zu bereiten. Schon hatte er den Jungen eingeholt und packte ihn am Arm.

Barrett zog den Dieb herum, um ihn sich anzusehen. Er

wich den kleinen Fäusten aus, die ihn heftig attackierten, und umfasste mit festem Griff seine Taille. Bei dem Gerangel rutschte plötzlich die Mütze vom Kopf des jungen Diebes. Lange kastanienbraune Locken fielen auf schmale Schultern herab und umrahmten ein perfekt geschnittenes feminines Gesicht. Genügend Mondschein fiel in die Gasse, um veilchenblaue Augen und volle Lippen erkennen zu können. Das Gesicht war schmutzig, doch diese Augen waren unverkennbar. Barrett hatte seine Prinzessin gefunden.

Kapitel 5

»Pfeift Euren Köter zurück!«, schrie die Prinzessin erzürnt und schüttelte ihr Hosenbein, an dem Quälgeist sich zu schaffen machte.

Barrett war so überwältigt, dass er Quälgeists gedämpftes Knurren überhaupt nicht wahrgenommen hatte. Der verdammte Köter hatte sich das Hosenbein der Lady geschnappt, hielt es zwischen den Zähnen und schüttelte den Kopf hin und her, als wolle er es in Fetzen reißen.

»Das reicht, Junge«, sagte Barett zu dem Hund. »Benimm dich wie ein Gentleman oder lauf zur Kutsche zurück.«

Quälgeist ließ sofort das Hosenbein los und duckte sich zurück.

»Danke.« Ihre Stimme, atemlos vom Rennen, hatte wieder diesen erregend rauchigen Klang, der Barrett unter die Haut ging.

»War mir ein Vergnügen«, sagte er, schaute auf ihre Lippen und beobachtete, wie ihr Atem in der kalten Luft kondensierte. Jeder ihrer heißen Atemzüge schien sein Gesicht zu erwärmen, während er sie festhielt.

Sie blickte angespannt über Barretts Schulter hinweg und versuchte, sich loszureißen. »Ich muss wirklich gehen.«

»Ich kann Euch nicht gehen lassen, nachdem ich Euch jetzt wiedergefunden habe.«

Barrett verstärkte seinen Griff um ihre Taille. »Was ist los? Warum seid Ihr wie ein Junge gekleidet und geht allein am Abend durch die Straßen? Sagt es mir. Ich möchte Euch helfen.«

»Ich habe keine Zeit, es zu erklären. Lasst mich bitte los.«

Quälgeist bellte.

Bevor Barrett sich umwenden konnte, schlug etwas gegen seinen Hinterkopf. Wie durch einen Nebelschleier nahm er eine Frau mit einem Brett in der Hand wahr, dann versank alles in Dunkelheit.

Als er zusammenbrach, stockte Meagan der Atem und sie schaute entsetzt auf ihn. »O Gott, Tessa. Du hast ihn erschlagen.«

Als Tessa sah, wen sie niedergeschlagen hatte, begann sie zu zittern. »Mein Gott! Ich dachte, er greift dich an!«

Meagan kniete sich neben Barrett und tastete an seinem Hals nach dem Puls. Sie fand ihn und atmete tief durch. »Er lebt.«

»Gott sei Dank.« Tessa warf das Brett beiseite.

Meagan tastete Barretts Kopf behutsam nach Verletzungen ab. »Da ist eine große Beule, aber kein Blut.« Sie konnte nicht widerstehen und strich leicht über sein weiches blondes Haar und über seine Wange. Sie spürte Bartstoppeln an ihrer Haut und ein Prickeln bis in ihren Arm hinauf. »Es geht ihm bestimmt bald wieder gut.«

Tessa seufzte vor Erleichterung auf.

Reeves hatte sie mittlerweile auch erreicht. Er hatte sich hingehockt und streichelte den Hund, damit er nicht mehr bellte. Dann erhob er sich schwankend. »Wir sollten von hier verschwinden.«

»Meagan!« Harolds Stimme hallte aus dem Garten hinter ihrem Haus.

»O nein, Mylady«, jammerte Tessa. »Das ist der Herr. Er hat entdeckt, dass wir fort sind. Er wird uns bestimmt finden!«

»Das werde ich zu verhindern wissen.« Meagan warf einen letzten Blick auf Lord Watt, der in seiner feinen Kleidung ausgestreckt auf den Pflastersteinen lag. Der arme Kerl würde mit einem gewaltigen Brummschädel erwachen. Die Vorstellung, Lord Watt verwundet in der Gasse zurückzulassen, belastete ihr Gewissen, doch es war nicht zu ändern. Was hatte er hier überhaupt verloren? Höchstwahrscheinlich wollte er wieder einmal eine Dame besuchen.

Letzterer Gedanke minderte Meagans Schuldgefühl. Sie hob die Mütze auf, die ihr vom Kopf gefallen war, stopfte ihr Haar darunter, lief zu Reeves und schlang den Arm um seine dünne Taille. »Kommt.«

»Schnell, Mylady.« Reeves blinzelte aus seinen trüben Augen zu ihr auf und versuchte, so schnell zu gehen, wie er konnte, was nicht mehr als ein langsames Schlurfen war.

»Meagan!« Harolds Stimme klang jetzt wütender. Die Gartenpforte knarrte, als er sie öffnete.

Tessa nahm Reeves' Arm, und so schafften sie es, den alten Mann durch die Gasse zu führen. Kurz bevor sie die Einmündung zur Straße erreichten, tauchten plötzlich zwei große, stämmige Männer in gelber Livree auf und rannten auf sie zu.

»Jetzt sind wir erledigt«, murmelte Tessa. »Das müssen die Diener des Lords sein. Ich komme bestimmt ins Gefängnis, weil ich ihn niedergeschlagen habe.«

»Nein, mach dir keine Sorgen«, flüsterte Meagan. »Ich werde sie ablenken. Wir treffen uns bei der Kutsche. Geh mit Reeves dorthin …«

Meagan schob Tessa und Reeves durch ein Tor in den Garten eines ihrer Nachbarn und drängte sie hinter zwei große Hecken, die an jeder Seite des Tors standen. Sie war sich nicht sicher, ob die Männer Tessa und Reeves gesehen hatten, aber sie war überzeugt, dass sie selbst entdeckt worden war. Die Männer rannten genau auf sie zu.

Sie fuhr herum und rannte in die Gasse zurück, vorbei am Haus und an Lord Watt, der immer noch dort lag, wo er niedergeschlagen worden war. Sein kleiner Hund sprang auf und bellte, doch er folgte ihr nicht.

»Du da! Halt!«, rief einer der Diener.

Sie rannte schneller, und das Herz klopfte ihr bis zum Hals. Bei einem hastigen Blick über die Schulter sah sie nur einen Mann hinter sich. Der andere musste die Verfolgung aufgegeben haben, um sich um seinen Herrn zu kümmern. Der Mann, der sie verfolgte, holte auf. Jeden Augenblick würde er sie schnappen.

Unvermittelt tauchte Harold aus den Schatten auf. »Hey, du Bengel! Stopp!« Er sprang auf sie zu und packte sie am Arm.

Sie riss sich frei, dann stieß sie ihren Bruder dem Mann entgegen, der ihr auf den Fersen war. Die beiden Männer prallten zusammen und stürzten. Meagan taumelte, schaffte es jedoch, das Gleichgewicht wiederzugewinnen.

Stöhnen und Flüche drangen an ihre Ohren, als sie durch den Hof eines Nachbarn hetzte, vorbei an einer Buchsbaumhecke und einen schmalen Pfad entlang, der zwischen zwei Häusern verlief. Das brachte sie wieder hinaus auf die

Fenchurch Street. Sie rannte zwischen zwei weiteren Häusern hindurch und auf die angrenzende Straße.

Schließlich lief sie langsamer und rang keuchend um Atem. Meagan spürte Seitenstiche, doch sie gab nicht auf. Sie lauschte auf Schritte, hörte jedoch nichts.

Licht brannte hinter einigen der Fenster. Sie erinnerte sich, dass es sieben Uhr sein musste, doch es kam ihr wie Mitternacht vor. Laub auf dem Gehsteig raschelte unter ihren Füßen. Einige Vögel flatterten fast lautlos über sie hinweg.

Meagan erreichte die Straßenecke. Kutschwagen passierten sie in einem stetigen Strom. Es hatte den Anschein, dass der Verkehr auf Londons Durchgangsstraßen niemals nachließ. Sie hielt nach Tessa und Reeves Ausschau, entdeckte jedoch keine Mietdroschke. Sie sah nur eine schwarz lackierte Kutsche mit vier Postillions in gelber Livree und einem Löwenwappen auf der Tür.

Sie runzelte die Stirn. Etwas an dem Wappen erinnerte sie an Lord Watt. Vielleicht musste sie wegen seiner Haarpracht an einen Löwen denken. Die Kutsche parkte neben den Eingang zu der Gasse – ein Anzeichen darauf, dass sie Lord Watt gehörte. Besorgt zog sie die Brauen zusammen, wandte sich um und eilte die Straße in die entgegengesetzte Richtung hinunter.

Abrupt scherte eine Mietdroschke aus dem Verkehrsstrom aus und fuhr an den Straßenrand. Mondschein fiel auf den Fahrer – ein stämmiger Mann mit einer Zigarre im Mundwinkel und einer Peitsche in der Hand. Die Peitsche knallte über den Rücken zweier knochiger Pferde. Der Kutscher musterte Meagan; dann teilten sich seine Lippen in einem breiten, zahnlosen Grinsen.

Sie wich misstrauisch einen Schritt zurück, fluchtbereit, doch dann steckte Tessa ihren Kopf aus dem Kutschenfenster und winkte.

Meagan seufzte erleichtert auf, rannte zur Kutsche und sprang hinein. Drinnen roch es nach abgestandenem Parfüm und Schweiß. Sie schnitt eine Grimasse und sank neben Reeves zusammen.

»Du bist ihnen also entkommen«, sagte Tessa aufatmend. Sie wollte noch mehr sagen, doch die Kutsche fuhr mit einem Ruck an. Meagan wurde jäh gegen den Sitz gepresst. »Ah! Dieser Lump! Dem sollte man das Fahren beibringen.«

Reeves klammerte sich mit seinen zittrigen Händen an den Sitz, um nicht herunterzufallen, aber er lächelte zufrieden. Dieses kleine Abenteuer schien ihm auf seine alten Tage Spaß zu bereiten.

Tessa wandte sich an Meagan. »Wo sollen wir bleiben? Der Herr wird uns gewiss finden, wenn wir heimkehren.«

»Wir werden im Gasthaus in Weymouth bleiben, bis ich mit Lochlann sprechen kann.«

»Ich würde mich beeilen, denn der Herr wird uns sicherlich auf den Fersen sein.« Tessa strich eine Locke zurück, die unter ihrer Mütze hervorlugte. Die nächsten Worte sprach sie mit einer Spur von Verachtung. »Dieser Lord Watt wird nicht aufgeben. Merk dir meine Worte, er wird dich finden. Ich bin sicher, er war auf dem Weg zu dir, als er dich entdeckt hat.«

Meagan hatte so ein Gefühl, dass Tessas Vermutung stimmte. Sie rief sich in Erinnerung, wie sie ihn gebeten hatte, sie loszulassen und gespürt hatte, wie er mit seinen starken Armen ihre Taille nur noch fester umfasst hatte. Er begehrte die geheimnisvolle Wahrsagerin, nicht die echte Meagan. Der Teil von ihr, der sich zu ihm hingezogen fühlte, wollte ihn wiedersehen, doch da war ein anderer Teil, der wusste, dass sie nie an die Vorstellung heranreichen konnte, die er sich von der geheimnisvollen Winterprinzessin machte. Es würde besser sein, heimzukehren und ihn zu vergessen.

Sie musste sich in Gedanken mit anderen Dingen beschäftigen, zum Beispiel, wie sie die schreckliche Heirat verhinderte, zu der Harold sie zwingen wollte. Besorgt lehnte wie sich auf dem Sitz zurück und atmete tief durch.

Barrett konnte sein Glück nicht fassen. Seine Prinzessin küsste ihn, küsste sein ganzes Gesicht. Ihre warme, feuchte Zunge glitt zärtlich über seine Nase, sein Kinn, die Wangen, über seine Lippen. Er griff nach ihr.

Seine Finger berührten Haar. Kurzes, zerzaustes, struppiges Haar.

Er öffnete ein Auge ...

Sein Blick fiel auf eine kleine schwarze Nase. Auf Fell.

Runde braune Knopfaugen spähten hinter Büscheln von zottigem Haar hervor. *Quälgeist.*

»Hölle und Verdammnis!«, murmelte er und schob den Hund von seinem Gesicht fort. Er tastete zu seinem schmerzenden Kopf.

»Ist alles in Ordnung, Mylord?«

Stratton, einer seiner Diener, neigte sich über ihn. Er ergriff Barrett am Arm und half ihm auf die Füße. Barrett kämpfte gegen Schwindel an und knurrte: »Vergiss es,

Mann! Hast du gesehen, wohin sie gelaufen ist?« Barrett schnitt eine Grimasse und wischte sich mit dem Handrücken die Hundeküsse vom Mund. Dann ertastete er die große Beule an seinem Hinterkopf.

»Sie ist in diese Richtung gerannt.« Stratton wies durch die Gasse. »Hastings ließ sie entkommen.«

Hastings, der durch die Gasse herangekommen war, wandte sich seinem Kollegen zu und schnarrte: »Das ist eine Lüge. *Du* hast sie entkommen lassen.«

»Das stimmt nicht!«

»O doch!«

»*Du* bist hinter ihr her gerannt.«

»Ja, aber sie ist dir durch die Hände geschlüpft wie ein eingefettetes Schwein.«

»Genug!« Bei Barretts scharfem Tonfall hielten beide Männer den Mund. »Ich halte euch beide für gleichermaßen verantwortlich.«

Stratton runzelte die Stirn. Dann platzte er heraus: »Verzeihung, Mylord, aber Ihr solltet nicht uns die Schuld geben. Wir sahen Euch mit einer Dame sprechen und dachten, wir sollten nicht stören. Als wir beim nächsten Mal die Lage prüften, sahen wir Euch am Boden liegen und sie fortlaufen. Ich dachte, sie habe Euch ausgeraubt und rannte hinter ihr her. Ich stoppte bei Euch, um zu sehen, ob Ihr tot seid, und Hastings verfolgte sie.«

»Für den Lohn, den ich euch beiden zahle, kann ich wenigstens verlangen, dass ihr eine Frau aufhalten könnt.« Barrett starrte sie kalt an. Er war nicht in der Stimmung, sich Ausreden anzuhören. Sein Blick glitt zu Quälgeist. »Du hättest dir deinen Knochen verdienen und sie verfolgen können.«

Quälgeist ließ seine Ohren hängen, als könne er nicht verstehen, warum er gescholten wurde.

»Waterton, ist alles in Ordnung?« Fenwick kam auf ihn zugeschritten, der Mondschein fiel auf sein rundes Gesicht.

»Alles prima. Das Einzige, was schmerzt, ist mein Stolz.« Barrett wischte den Schmutz von seinem Jackett und richtete seine Krawatte.

»Ich kann nicht glauben, dass Ihr gleich hinter meinem Haus überfallen worden seid«, murmelte Fenwick und rieb sich ebenfalls Schmutz vom Jackett. »Wir versuchten, den Räuber aufzuhalten, doch er entkam.«

»Es war kein Räuber und auch kein Mann. Es war eine Lady, und ich habe sie auf dem Weihnachtsbasar kennen gelernt.« Barrett sah Fenwick bei der Erwähnung des Basars zusammenzucken. »Kennt Ihr eine schöne junge Frau mit langem rotbraunen Haar, veilchenblauen Augen und einer wohlproportionierten Figur? Sie hat eine Zofe, die einen ausgezeichneten Infanterie-Feldwebel abgeben würde.«

Fenwick hob die Brauen. In angespanntem Tonfall sagte er: »Tut mir Leid. Wir sind erst vor einem Monat in diese Gegend gezogen. Wir haben noch nicht alle Nachbarn kennen gelernt.«

»Schade. Ich war mir sicher, dass Ihr sie kennt.«

Fenwick log, wenn er nur den Mund aufmachte. Höchstwahrscheinlich war die Frau seine Mätresse. Aber warum war sie wie ein Junge gekleidet gewesen? Vermutlich, um Fenwick und seiner grausamen Behandlung zu entkommen. Barrett ballte die Hände zu Fäusten, um Fenwick nicht am Kragen zu packen. Aber wenn er die Beherrschung verlor, konnte er den Fall gefährden, und so entspannte er sich.

»Nein, ich kenne sie nicht«, sagte Fenwick. »Vielleicht war sie nur zufällig hier in der Gegend. Vielleicht macht es der Dame Spaß, verkleidet durch die Straßen zu spazieren.« Er blickte nachdenklich vor sich hin.

»Da habt Ihr vielleicht Recht, aber sie könnte sich immer noch hier in der Gegend verstecken.« Barrett sah seine Diener an. »Stratton, Hastings. Ich will, dass ihr die Gegend durchkämmt. Ich will, dass sie gefunden wird.«

»Ja, Mylord.« Hastings verneigte sich. Dann eilten die Männer durch die Gasse davon, laut miteinander streitend, wer sie hatte entkommen lassen.

»Wir werden in Eurem Haus warten, Fenwick. Und wir können die Vorstellung bei Eurer Schwester wie geplant stattfinden lassen.«

Fenwick zögerte und fuhr sich mit der Hand durchs Haar als wolle er es ausreißen. Schließlich sagte er: »Ich befürchte, das ist nicht möglich, Sir.«

»Warum nicht?«

»Sie ist schon früher am Tag nach Fenwick Hall aufgebrochen.«

»Sie ist wohl ein bisschen widerspenstig, wie?« Barrett hob eine Augenbraue, überzeugt, dass die Schwester nie in London gewesen war. Wenn sie hässlich aussah, wie die Gerüchte besagten, die Barrett im Club gehört hatte, bezweifelte er, dass Fenwick die Lady in die Stadt kommen lassen würde.

Ein Muskel zuckte an Fenwicks Wange. Er war nervös. »O nein. Sie ist nur scheu. Sie hat ihr Leben mehr oder weniger abgeschieden geführt und ist gegenüber Fremden ein wenig gehemmt.«

»Ich liebe Herausforderungen. Eure Schwester hat mein Interesse geweckt.« Barretts gelangweilter Tonfall strafte seine Worte Lügen. Die Schwester interessierte ihn kein bisschen. Er wollte die Prinzessin. »Wir werden nach Fenwick Hall fahren, um Eure Schwester zu besuchen. Ich muss meinen neuen Besitz ohnehin in Augenschein nehmen.«

Fenwick betrachtete ihn finster. »Darf ich eine persönliche Frage stellen?«

»Das hängt davon ab, welche.« Barretts Blick fiel auf einen Schatten am Toreingang eines der Nachbarhäuser, und er fragte sich, was das wohl sein mochte.

»Seid Ihr ernsthaft daran interessiert, meine Schwester zu heiraten?«

»Ihr habt sie beim Spiel eingesetzt, oder nicht?«

»Aber ich habe nie einen Moment gedacht, dass Ihr sie wirklich heiraten würdet«, sagte Fenwick mehr zu sich selbst als zu Barrett. Dann wandte er ihm seine volle Aufmerksamkeit zu. »Ich muss ehrlich zu Euch sein. Sie hatte nie ein Auskommen und hat keine Beziehungen. Es mangelt ihr auch an einer Mitgift.«

»Die Konventionen interessieren mich nicht, Fenwick. Ich halte mich nur daran, wenn sie mir gefallen«, sagte Barrett mit Spott in der Stimme. Er musste sich zu seinen nächsten Worten zwingen. »Für mich zählt bei der Suche nach einer Frau nur, dass wir beide gut miteinander auskommen. Eure Schwester wird sicherlich diesen Ansprüchen genügen, wie jede Frau es tut. Und jetzt entschuldigt mich bitte.« Barrett schritt zu dem Tor und bückte sich. Erstaunt stellte er fest, dass der »Schatten«, der ihm aufgefallen war, eine Tasche war. Zweifellos die einer

Dame. Er öffnete sie und zog ein seidenes Taschentuch hervor.

»Donnerwetter! Seht Euch das an. Jemand hat seine Kleidung hier zurückgelassen.« Fenwick klang überhaupt nicht überrascht, als sein Blick von der Tasche zu Barrett glitt.

»Nicht nur jemand. Eine *Prinzessin.*« Barrett runzelte die Stirn und strich mit der Hand über die feine Seide. Er war jetzt überzeugt, dass die Frau Fenwicks Mätresse war – eine Tatsache, die James nicht auf dem Basar erwähnt hatte. Barrett musste einfach Fenwicks Vertrauen gewinnen und ihn dazu bringen, seine Beziehung mit ihr zuzugeben. Dann würde er sie finden und vor Fenwick schützen.

Kapitel 6

Zwei Stunden später saß Barrett in seiner Kutsche neben James, das seidene Taschentuch sicher in seiner Jacketttasche verborgen, und grübelte über die Tatsache nach, dass es ihm nicht gelungen war, Fenwick zum Plaudern über seine Mätresse zu bewegen. Fenwick war sogar so dreist gewesen zu leugnen, eine Mätresse zu haben.

James warf einen Blick auf Quälgeist, der seinen Kopf auf Barretts Knie gelegt hatte. »Wo hast du denn diesen Kläffer gefunden?«, fragte er grinsend.

»Eigentlich hat *er* mich gefunden.«

James' listiges Lächeln gab nichts preis, es erreichte nicht einmal seine Augen. »Du magst für die Welt wie ein Zyniker wirken, aber in Wirklichkeit bist du sentimental. Solange ich mich erinnern kann, konntest du noch nie widerstehen, einem armen verirrten Tier zu helfen.«

Barrett tätschelte den kleinen Kopf des Hundes. »Danke für die so treffende Analyse meines Charakters. Aber wie ist es mit dir? Bist du so berechnend und egoistisch wie du wirkst? Ich habe noch keine sentimentale Ader in dir aufgespürt, aber ich bin überzeugt, es gibt eine. Hast du jemals irgendwelche Streuner aufgenommen?«

»Einmal.« James verfiel in Schweigen, als bereue er seinen Moment der Offenheit.

»O ja. Deine kleine Spionin, Lady Jacques, hatte ich ganz vergessen.«

»Ich möchte wirklich nicht über sie sprechen. Sie ist tot.«

»Tot? Wie das?« Barrett zog die Brauen hoch.

»Sie wurde bei der Überquerung der Grenze nach Frankreich erschossen.«

»Das habe ich nicht gewusst. Ich …«

»Um Himmels willen, belass es dabei. Sie ist jetzt seit einem Jahr tot. Das Thema ist abgeschlossen, also lass es einfach fallen.« James schwieg wieder, und seine Miene war so rätselhaft wie immer.

Barrett blickte James' Profil an. Er hatte den Verdacht gehabt, dass James in die Dame verliebt gewesen war, aber er war sich dessen nie ganz sicher gewesen. James hatte selten über Lady Jacques gesprochen. Sie war in Ausübung ihrer Pflicht erschossen worden. Gewiss hielt sich James für ihren Tod verantwortlich. Er war der Typ Mann, der sich für das Leben derjenigen, die unter ihm arbeiteten, verantwortlich fühlte – besonders wenn er sie liebte.

Langes Schweigen dehnte sich zwischen ihnen aus, nur das Knarren der Kutsche und das rhythmische Klopfen der Pferdehufe waren zu hören.

Nach ein paar Meilen brach James das Schweigen. Er schenkte sich ein Glas Rotwein aus einer kleinen Bar ein, die Barrett in der Kutsche hatte installieren lassen. »Dies nenne ich angenehmes Reisen. Du hast hier fast den gleichen Komfort wie zu Hause. Es ist, als wäre man in einem königlichen Palast.« Er lehnte sich in die bequemen Samtpolster zurück, nippte an seinem Wein und lächelte den Engeln zu, die auf die vergoldete Decke gemalt waren.

»Ja, es gibt allen Luxus, aber der kann uns nicht schneller nach Fenwick Hall bringen als eine gewöhnliche Mietdroschke.«

»Du brauchst nicht so finster dreinzuschauen. Wir werden diese Sache bald hinter uns haben.« James gähnte und zog seine Taschenuhr hervor. »Elf Uhr. Dir ist hoffentlich klar, dass wir deine Braut aufwecken könnten.«

»Ich will es hinter mich bringen. Bist du sicher, dass dieser Hibbert weiß, was er tun soll?«

»Selbstverständlich. Er ist einer meiner besten Männer. Er hat die Rolle eines Geistlichen oft gespielt.« James nippte wieder am Rotwein und musterte Barrett.

»Und du bist sicher, dass wir nicht wirklich getraut werden?«

»Völlig sicher. Hibbert ist kein Pfarrer. Du brauchst nur die Rolle eines Ehemannes zu spielen ...«

»Und nicht die Ehe zu entweihen und die Ehre der Dame zu ruinieren«, vollendete Barrett für ihn und blickte finster vor sich hin.

»Genau. Was nicht so schwierig sein sollte, wenn ich's mir recht überlege. Du musst nur dein normales arrogantes Verhalten zeigen.« Bei Barretts ärgerlichen Blick lächelte James. »Und wenn sie deinem Charme verfällt, könnt ihr in getrennten Zimmern bleiben, und du kannst dir irgendeine Ausrede einfallen lassen, die dich davon abhält, Schmutziges mit ihr zu treiben.«

»Ich werde sicherlich keine Mühe haben, mich von ihr fern zu halten.« Barrett bedachte James mit einem wütenden Blick. Er dachte wieder an die Prinzessin und wollte James nach ihr fragen, doch er wusste, dass er von ihm in dieser Hinsicht keine Hilfe bekommen würde.

James trank den Rest seines Weines. »Ist absolut sicher, dass Fenwick dort sein wird?«

»Frag ihn selbst, wenn wir am nächsten Postkutschengasthof halten.« Barrett wies zu der Kutsche, die ihnen folgte.

»Wenn er mit uns gefahren wäre, hätten wir vielleicht Informationen aus ihm herauslocken können.«

»Ich habe festgestellt, dass es mehr als ein paar Stunden in einer Kutsche mit Fenwick bedarf, damit er verrät, was er weiß. Vielleicht kann Hibbert Informationen aus ihm herausholen.«

»Hat Fenwick dich angelogen?« James hob eine Augenbraue.

»Ja, aber ich bekomme die Wahrheit früher oder später aus ihm heraus.«

»Daran hege ich keinen Zweifel.«

Wie üblich war es für Barrett schwer, James' Miene zu deuten. Er glaubte, eine Spur von Grinsen zu entdecken. Offenbar wusste James, dass die Prinzessin Fenwicks Mätresse war, und es belustigte ihn, dass Barrett zwangsläufig dahinterkommen würde. Barrett fand es kein bisschen lustig, doch das würde er James nicht wissen lassen.

Zehn Meilen entfernt stand Meagan im Mondschein an einem kleinen Teich und lauschte den Insekten. Ein feiner Nebelschleier hing über den Ufern. In der Ferne schienen die Backsteingiebel und Türme von Oakwell Hall den Rand des Mondes zu berühren.

Ein Nachtfalke, der in einer Weide in der Nähe des Hauses saß, stieß einen lauten Schrei aus. Meagan lächelte, als sie sich an die Heimfahrt von London erinnerte.

Als sie London verlassen hatten, waren alle Sitzplätze in der Kutsche besetzt gewesen. Weil Meagan wie ein Junge gekleidet gewesen war, hatte der Fahrer sie auf das Dach gesetzt. Tessa und Reeves hatten angeboten, mit ihr zu tauschen, doch Meagan, jünger und fähiger, die Kälte zu ertragen, hatte nichts davon hören wollen. Wenn sie inkognito reisen wollte, musste sie einfach die Konsequenzen tragen.

Sie war nie zuvor oben auf einer Postkutsche gefahren. So war es ein Erlebnis, das sie nicht so leicht vergessen und bestimmt nicht freiwillig wiederholen würde. Die meiste Zeit der zehnstündigen Fahrt von London hatte sie damit verbracht, um ihr Leben zu bangen und dem Kutscher und dessen Beifahrer zuzuhören, was sie ihr ins Ohr brüllten. Sie war immer noch fast taub von ihrem Geschrei.

Oder war die Flasche Brandy, die der Fahrer herumgereicht hatte, der Grund für das Klingeln in ihren Ohren? Beim ersten Angebot hatte Meagan abgelehnt. Doch nach einer Stunde war sie so durchgefroren gewesen, dass sie den feurigen Alkohol dankend angenommen und gehofft hatte, er würde sie aufwärmen. Sie konnte sich nicht erinnern, wie oft sie einen Schluck aus der Brandyflasche genommen hatte, doch als sie daheim angekommen waren, hatte sie bis zu den Fußspitzen geglüht.

Sie erinnerte sich noch, wie sie schwankend von der Kutsche heruntergestiegen war und mit dem Fahrer und Beifahrer ein schmutziges Lied gegrölt hatte. Auf dem ganzen Weg zum Gasthof Weymouth hatte Tessa sie gescholten, was etwas ernüchternd für Meagan gewesen war, vielleicht jedoch nicht genug.

Sie summte jetzt dieses schmutzige Lied und schlenderte über einen gepflasterten Weg an einem Garten vorbei, wo sie als Kind beim Spiel mit Lochlann Drachen erschlagen, Piraten verprügelt und jede Menge Franzosen niedergemetzelt hatte. Obwohl Lochlann fünf Jahre älter war, hatten sie gut miteinander gespielt, besser als sie und Harold.

Sie ließ ihren Blick über die gepflegten Buchsbaumhecken, den Brunnen mit dem Gott Amor in der Mitte und die Eiben schweifen, die prächtige Ausgucke boten, um Ausschau nach Piraten und Drachen und Napoleon zu halten. Jedes Mal, wenn sie an diesem Garten vorbeikam, musste sie an ihre Kindheit denken. Jetzt waren diese Gedanken besonders schmerzlich für sie, wenn sie an Harolds Probleme mit diesen schrecklichen Männern dachte und daran, dass er alles verspielt hatte – sie eingeschlossen.

Einen Moment später stand Meagan unter dem Fenster von Lochlanns Kammer. Sie zögerte nicht, am Stamm einer alten Eiche hochzuklettern. Die dicken Äste dienten ihr als Leitersprossen und machten den Aufstieg leicht.

Ihre Wangen waren noch rußig. Haarsträhnen hatten sich unter der Mütze gelöst. Vielleicht hätte sie auf Tessa hören und sich umziehen sollen, bevor sie hierhin gegangen war, aber sie musste unbedingt mit ihrem Freund sprechen. Sie schob das Schiebefenster auf und schlüpfte hindurch.

Ihre Füße schlugen härter auf dem Boden auf, als sie erwartet hatte. Meagan blickte zum Bett. Genügend Mondschein fiel in die Kammer, um es zu erhellen. Lochlann hatte sich nicht geregt. Er lag auf dem Bauch, die Füße ragten aus den Decken hervor. Seine Arme waren in sonderbaren Winkeln an seinen Körper gedrückt. Ein Kissen bedeckte seinen Kopf.

Meagan schlich auf Zehenspitzen näher, neigte sich über

das Bett und spähte unter das Kissen. »Lochlann«, flüsterte sie.

Er rührte sich nicht.

»Lochlann.« Meagan berührte ihn an Arm.

Kein Muskel zuckte.

»Lochlann.« Sie rüttelte ihn am Arm.

Er murmelte etwas Unverständliches.

Meagan nahm das Kissen und schlug ihn damit ein paar Mal.

Er erwachte und packte ihre Arme.

»Ich bin's – Meagan. Du tust mir weh!« Meagan zuckte zusammen, als sich seine Finger in ihre Haut gruben.

Er ließ ihre Arme los und blinzelte sie an. »Was machst du denn hier? Ich dachte, du wärst in London.« Er wirkte verlegen, weil er im Bett überrascht worden war, drehte sich um und zog die Decke um seine Brust.

Meagan blickte auf seine dunklen Locken, die wild von seinem Kopf abstanden, und rieb sich die Arme. »Oh, es war schrecklich. Du weißt ja nicht, was passiert ist.« Sie ließ sich auf die Bettkante plumpsen.

»Es muss etwas verteufelt Schlimmes gewesen sein. Du riechst betrunken.«

»Wie riecht jemand, der betrunken ist?« Meagan bedachte ihn mit einem empörten Blick.

»Gute Frage. Lass mich präzisieren. Du stinkst wie ein Tavernenflittchen, das sich selbst am Schnaps bedient hat.«

»Ja, nun, ich habe einen guten Grund, so zu riechen.«

»Harold hätte dich nie zwingen sollen, nach London zu fahren. Ich nehme an, es ist nicht gut gegangen.« Lochlann lehnte sich zurück an dass Kopfbrett des Bettes. Er verschränkte die Arme vor der Brust und wartete geduldig auf ihre Erklärung. Seine zinnfarbenen Augen funkelten sie aus den Schatten an.

»Es war furchtbar.« Meagan berichtete alles, was geschehen war, einschließlich des Teils, der Harolds Verwicklung mit des Teufels Advokaten anbetraf. Sie ließ aus, dass sie sich zu Lord Watt hingezogen fühlte und welche prickelnden Gefühle sie in seiner Gegenwart hatte, und endete: »Ich kann einfach keinen Mann heiraten, den ich bereits verabscheue, ohne ihn persönlich kennen gelernt zu haben.«

»Das solltest du auch nicht müssen.« Lochlann tätschelte ihren Arm und wurde zornig. »Ich habe von diesem Waterton-Typen gehört. Er ist ein gemeiner Kerl – ein Stromer ohne Prinzipien außer denen, die er für sich selbst aufstellt.«

»Ganz richtig! Erinnerst du dich an den Tag, an dem du zu mir kamst, nachdem deine Eltern diesen schrecklichen Streit hatten und dein Vater deine Mutter schlug? Erinnerst du dich, dass wir an jenem Tag geschworen haben, nie zu heiraten, wenn wir die Person nicht lieben?«

»Ja«, sagte Lochlann, und sein Tonfall war nachdenklich und verträumt.

»Ich nahm diesen Schwur sehr ernst. Ich werde keinen Mann heiraten, den ich nicht liebe. Jedenfalls will ich nicht verheiratet werden. Ich will niemals heiraten. Ich bin glücklich mit meinem Leben, wie es ist. Ich will einfach in Ruhe gelassen werden, damit ich mich meinen Studien und den Sternen widmen kann.« Vor ihrem geistigen Augen stieg ein Bild auf: tiefblaue Augen, breite Schultern und lockiges, blondes Haar. Ihre letzten Worte hatten nicht ganz der Wahrheit entsprochen, das wusste sie, aber sie würde das nicht vor Lochlann zugeben.

»Du solltest nicht die Hoffnung aufgeben, einen Gentleman zu finden, der dich liebt, Meagan. Du würdest eine gute Mutter sein. Mr Wright sagt mir immer, wie gut du zu den Kindern in der Schule bist.«

»Er ist nur freundlich.« Mr Wright war der alte Schulleiter – Meagan konnte sich keinen freundlicheren und rücksichtsvolleren Mann vorstellen. Sie half ihm einmal pro Woche in der Schule, die Lochlann bauen lassen hatte, um die Kinder der Armen das Lesen zu lehren. Meagan bewunderte Lochlann für seine gute Tat, doch einige der anderen Landbesitzer aus der Gegend verabscheuten ihn deswegen. Sie waren der Ansicht, die Unterklasse sollte nicht ermuntert werden, das Lesen zu erlernen; es führt nur zu Aufständen und Klassenkämpfen, wenn die Minderbemittelten des Lesens kundig seien.

»Ich bin überzeugt, er sagt das nicht nur aus Freundlichkeit. Er sagt, er kann die Kinder kaum bändigen, wenn du kommst, um ihnen ihre wöchentliche Lektion in Sternenkunde zu erteilen.«

»Sie sind leicht zu begeistern. Ihr kleiner Verstand saugt das, was wir ihnen beibringen, wie ein Schwamm auf. Einige von ihnen sind so wissbegierig.« Meagans Stimme wurde weicher. »Es bricht mir fast das Herz, dass sie nur das bisschen haben, das wir ihnen vermitteln.«

»Ich möchte nicht deine Hilfe in der Schule verlieren.« Lochlann setzte sich gerade im Bett auf. Die Decke fiel von seiner Brust. Er beachtete es nicht. Seine Miene nahm einen entschlossenen Ausdruck an. »Ich kann nicht zulassen, dass Harold dir dies antut. Ich werde dich heiraten, bevor ich zulasse, dass Waterton dich bekommt.«

Meagan tätschelte seinen Arm. »Dieses Opfer kann ich nicht annehmen. Du liebst mich nicht, und du sollst deine Cousine heiraten.«

»Es wurde nie schriftlich festgehalten, und ich habe bei Lucinda nie angedeutet, dass ich sie heiraten werde. Nein, ich werde dich heiraten.«

»Würdest du das für mich tun, Lochlann?« Meagan glaubte einen Kloß in der Kehle zu haben.

»Natürlich würde ich das tun. Wir sind Freunde.« Er ergriff ihre Hand und drückte sie.

»Ich weiß nicht, was ich ohne dich tun würde. Du warst während meiner ganzen Kindheit immer für mich da.« Meagan konnte nicht zählen, wie oft sie Selbstmitleid gehabt und sich an seiner Schulter ausgeweint hatte. »Du hast mir bei jeder Katastrophe in meinem Leben Kraft gegeben. Du bist so gut zu mir gewesen. Ich will nicht, dass du ein solches Opfer bringen musst. Vielleicht brauchen wir uns nicht zu binden. Wenn dieser Waterton weiß, dass ich bereits verheiratet bin, wird er mich in Ruhe lassen. In ein paar Monaten können wir die Ehe annullieren lassen. Aber Fenwick Hall wird ihm gehören. Wie ich den Gedanken hasse, dass er mein Zuhause besitzt!«

»Mach dir keine Sorgen. Du kannst hier wohnen. Und wenn wir erst verheiratet sind, lassen wir nichts annullieren.«

»Danke, Lochlann.« Meagan umarmte ihn. »Meinst du, wir können als Mann und Frau glücklich sein?«

»Selbstverständlich.« Lochlann sah ihr in die Augen. »Ich liebe dich bereits, vielleicht nicht auf die Art, wie es ein Kavalier tun sollte, aber ich bin mir sicher, dass dies noch kommen wird.«

Einen Moment schauten sie einander in die Augen. Lochlann neigte sich zu ihr. Bevor seine Lippen ihren Mund berührten, zog sie sich zurück. »Ich sollte jetzt lieber gehen.«

»Ja.« Er lächelte widerstrebend und zeigte dabei seine ebenmäßigen weißen Zähne.

Meagan hatte Lochlann nie mit den Augen einer Frau betrachtet. Sein kohlrabenschwarzes Haar fiel in Locken um sein längliches Gesicht mit den hohen Wangenknochen, der langen römischen Nase und den freundlich blickenden Augen. Dunkle Bartstoppeln bedeckten sein Kinn. Irgendwie war er vom schlaksigen Jungen zu einem gut aussehenden Mann geworden, ohne dass sie es bemerkt hatte. Aber sie betrachtete ihn immer noch als einen Bruder.

Sie erhob sich und sagte: »Ich gehe jetzt besser zurück. Tessa macht sich Sorgen, dass sie verhaftet wird, weil sie Lord Watt niedergeschlagen hat, und ich habe sie mit Reeves im Gasthof des Dorfes zurückgelassen.«

»Du solltest hier bleiben. Harold könnte dich dort finden.«

»Nein, ich habe dem Gastwirt eine halbe Krone Trinkgeld gegeben, damit er schweigt.«

»Sehr gut. Sorge dafür, dass du bereit bist, morgen Nacht nach Gretna Green zu fahren. Ich werde dich am Gasthof abholen.«

»Ich werde bereit sein.«

»Ich ziehe mich an und begleite dich zum Gasthof.«

»Nein, nein, es ist nur eine halbe Meile. Ich werde zurechtkommen. Der Spaziergang wird mir gut tun, vielleicht stinke ich danach nicht mehr wie ein Tavernenflittchen.« Meagan lächelte und wandte sich dann zum Fenster.

»Dieser Raum hat eine Tür, weißt du«, sagte Lochlann.

»Ja, aber so macht es mehr Spaß.« Sie zuckte die Achseln und kletterte durch das Fenster hinaus.

Als sie mit einem Plumps auf dem Boden landete, wurde ihr plötzlich der wahre Grund, weshalb sie Lochlann nicht hatte küssen wollen, bewusst. Die Romantikerin in ihr hatte die Hoffnung noch nicht völlig aufgegeben, einen Mann zu finden, der sie akzeptieren und wirklich lieben konnte. Es war ein alberner Mädchentraum. Sie hätte ihn vor langer Zeit aufgeben sollen. Jetzt würde sie ihren besten Freund heiraten, ihren besten Freund küssen. Sie war überzeugt, dass Lochlann sie liebte, jedoch nicht auf die Art, die Meagan von einem Ehemann erträumte. Wenn sie davon träumte, jemanden zu küssen, war es nicht Lochlann, sondern Lord Watt. Sie fragte sich, ob sie Lord Watt jemals aus dem Sinn bekommen konnte.

Die Kutsche kam ruckend zum Stehen. Barrett blickte James an, der aus dem Schlaf schreckte.

»Sind wir da?«, fragte James blinzelnd.

»Das glaube ich nicht.« Barrett hob mit seinem Spazierstock die Gardine am Fenster ein wenig an, um hinauszuspähen. Die Kutsche stand vor der Tür eines kleinen Gasthauses. Licht schimmerte durch eines der Fenster und warf einen gelblichen Schein gegen die mit Eisblumen bedeckte Scheibe.

Unvermittelt wurde die Kutschentür geöffnet und Fenwick tauchte auf, die Wangen gerötet von der Kälte.

»Warum, zum Teufel, haben wir gehalten?«, fragte Barrett.

»Ich hoffe, es macht Euch nichts aus. Ich muss einmal die Toilette benutzen.«

»Wo sind wir?«, fragte James und spähte ebenfalls aus dem Fenster.

Fenwick deutete zum Gasthaus. »Weymouth.«

Barrett runzelte die Stirn. »Ist das nicht nahe bei Eurem Besitz?«

»Eine halbe Meile, mehr oder weniger, aber ich konnte nicht warten, wenn Ihr versteht.« Fenwick blickte zwischen Barrett und James hin und her. Als er Barretts finsteren Blick sah, fügte er hinzu: »Ich sollte jetzt besser hineingehen.«

James wartete, bis Fenwick außer Hörweite war, und sagte dann: »Er ist schlimmer als ein Kind. Ich werde ihm hinterhergehen und ein Auge auf ihn halten.«

Quälgeist hob die Nase. Seine Nasenflügel bebten, als ob er etwas Außergewöhnliches aufgespürt hätte. Dann knurrte er, sprang an James vorbei und stürzte zur Tür hinaus.

Als James aussteigen wollte, murmelte Barrett: »Verdammte Verzögerungen.«

James schickte sich an, Quälgeist folgen, doch Barrett legte ihm einen Arm um die Schulter und hielt ihn zurück. »Ich kümmere mich um ihn. Ich muss mir ohnehin die Beine vertreten.«

Barrett stieg aus der Kutsche. Salzige Seeluft schlug ihm entgegen. Jenseits einer Reihe von Läden an der Hauptstraße erstreckte sich der Hafen. Schiffe dümpelten auf dem Wasser, Masten schaukelten auf und ab. Die Mondstrahlen schienen den Himmel am Horizont zu berühren und tauchten das Sternbild der Jungfrau in indigofarbenes Licht.

Quälgeist hielt nicht in seiner Jagd inne, wie Barrett erwartet hatte, sondern flitzte die Straße herunter auf eine einsame Gestalt zu. Der Silhouette nach zu urteilen, musste es ein junger Bursche sein. Barrett pfiff Quälgeist zurück, doch der unverschämte Köter schenkte ihm keine Beachtung.

»Ich hätte dich dort lassen sollen, wo ich dich gefunden habe«, murmelte Barrett, kniff die Augen zu Schlitzen zusammen und folgte dem eigensinnigen Hund.

Quälgeist stellte den Jungen auf dem Bürgersteig bei einer Taverne und bellte ihn an. Der Bursche bückte sich und streckte eine Hand nach ihm aus. Als ob der Hund den Fremden kennen würde, wurde er ruhig und ließ sich den Kopf streicheln.

Bei Barretts Nahen richtete sich der Junge auf und sah ihm entgegen. Barett starrte auf die dunkle Hose, die Beine, das zu lange Jackett, die Strähnen kastanienbraunen Haares, die unter der Mütze hervorlugten. Das Gesicht lag im Schatten, doch große veilchenblaue Augen funkelten ihn an. Sie schienen durch die dunkelsten Regionen seines Seins zu dringen. Sein Herz begann wild zu pochen. Er konnte sein Glück nicht fassen. Er hatte seine Prinzessin ein zweites Mal gefunden.

Kapitel 7

»Meint Ihr, es ist Schicksal, das uns auf dunklen Straßen zusammenführt?«

»Nicht das Schicksal, sondern Euer Hund.« Meagan lächelte auf den kleinen Terrier herab, der eifrig den Bürgersteig beschnüffelte.

»Ich hatte fast aufgegeben, an seinen Wert zu glauben. Ich muss ihn mit einem großen Knochen belohnen.« Barretts Stimme klang seltsam rau. Er starrte sie an, und seine blauen Augen funkelten. Dann trat er auf sie zu.

Sein Blick hielt sie gefangen, schien sie zu streicheln. Sie hatte das Gefühl, von Wärme eingehüllt zu sein. Sie legte den Kopf zurück und blickte zu ihm auf. Er strahlte Kraft aus, von seinem muskulösen Oberkörper – bekleidet mit einem tadellos geschneiderten schwarzen Jackett – bis zu seinen schmalen Hüften. Er trug eine schwarze Kniehose, die in glänzenden schwarzen Schaftstiefeln verschwand.

Meagans Blick kehrte zu seinem Gesicht zurück. Sein dichtes blondes Haar lockte sich um die Krempe seines hohen Biberfellhutes. Sie erinnerte sich, dass sie über die weichen Haare gestreichelt hatte und spürte, wie das Blut in ihre Wangen schoss.

»Ich hoffe, meine Zofe hat Euch nicht verletzt. Sie wollte mich nur beschützen«, sagte Meagan verlegen. Ihr Blick glitt von seiner leicht gebogenen Nase über die vollen Lippen zu den dunklen Bartstoppeln auf seinem energischen Kinn.

»Ein Rudel Bulldoggen hätte es nicht besser machen können.« Er umfasste ihre Hand und zog sie an sich.

Im nächsten Moment spürte Meagan seine starken Arme um sich, und seine Brust presste sich an sie. Der Brandy, den sie konsumiert hatte, schien ihre Sinne und Empfindungen zu verstärken. Wo sich ihre Körper berührten, war sie plötzlich von Hitze erfüllt. Ihre Schüchternheit verlangte, sich zurückzuziehen, doch das konnte sie ebenso wenig tun wie ihrem Herzen das heftige Pochen verbieten.

»Ich befürchte, dass ich vielleicht eine weitere Begegnung mit Eurer Zofe haben werde und wir wieder getrennt werden …«

Er neigte sich zu ihr und küsste sie. In dem Moment, in dem sich ihre Lippen berührten, erfüllte sie das Gefühl, mit ihm auf sonderbar unergründliche Weise verbunden zu sein. Sie spürte, wie er ihre Mütze abnahm und seine Finger in ihre langen Locken vergrub. Ein Prickeln schoss ihren Rücken hinab.

Sein Mund fühlte sich heiß und fordernd an. Das Küssen war ein neues Phänomen für Meagan. Das Gefühl war erregender als das Entdecken eines neuen Mondes oder das Verfolgen einer Sternschnuppe mit dem Teleskop. Nichts, was sie jemals erlebt hatte, reichte an dieses Gefühl heran. Sie entspannte sich und genoss es, bis sie zu schweben glaubte.

»So süß«, stöhnte er an ihren Lippen. Er schob die Hände unter ihr Jackett und umfasste ihr Gesäß. Dann zog er sie näher an sich heran und streichelte ihre Pobacken.

Er zwängte die Zunge zwischen ihre Lippen, die sie instinktiv für ihn öffnete. Er stieß seine Zunge in ihre feuchte Mundhöhle, und sie verschmolz mit ihrer.

Meagan fuhr mit ihren Fingern durch sein Haar, tauchte ihre Zunge mit einer Kühnheit in seinen Mund, dass er aufstöhnte. Seine Hand glitt zu ihren Brüsten hinauf, um sie zu liebkosen.

Meagan wölbte sich ihm entgegen. Sie glaubte zu vergehen.

»Sag mir deinen Namen, Prinzessin«, flüsterte er an ihren Lippen.

»Hallo, ihr da!« Harolds Stimme grölte durch die Stille und hallte von den Gebäuden längs der Straße wider.

Der Zauberbann, unter dem Meagan gestanden hatte, brach jäh. »O nein!« Sie stieß Barrett von sich.

Er packte ihre Hand und wollte sie nicht loslassen. »Was ist los?«

»Ich muss mich verstecken.«

»Ich versichere Euch, Fenwick wird Euch kein Haar krümmen, solange ich hier bin.«

»Ihr versteht nicht.« Meagan versuchte, sich loszureißen und sah Harold auf sie zulaufen. »Lasst mich los!«

»Das kann ich nicht, nachdem ich Euch wiedergefunden habe.« Er hielt ihre Hand noch fester.

Harold rannte keuchend heran. Sein Blick erfasste Meagan. Zuerst zeigte seine Miene kein Erkennen, doch dann blitzte Wut in seinen Augen auf. »Du! Ich sollte dich verprügeln!« Er griff nach ihr.

Meagan zuckte zusammen.

Bevor Harold ihren Arm berühren konnte, griff Lord Watt ihn an. Seine Faust traf schnell – sein Kinn, die Nase.

Harold taumelte zurück, verdrehte die Augen. Dann brach er auf der Straße zusammen.

Meagan rannte zu ihm und fiel auf die Knie. »Harold!«

Sie schüttelte ihn. Sein Kopf sank zur Seite, und seine Augen blieben geschlossen.

Meagan starrte Lord Watt an. »Ihr habt ihn verletzt!«

»Ich dachte, er wollte Euch angreifen. Woher kennt Ihr ihn? Seid Ihr seine Mätresse?« Etwas wie Eifersucht schwang in seiner Stimme mit.

»Ich bin Meagan Fenwick, seine Schwester.« Meagan tätschelte Harolds Wangen.

Meagans Worte hätten kaum mehr Wirkung erzielen können, als wenn sie kochendes Wasser auf Barrett geschüttet hätte. Seine Augen weiteten sich, sein Kinn sackte herab, und er starrte sie entgeistert an. Nach einer Weile sagte er. »Ich bin der Marquis von Waterton.«

Meagans Hand verharrte mitten in der Bewegung. Ihr stockte der Atem. Sie spürte, wie alles Blut aus ihrem Gesicht wich, und stammelte: »Das ... das kann nicht wahr sein.«

»Ich sollte eigentlich meinen eigenen Namen kennen, Mylady.« Seine Stimme enthielt eine Spur von Spott.

»Ich glaube Euch nicht.«

»Das solltet ihr aber besser, da wir heiraten werden.«

Heiraten ... heiraten. Das Wort spukte immer wieder durch Meagans Kopf, während sie wie betäubt dastand. Sie musste einen Aufschrei unterdrücken.

Sie gewann ihre Fassung wieder und zwang sich ein paar Mal tief durchzuatmen. Dann sagte sie: »Glaubt Ihr auch nur für eine Sekunde, dass ich Euch heiraten werde? Ihr habt alles genommen, was mir etwas bedeutet, und dabei meinen Bruder ruiniert. Ich würde mich eher vierteilen lassen, als einen verachtenswerten Schurken wie Euch zu heiraten. Sollte mir der König persönlich befehlen, Euch zu heiraten, würde ich mich weigern. Wenn ich mit Waffengewalt gezwungen würde, zum Traualtar zu gehen, würde ich ...«

»Ich kann Eure Gefühle völlig verstehen.« Er blickte sie an, und seine Augen nahmen ein tiefes, kaltes Blau an.

Harold regte sich und blinzelte mit glasigem Blick zu ihr auf. »Meggie, du musst mir zuhören.« Er streckte die Hand nach ihr aus. »Du wirst ihn heiraten.«

»Ich lasse mir nichts befehlen, weder von dir ...«, Meagan wies in Harolds Richtung, dann auf Waterton, »noch von seinesgleichen.« Sie sprang auf und fuhr herum, um wegzugehen.

»Nicht so schnell, Mylady.« Eine starke Hand umklammerte ihren Arm.

Sie sah in Augen, deren Blick sie zu durchbohren schien. Harold hatte sie leicht entkommen können. Als sie Watertons harte, unnachgiebige Miene erblickte, wusste sie, dass sie diesem Mann nicht so leicht entwischen konnte.

Schrittgeräusche veranlassten Meagan, an Watertons breiten Schultern vorbeizublicken. Ein großer Gentleman mit rabenschwarzem Haar schritt heran, der Saum seines Mantels schlug gegen seine Beine. Hinter dem Neuankömmling keuchte ein älterer, fast kahlköpfiger, dicker Mann heran.

Harold stemmte sich vom Boden auf und hielt sich den Kopf.

»Ihr könnt mich jetzt loslassen.« Meagan schlug Watertons Hand von ihrem Arm, was er mit einem Lächeln kommentierte.

Die beiden Fremden blieben bei ihnen stehen. Meagan bemerkte, dass der ältere Gentleman den weißen Kragen eines Geistlichen trug. Während der große Dunkelhaarige

Meagan musterte, rief er aus: »Ah, wen haben wir denn hier?«

»Ich habe meine Schwester gefunden«, sagte Harold und rieb sich das Kinn.

Der Blick des Angesprochenen schweifte über Meagans Jungenkleidung und ihr verschmutztes Gesicht. »Läuft Eure Schwester immer mitten in der Nacht so herum?«

»Ich weiß nicht, was in sie gefahren ist.« Harold blickte Meagan aus schmalen Augen an. »Ich werde dafür sorgen, dass sie das nicht noch einmal macht.«

Meagan erwiderte den Blick ihres Bruders genauso giftig.

»Miss Fenwick, erlaubt mir, Euch meinen Cousin, Sir James Neville …« – Waterton blickte finster zu dem großen, schwarzhaarigen Mann und deutete dann auf den Geistlichen – »… und Mr Hibbert vorzustellen.«

Der ältere, dicke Mann blickte zwischen Meagan und Waterton hin und her. Er stieß missbilligend einen Grunzlaut aus. »Ihr seid also die glückliche Braut?«

»Wie kommt Ihr auf diese Idee, Sir?«, entsetzte sich Meagan in scharfem Tonfall. Dann blickte sie zu Waterton. »Ihr wart Euch Eurer Sache so sicher, dass Ihr Euren eigenen Geistlichen mitgebracht habt? Ein Jammer, dass Ihr Mr Hibberts Zeit vergeudet habt.«

»Ich vergeude niemals meine Zeit oder die von sonst jemandem.« Watertons Miene wurde unbarmherzig.

»Diesmal habt Ihr es aber getan.«

»Davon bin ich nicht überzeugt.«

»Aber ich.«

»Ich bin schon mit hitzigeren Skeptikerinnen fertig geworden.«

»Aber nicht mit einer wie dieser.«

»Was ist mit Euch passiert, Fenwick?«, unterbrach Mr Hibbert den heftigen Wortwechsel zwischen Meagan und Waterton.

»Ich habe ihn geschlagen.« Waterton bedachte Sir James mit einem harten Blick. »Ich wusste nicht, dass die Lady seine Schwester ist.«

»Tatsächlich?« Sir James grinste zynisch.

Meagan machte einen Schritt auf den Gasthof zu. »Wenn Ihr mich jetzt entschuldigen wollt. Ich bin nicht in der Stimmung für diese Streiterei. Ich bin müde und hungrig.«

Harold packte sie am Arm. »Du gehst nach Hause, Meagan.«

»Ich habe kein Zuhause mehr.« Sie blickte Waterton finster an, doch er zuckte mit keiner Wimper. Der unnachgiebige Ausdruck in seinen Augen machte ihr klar, dass er jeden Wettkampf im Anstarren gewinnen konnte. Sie wich seinem Blick aus und sah auf seine Krawatte. »Ich werde woanders wohnen.«

»Du kommst mit mir nach Hause.« Harolds Hand spannte sich um ihren Arm, und er zog sie die Straße hinab.

Meagan stemmte sich gegen ihn und versuchte, sich loszureißen, doch er zerrte sie weiter. »Lass mich los!«

Er schaute sie an, und seine Miene zeigte plötzlich Mitgefühl. »Nein. Du magst mich jetzt für ein Scheusal halten, aber ich tue nur, was das Beste für dich ist.«

»Indem du mich zwingst, den Mann zu heiraten, der uns alles nimmt, was wir besessen haben? Ich könnte niemals mit ihm glücklich sein. Niemals!«

»Er ist reich. Geld macht glücklich.«

»Da irrst du dich sehr. Sieh dich an. Du hattest all das Geld von Papa. Du bist jetzt nicht glücklich, nicht wahr?«

Harold starrte sie finster an und sagte nichts mehr.

Sie beide wussten, dass sie Recht hatte, doch die Wahrheit würde den Entschluss nicht ändern, den Harold einmal gefasst hatte. Meagan blickte zu dem Gasthof und sah die elegante schwarze Kutsche mit dem Wappen des brüllenden Löwen. Die herzlosen Augen erinnerten sie an die Watertons. Angst stieg in ihr auf. Sie musste Lochlann finden.

Als Harold und Meagan davongingen, sah Barrett James und ging zu ihm. »Du hast gewusst, dass sie seine Schwester ist.«

»Ja. Ich war neugierig, und so ging ich zu dem Basar.« James' Miene blieb stoisch.

»Warum hast du mir dann nichts gesagt?«

»Das hätte ich tun können, doch was hätte das geändert?« James zuckte mit den Schultern.

»Verdammt vieles.«

James musterte Barrett. »Ich verstehe nicht, warum du so aufgebracht bist – es sei denn natürlich, du machst dir was aus ihr.«

»Das ist das verdammt Dumme.« Barrett knirschte mit den Zähnen. Es regte ihn ungemein auf, dass er sie nicht in sein Bett bekam.

»Damit hatte ich nicht gerechnet. Ich dachte, dein Frauentyp sei ein anderer. Wenn du willst, kann ich die Ehe tatsächlich vollziehen lassen.« Die Spur eines Lächelns spielte um James' Lippen.

»Du weißt so gut wie ich, dass ich sie nicht heiraten kann.« Barrett wollte Meagan als Mätresse, er war nicht darauf vorbereitet, sie oder irgendeine andere Frau zu heiraten.

Hibbert hüstelte, der Mondschein ließ seinen kahlen Kopf glänzen. »Nach meiner Ansicht zäumt Ihr das Pferd verkehrt herum auf. Es ist offenkundig, dass sie Euch hasst. Ihr müsst sie umwerben, oder die Ehe wird überhaupt nicht stattfinden. Die ganze Operation wird in Rauch aufgehen.«

»Sie wird mich heiraten.« Barrett starrte die Straße hinab und beobachtete, wie Fenwick Meagan zur Kutsche zerrte. Er dachte an den Kuss, den sie geteilt hatten. Sie musste etwas für ihn empfunden haben, sonst wäre sie nicht so hemmungslos gewesen. Ihr Verlangen hatte ihre Scheu schmelzen lassen. Sie hatte sich in ein wollüstiges Geschöpf verwandelt, sich so gehen lassen wie er und ihn mit ihrer Leidenschaft fast um den Verstand gebracht. Seine Lenden prickelten immer noch, wenn er nur daran dachte. O ja, sie mochte sagen, dass sie ihn hasste, doch er wusste es besser.

»Hoffen wir, dass Ihr es schafft.« Hibbert stieß einen Grunzlaut aus und faltete die Hände über seinem dicken Bauch.

»Habt Ihr auf dem Weg hierhin Fenwick zum Reden gebracht?«, fragte James Hibbert.

»Er ist verschlossen wie eine Auster. Ich konnte keine zwei Worte aus ihm herausbekommen. So habe ich ein Nickerchen gemacht.« Hibbert neigte sich herunter und tätschelte Quälgeist. »Ich frage mich, ob wir Fenwick dazu bringen können, uns zu beköstigen, wenn wir sein Haus erreichen. Diese Landluft hat mich hungrig gemacht.«

»Verdammt, könnt Ihr an nichts anderes als ans Fressen denken?«, grollte Barrett.

»Ich meine ja nur.« Hibbert warf Barett einen empörten Blick zu.

Als hätte er den Wortwechsel zwischen Barett und Hibbert nicht gehört, rieb sich James übers Kinn. »Vielleicht war es ein glücklicher Zufall, dass wir sie so überrascht haben. Barrett, du wirst alles daransetzen, sie zu überreden, dich zu heiraten. Lasst uns also auf die Jagd gehen, ja, Gentlemen?« James schritt zur Kutsche.

Barrett sah, dass Hibbert James folgte. Er blickte ihnen finster nach und wusste, dass er bei dieser Scheinehe mitspielen musste. Wenn Meagan Fenwick tatsächlich mit den Advokaten des Teufels verbändelt war, musste er sicherstellen, dass sie Schutz hatte.

Bei diesem Gedanken vertiefte sich sein Stirnrunzeln. Er rief Quälgeist. Der Hund hörte tatsächlich auf seinen Herrn und trottete neben ihm die Straße entlang.

Das seltsame Geräusch ließ Meagan erneut aufschrecken. Sie öffnete die Augen und schnitt eine Grimasse. Durch die Dunkelheit spähte sie zur Uhr über dem Kaminsims, die zweimal schlug. Ihr Blick schweifte weiter zur Tür.

Schon wieder das Geräusch. Schon seit zwei Stunden ging jemand auf dem Gang auf und ab. Jedes Mal, wenn er ihre Tür passierte, hörte man deutlich das Knarren der Dielen. Zu nervös, um Schlaf zu finden, lag sie wach im Bett.

Meagan warf die Decke von sich und sprang auf. Das Feuer im Kamin war herabgebrannte. Kalte Luft strich über ihre nackten Füße. Meagan lief zur Tür und riss sie auf. Sie erstarrte und atmete scharf ein. Vor ihr stand Waterton.

»Kann ich etwas für Euch tun?«, fragte Barrett. Er lehnte sich gegen die Wand, dicht vor ihr, und verschränkte die Arme vor der Brust.

Sie war sprachlos. Ihr Blick war auf sein Hemd gerichtet. Die ersten vier Knöpfe standen offen und enthüllten seine muskulöse Brust. Meagan hob den Blick zu den dunklen Bartschatten auf seinem Kinn. Eine blonde Locke fiel keck in seine Stirn. Seine Miene wirkte so unnachgiebig und mitleidlos wie immer.

Meagan erkannte, dass Barretts Blick langsam über ihren Körper glitt. Sie spürte Hitze in sich aufsteigen, als sie plötzlich das Gefühl überkam, er entkleide sie mit seinem Blick. Die Erinnerung an seine Hände auf ihrem Gesäß und den Brüsten und an seinen verlangenden Kuss brannte in ihr. Blut schoss ihr in die Wangen.

Sie trat schnell zurück hinter die Tür und steckte nur ihren Kopf heraus. »Ja, das könnt Ihr. Ihr müsst sofort dieses Hin- und Hergehen einstellen.« Sie sprach mit gesenkter Stimme, um niemanden aufzuwecken, der das Glück haben mochte, schlafen zu können.

»Eure Weissagung, dass ich an Schlaflosigkeit leide, ist korrekt.«

Meagan musterte die dunklen Ringe unter seinen Augen. Eine Spur von Mitgefühl stahl sich in ihre Stimme. »Habt Ihr es mit warmer Milch versucht?«

»Das klappt nicht.«

»Und mit Brandy?«

»Ich habe die meiste Zeit meines Lebens unter Schlaflosigkeit gelitten. Ich habe schon alles versucht ...« – sein Blick glitt langsam über ihren Körper hinab – »... nun, vielleicht nicht alles.«

Ihr Mitgefühl schwand jäh, ihre Geduld ebenfalls. »Wenn Ihr herumlaufen müsst, geht nach unten. Dort knarren die Dielen nicht.«

»Ich habe eine bessere Idee. Da Ihr auch nicht schlaft, könnten wir uns vielleicht unterhalten und einander besser kennen lernen. Wer weiß? Ihr könntet Eure Meinung über mich ändern, bevor wir heiraten.«

»Meine Abneigung gegen Euch ist stark, und kein Gerede kann daran etwas ändern. Darüber hinaus werde ich Euch nicht heiraten. Wenn es Euch nichts ausmacht, gehe ich jetzt wieder ins Bett. Ein wenig Stille würde ich sehr schätzen.« Meagan knallte ihm die Tür vor der Nase zu.

Die Tür traf Watertons Schuh.

»Ihr hattet anscheinend keine Abneigung gegen mich, als Ihr mich geküsst habt.« Er musterte ihr Gesicht, und seine Augen funkelten belustigt.

»Das war, bevor ich wusste, wer Ihr seid.«

»Ich bin immer noch derselbe Mann. Ich habe gespürt, dass Ihr den Kuss erwidert und genussvoll geseufzt habt, als ich Euch berührte.

»Ich habe den Kopf verloren. Ich versichere Euch, es wird nicht wieder vorkommen.«

»Wir werden sehen«, erwiderte er gedehnt, und sein Blick verweilte auf ihren Lippen.

Meagan verkniff sich eine Entgegnung, sich ihres augenblicklichen Nachteils bewusst. Sie sah den entschlossenen Schimmer in seinen Augen und starrte auf seinen Fuß, mit dem er verhinderte, dass sie die Tür schloss. »Wenn Ihr gestattet, ich möchte jetzt schlafen gehen.«

»Angenehme Träume!« Er zog den Fuß zurück.

Meagan knallte die Tür zu und schloss sie ab. Sein tiefes Lachen hallte durch den Gang. »Unausstehlicher Rüpel!«, zischte sie, als sie durch das Zimmer stürmte. Sie sprang auf das Bett und zog die Decken hinauf bis zum Kinn. Ihr Puls raste.

Meagan nahm ihr Kissen und presste es auf ihre Ohren. Sie wusste, dass sie lange keinen Schlaf finden würde. Ihr einziger Trost war, sich Watertons Gesicht vorzustellen, wenn er feststellte, dass sie mit Lochlann durchgebrannt war. Sie lächelte in sich hinein.

Als Meagan am nächsten Tag erwachte, vernahm sie laute Stimmen vor ihrer Kammertür. Einen Moment fühlte sie sich orientierungslos und glaubte, wieder in London in dem gemieteten Haus zu sein, doch als sie sich umblickte, sah sie die Karte des Weltalls an der Wand, das Bild von Sir William Herschel daneben und das Teleskop beim Fenster, und ihr fiel ein, was geschehen war. Sie erinnerte sich deutlich an die vergangene Nacht und ihre Begegnung mit Waterton. Ihre Miene verfinsterte sich.

Sie warf einen Blick zu der Uhr über dem Kaminsims, die ein Mondgesicht hatte. Ihre Augen weiteten sich. Der kleine Zeiger berührte gerade die pausbäckige rechte Wange des Mondes: drei Uhr. Sie hatte fast den ganzen Tag verschlafen.

Die Stimmen draußen auf dem Gang wurden lauter. Meagan erkannte eine davon als die Tessas. Sie warf die

Bettdecken zurück, stand auf, schritt zur Tür und öffnete sie.

Tessa und ein Gentleman standen Nase an Nase, in einen Streit vertieft. Hinter ihnen nahm sie zwei Diener wahr, die sie von der vergangenen Nacht wiedererkannte. Sie hielten einen Badezuber und blickten ungeduldig auf die beiden Streitenden, von denen keiner sie zu bemerken schien.

Tessa war fast einen Kopf größer als ihr Widersacher, und sie versuchte, ihn einzuschüchtern. Der Mann war dünn und schwarzhaarig, seine Schlitzaugen ließen auf seine asiatische Abstammung schließen. Er wirkte nicht im Geringsten von Tessa beeindruckt.

Er hob einen Finger und sagte: »Seht es endlich ein. Mein Herr braucht diesen Zuber augenblicklich für ein Bad.«

»Meine Herrin braucht ihn für ihres. Und da sie die Besitzerin dieses Zubers ist, wird sie ihn als Erste benutzen.«

»Wisst Ihr, wer mein Herr ist?« Der kleine Mann warf sich in die Brust. wäre er ein Pfau gewesen, hätten sich seine Schwanzfedern aufgefächert.

»Es könnte der Premierminister persönlich sein, und es würde mich nicht beeindrucken. Meine Herrin wird jetzt ihr Bad nehmen.«

Meagan öffnete den Mund, um einzugreifen, doch die Tür gegenüber wurde geöffnet, und Waterton tauchte auf. Sie schloss den Mund, als sich ihre Blick begegneten. Sie starrten einander an, während Tessa und der Asiate weiterhin verbal aufeinander einschlugen.

Meagans Blick fiel auf Watertons Morgenrock, der aufklaffte. Dichte dunkle Härchen bedeckten seine Brust. Der Saum des Morgenrocks endete gut drei Zoll oberhalb seiner Fußknöchel. Muskulöse behaarte Waden waren zu sehen. Wie seine Finger waren die Zehen lang und schlank, mit breiten, kräftigen Sehnen verbunden. Beim Anblick so viel nackter Männlichkeit bekam Meagan einen trockenen Mund. Unbewusst leckte sie sich über die Lippen und spürte, dass er sie unverschämt anstarrte. Ihr Blick fuhr hoch.

Die Andeutung eines Lächelns spielte um seine Lippen, als hätte er die Musterung seines Körpers genossen. Dann schweifte sein Blick von oben bis unten über ihr Flanellnachthemd, verweilte auf ihren Brüsten, der Taille, den Hüften und auf der Stelle zwischen ihren Oberschenkeln. Dann sah er langsam wieder zu ihrem Gesicht auf.

Meagan huschte hinter die Tür, als ihr klar wurde, dass sie wie ein halb nacktes Dummerchen herumgestanden hatte. »Tessa! Um Himmels willen! Überlass ihm den verdammten Zuber.«

Die Diener auf dem Gang starrten zu ihr hin, dann zu Waterton. Sie wirkten zu benommen, um sich zu regen.

Waterton hatte die Stirn gerunzelt, als Meagan Tessa mit Namen genannt hatte, als hätte es ihn irgendwie geärgert. Dann legte sich eine rätselhafte Maske über sein Gesicht, und er sagte gedehnt: »Ich würde ihn gern mit Euch teilen, Mylady.« Er unterstrich seine Worte mit einem Zwinkern.

»Eher würde ich mit einem Alligator baden.« Meagan zog ihren Kopf zurück und knallte die Tür zu. Sie ballte die Hände zu Fäusten und stürmte mit heftig pochendem Herzen durch ihre Kammer.

»Er ist unerträglich arrogant . . . Mit mir teilen!«

Laut vor sich her schimpfend, marschierte sie durch die Kammer zum Waschständer für eine Katzenwäsche, als es an der Tür klopfte.

»Ich bin's, Miss Meagan.«

»Komm rein.«

Tessa steckte den Kopf durch die Tür und blickte vorsichtig zu Meagan. »Ich habe den Zuber.«

»Ich will ihn nicht.«

»Aber er besteht darauf.«

»Sag ihm, er soll sich zum Teufel scheren. Eher bleibe ich die nächsten fünfzig Jahre schmutzig, als dass ich den Zuber vor ihm benutze.«

Abrupt wurde die Tür weit geöffnet, und Waterton platzte herein. »Verzeiht mir. Ich möchte mit Eurer Herrin sprechen.« Im Nu schob er Tessa durch die Tür hinaus und schloss sie ab.

»Das könnt Ihr nicht machen!« Tessa hämmerte an die Tür. »Lasst mich rein!«

Waterton zog den Schlüssel aus dem Schloss und steckte ihn ein. Er sah sehr selbstzufrieden aus, als er auf Meagan zuschritt.

Kapitel 8

»Jetzt ist Eure Aufpasserin aus dem Weg, wir können allein sein«, sagte Barrett. Tessa hämmerte lautstark gegen die verschlossene Tür.

Er beobachtete, wie sich Meagans wohlgeformter Busen unter einem schweren Atemzug hob und senkte, als sie einen Schritt zurück in den Sonnenschein trat, der durch das Fenster hereinfiel. Das Licht ließ ihr Haar in allen Rotbrauntönen schimmern, burgunder- und mahagonifarben bis hin zu kastanienbraun.

»Ich hasse Euch.«

»Hasst mich, wie Ihr wollt. Es spielt wirklich keine Rolle im großen Plan der Dinge.«

»Ihr habt kein Recht, hier zu sein – und Ihr seid nur halb bekleidet.« Ihr Blick glitt über seinen Morgenmantel. Eine Mischung zwischen Abscheu und Bewunderung glitt über ihr Gesicht. »Verschwindet!« Sie wich zurück, und ihre blauen Augen blitzten.

»Zu gegebener Zeit«, sagte Barrett, amüsiert über ihr Temperament. »Vor ein paar Sekunden, als Ihr meinen Körper von Kopf bis Fuß gemustert habt, habt Ihr mich noch nicht gehasst.«

»Das habe ich nicht getan. Gebt mir jetzt den Schlüssel.«

»Noch nicht.« Er blickte zu dem Teleskop am Fenster, dann auf die Himmelskarte daneben. »Seid Ihr eine Astrologin?«

»Das geht Euch nichts an.«

»Alles von Euch geht mich etwas an. Wisst Ihr, dass dies das erste Mal ist, dass ich Euer Gesicht ohne Schleier oder ohne Ruß sehe?« Barrett schaute die makellose, alabasterfarbene Haut an, die fein geschwungenen Augenbrauen, die rosenroten Lippen und die veilchenblauen Augen mit den dichten schwarzen Wimpern. Keine Spur von dem Leiden, über das Mitglieder des Klubs und James Gerüchte verbreitet hatten. »Ihr seid so schön wie der Orion in einer klaren Winternacht.«

»Ihr werdet mich nicht mit Eurer Kenntnis von den Sternen beeindrucken, und Ihr könnt Euch Eure plumpen Komplimente sparen. Sie werden nichts an meiner Meinung über Euch ändern.«

Er ignorierte ihre Worte und trat einen Schritt näher. »Würde es Euch denn beeindrucken, wenn ich sage, dass Sir William Herschel ein besonderer Freund von mir war?«

»Ich glaube Euch nicht«, sagte Meagan. Das unnachgiebige Klopfen ihrer Zofe gegen die Tür wurde lauter.

»Mein Vater stiftete Geld, sodass er sein Spiegelteleskop in Slough bauen konnte.«

»Tatsächlich?« Sie stemmte die Hände auf die Hüften und schien nicht zu bemerken, dass er ihr immer näher kam. Sie betrachtete ihn misstrauisch. »Wie groß ist das Teleskop?«

»Vierzig Fuß.«

»Wie groß ist die Blende?«

»Vier Fuß.«

Ihre Ungläubigkeit wandelte sich in ehrfürchtiges Staunen. »Ihr habt tatsächlich hindurchgeschaut?«

»Ja.« Er berührte ihre Wange und spürte ihre weiche Haut unter seinem Handrücken. »Ich könnte vielleicht mit seinem Sohn arrangieren, dass Ihr es sehen könnt.«

»Das würdet Ihr tun?«

Barrett schaute sie erstaunt an. Ihr Gesicht hätte nicht mehr vor Freude glühen können, wenn er ihr soeben das Universum überreicht hätte. Er hatte noch nie eine Frau kennen gelernt, der die Sternkunde mehr bedeutete als Diamanten und Rosen. »Ich warne Euch«, sagte Barrett in gespielt unheilvollem Tonfall. »Er ist ein bisschen schrullig und stochert zu den sonderbarsten Zeitpunkten in den Zähnen.«

Ihr Gesicht strahlte. »Das ist mir gleichgültig, solange er mich durch das Teleskop seines Vaters schauen lässt.«

»Ich werde es arrangieren.«

»Danke.« Meagan warf spontan die Arme um Barrett und drückte ihn an sich.

Barrett versteifte sich bei dem Kontakt.

Er ignorierte den Lärm im Gang, nahm nur die Weichheit ihrer Brüste wahr, die sich an seine harte Brust schmiegten, das lange Haar, das seinen Unterarm zu streicheln schien. Durch ihr Flanellnachthemd spürte er ihre Rückenwirbel unter seinen Händen. Rosenwasserduft, gemischt mit ihrem eigenen weiblichen Duft, erfüllte seine Sinne. Er sehnte sich danach, sie zu besitzen.

Noch eine Sekunde, und er würde sie gewaltsam nehmen. Er sammelte all seine Willenskraft, löste sich von ihr und trat zurück …

Die Tür flog auf.

»Was hat das zu bedeuten?«, brüllte Harold.

Barrett blickte in Meagans Augen und sah, dass der Waffenstillstand zwischen ihnen beendet war. Sie trat von ihm zurück, als könnte sie nicht glauben, dass sie ihn umarmt hatte.

Barrett wandte sich um. Fenwick stand auf der Schwelle, nur mit einer Hose bekleidet, sein strohblondes Haar stand wirr von seinem Kopf ab. Tessa ragte mit mörderischem Blick hinter ihm auf. Lyng, Barretts Diener, lächelte erfreut und selbstgefällig. Die beiden Lakaien, die den Zuber getragen hatten, spähten über Lyngs Kopf und grinsten.

Fenwicks Blick schweifte von seiner Schwester zu Barrett und dann zu Tessa. »Ihr habt gesagt, er tut ihr etwas an. Er hat ihr nichts getan.«

»Es ist nicht schicklich. Er hatte nichts bei ihr hier drin zu suchen.« Tessa sah Barrett finster an.

Barrett richtete den Blick auf Fenwick. »Eure Schwester und ich haben nur eine kleine Meinungsverschiedenheit beigelegt.«

Meagan trat vom Bett fort. »Es ist alles in Ordnung, Tessa. Wir sind mit unserer Diskussion fertig. Er wollte gerade gehen.« Sie stieß einen Finger in Richtung Tür.

Barrett bemerkte das leichte Zittern ihrer Hand. »Stets zu Euren Diensten, Mylady.« Er verneigte sich galant und schritt aus der Kammer. Lyng und die Lakaien wichen an der Tür zurück.

Barrett lauschte dem Hallen seiner Schritte auf dem Gang und dachte, dass das Intermezzo besser abgelaufen war, als er erwartet hatte. Ein wenig mehr Zeit mit ihr allein, und sie würde einer Heirat zustimmen. Das Problem war nur, dass er seine Lust so lange zügeln musste.

Er war stolz auf seine Selbstkontrolle, was Frauen anbetraf. Er meisterte sie mit der gleichen berechnenden Konzentration wie er sein ganzes Leben meisterte, aber in Lady Meagans Nähe schien alles anders zu sein. Mit der gleichen Entschlossenheit, mit der sie seine Verletzlichkeiten ausnutzte, würde er diese Macht besiegen, die sie über ihn hatte. Das musste ihm unbedingt gelingen.

Barrett spürte wieder das schmerzhafte Verlangen in seinen Lenden und ging in seine Kammer.

Lyng eilte hinter ihm her. »Wollt Ihr Euch rasieren, bevor Ihr Euer Bad nehmt, Mylord?«

»Ich lasse das Bad aus. Ich will angezogen sein, bevor die Lady ihre Toilette beendet.«

Als Lyng klar wurde, dass Barrett die Routine brach und von seinen Gewohnheiten abwich, runzelte er die Stirn. »Welch Durcheinander! Und diese Frau!« Er erschauerte, während er sich beeilte, Wasser für Barrett in die Waschschüssel zu füllen.

»Ja, sie ist wirklich eine außergewöhnliche Frau.«

Lyng wandte sich gerade rechtzeitig um, um das begeisterte Funkeln in den Augen seines Herrn zu sehen. »Nicht diese – die andere. Die kann die Pförtner der Hölle mit ihrer spitzen Zunge zur Verzweiflung treiben.«

»Ja. Ich zähle darauf, dass du sie ablenkst, während ich Lady Fenwick umwerbe.«

»Ich?« Lyng schloss die Augen, bis sie sich in den Runzeln seines Gesichts verloren.

»Ja, du. Du kommst anscheinend mit ihr zurecht.«

Lyng stieß einen Grunzlaut aus. »Ein Feuer spuckender Drache könnte nicht mit ihr zurechtkommen.«

»Ich bin überzeugt, dass du es mit deiner Findigkeit schaffen wirst.« Barrett bückte sich und tätschelte Quälgeist, der den Kopf von der Matratze gehoben hatte und ihm die Hand leckte. Er freute sich darauf, den Rest des Nachmittags allein mit Meagan verbringen zu können, ohne ihre angriffslustige Zofe in der Nähe. In seiner Tasche lag der Schlüssel zu Meagans Kammertür bereit.

Meagan beobachtete, wie die Diener den Zuber abstellten und ihre Kammer verließen. Wie war es möglich, dass Waterton durch seine Umarmung jede Faser ihres Körpers zum Prickeln gebracht hatte? Eigentlich hasste sie ihn doch, oder nicht?

»Gut gemacht, Meggie«, sagte Harold und sah zu, wie Tessa die Tür hinter den Dienern schloss.

»Was meinst du damit?«

»Du hast es geschafft, sein Interesse zu gewinnen. Ich hätte nie gedacht, dass du das Zeug dazu hast.«

»Vielen Dank.« Meagan verschränkte die Hände vor den Brüsten, seine Worte waren wie Stiche für sie. Niemand war sich ihrem Mangel an Charme bewusster als sie selbst. Ihre Eltern hatten ihr das ganze Leben ihre Mängel klar gemacht.

»Du weißt, was ich meine«, sagte Harold, und es klang zerknirscht.

»Leider weiß ich das nur zu genau.«

»Sei nicht ärgerlich, Meggie. Ich wollte dir nur ein Kompliment machen. Du verdienst eins. Wie um alles in der Welt hast du es geschafft, ihn so für dich zu interessieren?«

»Es war sehr schwierig für eine Lady mit meinen begrenzten Talenten.«

Er ignorierte ihren Seitenhieb. »Es war ein gutes Zeichen, dass er so in deine Kammer spazierte und die Tür abschloss. Ein sehr gutes Zeichen. Ich glaube, er ist ganz wild darauf, dich zu heiraten.«

»Ich bin froh, dass jemand kam und meine Privatsphäre störte.«

»Wenn ich das geplant hätte, dann hätte es nicht besser laufen können. Du wirst sehen – es wird klappen.« Er grinste sie an, öffnete die Tür und ging über den Gang davon.

»Warum nimmst du das so ruhig hin?« Tessa legte ein hellblaues Hauskleid auf Meagans Bett.

»Ich habe es satt, mit ihm zu streiten. Soll er denken, dass ich entschlossen bin, Waterton zu heiraten. Das wird meine Flucht heute Nacht erleichtern.«

Tessas Augen weiteten sich. »Oh, du willst allein flüchten?«

»Nein, mit Lochlann. Wir brennen nach Gretna Green durch.« Meagan lächelte bei dem Gedanken.

»Das ist die beste Nachricht, die ich seit Tagen gehört habe.« Ein Lächeln breitete sich auf Tessas rundem Gesicht aus, als sie zur Tür ging und geistesabwesend nach dem Schlüssel im Schloss suchte. Sie konnte ihn nicht finden und sah Meagan fragend an.

»Er hat ihn mitgenommen«, sagte Meagan und wies in Richtung Gang.

»Ich wette, er will zurückkommen; den Spaß werden wir ihm verderben.« Tessa schob mit überraschender Leichtigkeit die Frisierkommode vor die Kammertür und rieb sich die Hände. »Da soll er erst mal durchkommen. Er und sein abscheulicher kleiner Diener. Den möchte ich am liebsten durch den Fleischwolf drehen und mit dem Mehl seiner Knochen den Garten düngen.«

»Dies ist jetzt das Haus seines Herrn. Er hat jedes Recht, hier zu sein.«

»Das ist möglich, aber es heißt nicht, dass es mir gefällt. Dieses Haus war jahrelang im Besitz der Fenwicks. Wenn ich hier bleibe, werde ich nicht für ihn arbeiten können.« Trotz ihres großspurigen Verhaltens zeigte sich Unsicherheit auf Tessas Gesicht.

»Du wirst meine Zofe auf Oakwell bleiben«, versicherte Meagan.

»Ich war mir nicht sicher. Oh, danke. Ich wusste, dass du mich nicht hier lässt.« Tessas Miene hellte sich auf.

»Aber zunächst muss ich einen Weg finden, um Lochlann eine Nachricht zukommen zu lassen. Er wird heute Abend zum Gasthof gehen und mich suchen.«

»Ich schmuggele eine Nachricht zu ihm.«

Meagan drückte Tessas Arm. »Ich wusste, dass ich auf dich zählen kann.«

»Ich habe immer gedacht, du und Mr Burrows, ihr gehört zusammen. Er ist gut, freundlich und nett. Ein anständiger, rechtschaffener Mann. Er wird dir ein guter Ehemann sein, nicht einer wie dieser Marquis, das sage ich dir. Wenn du den heiratest, wirst du bestimmt nicht glücklich.«

»Du brauchst dir keine Sorgen zu machen, ich werde ihn nicht heiraten.« Meagan zog ihr Nachthemd aus und stieg in die Wanne. Warmes Wasser hüllte sie ein und vertrieb augenblicklich die Anspannung, die Waterton verursacht hatte. Plötzlich kamen ihr seine blauen Augen in den Sinn. Sie glaubte, von neuem seine Hand auf ihrer Brust zu spüren und erzitterte. Selbst jetzt fühlte sich das Wasser wie das sanfte Streicheln seiner Hand an …

Meagan ließ die Seife fallen. Wasser spritzte in ihr Gesicht und beendete ihre Träumereien. Sie errötete, ärgerlich auf sich selbst, weil sie ihn in ihre Gedanken hatte eindringen lassen.

»Du musst vor ihm auf der Hut bleiben«, sagte Tessa. »Und ich werde auch diesen Schlüssel von ihm zurückverlangen.«

»Es ist nicht nötig, deswegen zu streiten. Lochlann holt mich heute Abend ab.« Meagan hätte alles darum gegeben, Watertons Gesicht zu sehen, wenn er entdeckte, dass sie einen anderen Ehemann gefunden hatte.

Ehemann. Bei dem Gedanken an Lochlann als Freund hatte sie ein angenehmes Gefühl. Bei der Vorstellung, Lochlann als Ehemann zu haben, zuckte sie innerlich zusammen.

Die letzten Sonnenstrahlen verblassten am Himmel, als Tessa über den Pfad von Oakwell zurückeilte. Eine Windböe peitschte ihr ins Gesicht und ließ den Saum ihres Rocks und Umhangs um ihre Beine flattern. Sie erschauerte und blickte zu den dunklen Wolken empor. In der Nacht würde es sicherlich hageln oder schneien.

Das Bellen eines Hundes ließ Tessa aufblicken. Watertons Diener schlenderte auf sie zu. Der Hund tollte an seiner Seite. Der Mann blieb vor ihr stehen, zog seinen Hut und ließ kurz geschnittenes schwarzes, schon etwas schütteres Haar erkennen. Sein Mantel war von bester Qualität, ebenso der Anzug, doch nichts konnte Tessas Abneigung gegen Lyng mildern.

Er zog an der Leine des Hundes und fiel dann neben ihr

in Schritt. »Macht es Euch etwas aus, wenn wir mit Euch zurückgehen, Madam?«, fragte er mit ausländischem Akzent.

»Ja.« Tessa ging schneller.

Er ignorierte sie und sagte: »Es ist eine schöne Zeit für einen Abendspaziergang.«

»Es ist kalt.«

»Warum seid Ihr dann unterwegs?«

»Ihr seid aber neugierig.« Tessa musterte ihn mit ihrem jahrelang geschultem Misstrauen.

»Ich wollte nur etwas Konversation machen.« Er blinzelte.

»Neugierig sein ist nicht Konversation machen. Ich gehe jetzt zurück. Ihr werdet mich entschuldigen.« Tessa ließ ihn stehen und bog vom Pfad ab.

Von einer nahen Eiche flatterte eine Schar Spatzen in den Himmel. Der Pfad führte durch den Wald. Trockenes Laub raschelte unter ihren Füßen. Warum war der kleine Mann so umgänglich gewesen? Nun, sie wollte nichts mit ihm zu tun haben. Sie hatte den Verdacht, dass diese Begegnung kein Zufall gewesen war. Den meisten Männern konnte man nicht trauen – besonders Ausländern nicht, die für diesen Lord Waterton arbeiteten.

Meagan spähte durch ihr Teleskop. Sie hatte sich entschieden, es in diese Kammer zu stellen, weil sie nach Norden lag und einen klaren Blick auf den östlichen und westlichen Horizont bot – eine gute Voraussetzung zum Betrachten der Sterne. Im Augenblick war das Teleskop jedoch auf Tessa gerichtet, die durch den Wald eilte.

Ein bisschen zur Linken kam Watertons Diener in Sicht. Er blickte Tessa nach. Der Hund verharrte, um an einem Baum sein Bein zu heben, und der kleine Mann stolperte fast über die Leine.

Meagans Lächeln verschwand schnell. Was war, wenn Tessa die Nachricht nicht auf Oakwell abgeliefert hatte? Wenn Lochlann nicht wusste, wo er sie finden konnte? Sie war unter dem Vorwand, Kopfschmerzen zu haben, in ihrer Kammer geblieben, um Waterton zu meiden, doch jetzt fiel ihr die Decke auf den Kopf.

Meagan zog Cape und Handschuhe an, setzte ihren Hut auf, öffnete die Tür und spähte hinaus. Kein Waterton in Sicht.

Sie schlüpfte auf den Gang hinaus und eilte die Treppe hinunter in die Halle. Dort fand sie Reeves, der auf einem Stuhl stand und die Kerzen in den Wandhaltern anzündete. Seine Finger zitterten, Wachs tropfte auf sein Handgelenk und die Manschetten seines weißen Hemdes.

Ohne sich die Mühe zu machen, sie anzusehen, setzte er wieder die Glaskugel auf die Kerzenhalterung und sagte: »Seid Ihr das, Mylady?«

»Ja.«

»Dachte ich mir schon, als ich Eure Schritte hörte.«

»Ich wünschte, ich hätte dein scharfes Gehör und könnte an den Schritten erkennen, wer kommt.«

Er strahlte über das Lob. »Mein Augenlicht mag dahinschwinden, doch ich kann hören wie am Tag meiner Geburt.«

»Daran habe ich keinen Zweifel. Wo sind die anderen?« Meagan sprach mit gesenkter Stimme und spähte misstrauisch in den Gang, der von der Halle abzweigte.

»Im Spielzimmer, Miss.«

»Wenn jemand fragt, habt Ihr mich nicht gesehen.« Meagan wandte sich zur Tür.

»Vielleicht hört Ihr einen Moment zu, Miss.« Reeves stieg von dem Stuhl herunter und schwankte.

Meagan ergriff seinen Arm, damit er nicht fiel. »Warum?«

»Sie sprechen über Euch.«

Meagan tätschelte seinen Arm. Reeves wusste, dass sie nicht erhaben über das Belauschen war – besonders nicht, wenn es um ihre Zukunft ging. »Danke, Reeves.«

»Keine Ursache.« Er schlurfte zu einem anderen Leuchter.

Meagan überließ ihn seiner Arbeit und ging auf Zehenspitzen durch die Halle. Harolds Stimme drang aus dem Spielzimmer gedämpft auf den Gang hinaus.

»Sie ist ein bisschen eigensinnig.«

»Woher wusstet Ihr, dass sie hier sein wird?«

Meagan erkannte Watertons Stimme und verharrte einen Schritt vor der Tür des Spielzimmers.

»Sie hat eine sehr enge Beziehung zu Lochlann Burrows, einem Nachbarn. Sie sind von klein auf befreundet. Ich wusste, dass sie bei ihm Hilfe suchen würde.«

»Meint Ihr, er wird ein Problem sein?« Die Frage kam von Sir James.

»Das ist unwahrscheinlich. Ich glaube, meine Schwester hat sich mit ihrem Schicksal abgefunden. Ihr *wollt* sie doch immer noch heiraten, nicht wahr?«

»Eure Schwester wird als Ehefrau so gut sein wie jede andere.«

Bei Watertons selbstbewussten Worten verzog Meagan

das Gesicht. Er klang, als wähle er eine Stute bei der Pferdeauktion aus.

»Das freut mich, zu hören«, sagte Harold. »Da Ihr Euren eigenen Geistlichen mitgebracht habt, nehme ich an, Ihr habt keine lange Verlobung geplant.«

»Ich wünsche, es so schnell wie möglich hinter mich zu bringen.«

»Habt Ihr das Datum festgelegt?«

»Es muss bald sein«, mischte sich Mr Hibbert in das Gespräch ein. »Ich muss nach London zurück. Die Verwandten meiner Frau kommen zu Weihnachten.«

»Morgen um fünfzehn Uhr«, sagte Waterton und ignorierte Hibbert.

»Ich werde Meagan informieren.« Harolds Stimme klang zufrieden.

Meagan hatte genug gehört. Sie schlich fort. Als sie sich der Halle näherte, stellte sie fest, dass Reeves in einen anderen Raum gegangen war.

Abrupt wurde die Eingangstür geöffnet. Tessa trat ein, und ein kalter Windstoß begleitete sie. Sie bemerkte Meagan und schloss die Tür. Ihre Wangen waren von der Kälte gerötet.

»Oh, Meagan.« Tessa rieb ihre Arme, um sie zu wärmen. »Was machst du hier unten?«

»Pst! Harold und die anderen sind im Spielzimmer.« Meagan wies hinter sich. »Ich habe gesehen, dass du Watertons Diener begegnet bist. Hast du die Nachricht überbracht?«

»Ja.«

»Gut. Jetzt brauche ich nur noch zu packen.«

Tessa zog den Schal von ihrem Hals und betrachtete ihre

Herrin. »Was ist los? Du siehst verärgert genug aus, um einen Hund zu treten.«

»Der einzige Hund, dem ich einen Tritt geben möchte, Tessa, geht auf zwei Beinen.« Meagan stürmte die Treppe hinauf. Ein Bild von Watertons tiefblauen Augen und seinem arroganten Grinsen stieg vor ihrem geistigen Auge auf. Seine Worte schienen in ihren Ohren widerzuhallen. *»Eure Schwester wird als Ehefrau so gut sein wie jede andere.«* Er würde bald erfahren, dass sie überhaupt nie seine Ehefrau werden würde.

Als Barrett einige Zeit später seine Kammer betrat, sah er Lyng, der emsig dabei war, seine Stiefel zu polieren. Sechs Paar schwarze Schaftstiefel standen im Kreis um ihn herum. Der Diener zuckte zusammen und sprang auf, als er seinen Herrn sah.

Barrett winkte ab. »Arbeite weiter, ich kann mich selbst zum Abendessen ankleiden. Sag mir, bist du der Zofe gefolgt?« Barrett legte seinen Spazierstock auf die Frisierkommode.

»Ja, das bin ich. Sie ging nach Oakwell Hall.«

»Ah, Mr Burrows Wohnsitz, nehme ich an.« Barrett begann, sein Jackett aufzuknöpfen.

»Ich habe das beim Personal überprüft. Oakwell ist sein Zuhause.«

»Was mag die Lady mit Mr Burrows planen?« Barretts Hand verharrte an einem seiner Knöpfe, und er runzelte die Stirn.

»Die Hexe von Zofe verheimlicht etwas, aber der Versuch, sie darüber zum Sprechen zu bringen, war wie das

Streicheln einer Kobra. Ich dachte, sie könnte mir jeden Moment den Kopf abbeißen. Ich habe gesehen, wie sie dem Butler von Oakwell eine Botschaft übergeben hat.«

»Gute Arbeit, Lyng.« Barrett sprach ohne zu denken und bereute es sofort.

Der zurückhaltende, bescheidende Teil von Lyng wusste nichts mit Komplimenten anzufangen. Lyng starrte auf die Stiefel und schwieg.

Barrett versuchte, das peinliche Schweigen zu brechen. »Fenwick hat sich also geirrt, als er sagte, seine Schwester habe sich mit dieser Ehe abgefunden.«

»Ich habe das Gefühl, dass er seine Schwester überhaupt nicht kennt.«

»Er ist so jung und naiv.«

»Wir alle leiden in einer Zeit unseres Lebens an diesen Krankheiten.« Lyng musterte seinen Herrn.

Barrett wusste, dass damit seine Affäre mit Lady Matilda gemeint war, sein größter Fehler. Er runzelte die Stirn. »Ich nehme an, du hast Recht. Wir alle lernen aus unseren Fehlern.«

»Freut mich, das zu hören, Mylord.« Lyng fuhr mit dem Polieren der Stiefel fort.

»Ich sagte voraus, dass die Lady einer Heirat mit mir schließlich zustimmen wird, Lyng.« Barrett rieb sich die Hände, als sei er im Begriff, ein Geschenk auszupacken.

Lyng blickte auf.

»Sie begeht einen großen Fehler, indem sie mich unterschätzt.«

»Einen sehr großen Fehler.«

»So ist es.« Barrett zog den Schlüssel zu Meagans Schlafkammer aus der Tasche.

»Soll ich die Hexe – äh, ich meine, die Zofe – nach dem Abendessen wieder ablenken?«

»Vielleicht werde ich deine Hilfe brauchen. Ich werde es dich wissen lassen. Lass Stratton nach Oakwell gehen und das Haus beobachten.«

»Ja, Mylord.«

»Und lass von jemandem ein Auge auf Lady Fenwick halten.«

Er dachte an Meagan. Wie tief war sie mit des Teufels Advokaten verwickelt? Er blickte nachdenklich vor sich hin. Wenn sie in die Machenschaften dieser skrupellosen Gruppe von Schuften verstrickt war, würde er irgendwie sicherstellen müssen, dass ihr nichts geschah, ohne dass er seine Tarnung aufgab. Sein Gefühl sagte ihm, dass dies nicht leicht werden würde. Doch es gab einen Trost: Da Meagan in diesen Fall verwickelt war, würde er kein bisschen an Langeweile leiden. An Ruhelosigkeit und Lust vielleicht, aber niemals an Langeweile.

Einsam schaute Barrett aus dem Fenster seiner Kammer. Mit geübter Bewegung ließ er seine Schnupftabakdose aufschnappen und schnupfte die besondere Mischung, die er für den Eigengebrauch zusammengestellt hatte. Sie prickelte in seiner Nase, während er zu den Wolken emporblickte, die den Mond teilweise verdeckten. Nach seinem Stand musste es kurz nach Mitternacht sein.

Das Abendessen war eine öde Sache gewesen. James hatte kaum zwei Worte gesprochen. Fenwick hatte drauflosgeredet, und Hibbert hatte sich voll gestopft und überhaupt nichts sagen können.

Meagan war nicht erschienen. Sie hatte sich mit Kopfschmerzen entschuldigt – ein sicheres Anzeichen darauf, dass sie ihn mied und etwas im Schilde führte. Er schnupfe eine weitere Prise.

Barrett ließ seine Schnupftabakdose zuschnappen und steckte sie in die Tasche. Seine Hand berührte Meagans seidenes Taschentuch. Der Kontakt erinnerte ihn an die Weichheit ihrer Haut und Lippen. Er hielt das Tuch an die Nase und atmete tief den Duft von Rosenwasser ein. Er sollte ihr das Tuch vielleicht zurückgeben; wenn er daran roch und an sie dachte, war es schwieriger, sein Verlangen nach ihr zu zügeln.

Jemand klopfte an die Tür.

»Herein.« Barrett schob hastig das Taschentuch in seine Tasche.

»Mr Burrows … Mylord«, meldete Stratton außer Atem, »… anscheinend ist er auf dem Weg hierher.«

»Wann wird er hier eintreffen?«

»In ein paar Minuten. Er hat seinen Buggy am Tor gelassen und schleicht sich jetzt den Zufahrtsweg hinauf. Ich bin so schnell gerannt, wie ich konnte, um es Euch zu sagen.«

»Gut. Beobachte Miss Fenwicks Kammertür und halte sie auf, wenn sie die Kammer verlassen will. Wenn Burrows versucht, auf diesem Weg in die Kammer zu gelangen, fang ihn ab.«

»Ja, Mylord.«

Barrett nahm seinen Spazierstock und verließ den Raum. Er warf einen Blick zur Tür von Meagans Kammer. Als er den Gang hinunterging, schwang Barrett seinen Spazierstock und pfiff leise vor sich hin.

Auf seinem Weg durch den Dienstboteneingang hörte er Stimmen in der Küche.

»Ich habe diesen Stich gewonnen«, sagte Meagans Zofe empört.

»Das habt Ihr nicht«, entgegnete Lyng. »Es war kein Trumpf.«

»Herzen sind Trümpfe.«

»Diamanten!«

»Ihr seid ein Schuft!«

»Was ist ein Schuft?«, fragte Lyng verwirrt.

»Ein verdammter Betrüger!«

Barrett erhaschte einen flüchtigen Blick auf Lyng und Meagans Zofe, die sich an einem Tisch gegenübersaßen. Die Zofe hatte ihre Hand auf einen Kartenstich gelegt. Lyng hielt ihr Handgelenk gepackt, die Augen entschlossen zusammengekniffen. Keiner von beiden schien ihn zu bemerken. Aber Quälgeist. Der Hund hob den Kopf von seinem Platz auf einem Läufer beim Kamin. Als er Barrett entdeckte, sprang er auf und beeilte sich, seinem Herrn zu folgen.

»Armer Junge. Mir war nicht klar, welcher Tortur ich Lyng aussetze. Ich sehe, du hast es geschafft, zu entkommen«, flüsterte er Quälgeist zu.

Quälgeist neigte den Kopf, als verstünde er ihn. Dann traten beide hinaus. Kalte Luft schlug Barrett entgegen. Der Rasen glitzerte von einer dicken Schicht Reif, und es knirschte unter seinen Stiefeln. Quälgeist witterte etwas und rannte zum Garten hinter dem Haus.

Barrett blickte zu der langen Reihe von Fenstern im ersten Geschoss hoch. Nur eines war spärlich erhellt. Hinter der Scheibe konnte man erkennen, wie eine dunkle Gestalt auf und ab ging. Dann erschien Meagan an ihrem Fenster. Sie blickte durch ihr Teleskop. Es war nicht auf die Sterne, sondern auf Oakwell gerichtet.

Barrett trat zurück an eine Eibe, lehnte sich gegen den Stamm und beobachtete Meagan. Ein breitkrempiger Hut beschattete ihr Gesicht, und er konnte den hohen Kragen eines blauen Hauskleides erkennen. Ihr Haar war zurückgebunden, nur kleine Löckchen umrahmten ihr Gesicht. Sie war zweifellos nicht zum Schlafen gekleidet.

Nahende Schritte ließen Barrett im Dunkel herumfahren. Ein großer, dunkelhaariger Mann schlich zu Meagans Fenster. Mr Burrows. Auf diesen Moment hatte Barrett gewartet. Mit erwartungsvollem Grinsen beobachtete er, wie Burrows unterhalb von Meagans Fenster verharrte und dann Steinchen an die Scheibe warf.

Ihr Gesicht erhellte sich; Barrett hatte sie noch nie so lächeln gesehen. Fasziniert von den Grübchen in ihren Wangen und der Art, wie ihr Gesicht glühte, beobachtete er, wie sie das Fenster öffnete und sich hinauslehnte.

»Oh, Lochlann. Ich habe mir solche Sorgen gemacht, dass du nicht kommen würdest«, flüsterte sie.

»Ich bin hier. Kannst du weg?«

»Ja. Alle schlafen.«

Barrett trat aus der Dunkelheit. »Nicht alle«, dröhnte es in die Nacht hinein.

Kapitel 9

Meagan schnappte nach Luft, klammerte sich an die Fensterbank und spähte auf Waterton hinab. Er stand im Mondschein, das Gesicht genug erhellt, um das Tiefblau seiner Augen zu ihr hochfunkeln sehen zu können. Lieber Gott! Sie hatte unterschätzt, wie listig er sein konnte.

Lochlann wirbelte so schnell herum, dass er fast stolperte, doch nach kurzem Schwanken fing er sich. Er bemühte sich, würdevoll zu wirken, straffte die Schultern und sagte: »Ihr könnt uns nicht aufhalten.«

»Bitte, wobei halte ich Euch auf?« Waterton hob seinen Spazierstock und strich langsam über den silbernen Löwenkopf.

»Wir fahren nach Gretna Green.«

Waterton betrachtete seinen Spazierstock mit offenkundiger Gleichgültigkeit. »Dann sieht es tatsächlich so aus, als ob ich Euch aufhalten müsste.«

»Ihr habt kein Recht auf sie.«

»Mehr als Ihr, lieber Junge. Wisst Ihr, ich habe ihre Hand beim Würfelspiel gewonnen. Praktisch gehört sie mir.« Waterton blickte mit mitleidloser Miene zu Meagan auf.

Meagan klammerte sich an der Fensterbank fest und atmete heftig und stoßweise. »Ich will nicht wie eine Stute bei einem Glücksspiel gewonnen werden.«

Waterton nahm den Blick nicht von ihrem Gesicht. »Es ist zu spät – es ist bereits geschehen.«

»Gewiss erwartet Ihr nicht, dass sie diesen Wetteinsatz einlöst.« Lochlanns normalerweise leise, monotone Stimme wurde leidenschaftlich.

»Doch, das tue ich.«

Lochlann ballte die Hände zu Fäusten. »Ich werde Euch für ihre Hand bezahlen.«

»Sie ist nicht zu verkaufen.« Waterton ließ seinen Spazierstock sinken und richtete seinen Blick auf Lochlann. »Dann gibt es nur noch eines. Ich erwarte Euch im Morgengrauen auf dem Feld.«

»Nein!«, schrie Meagan, und ihre Stimme hallte durch die Nacht. »Du kannst nicht gegen ihn kämpfen, Lochlann. Er wird dich töten! Du hast dich noch nie duelliert. Um Himmels willen, lass es sein!«

»Ich würde auf sie hören, lieber Junge. Ich wünsche nicht, Euch zu töten.«

Lochlann starrte Waterton wütend an. »Seid nicht so sicher, dass Ihr gewinnen werdet, Hurensohn!«

Barrett kniff die Augen zusammen. In tödlich schneidendem Tonfall entgegnete er: »Ich habe noch nie verloren.«

»Es gibt immer ein erstes Mal.«

»Lochlann, hör auf ihn!«, rief Meagan vom Fenster.

Lochlann blickte zu ihr empor, und sein Gesicht spiegelte Entschlossenheit wider. »Ich werde es für dich tun. Er kann dich nicht zwingen, ihn zu heiraten.«

»Bitte. Nein! Wir werden einen anderen Ausweg finden.«

»Er ist entschlossen, dich zu heiraten, und ich bin entschlossen, es zu verhindern. Es gibt keine Möglichkeit, diese Angelegenheit gütlich zu regeln.«

»Und wenn er dich tötet?«

»Meine Entscheidung ist gefallen. Ich werde es tun.«

Waterton sagte in belustigtem Tonfall: »Das ist alles sehr rührend, aber ...«

»Oh, seid endlich still!«, platzte Meagan heraus, überrascht über ihren Ausbruch. »Hör mich an, Lochlann ...«

Ihr einziger Freund auf der Welt starrte Waterton wütend an. »Lass mich dies regeln, Meagan. Ich werde Euch im Morgengrauen beim Teich auf meinem Grundstück treffen.« Damit wandte Lochlann sich ab und ging davon.

Watertons Worte stoppten ihn. »Ich befürchte, ob es dazu kommt, liegt an Miss Fenwick. Wenn sie zustimmt, mich zu heiraten, kann ich mich nicht mit Euch duellieren.«

Meagans Blick schnellte verzweifelt zwischen Waterton und Lochlann hin und her. Ihr Freund starrte sie an, schien gebannt auf ihre nächsten Worte zu warten. Ihr Blick landete wieder bei Waterton, der zuversichtlich wirkte, als wüsste er die Antwort. Wie liebend gern sie Nein sagen würde! Aber dann würde Lochlann sterben. Und sie würde sterben, wenn sie Waterton heiraten musste.

»Ich werde Euch heiraten.« Sie presste die Worte heraus.

»Eine kluge Wahl«, sagte Waterton mit schadenfroher Miene.

Lochlann versteifte sich. Er wirkte grüblerisch und gekränkt. Wütend sah er Waterton an. »Die Sache ist noch nicht erledigt. Ich werde Genugtuung bekommen.« Er fuhr herum und ging mit hölzernen Schritten davon.

»Lochlann!«, rief Meagan ihm nach, doch er reagierte nicht. Seine vom Mondschein erhellte Gestalt verschwamm hinter ihren Tränen. Ohne zu Waterton zu blicken, knallte sie das Fenster zu.

Meagan hatte einige Zeit darauf gewartet, dass Waterton in ihre Kammer kommen und sich hämisch über seinen Sieg freuen würde, doch er hatte sich nicht blicken lassen. Sie war das Warten leid und entschloss sich, zu Lochlann zu gehen und ihm ihre Entscheidung zu erklären. Seine gekränkte Miene würde sie niemals vergessen.

Sie ging zur Tür und öffnete sie. Einer von Watertons Lakaien verneigte sich. »Guten Abend, Mylady.«

Sie nickte knapp und knallte die Tür wieder zu. Wie konnte Waterton es wagen, eine Wache vor ihre Tür zu stellen? Meagan lief zum Fenster, öffnete es und steckte den Kopf hinaus. Niemand war zu sehen.

Sie stopfte ihr Kleid und den Unterrock zwischen die Beine und befestigte die Stoffmassen hinten mit dem Gürtel ihres Kleides. Dann kletterte sie auf die Fensterbank. Als sie einen Fuß auf das Rosenspalier unterhalb ihres Fensters setzen wollte – was sie als Kind so oft getan hatte –, klopfte es an der Tür. Sie wurde geöffnet.

Waterton betrat das Zimmer.

Meagans Fuß verfehlte das Spalier. Ihre Finger glitten an der Kante der Fensterbank ab. Sie tastete Halt suchend um sich, fand nur Luft und schrie.

»Festhalten!« Seine großen Hände umklammerten ihre Fußgelenke.

Meagan starrte hinunter und betete, dass er sie nicht loslassen würde. Ihr Herz klopfte so heftig, dass sie dachte, es könnte zerspringen.

»Keine Sorge. Das Retten von Mädchen ist eine meiner Spezialitäten. Ich habe Euch im Nu oben.«

Seine arrogante Stimme hatte nie so gut geklungen. Er zog sie hoch und achtete sorgfältig darauf, dass sie sich nicht verletzte. Als sie durch das Fenster hindurch war, umfasste er ihre Taille und stellte sie ab.

Dann gaben ihre zitternden Knie nach.

»Ich habe Euch.« Er zog sie in seine Arme.

»Danke«, hauchte sie.

Sonderbar, es war ein angenehmes Gefühl, von ihm gestützt zu werden. Ihre Wange ruhte auf dem gestärkten Leinen seines weißen Hemdes. Der Geruch, den Männer ausströmten, hüllte ihre Sinne ein. Sie glaubte, schwach seinen Herzschlag durch seine Kleidung zu spüren.

»Seid Ihr verletzt?«, fragte er, und echte Besorgnis ersetzte den sonst stets vorhandenen Spott in seiner Stimme.

»Nur meine Würde. Ich bin Tausend Male aus diesem Fenster geklettert und niemals gefallen.«

Er neigte sich zurück, hob ihr Kinn an und schaute in ihre Augen. Mit dem Daumen fuhr er über ihre Wange. »Als ich Euch aus dem Fenster stürzen sah, dachte ich, ich hätte Euch verloren. Seid Ihr sicher, dass Ihr unversehrt seid?«

»Ja.«

Meagan blickte in seine blauen Augen. Hinter der kühlen Härte konnte sie eine Spur von Wärme ausmachen.

Der seltene Moment erinnerte sie daran, wie sie ihm seine Zukunft wahrgesagt und hinter seine Maske geblickt hatte. Jetzt berührte er eine empfindliche Stelle in ihr, wie es damals der Fall gewesen war. Das sonderbare Gefühl brachte sie durcheinander, denn sie spürte kein Anzeichen auf den Marquis von Waterton in ihm, sondern nur den freundlichen Gentleman, der ihr auf dem Weihnachtsbasar geholfen hatte, der sie in den Armen gehalten und geküsst und ein Verlangen in ihr geweckt hatte, das sie fast schmerzte.

Zu ihrer Enttäuschung trat Barrett zurück, und sie sah wieder die harte Fassade. »Von jetzt an werdet ihr die Vordertür benutzen, wenn Ihr Euren Freund Lochlann besuchen wollt.«

»Wie habt Ihr ...«

»Ich wusste, dass Ihr versuchen würdet, zu ihm zu gelangen.« Eine Spur von Eifersucht blitzte in seinen Augen auf und verschwand.

»Ich wollte es ihm nur erklären. Ich hätte mein Wort gehalten und Euch geheiratet.« Sie konnte sein Starren und seine Nähe nicht ertragen und schritt zum Teleskop hinüber. Mit der Hand fuhr sie über das glatte Messing hinweg, überrascht zu sehen, dass ihre Finger zitterten.

»Das freut mich zu hören.« Er betrachtete sie aufmerksam. »Es ist auch der Grund, weshalb ich hergekommen bin. Ich möchte über die Bedingungen unserer Ehe sprechen.«

Meagan zog überrascht ihre Brauen hoch. »Ich hätte nicht gedacht, dass es Bedingungen zu besprechen gibt. Ich nahm an, Ihr habt das mit Harold geregelt.«

»Ich bin kein Scheusal, Meagan. Ich werde Euch nicht in

eine Ehe zwingen, ohne Euch irgendeine Entschädigung zu geben.«

»Wie nett von Euch.« Sie musterte ihn misstrauisch.

»Eigentlich nicht. Es erleichtert nur die Beziehung, wenn wir einander völlig übereinstimmen.«

»Da stimme ich zu.«

»Lasst mich Euch sagen, was ich von Euch erwarte. Dann könnt Ihr Euch gleichfalls äußern.«

»Sehr gut.« Meagan verschränkte die Arme vor den Brüsten und wappnete sich.

»Ihr werdet mich heute Nacht heiraten.«

»Kann es nicht bis morgen warten?«

»Nein. Ich möchte, dass Burrows einsieht, dass Ihr mir gehört. Wir werden heute Nacht heiraten. Dann werden wir nach London aufbrechen.«

»Warum so bald?«

»Ich habe dort dringende Geschäfte zu erledigen.«

Sie blickte auf ihr Spiegelbild in der Fensterscheibe. Ihre Stirn war gerunzelt. Eine Spur von Schärfe und Schroffheit klang in ihrer Stimme mit, als sie sagte: »Wenn Ihr in einer Frau einen gesellschaftlichen Schmetterling sucht, Mylord, befürchte ich, meine Flügel reichen nicht so weit. Ich gehe nie aus – besonders nicht in der Londoner Gesellschaft.«

»Ich verlange nicht, dass Ihr mit mir irgendwohin geht. Natürlich werden wir unsere eigenen Wege gehen, aber gelegentlich sollten wir zusammen gesehen werden.«

»Natürlich.« Meagan hatte sich versteift, als er gesagt hatte, dass sie ihre eigenen Wege gehen würden. Warum sagte er nicht frei und offen, dass er es weiterhin mit seinen Mätressen treiben würde? Nun, es war allgemein üblich, dass Ehemänner Mätressen hatten. Und sie hatte von

Anfang an nie erwartet zu heiraten – geschweige denn einen Mann, der sich etwas aus ihr machte.

»Ich werde Euch nicht sofort in mein Bett zwingen.«

»Nicht?« Ihre Brauen schossen überrascht hoch, und sie fühlte sich fast enttäuscht. Fast.

»Ich möchte Euch besser kennen lernen, bevor ich meine ehelichen Rechte in Anspruch nehme. Wenn ich mit Euch schlafe, will ich, dass Ihr es genießt. Und Ihr werdet erst Freude daran haben, wenn Ihr Euch bei mir wohl fühlt. Ich bin sicher, Ihr seid da meiner Meinung.«

Meagan konnte dem Blick dieser blauen Augen, der sie zu durchbohren schien, nicht standhalten. Die Selbstverständlichkeit, mit der er von ihrem Ehebett sprach, ließ sie bis zu den Haarwurzeln erröten. Sie senkte den Blick auf seine Krawatte und murmelte: »Ja.«

»So, nachdem wir jetzt geklärt haben, was ich von Euch erwarte, nennt mir Eure Bedingungen.« Er lehnte sich zurück gegen den Bettpfosten und verschränkte die Arme vor der Brust, einen seltsam belustigten Ausdruck im Gesicht.

Es entspannte sie ein wenig, zu wissen, dass er nicht viel von ihr erwartete. Aber es überraschte und verwirrte sie, dass ein Mann wie Waterton genügend Feingefühl hatte, sie nicht sofort in sein Bett zu zwingen. Vielleicht hatte sie seinen Charakter falsch eingeschätzt – ein wenig, doch nicht genug, um sie wünschen zu lassen, ihn zu heiraten.

Sie sammelte ihren Mut, sah ihm in die unergründlichen blauen Augen und hielt seinem Blick offen stand. »Meine erste Bedingung ist, dass mir erlaubt wird, meine wissenschaftlichen Studien über die Sterne weiterzubetreiben.«

»Einverstanden.« Er unterstrich es mit einer lässigen Geste.

»Ich werde nicht meine Gewohnheiten ändern, um Euch zu gefallen«, sagte Meagan und versuchte, ihn zu überzeugen, dass es besser für ihn war, sie nicht zu heiraten. »Eine davon ist ausgedehntes Lesen. Ich kann damit Stunden jeden Tag verbringen.«

»Ich auch.«

»Ich bin gern allein, wenn ich die Sterne betrachte. Es stört mich, wenn Leute dabei zuschauen.« Sie versuchte, ihn weiter zu überzeugen, dass sie nicht zur Ehefrau taugte.

»Sehr gut. Ich kann Euch bei Eurem Sterngucken in Frieden lassen.«

Hörte er denn niemals auf, so liebenswürdig zu sein? Sie versuchte es von neuem. »Ich will, dass mir Fenwick Hall und die Hütte in Schottland urkundlich übertragen und in die Hände eines Treuhänders meiner Wahl gegeben werden. Ebenso will ich fünftausend Pfund pro Jahr auf ein Konto einbezahlt haben, über das ich völlige Verfügungsgewalt habe.«

Er hob die dunklen Brauen. »Ihr überrascht mich mit Eurem Geschäftssinn.«

»Als ich erleben musste, wie mein Bruder alles verspielte, was meine Familie besaß ...« – sie richtete den Blick intensiver auf ihn –, »... sagte ich mir, dass es nützlich für mich sein würde, diese Dinge zu lernen.«

»Sehr klug von Euch.«

»Danke.«

»Gibt es irgendwelche anderen Bedingungen?« Sein Blick schweifte über ihren Körper.

Meagan spürte, dass unter seiner offenen Musterung

ihre Wangen zu brennen begannen. Sie wandte ihm den Rücken zu und blickte aus dem Fenster. »Drei weitere. Harold ist überschuldet und nicht in der Lage, selbst für seinen Unterhalt zu sorgen. Ich möchte, dass er bei mir wohnt, wenn er das wünscht.« Sie hoffte, ein Auge auf Harold halten und ihn überzeugen zu können, sich von den Advokaten des Teufels fern zu halten.

»Ich habe nichts dagegen.« Er wirkte erfreut und sagte: »Was sind Eure anderen Forderungen?«

»Ihr müsst Reeves und Tessa erlauben, in Euren Diensten zu bleiben, bis sie wünschen, pensioniert zu werden.«

»Gemacht. Was sonst?«

»Sobald ich es arrangieren kann, möchte ich Lord Herschel kennen lernen.«

»Ich werde ihm persönlich schreiben. Sonst etwas?«

»Das wird für jetzt reichen. Wenn mir noch etwas einfällt, werde ich es Euch wissen lassen«, sagte sie, und ihre Stimme verlor den geschäftsmäßigen Ton. Etwas an der Besitzgier in seinem Blick, die Art, wie er sie mit diesem Blick auszuziehen schien, ließ sie schneller atmen und wärmte sie von Kopf bis Fuß.

»Ich bin mir sicher, das werdet Ihr tun.« Er wirkte amüsiert und zugleich beeindruckt, als sich ihre Blicke trafen.

»Da ist noch eines, was ich gern wüsste«, sagte sie.

»Was ist das?«

»Warum erzwingt Ihr diese Vereinigung? Bei Eurem Wohlstand könntet ihr die Creme de la Creme haben, eine Frau mit Titel und einer großen Mitgift, vielleicht sogar eine, die Euch mag. Warum wollt Ihr mich?«

»Das sollte offenkundig sein.« Er lächelte, als sein Blick über ihren Körper glitt. Als er Meagans Unbehagen sah, setzte er eine zufriedene Miene auf und sagte: »Ich wecke jetzt Hibbert und die anderen.«

Argwöhnisch beobachtete sie, wie er auf seinen langen Beinen zur Tür schritt, und sich das Kerzenlicht auf dem glänzenden Leder seiner Stiefel spiegelte. Er war so breitschultrig, so groß, so beherrschend, dass seine Präsenz den ganzen Raum auszufüllen schien.

An der Tür drehte er den Kopf, warf ihr einen Blick zu, der tief in ihre Augen zu dringen schien, und ging dann. Seine Schritte verklangen hinter der geschlossenen Tür.

Meagan wusste nicht, was sie von dieser Seite seines Wesens halten sollte. Mit ihm verheiratet zu sein, war vielleicht gar nicht so unangenehm, wie sie zuerst angenommen hatte ... Was dachte sie da? Natürlich würde es so sein. Schließlich wurde sie zu einer lieblosen Heirat gezwungen.

»Wir sind hier versammelt, um vor dem Angesicht Gottes diesen Mann und diese Frau zu vereinigen ...«

Mr Hibberts Worte hallten durch die kleine Kapelle von Fenwick Hall. Die Zeremonie hatte jedoch etwas Übereiltes, Ungeduldiges. Und Hibbert mangelte es an Redekunst und Gefühl.

Er wirkte müde und desinteressiert. Sein Gesicht war von mangelndem Schlaf gezeichnet, sein schütteres Haar stand von den Seiten seines Kopfes ab. Aber was konnte man von einem Pfarrer erwarten, der mitten in der Nacht aus seinem Bett geholt worden war, um eine Trauung zu vollziehen.

Meagan zupfte an den seidenen Falten ihres cremefarbenen Kleides, dem einzigen, das Tessa in ihrem Schrank gefunden hatte, das halbwegs einem Hochzeitskleid genügte. Sie spürte, wie Watertons lange, warme Finger ihre Hand umfassten. Dies war nicht das, was sie sich unter ihrer Trauung vorgestellt hatte – nicht, dass sie jemals eine gewünscht hatte.

Quälgeist saß auf der Bank hinter ihnen neben Sir James und Harold. Sie konnte den Hund japsen hören.

»Die Ehe ist die Partnerschaft zwischen zwei Menschen, bestimmt von Gott ...«

Sie blickte auf das Rosenfenster hinter Mr Hibberts Kopf. Die Jungfrau stand dort und hielt ihr Baby, blickte zärtlich auf es herab, und ihr Gesicht glühte vor Mutterglück. Gewiss würden Kinder aus dieser Vereinigung hervorgehen. Welcher Typ Vater würde eine gefühllose Person wie Waterton sein? Sie glaubte, einen Kloß in der Kehle zu haben.

»Die Ehe ist keine Vereinigung, die man leichtfertig eingeht ...«

Leichtfertig. Hibberts Worte hallten in ihrem Kopf. Sie warf einen Blick zu dem Fremden, der bald ihr Ehemann sein würde. Er ragte an ihrer Seite auf. Sein Blick war auf Hibbert gerichtet, sein Gesicht zeigte keine Spur von Emotion. Er hätte in einer Schlange von Leuten stehen können, die vor dem Opernhaus warteten.

Leichtfertig. Er sah die Ehe vielleicht leichtfertig. Meagan schluckte gegen den Kloß in ihrer Kehle an und spürte ihre schweißfeuchte Handfläche an seiner trockenen. Die Aura von absichtlicher Gleichgültigkeit, die von Waterton ausging, veranlasste sie, verzweifelt zur Tür zu blicken.

»Ist jemand anwesend, der glaubt, dass dieses Paar nicht

getraut werden sollte, so soll er jetzt sprechen oder in Zukunft schweigen.«

Meagan öffnete den Mund, bereit, tausend Gründe zu nennen, warum diese Trauung nicht stattfinden sollte, doch Waterton drückte ihre Hand und blickte auf sie hinab. Seine Augen spiegelten den Kerzenschein wider, das tiefe Blau schien sie zu hypnotisieren. Sie war nicht in der Lage, zusammenhängende Gedanken zu fassen oder Worte hervorzubringen, und so schloss sie den Mund.

Mr Hibbert hatte auf sein Buch geblickt, so vertieft in seinen Text, dass ihm alles andere völlig entging. Er fuhr fort. »Ich verlange und ermahne Euch – angesichts der Antwort, die Ihr am Jüngsten Tag geben werdet, wenn das Geheimnis aller Herzen offenbart wird –, dass Ihr es jetzt bekennt, wenn einer von Euch irgendwelche Gründe kennt, warum Ihr nicht rechtmäßig den heiligen Bund der Ehe schließen könnt.«

Watertons Finger spannten sich um ihre Hand. Sie spürte zunehmende Feuchtigkeit an ihren Händen, ein sicheres Zeichen dafür, dass auch seine Handfläche schweißnass wurde. Meagan blickte zu ihm auf und sah zum ersten Mal eine Andeutung von Emotion in seinem Gesicht. Er sah finster vor sich hin.

»Wollt Ihr, Lady Meagan Drina Beth Fenwick, Lord Waterton als Euren rechtmäßig verheirateten Ehemann nehmen?«

»J ...« Das Wort schien an dem Kloß in ihrer Kehle nicht vorbeizukommen. Sie räusperte sich und sagte mit erstickter Stimme: »Ja.«

Mr Hibbert zog seine Notizen zu Rate. »Wollt Ihr, Lord

Barrett Henry Wentworth Rothschild Lady Meagan als Eure rechtmäßig verheiratete Ehefrau nehmen?«

»Ich will.« Seine Stimme klang hart und eine Spur scharf.

»Dann erkläre ich Euch kraft meines Amtes zu Mann und Frau. Ihr dürft die Braut küssen.«

Waterton ergriff Meagans Arme und schaute ihr tief in die Augen. Sie hatte das sichere Gefühl, dass er sie jetzt in die Arme nehmen und küssen würde. Er neigte sich zu ihr. Seine Lippen schwenkten von ihrem Mund ab; dann gab er ihr einen sanften Kuss auf die Stirn.

»Na also. Das war doch nicht so schwer«, flüsterte er. Er ließ die Hände sinken und trat zurück.

Meagan starrte ihn in benommenem Schweigen an. Sie konnte das Gefühl nicht loswerden, dass sie um ihren Hochzeitskuss betrogen worden war. Warum machte ihr das etwas aus? Sie sollte sich glücklich fühlen, weil er ihr den Kuss nicht aufgezwungen hatte.

Bald darauf stand Meagan vor der Tür ihrer Kammer. Sie vernahm lautes Weinen. Vorsichtig neigte sie ihr Ohr an die Eichentür, lauschte einen Moment und trat dann ein.

Tessa saß zusammengekauert auf dem Bett und hatte die Hände vors Gesicht geschlagen. Bei jedem Schluchzer zuckten ihre Schultern. Meagan schloss die Tür und eilte zu ihrer Zofe, die wie eine Freundin für sie war. Sie berührte Tessas Arm. »Um Himmels willen! Was ist los?«

Tessa nahm die Hände vom Gesicht und blickte auf; Tränen rannen über ihr rundes Gesicht. Mit der Ecke ihrer Schürze wischte sie sich über die Augen. »Oh, Meagan, ich wollte nicht, dass du mich so siehst.«

»Was bekümmert dich so?«

»Oh, ich sollte es nicht sagen.«

»Natürlich solltest du es sagen. Du hast mir immer alle Sorgen anvertraut. Was ist los?«

Tessa schluchzte auf und schob eine Haarsträhne fort, die an ihrer tränennassen Wange haftete. »Ach herrje! Es war noch nie so schlimm.«

»Schlimm?«

»Ja. Du hast nie dein Leben so ruiniert wie jetzt. Ich könnte mich ohrfeigen, weil ich mit diesem kleinen Betrüger Karten gespielt habe. Nichts von dem wäre passiert, wenn ich dort gewesen wäre und verhindert hätte, dass du zustimmst, diesen Lord Waterton zu heiraten.« Tessa tupfte ihre verweinten Augen mit ihrer Schürze ab.

»Sprichst du von Mr Lyng?«

»Genau. Dieser verdammte Schuft. Er lockte mich zum Kartenspiel. Er wusste, dass Mr Burrows kommen würde und sein Herr plante, euch beide zu erwischen.«

»Du hast zweifellos Recht, aber es ist jetzt aus und vorbei.« Meagan bemühte sich um einen zuversichtlichen Tonfall, doch es klang gekünstelt.

»Es ist nicht richtig, wie es ausgegangen ist. Ich hasse es. Ich wollte, dass du Mr Burrows heiratest. Er ist der richtige Mann für dich – aber dieser andere …« Tessa schüttelte verzweifelt den Kopf.

»Es ist nicht ganz so schlimm. Ich bekomme Fenwick Hall und die Hütte zurück und meine gesamte Mitgift. Wenn ich ihn wirklich nicht ertragen kann, dann kann ich eine Annullierung der Ehe erwirken und sehr komfortabel leben.«

»Ja, aber du verschenkst dein Herz zu leicht. Er wird dir

bestimmt wehtun. Ich weiß es, so wahr ich hier sitze und atme. Ein Mann wie er macht sich aus keinem etwas außer sich selbst. Merk dir meine Worte, du wirst diese Nacht bereuen.«

Meagan sah ihre Zofe an. Tessa war stets zutiefst pessimistisch, und für gewöhnlich versuchte Meagan, sie optimistischer zu stimmen, aber dieses Mal konnte sie der Lage nichts Positives abgewinnen. Das würde sie Tessa jedoch keinesfalls wissen lassen. Auf die Worte »Ich hab's dir ja gleich gesagt« konnte sie gut verzichten. So sagte Meagan: »Ich verspreche dir, dass ich niemals mein Herz an ihn verlieren werde – bist du jetzt glücklich? Wir müssen packen. Lord Waterton wünscht, noch heute Nacht nach London aufzubrechen.«

»Heute Nacht?«, stieß Tessa hervor. »Schläft er denn nie?«

»Offenbar nicht.«

Meagan wurde nachdenklich; sie nahm ein Exemplar einer Astronomie-Fachzeitschrift von einem Regal. Welche Ironie! Dies war ihre Hochzeitsnacht. Sie sollte sich in Hochstimmung fühlen, verliebt, voller Lebensfreude. Sie fühlte sich jedoch nur erschöpft, wie abgestorben, alt. In ihrer Nervosität glitt ihr die Zeitschrift aus den Händen. O Gott! Was hatte sie getan?

Das Gleiche dachte Barrett, der draußen im Hof beobachtete, wie Mr Hibbert davongaloppierte. James stieg auf das Pferd, das sein Pferdebursche ihm früher am Tag gebracht hatte. Er war nur als Silhouette im Dunkel zu erkennen. Mondschein fiel auf die rätselhaften Gesichtszüge des

Mannes, er wirkte wie eine geisterhafte Karikatur ohne Substanz.

James schlang die Zügel um seine Hand. »Ich hätte nicht gedacht, dass du es so schnell schaffst. Aber ich wusste, dass ich den richtigen Mann für diesen Fall ausgewählt habe.« Barretts Cousin tippte an seinen Biberfellhut.

»Du kannst dir deine verdammte Schmeichelei sparen.«

»Ich kann verstehen, dass du verstimmt bist, solange du an diesem Fall dran bist. Das kann ich dir nicht verdenken. Du hast diese schöne Lady, die sich für deine Frau hält, und kannst nicht mit ihr schlafen.«

»Du brauchst nicht auf das Offensichtliche hinzuweisen.« Barrett sah wütend zu James auf.

»Ich möchte dir einen kleinen Rat geben. Ich kenne dich: Du würdest dich nie zu sehr bei einer Frau engagieren – besonders nicht bei einer, die möglicherweise ein Mitglied der Advokaten des Teufels und eine Staatsverräterin ist. Denk daran, wenn du gezwungen bist, mit ihr allein zu sein. Es hilft dir vielleicht, deine Lust unter Kontrolle zu halten.«

»Danke für deinen ermunternden Rat«, stieß Barrett aus.

»Ich wünschte, ich könnte dir mehr anbieten.« James schwieg einen Moment; dann breitete sich ein Grinsen auf seinem Gesicht aus. »Wenn du möchtest, kann ich dir helfen, deine *Braut* in der Stadt unter Beobachtung zu halten – das nähme dir vielleicht etwas von der Last ab.«

»Nein, danke.« Barrett nahm die Spur von Eifersucht wahr, die in seiner Stimme mitschwang, und runzelte die Stirn.

»Zu schade.« James klang ehrlich enttäuscht. »Meine

Männer werden auf jeden Fall Fenwick auf Schritt und Tritt beobachten, sobald er das Haus verlässt.« Sein Grinsen verschwand. »Wie wird Lord Kensington die Nachricht von der Hochzeit aufnehmen?«

Barrett dachte an seinen Vater und ihre Entfremdung, die nun schon seit zwölf Jahren bestand. Er wollte James sagen, dass es seinem Vater vermutlich verdammt gleichgültig war, ob sein Sohn verheiratet war oder nicht. Stattdessen antwortete er: »Damit werde ich mich auseinander setzen, wenn es notwendig ist.«

»Sehr gut. Ich überlasse dich jetzt deiner Hochzeitsnacht.« Die Andeutung eines Lächelns glitt über James' Gesicht. Dann tippte er mit seiner Reitgerte an den Hut und ritt davon.

Barrett beobachtete, wie er in der Dunkelheit verschwand. Ein schneidender Wind blies über den Hof; die Kälte schien bis ins Mark seiner Knochen zu dringen. Er bekam eine Gänsehaut. Seine Nackenhärchen richteten sich auf. Doch nicht die eisige Böe war die Ursache dafür, sondern das seltsame Gefühl, dass er beobachtet wurde.

Kapitel 10

Barrett fuhr herum und bemerkte eine dunkle Gestalt, die sich in die Schatten des Stalles geduckt hatte. Als sie ihn sah, rannte sie davon. Barrett stieß einen Fluch aus und nahm die Verfolgungsjagd auf.

Die Gestalt flüchtete in den Garten. Sie war ganz in Schwarz gekleidet, selbst das Haar verschmolz mit der Dunkelheit. Es musste sich um eine männliche Person handeln, denn sie sprintete mit der Ausdauer und Kraft eines gut trainierten Agenten.

Der Mann rannte geradewegs auf eine Hecke zu. Fünfzehn weitere Meter, und Barrett würde ihn verlieren. Er rannte schneller. Sein Herz hämmerte. Er holte auf. Noch zehn Meter. Fünf. Barrett war so nahe, dass er die keuchenden Atemzüge des Mannes hören konnte.

Bevor Barrett eine Chance bekam, sich auf ihn zu stürzen, zog der Mann eine Pistole und feuerte.

Barrett warf sich zu Boden, ein Blitz blendete ihn, eine Kugel zischte an seinem Kopf vorbei.

Er stemmte sich auf, um den Mann zu verfolgen, doch der Fremde war verschwunden. Der ganze Fall konnte gefährdet sein. Es war schwer zu sagen, wie viel der Bastard von der Unterhaltung mit James belauscht hatte. Er musste seinen Cousin informieren.

Barrett rannte zur Hecke. Er fragte sich flüchtig, ob der Mann Fenwick gewesen sein konnte. Wie herbeigezaubert durch seine Gedanken, hörte er das Objekt seines Misstrauens nach ihm rufen.

»Seid Ihr das, Waterton?«

Barrett blickte zu Fenwick, der in der Nähe des Stalles stand.

»Meagan sagt, sie wird in einer halben Stunde reisefertig sein. Übrigens – habe ich da einen Schuss gehört?«

»Ja.« Barrett ging auf Fenwick zu, immer noch schwer atmend. »Jemand schleicht hier herum. Er war offenbar nicht erfreut, dass ich ihn entdeckt habe.«

Fenwick war nicht außer Atem. Er konnte es nicht gewesen sein. »Hier auf dem Land ist noch nie etwas passiert. Ich werde meinen Verwalter alarmieren.« Fenwick warf einen misstrauischen Blick in Richtung Garten.

»Lasst nur, ich kümmere mich selbst darum.« Barrett bedachte Fenwick mit einem finsteren Blick und wandte sich um.

Eine Stunde später saß Barrett zähneknirschend in seiner Kutsche und dachte an die Zeit, die er mit der Suche nach dem Eindringling vergeudet hatte. Schließlich hatte er aufgegeben.

Sein Blick glitt zu Meagan, die neben ihm auf dem Sitz saß. Seine Miene wurde weicher. Sie war eingeschlafen, und während der ganzen Fahrt hatte seine Aufmerksamkeit ihr gegolten. Barrett hatte das Auf und Ab ihres Busens beim Atmen beobachtet, die Art, wie sich beim Schlaf ihre Lippen leicht öffneten, das Flattern ihrer Lider. Er hatte sich die Form ihres Kinns und das kecke Aussehen ihrer Nase eingeprägt. Nie zuvor war er mit solch verlockender Weiblichkeit konfrontiert worden. Die Tatsache, dass er sie nicht anrühren durfte, gab ihr nur zusätzlich etwas Geheimnisvolles und steigerte sein Verlangen, das Verbotene zu tun.

Fenwick lümmelte sich auf dem Sitz gegenüber. Lautes Schnarchen kam aus seinem offenen Mund. Barrett sah Fenwick finster an.

Meagan bewegte sich. Ihr Kopf sank auf ihre Brust. Jeden Moment würde sie vom Sitz fallen. Barrett glitt zu Meagan hinüber. Er legte einen Arm um sie und zog sie an sich heran, sodass ihr Kopf an seiner Schulter ruhte.

»Zeigt mir die Sterne, Lord Herschel«, flüsterte sie mit rauchiger Stimme, während sie ihr Gesicht an seine Halsbeuge schmiegte und den Arm um seine Hüfte schlang.

Barrett blickte lächelnd auf sie hinab. Er hätte ihr gern so vieles gezeigt, doch Sterne waren nicht darunter. Aus irgendeinem Grund erfasste ihn eine Welle von Abneigung gegen Sir Williams Sohn. Vielleicht würde er sich etwas Zeit nehmen, um das Versprechen zu halten, das er Meagan gegeben hatte, und mit dem Gentleman Kontakt aufnehmen.

Ihre Lippen berührten seinen Hals. Er nahm ihren heißen Atem an seiner Haut wahr, konnte nicht widerstehen, neigte sich hinab und rieb seine Wange an ihrem Kopf, spürte, wie die weichen Locken sein Gesicht streichelten. Der Rosenwasserduft ihres Haars und ihr eigener weiblicher Duft erfüllten seine Sinne.

Die Versuchung, ihre Träume zu belauschen, veranlasste ihn zu flüstern: »Kann ich dich küssen?«

»Ja.«

Er streichelte über ihre Wange und murmelte: »Wo möchtest du geküsst werden?«

»Sirius.«

»Wenn ich Sirius auf deinem Gesicht finden könnte, würde ich ihn bestimmt küssen.«

»Großer Hund.«

»Ja, dann folgt der Orion und all das, aber nicht an deinem Körper. Komm für eine Weile auf die Erde zurück und sage mir, wo an deinem Körper du von Lord Herschel geküsst werden möchtest.«

»Überall.«

»Diese Antwort, Prinzessin, ist so grenzenlos wie das Universum, aber unendlich interessanter.« Barrett streichelte sanft ihre Lippen und kämpfte gegen das Verlangen an, sie zu kosten.

Meagan erwachte plötzlich und erschrak. »Wer ... was?« Sie schnappte nach Luft und schob sich dann von ihm fort. Bei Fenwicks Schnarchen fuhr ihr Kopf zum gegenüberliegenden Sitz herum. Ihre Erinnerung setzte ein, dann blitzten ihre veilchenblauen Augen Barrett an. »Habt Ihr mich geküsst?«

»Nein.«

»Aber ich hätte schwören können ...«

»Ihr habt im Schlaf geredet.«

»Das habe ich nicht!«

»Und was war mit Lord Herschel?« Barrett hob eine seiner Augenbrauen.

»Ihr seid in meine Träume eingedrungen. Träume sind privat.«

»Ihr braucht nicht zu befürchten, dass ich jemandem Eure verruchten Fantasien preisgebe.«

Ihre Wangen wurden tiefrot. »Warum sollte ich Euch glauben? Ihr seid die letzte Person, der ich ein Geheimnis anvertrauen würde.«

»Vielleicht werde ich eines Tages Euer Vertrauen verdienen.« Sentimentalität klang in Barretts Stimme mit. Es war ein fremdes und verwirrendes Gefühl für ihn, das nichts mit der Notwendigkeit, Informationen aus ihr herauszulocken, zu tun hatte. Er streckte die Beine aus, schlug sie übereinander und starrte auf seine Stiefelspitzen.

Meagan musterte ihn und wusste nicht, wie sie seine letzte Bemerkung deuten sollte. Nach einer Weile gab sie es auf, darüber zu grübeln. Sie wich so weit von ihm zurück wie möglich. »Wie spät ist es?«, fragte sie und breitete ihr Cape um ihre Beine aus.

»Gegen drei. Wir werden bald in London sein.«

»Habt Ihr überhaupt nicht geschlafen?« Ihr Blick zeigte Verwunderung.

»Nein.«

»Werdet ihr denn niemals müde?«

»Selten.«

»Aber Ihr müsst doch manchmal schlafen.«

»Zwei, drei Stunden höchstens, und für gewöhnlich nicht vor vier Uhr am Morgen.«

»Ist es Eure ruhelose Seele, die Euch wach hält?«

Barrett fühlte sich zunehmend unbehaglich bei ihrer Fähigkeit, ihn so leicht zu durchschauen. Er verbarg sein Unbehagen hinter einer kühlen Miene. »Wie kann ich beim Kanonendonner Eures Bruders schlafen?«

Sie grinste, doch die entzückenden Grübchen in ihren Wangen verschwanden, als sie einen Blick zu Fenwick warf. »Danke dafür, dass Ihr ihn mit uns fahren lasst. Er hat unsere letzte Kutsche verkauft, um seine Spielschulden zu begleichen.«

»Darüber hat er mich nicht informiert.«

»Das würde er auch nicht tun. Er ist sehr raffiniert im Vertuschen seiner finanziellen Probleme. Ich glaube, er hat schon im ganzen letzten Jahr auf Pump gelebt, obwohl er mit mir nicht darüber spricht.« Ihre Miene nahm einen unsicheren Ausdruck an. Sie sah ihm in die Augen. »Dieses Thema erinnert mich an etwas sehr Peinliches, das ich Euch fragen muss.«

»Es ist nicht nötig, dass Ihr Euch unbehaglich fühlt. Ihr könnt über alles mit mir sprechen.«

Sie zögerte einen Moment, griff zu Quälgeists kleinem Kopf hinüber und streichelte ihn nervös. »Harold hat große Schulden, die er nicht begleichen kann. Ich hatte gehofft, das für ihn erledigen zu können.«

»Bei wem hat er Schulden?« Barrett musterte sie genau.

»Bei einigen befreundeten Gentlemen.«

»Sind es auch Eure Freunde?« Barrett behielt seine ausdruckslose Miene bei.

»Nein, es sind Harolds spezielle Freunde.«

»Entdecke ich da eine Spur von Abneigung in Eurer Stimme?«

»Ich kann nicht behaupten, dass ich sie mag.« Ihre Hände nestelten am Griff ihres Retiküls.

»Warum nicht?«

Ihr schien klar zu werden, dass sie schon zu viel gesagt hatte. »Aus keinem besonderen Grund. Ich mag einfach nicht in ihrer Gesellschaft sein.«

»Ich verstehe.« Barrett fragte sich, ob es sich um Mitglieder der Advokaten des Teufels oder einfach um Geldverleiher handelte, die sie verabscheute.

Sie schwieg einen Moment und sagte dann: »Werdet Ihr seine Schulden bezahlen?«

»Selbstverständlich.«

»Danke.« Ihr Blick wurde weicher, als sie ihn ansah.

»Wie viel schuldet er diesen Gentlemen?«

»Zwanzigtausend.«

Barrett zuckte mit keiner Wimper. Er hatte schon mehr in einer Nacht beim Kartenspiel verloren.

»Das ist nicht zu viel Geld?« Sie hob besorgt die Brauen.

»Nein.« Barrett schaute fasziniert auf ihre schlanken Finger, die den Kopf des Hundes streichelten. Er wusste, wie glücklich sich das Tier preisen konnte.

»Ich werde Euch nie wieder bitten, seine Schulden zu bezahlen, denn ich habe vor, seinem Spielen ein Ende zu setzen.«

»Und wie wollt Ihr das tun?« Er lächelte innerlich über ihren nicht zu bremsenden Optimismus.

»Ich werde dafür sorgen, dass ihm niemand mehr Geld leiht.«

»Es gibt sehr skrupellose Geldverleiher. Irgendeiner wird ihm einen Kredit geben.«

»Nicht, wenn ich mit jedem von ihnen spreche.«

»Ich bewundere Euren Mut, aber vielleicht solltet Ihr mich dies handhaben lassen.«

»Würdet Ihr das tun?« Sie bedachte ihn mit einer Mischung aus Erstaunen und Freude.

»Selbstverständlich.«

Die Kutsche schwankte leicht und kam dann zum Stehen. Quälgeist hob den Kopf, sprang vom Sitz und bellte die Tür an.

»Daheim«, sagte Barrett und beobachtete, wie die Besorgnis auf Meagans Miene zunahm.

Ein dumpfer Schlag ertönte, als die Treppe heruntergelassen wurde. Dann wurde die Tür aufgezogen. Kalte Luft schlug ihnen entgegen. Quälgeist sprang hinaus und kläffte.

Stratton und Hastings standen plötzlich dort wie bestellt und starrten einander wütend an. Sie versuchten, sich gegenseitig wegzudrängen.

Fenwick erwachte. »Was? Sind wir da?« Er setzte sich auf.

»Ja.« Meagans Stimme zitterte leicht.

Barrett stieg als Erster aus der Kutsche und drehte sich um, um ihr hinauszuhelfen. »Kommt, Prinzessin.«

Meagan betrachtete in Gedanken versunken Barretts ausgestreckte Hand, bis Fenwick sagte: »Steigst du nun aus oder nicht, Meggie?«

»Natürlich steige ich aus.« Sie bedachte ihren Bruder mit einem scharfen Blick und ergriff Barretts Hand. Barrett glaubte, die Wärme ihrer Hand trotz des Handschuhs zu spüren, als er ihr hinabhalf.

Sterne funkelten durch einen Schleier von Dunst über der Stadt. Heute Nacht hing eine merkwürdige Stille über der Wellington Road, abgesehen von Quälgeists Kläffen, das er nur einstellte, um an einer Hecke vor dem Haus das Bein zu heben.

Abrupt wurde die Haustür geöffnet, zehn Bedienstete kamen heraus und reihten sich auf dem Weg zur Veranda auf.

Fenwick stieg aus der Kutsche und stieß einen leisen Piff aus. »Nicht schlecht!« Sein Mund klaffte auf, und er schritt vor Barrett und Meagan am Personal vorbei.

Barrett beobachtete Meagans erstauntes Gesicht. »Du meine Güte! Kommen Eure Diener stets mitten in der Nacht aus dem Bett, um Euch zu begrüßen?«

»Nur, wenn ich eine neue Frau nach Hause bringe«, sagte er mit geübter Gleichgültigkeit.

Sie lächelte, doch es war kaum mehr als ein nervöses Zucken ihrer Lippen. »Hoffen wir, Ihr bringt nicht zu viele nach Hause, dann werden Eure Diener nie schlafen können. Im Gegensatz zu Euch werden sie Schlaf brauchen.« Ihr Blick nahm den weitläufigen Komplex von Pellam House mit seiner weißen Fassade und dem kuppelförmigen Dach in sich auf. Alle Fenster waren hell erleuchtet. »Ein schönes Haus. Es sieht wie ein Palast aus.«

»Es ist ein bisschen groß«, erwiderte er. Er war sich bewusst, dass er eine der größten Villen in St. John's Wood gekauft hatte, weil er sich mit seinem letzten Wohnsitz gelangweilt hatte. An jenem Tag hatte er sich ruhelos gefühlt, und dies war das größte Haus gewesen, das der Makler ihm gezeigt hatte. Es hatte ihm nicht wirklich gefallen, und er hatte sich nach dem Einzug nichts daraus gemacht, doch als er jetzt die andächtige Ehrfurcht auf Meagans Gesicht sah und ihm bewusst wurde, dass er das Haus für einige Zeit mit ihr teilen würde, empfand er ein sonderbares Gefühl der Zufriedenheit über seine Wahl. Er hörte sich sagen: »Ein Architekt des Königs hat dieses Haus erbaut.«

»Du meine Güte!« Ihr Blick schweifte über die acht römischen Säulen der Veranda.

»Kommt. Wir werden uns eingewöhnen.«

Sie ergriff seinen dargebotenen Arm, und sie passierten die Bediensteten. Meagan lächelte sie an und begrüßte sie.

Als sie die oberste Treppenstufe erreichten, trat Coates, ein kleiner, stämmiger junger Mann, auf sie zu und verneigte sich nervös. »Mylady.«

»Coates, dies ist die neue Marquise von Waterton«, sagte Barrett. »Prinzessin, dies ist Coates, mein Butler.«

Coates war gerade erst angestellt worden und besorgt um seine neue Position. Seine Unsicherheit zeigte sich in seinen ängstlichen Blicken. Barrett hatte ihm die Stelle angeboten, weil er von Lord Collins gefeuert worden war, nachdem er unabsichtlich eine unbezahlbare Vase zerbrochen hatte. Barrett suchte stets nach Möglichkeiten, Lord Collins zu ärgern, er hatte gewusst, dass Collins es erfahren und sich aufregen würde.

Meagan lächelte Coates an und sagte in freundlichem Tonfall, bei dem sich alle entspannten: »Ich muss Euch um einen Gefallen bitten, Coates.«

»Ich werde ihn gern erfüllen, Mylady.«

»Ich mag Reeves, meinen Butler, er ist auf dem Weg hierher ...«, sie wandte den Kopf, um über den langen Zufahrtsweg hinabzublicken, »... obwohl ich glaube, dass die Kutsche noch nicht eingetroffen ist. Jedenfalls wüsste ich es zu schätzen, wenn Ihr ihn ein wenig aufmuntern würdet. Er ist sehr alt, und wenn er nicht seine Arbeit hätte, würde er vermutlich aufgeben und nicht länger leben wollen. Ich weiß, dass er sich unmöglich um ein Haus dieser Größe kümmern kann, aber wenn Ihr ihm erlaubt, Euch zu helfen, wäre ich für immer in Eurer Schuld.«

Coates strahlte. Sie hatte offensichtlich einen Bewunderer fürs Leben gefunden. »Ja, Mylady. Ich würde gern das alles für Euch tun.«

»Danke, Coates.«

»Kommt, ich zeige Euch Euer Zimmer.« Barrett blickte auf Meagans Mund, als sie sich nervös mit der Zunge die Lippen befeuchtete. Die Erinnerung an ihren Kuss stieg in ihm auf. Als er daran dachte, dass er sie zu der Kammer neben seiner eigenen führen würde, stöhnte er innerlich auf.

Meagan beobachtete, wie sich Barretts lange Finger um den Türgriff spannten, als er sie öffnete. Er spürte ihren Blick auf sich und sah sie an. Das Blau seiner Augen war so intensiv wie an dem Abend, als er sie auf der Straße in Weymouth geküsst hatte.

Sie hatte versucht, die Erinnerung zu verdrängen, doch sie kehrte jetzt zurück. Sie erinnerte sich an jede Einzelheit, und ihr brach Schweiß aus. Wenn sie ehrlich zu sich war, wünschte sie, dass er es wieder tat. Ihre Hände zitterten, als sie Handschuhe und Cape auszog und sich ihm zuwandte.

Feste Entschlossenheit verhärtete seinen Gesichtsausdruck. »Ich sollte Euch eine wenig Ruhe gönnen.«

»Ihr wollt gehen?« Meagan sah ihn ungläubig an.

»Ja. Ich habe noch etwas Geschäftliches zu erledigen.«

»Um vier Uhr am Morgen habt Ihr etwas Geschäftliches zu erledigen?«

»Ja. Bis später dann.« Nach einem schnellen Blick in ihre Richtung, ging er hinaus und knallte die Tür zu.

Meagan hob die Arme, schlang sie um sich und starrte auf die geschlossene Verbindungstür. Eine Erinnerung aus der Kindheit stieg in ihr auf …

Lichter flackerten in der Halle von Fenwick Hall, und Meagans Schatten tanzte über die Marmorfliesen. Sie schlich näher zum Arbeitszimmer ihres Vaters und drückte ihr Ohr an die Tür.

»Ich denke, wir sollten das Mädchen in die Gesellschaft einführen. In zwei Monaten wird sie sechzehn.« William Fenwicks Stimme klang wie üblich ruhig – ein starker Kontrast zu Lillian Fenwicks aufgeregtem Geschnatter.

»Du kannst doch unmöglich glauben, dass sie jemals einen Gentleman finden wird, der sie will«, sagte Lillian.

»Aber natürlich wird sie einen finden.«

»Nicht mit diesem schrecklichen Ausschlag.«

»Er bricht nicht ständig aus.«

»Aber oft genug, um jeden Mann anzuekeln. Kannst du dir das vorstellen? Wir würden zum Gespött von England werden, wenn wir versuchten, ihr Zugang zu gesellschaftlichen Kreisen zu verschaffen. Ich kann es schon vor mir sehen. In dem Moment, in dem ich sie mitnehme, wird sie einen weiteren Schub bekommen. Und was wird dann der arme Harold machen? Er wird sich nicht mehr in der Gesellschaft blicken lassen können, und ich ebenfalls nicht. Es wird ihm jede Aussicht verderben, eine Braut zu finden.«

»Der Junge ist noch im College – mit sehr schwachen Leistungen, muss ich hinzufügen.«

»Oh, William, du musst Geduld mit ihm haben. Er ist noch jung.«

Meagan presste die Lippen aufeinander. In den Augen ihrer Mutter konnte Harold einfach nichts Falsches tun. Er war ihr makelloses Kind. Es zählte nicht, dass er nicht mal ihr leiblicher Sohn war oder wenig Verstand hatte.

»Wenn er die Schule hinter sich hat, wird er bestimmt erwägen zu heiraten. Wir können nicht zulassen, dass Meagan seine Chancen ruiniert. Was um alles auf der Welt werden die Mütter von jungen Debütantinnen sagen,

wenn sie erfahren, dass seine Schwester dieses schreckliche Hautleiden hat? Nein. Ich bin sicher, dass dies eine deiner schlimmsten Ideen ist, die du bis jetzt ausgebrütet hast.«

»Du solltest liebevoller mit ihr umgehen, meine Liebe.«

»Ich befürchte, da wir nicht wissen, was ihre Verfassung verursacht, kann ich das nicht tun. Ich bin sicher, es ist viel besser, dem Kind keine falschen Hoffnungen zu machen. Wir sollten das Thema jetzt bei ihr anschneiden, damit sie sich mit der Tatsache abfindet, dass sie eine alte Jungfer bleiben wird.« Bei Williams Schweigen fuhr sie fort: »Ich weiß, dass ich Recht habe, Sie kann sich mit diesen grässlichen Büchern und ihrer Astronomie beschäftigen. Es ist nicht nötig, ihr etwas vorzumachen. Kein Mann wird sie jemals lieben.«

Meagan wich von der Tür zurück. Die Worte ihrer Mutter waren wie Messerstiche. Sie warf sich herum und rannte in die Halle hinab, ihre Schritte übertönten ihr Schluchzen …

Meagan spürte den Schmerz, als wäre es gestern geschehen. Sie schluckte hart und setzte sich auf eine der beiden Sofas in ihrem Zimmer. Sie blickte sich um. Es war einer Königin angemessen – fünfmal so groß wie ihre Kammer in Fenwick Hall. Das massive Bett war mit Blattgold verziert, die übrigen Möbel mit Filigranarbeiten versehen. Sie hätte zufrieden sein sollen, von all diesem Luxus und Reichtum umgeben zu sein, doch sie verspürte nur die atmosphärische Leere dieses Zimmers.

Quälgeist kroch unter dem Bett hervor, trottete zu ihr und sprang auf ihren Schoß. Der kleine Hund leckte über ihr Gesicht.

Meagan spürte sein Fell und die kalte, feuchte Nase an

ihrem Kinn. Sie sehnte sich nach einer wärmeren, trockeneren Nase und weicherem Haar als dem seinen. »Sieht aus, als wären wir zwei allein in meiner Hochzeitsnacht.«

Seine großen, runden Augen blickten zu ihr auf wie um zu sagen: Ist doch gar nicht so schlecht, oder?

»Vermutlich nicht.« Meagan drückte den kleinen Hund an ihre Brust.

Plötzlich klopfte jemand an die Tür.

»Herein.«

Tessa trat ein. Sie sah abgespannt aus und hatte dunkle Ringe unter den Augen. »Ich bin herkommen, um nach dir zu sehen, sobald unsere Kutsche eintraf. Ich habe ihn in der Halle gesehen, als er wegging. Dann bin ich direkt zu dir gegangen, um zu sehen, ob mit dir alles in Ordnung ist.«

»Mir geht es gut.« Meagan hob Quälgeist von ihrem Schoß.

Tessa bemerkte ihren verzagten Blick. Sie lief zu ihr und umarmte sie. »Oh, Meagan, etwas ist nicht richtig, und du weißt es. Warum ist er weggegangen? Warum sitzt du hier allein und umarmst seinen Hund? Es ist deine Hochzeitsnacht – oder was davon übrig ist«, sagte sie bitter.

»Er ist fortgegangen, Tessa.«

»Fort?« Tessa schüttelte den Kopf. »Zu dieser nächtlichen Stunde?«

»Er sagte, er muss sich um Geschäftliches kümmern.« Meagan verbarg ihre Enttäuschung hinter vorgetäuschter Gleichgültigkeit. »Es macht mir nichts aus.« An dem Blick, den Tessa ihr zuwarf, erkannte sie, dass sie ihre Schauspielerei übertrieben hatte.

»*Vergiss nicht*, Mylady: ich bin's, Tessa, mit der du redest.«

»Wie könnte ich das vergessen?«

»Er wird wiederkommen und dich in deiner Kammer aufsuchen«, sagte Tessa und versuchte heiter zu klingen.

»Nein, das wird er nicht.« Meagan streichelte Quälgeist liebevoll.

»Natürlich wird er das.« Tessa stemmte die Hände auf die Hüften. »Ich habe diese Blicke gesehen, die er dir zugeworfen hat.«

»Das ist alles, was sie sind: Blicke. Er sagte, er wird mich nicht in sein Bett zwingen, bis wir einander besser kennen, was mir sehr gelegen kommt.« Bei Tessas ungläubigem Blick fügte sie hinzu: »Ich sollte einfach schnell vergessen, dass dies meine Hochzeitsnacht ist.« Sie hob Quälgeist auf ihre Arme und zwang sich, einen fröhlichen Ton anzuschlagen. »Den einzigen Schlafpartner, den ich mir wünsche, habe ich gleich hier.«

»Dadurch wirst du nur Flöhe in dein Bett bekommen.«

»Lieber Flöhe in meinem Bett als Lord Waterton«, konterte Meagan schlagfertig mit erzwungen gleichgültiger Miene. Dann ging sie hinüber zu ihrem Himmelbett. »Geh jetzt schlafen. Es ist spät. Ich kann mich allein entkleiden.«

Tessa bedachte sie mit einem abschätzenden Blick. Ihre Stirn war sorgenvoll gerunzelt, als sie das Zimmer verließ.

Meagan stieß einen Seufzer der Erleichterung aus und begann sich auszuziehen. Ganz gleich, was sie Tessa gesagt hatte, es schmerzte, dass Barrett in ihrer Hochzeitsnacht weggegangen war – vermutlich zu seiner Mätresse. Von neuem glaubte sie die Worte ihrer Mutter zu hören: Kein Mann wird sie jemals lieben. Oder sie in ihrer Hochzeitsnacht begehren, fügte sie in Gedanken hinzu.

Sie hätte erleichtert sein sollen, als Waterton ihr zu verstehen gegeben hatte, dass sie einander besser kennen lernen sollten, bevor er ihr Bett teilte, doch sie empfand nur einen scharfen Schmerz in ihrem Herzen, der nicht weichen wollte.

Auf der anderen Seite der Stadt schritt Barrett in James' Schlafzimmer auf und ab, und seine Stiefel pochten dumpf auf einem abgenutzten chinesischen Teppich. Er verharrte, stemmte eine Hand auf den Kaminsims und starrte in die schwelende Glut im Kamin.

»Habe ich dich richtig verstanden? Du hast sie heute Nacht verlassen?« James machte sich nicht die Mühe, die Augen beim Sprechen zu öffnen, als sei es ihm gleichgültig, dass Barrett mitten in der Nacht in seinem Schlafzimmer stand. Barrett hatte einen Schlüssel von James' Haus, und er benutzte ihn zu jeder unchristlichen Zeit, die ihm einfiel.

»Ja.« Barrett wandte sich vom Kamin ab und schaute finster auf seinen Cousin, der ausgestreckt auf dem Bett lag, neidisch, weil James schlafen konnte.

»Wir wollen, dass es realistisch wirkt. Du hättest wenigstens bleiben und den interessierten Bräutigam spielen können.«

»Das werde ich später tun. Ich musste dich etwas fragen.«

Barrett schritt vor James' Bett auf und ab. In das Pochen seiner Schritte mischte sich das Ticken einer Uhr auf dem Kaminsims.

»Was?«

»Hast du Fenwick Hall beobachten lassen?«

»Nein. Du bist bis jetzt die einzige Person, die ich bei diesem Fall eingesetzt habe.«

»Es könnte gefährlich werden.«

James öffnete die Augen und setzte sich auf. »Was?«

»Ich habe jemanden erwischt, der uns belauscht hat, bevor du Fenwick Hall verlassen hast.« Barrett erzählte ihm, was geschehen war, er ließ keine Einzelheit aus. Aufmerksam beobachtete er James' Miene, versuchte, irgendwelche Anzeichen darauf zu finden, dass er vielleicht log, doch wie üblich gab James' Gesichtsausdruck nichts preis. Nachdem sein Cousin ihm verschwiegen hatte, dass Meagan Fenwicks Schwester war, fragte sich Barrett, was James ihm sonst noch verheimlichte. Als Barrett zu Ende berichtet hatte, sagte James bestimmt: »Ich werde mit dem Fall weitermachen.«

»Ich weiß nicht, ob das eine so gute Idee ist. Wenn die Advokaten des Teufels bereits über dich Bescheid wissen, könnten sie versuchen, dich umzubringen.« Mehr zu sich selbst, als zu seinem Cousin, fügte er hinzu: »Ich muss für ihre Sicherheit sorgen.«

»Ich nehme an, dass du allmählich ein bisschen mehr in diesem Fall engagiert bist, als du erwartet hast.«

Barrett erkannte, dass er mehr gesagt hatte, als es seine Absicht gewesen war, und fügte schnell hinzu: »Ich halte sie einfach nicht für schuldig. Sie weiß vermutlich nicht einmal, worauf ihr Bruder sich eingelassen hat.«

»Wie kommst du dazu, das zu glauben?«

Barrett rief sich den arglosen Ausdruck von Meagans Gesicht in Erinnerung. Nachdem er geraume Zeit an Fällen mit James gearbeitet hatte, konnte er Simulanten und Heuchler erkennen, wenn er nur ein paar Minuten in ihrer

Gesellschaft war. »Sie ist kein bisschen gerissen«, antwortete er überzeugt.

»Wie kannst du dir da so sicher sein?« James' Brauen schnellten in die Höhe; seine misstrauische Seite zeigte sich bei diesem Gesichtsausdruck.

»Sie ist einfach leicht zu durchschauen.«

James setzte sich gerader auf und fuhr sich mit den Händen durchs Haar. »Wenn du dich in ihr irrst, und sie ist eine Komplizin bei einer Verschwörung gegen die Regierung, kann ich sie unmöglich laufen lassen. Andererseits, wenn sie unschuldig bei alldem ist, wird der Skandal, dass sie ohne eine gültige Heiratsurkunde unter deinem Dach gewohnt hat, ihren Ruf ruinieren. Du solltest vielleicht erwägen, sie tatsächlich zu heiraten.«

»Ich will keine Frau.« Barrett erkannte, dass er zu heftig reagiert hatte, und runzelte die Stirn. Er begann wieder auf und ab zu gehen.

»Das hattest du schon gesagt, stimmt.« James' Lippen verzogen sich zu einem Grinsen. Barrett wurde immer ungeduldiger.

»Warum versuchst du so hartnäckig, mich mit ihr zu verheiraten?«

»Ich dachte an deine Lady.«

»Ich werde sie nicht kompromittieren, ich werde ihr einen Ehemann suchen.«

»Es freut mich, dass du an alles denkst.«

Barrett schwieg. Als er zugestimmt hatte, an diesem Fall zu arbeiten, war er davon ausgegangen, dass Meagan ein Mitglied der Advokaten des Teufels war wie ihr Bruder. Aber das war gewesen, bevor sie sich als seine Prinzessin entpuppt hatte, bevor er das überwältigende Verlangen, sie zu besitzen, verspürt hatte, bevor ihm ihr Schicksal nicht mehr gleichgültig war.

In Barretts Schweigen hinein sagte James: »Du weißt, diese neue Wendung der Ereignisse bedeutet, dass ich einige weitere Männer ins Spiel bringen muss. Ich werde Agenten beauftragen müssen, dich zu decken.«

»Ich brauche keinen, der mir nachschleicht. Ich kann selbst auf mich aufpassen.« Barrett hielt in seiner unruhigen Wanderung inne und hakte den Griff seines Spazierstocks über seinen Arm.

»Um mein Gewissen zu beruhigen, werde ich dennoch ein paar Männer einsetzen.«

Barrett bezweifelte, dass James überhaupt ein Gewissen hatte, wenn er an einem Fall arbeitete. Ein Mann, der so tief in die Spionage verwickelt war wie James, musste in der Lage sein, sein Gewissen auszuschalten, wenn es ihm beliebte. Dieser Gedanke veranlasste ihn zu der Äußerung: »Sag ihnen, sie sollen mir aus dem Weg bleiben.«

»Das werden sie. Ich bilde meine Männer sehr gut aus. Du wirst nie spüren, dass sie in der Nähe sind.«

Etwas an James' Worten ließ Barrett aufhorchen. Er hatte immer noch das Gefühl, dass James ihm nicht alles über die Advokaten des Teufels und diesen Fall sagte, er konnte ein gewisses Misstrauen nicht leugnen.

Barrett wandte sich zum Gehen, doch James stoppte ihn. »Halte mich auf dem Laufenden.«

»Das werde ich.« Barrett ging und schloss die Tür hinter sich. Seine Gedanken kehrten zu Meagan und ihrer Rolle in diesem Fall zurück. Wenn sie tatsächlich unschuldig war, wie er glaubte, wie würde ihre Reaktion sein, wenn ihr seine Rolle bei alldem klar wurde? Er versuchte, nicht daran zu denken.

Etwas viel Schlimmeres quälte ihn. Er musste heimgehen, mit dem Wissen, dass seine Prinzessin im Zimmer neben seinem eigenen schlief.

Meagan schwebte im Traum außerhalb von Pellam House. Kränze aus Stechpalmenzweigen und Weihnachtsgirlanden schmückten die Fenster und Türen. Schnee wirbelte auf die Fensterbänke, Eiszapfen hingen vom Dachvorsprung herab. Der Himmel über ihr sah trübe und finster aus – ein undurchdringlicher Schlund, der sich unendlich weit erstreckte.

Etwas an dem Grau jagte ihr Furcht ein, als sie sich näherte. Barrett rief sie von drinnen. Sie versuchte, die Tür zu öffnen, doch eine unsichtbare Barriere verhinderte, dass sie das Haus betreten konnte.

Barrett sah sie und winkte ihr, hereinzukommen. Sie konnte ihre Kinder sehen, alle vier, die auf dem Bauch vor dem Kamin lagen und mit ihren Spielzeugen spielten. Es konnten Jungen oder Mädchen sein – ihre Gesichter waren nicht zu erkennen.

Barrett rief weiter nach ihr. Meagan versuchte von neuem, einzutreten, doch sie vermochte die Barriere nicht zu durchbrechen. Seine Augen waren kalt und blau. Wenn sie nur wärmer würden … wenn nur die Barriere schmölze …

Meagan schreckte aus dem Schlaf auf und blickte in ein Paar strahlend blaue Augen.

Kapitel 11

Ein kleines Mädchen von vielleicht acht Jahren stand vor ihrem Bett. Die Kleine hatte ein ovales Gesicht mit rosigen Wangen und einen breiten Mund. Ihr blondes Haar war zu langen Zöpfen geflochten, die mit großen blauen Schleifen zusammengehalten wurden.

»Hallo.« Das kleine Mädchen trat nicht zurück. Es starrte direkt in Meagans Augen. »Ich bin Ann.«

Etwas in den Augen des kleinen Mädchens beunruhigte Meagan, eine Art Verständnis, weit über ihr Alter hinausgehend. Als Meagan in die blauen Tiefen schaute, hatte sie das Gefühl, dass der scharfsichtige Blick des kleinen Mädchens tief in ihre Seele drang. Meagan klammerte sich nervös an ihre Bettdecke.

In Meagans Schweigen sagte Ann: »Etwas stimmt mit dir nicht, wie?« Sie wartete nicht auf eine Antwort von Meagan. »Meine Augen sahen so aus wie deine, als ich nicht gehen konnte – nun, vielleicht waren meine ein wenig schlimmer. Du brauchst keine Angst zu haben, dass ich jemandem dein Geheimnis erzähle – nun, vielleicht den Feen, aber sie wissen es sowieso bereits. Vielleicht kann ich dir helfen.« Ihr Blick wich nicht von Meagans Gesicht.

Meagan hatte nicht vor, ihre Lage mit Ann zu besprechen, so fragte sie: »Bist du verwandt mit Lord Waterton?«

»O nein. Er ist ein Freund von Mama und Papa, aber wir nennen ihn Onkel Barrett. Du musst die neue Marquise sein. Meine Mama – sie ist nicht meine leibliche Mama. Meine leibliche Mama ist vor langer Zeit gestorben, aber ich denke gern an Holly als meine Mama. Meine Mama hat den Gedanken, dass Onkel Barrett mal heiratet, nie ganz aufgegeben, weißt du. Du bist sehr hübsch. Papa sagte, Onkel Barrett würde nie eine Frau finden außer einer verzweifelten, hässlichen Jungfer, die sich notfalls mit ihm einlässt, aber er hat sich geirrt. Wir haben gelacht und Papa aufgezogen, als wir erfahren haben, dass Onkel Barrett geheiratet hat. Papa hat geschworen, dass du hässlich bist, und so sind wir zu Besuch gekommen. Er hat sich wieder geirrt. »Ich kann es kaum erwarten, ihm das zu sagen.«

»Nun, ich bin froh, dass du meinst, er hat sich geirrt.« Meagan setzte sich im Bett auf und lehnte sich gegen das Kopfbrett. »Er wird vielleicht anders darüber denken, wenn er mich sieht.«

»O nein. Niemand kann dich hässlich finden.« Ann setzte sich neben Meagan aufs Bett. »Ich hoffe, es macht dir nichts aus, dass ich hier hereingekommen bin. Ich wollte einfach einen Blick auf dich werfen.«

»Es macht mir überhaupt nichts aus.«

»Ich habe deinen Hund rausgelassen, als ich hereinkam. Er bellte, und meine Brüder jagten ihn die Treppe hinunter.« Ein spitzbübisches Funkeln leuchtete in Anns Augen. »Ich bin froh, dass er sie angebellt hat. Ich wollte nicht, dass sie mit mir hier reingehen, weißt du.«

»Ja, ich weiß, wie Brüder sein können.«

»Mama ist unten und versucht Onkel Barrett zu überreden, zu Weihnachten in unser Haus zu kommen. Jedes Jahr lädt sie ihn ein, und jedes Jahr weigert er sich, uns zu besuchen.«

»Warum macht er das wohl, was meinst du?« Meagan wartete begierig auf Anns Einblick in Barretts Geheimnisse.

»Ich meine, er mag es, an Weihnachten vor sich hin zu grübeln. Einige Leute mögen es, Selbstmitleid zu haben, besonders einsame Leute.« Ann runzelte die Stirn. »Ist das nicht seltsam? Er ist der reichste und mächtigste Mann Londons, aber der einsamste. Das ist wirklich traurig, meinst du nicht auch?«

»Ja, das meine ich auch.« Meagan konnte nicht glauben, dass da ein Kind sprach.

»Du solltest in unser Haus kommen und Onkel Barrett überreden, mitzukommen. Wir haben einen Weihnachtsbaum. Meine Mama kommt aus Amerika, aber ihre Großmutter war Deutsche und hatte jedes Jahr einen Weihnachtsbaum. Hast du jemals einen gesehen?«

»Nein.«

»Sie sind unbeschreiblich schön. Du musst zu unserem Haus kommen, wenn wir ihn beleuchten.«

»Das möchte ich wirklich gern sehen.« Meagan bemerkte das helle Licht, das durch die nicht ganz zugezogenen Vorhänge fiel. »Wie spät ist es?«

»Kurz vor Mittag.«

»Mittag?« Meagans Stimme klang entgeistert.

»Ja, was hast du?«

»Ich schlafe nie länger als bis sechs.« Seit sie Barrett kennen gelernt hatte, war ihr Leben völlig durcheinander – sogar ihre innere Uhr spielte hoffnungslos verrückt.

»Heute hast du das aber.« Ann grinste, und ihre Augen funkelten.

Es klopfte an der Tür.

»Keine Sorge. Ich mache auf.« Ann lief zur Tür und öffnete sie.

Eine hübsche Frau, hochschwanger, mit kastanienbraunem Haar und braunen Rehaugen trat ein. Als sie Meagan sah, lächelte sie, und tiefe Grübchen erschienen auf ihren Wangen. »Hallo. Ich muss mich für meine Tochter entschuldigen.« Sie blickte zu Ann.

Meagan gefiel der weiche amerikanische Akzent der Frau. »Es ist schon in Ordnung«, sagte sie. »Ich habe unseren kleinen Plausch genossen.«

»Ich wollte nur einen Blick auf sie werfen, um zu sehen, ob Papa Recht hat.« Anns Grinsen wurde breiter. »Ich befürchte, ich habe sie aufgeweckt, aber ich habe sie in unser Haus eingeladen, damit sie den Weihnachtsbaum sehen kann.«

»Ich hoffe, sie wird kommen.« Anns Mutter lächelte und sagte dann: »Wir sollten Euch jetzt allein lassen, damit Ihr Euch ankleiden könnt.«

»Nein, nein, kommt doch bitte herein.« Meagan hieß sie mit einem Lächeln willkommen; das Kind und die Frau hatten bereits ihr Herz erobert.

Anns Mutter kam herein und streckte Meagan die Hand entgegen. »Ich bin Lady Upton, aber nennt mich bitte Holly. Diese alten englischen Titel mag ich nicht.«

»Und Ihr könnt mich Meagan nennen.«

Mit einer Ungezwungenheit, die der Anns in nichts nachstand, setzte sich Holly auf die Bettkante zu Meagan und berührte deren Hand. »Darf ich offen zu Euch sein?«

»Natürlich.«

»Ich bin begeistert, weil Barrett geheiratet hat. Ich hatte nicht die Hoffnung aufgegeben, dass er die Richtige findet. Ich kann verstehen, warum er sich in Euch verliebt hat.«

Meagan wollte sich jemandem anvertrauen, doch sie wusste nicht, ob sie vor Ann sprechen konnte.

Als spüre Ann ihr Unbehagen, sagte sie: »Ich sollte gehen und nachsehen, ob die Jungen Euren armen Hund noch nicht umgebracht haben.« Sie lächelte heiter, verließ das Zimmer und schloss die Tür hinter sich.

»Sie ist erstaunlich klug für ein Kind«, sagte Meagan.

»Ja. Ich nenne sie insgeheim meine weise Große. Jetzt sagt mir, was Ihr im Sinn habt.« Holly legte die Hände auf die Wölbung ihres Bauches.

Meagan wusste nicht, weshalb sie dieser Fremden ihr Herz ausschütten wollte, doch sie spürte eine verwandte Seele in ihr. »Ich wurde gezwungen, Barrett zu heiraten«, sagte Meagan. »Er ist nicht verliebt in mich.« Dann erzählte sie Holly alles, was geschehen war. »Ich weiß immer noch nicht, warum er mich geheiratet hat«, endete sie.

»Für mich ist das offensichtlich. Ihr seid schön und ein angenehmer Mensch. Wie ich Barrett kenne, muss er Euch gern haben, sonst hätte er Euch nicht geheiratet.«

»Das bezweifle ich. Er hat nicht mal mit mir ...« Ihre Worte waren leiser geworden und verklangen dann ganz.

»Nicht?« Hollys braune Augen weiteten sich. »Das überrascht mich. So weit ich weiß, hatte er nie Probleme auf diesem Gebiet. Es muss irgendeinen Grund geben. Möchtet Ihr, dass ich ihn danach frage?«

»Bitte nicht.« Meagan ergriff Hollys Arm. »Er sagte, er wolle warten, bis wir uns besser kennen.«

Hollys Gesicht nahm einen verwirrten Ausdruck an. »Tatsächlich? Das ist das Letzte, was ich aus seinem Munde erwartet hätte. Es ergibt überhaupt keinen Sinn für mich. Ihr könnt ihn erst richtig kennen, wenn Ihr sein Bett mit ihm geteilt habt. Glaubt mir, eine Frau erfährt viel über einen Mann, wenn sie intim mit ihm wird.« Hollys Augen funkelten; sie blickte gedankenverloren.

»Er muss seine Gründe gehabt haben.« Meagan fragte sich, ob sie so ehrenhaft gewesen waren, wie sie zuerst angenommen hatte.

Hollys geistesabwesender Gesichtsausdruck schwand, und sie widmete Meagan wieder ihre volle Aufmerksamkeit. »Ich glaube, ein kleiner Einkaufsbummel würde Euch gut tun.«

»Einkaufsbummel?«

»Ja. Es gibt nichts Besseres, um einen Ehemann auf sich aufmerksam zu machen, als neue Kleidung zu kaufen.«

»Ich habe noch nie in London eingekauft.«

»Bitte, sagt, dass Ihr mich begleiten werdet.«

»Ihr wollt so ausgehen?« Meagan blickte auf Hollys Bauch.

»Ich weiß, ich sollte auf dem Land sein. Vermutlich breche ich alle Anstandsregeln, aber ich muss einen Einkaufsbummel machen, bevor wir London verlassen und so viel zu tun ist. Würdet Ihr Euch schämen, mit mir gesehen zu werden? Ich verspreche, ich werde ein Cape tragen, der das hier halbwegs verbirgt.« Holly rieb über ihren geschwollenen Bauch.

Meagan lachte. »Es wäre mir eine Ehre, mit Euch gesehen zu werden.«

»Gut. Wir werden uns dann weiter unterhalten.« Holly erhob sich schwerfällig und strich ihr dunkelblaues Kleid glatt.

Ein kurzes Klopfen, und die Tür wurde geöffnet.

Barrett erschien mit einem zweijährigen Jungen auf dem Arm. Er sah erstaunlicherweise liebenswert aus. Der Kleine umklammerte mit den kleinen Fingern die Fransen eines leuchtend bunten Schals, der um Barretts Hals hing. In ihrer Fantasie sah Meagan, wie er ihr eigenes Kind hielt: einen kleinen Jungen mit Barretts blondem Haar und seinem guten Aussehen. Dann fiel ihr wieder ein, dass er sie in der vergangenen Nacht verlassen hatte, und das Bild verschwand. Sie blickte ihm finster entgegen.

»Da seid ihr beiden ja.« Barretts Blick glitt zwischen Meagan und Holly hin und her.

»Du hast eine entzückende Frau.« Holly drückte Meagans Hand.

»Ich weiß.« Barrett sah Meagan plötzlich mit sonderbar glühendem Blick an. Bei seinen Worten stieg jäh Wärme ih ihr auf.

Holly war die Reaktion der beiden nicht entgangen, und sie lächelte. »Ich bin sicher, wir werden die besten Freundinnen sein.«

»Jeder, der meine Frau kennen lernt, muss sich einfach mit ihr anfreunden.« Barrett sprach, ohne den Blick von Meagan zu nehmen.

Ein gut aussehender Mann tauchte auf der Türschwelle neben Barrett auf. Er war das Ebenbild von Barrett, ebenso groß, breitschultrig und muskulös, doch seine Augen waren hellbraun, nicht blau wie die Barretts, und er hatte braunes Haar.

Holly ging zu ihm. »Dies ist John, mein Mann. John, das ist Meagan.«

Sein Blick glitt zu Meagan hinüber, und er grinste. Meagan zog die Decken höher. Es machte sie verlegen, gleich von zwei Männern im Bett ertappt worden zu sein. Sie errötete.

»Es ist mir ein Vergnügen, Euch kennen zu lernen, meine Liebe.« John verneigte sich galant. »Ihr werdet diese Belästigung verzeihen müssen, doch ich bin gekommen, um meine Frau zu holen. Wir müssen aufbrechen.« Er stieß Barrett mit dem Ellenbogen an. »Ich weiß nicht, wie du es geschafft hast oder warum sie ausgerechnet dich heiraten wollte, Waterton, aber sie scheint ein Diamant zu sein.«

Barrett blickte finster drein. »Danke für das Kompliment. Ich habe mit angehaltenem Atem auf deine Billigung gewartet.«

»Ihr tut mir Leid, meine Liebe.« John zwinkerte Meagan zu; dann nahm er das Kind von Barrett entgegen. »Komm, Baby Lawrence. Wir haben gesehen, was wir sehen wollten. Es ist Zeit zu gehen.«

»Bist du bereit für eine Runde später bei Jackson's?« John hob spöttisch eine Augenbraue.

»An dem Tag, an dem ich dich nicht besiege, kann man mich erschießen und beerdigen.«

Zwei Jungen spähten um die Ecke zu Meagan. Sie mussten ungefähr zwölf und vierzehn Jahre alt sein. »Ist sie das?«, fragte der Älteste. Er ähnelte seinem Vater, hatte ebenso braune Augen und einen energischen Gesichtsausdruck, der darauf schließen ließ, dass er seinen Willen durchzusetzen vermochte.

»Sie sieht tatsächlich passabel aus, Onkel Barrett. Gut gemacht.« Der Jüngere klopfte Barrett anerkennend auf die Schulter. Er war blond und blickte Meagan aus seinen grünen Augen verehrend an.

»Ich bin froh, dass ihr meine Wahl billigt.« Ein Lächeln spielte um Barretts Lippen.

Ann trat zwischen ihre Brüder. Sie wies auf den ältesten der Jungen und sagte: »Dies ist Dryden ...« Sie legte eine Hand auf die blonden Locken des anderen, »und dies ist Brock.«

»Freut mich, euch kennen zu lernen«, sagte Meagan und sah ein sonderbar schmachtendes Lächeln auf Brocks Gesicht. Offenbar war er trotz seiner jungen Jahre schon fasziniert vom anderen Geschlecht.

»Ich bin ihr Lieblingsbruder«, behauptete Brock grinsend.

»Bist du nicht!« Dryden knuffte seinen Bruder.

»Bin ich doch!« Brock schlug seinem Bruder auf den Kopf und nahm dann lachend Reißaus.

Dryden rannte hinter ihm her.

Ann verdrehte die Augen. »Verstehst du, was ich meine? Sie sind erbärmliche Schurken.«

»Wenn Ihr mich entschuldigen wollt, ich sollte jetzt ein paar Ohrfeigen verteilen«, sagte John. »Komm, Liebes.« Er ergriff Anns Hand und wandte sich zum Gehen.

»Ich helfe ihm besser.« Holly lächelte Meagan zu. »Ich schicke die Kutsche in zwei Stunden vorbei.«

»Wunderbar! Vielen Dank!«

Barrett schaute Holly nach; dann ging er zu Meagan. »Ich wage fast nicht zu fragen, wohin du mit Lady Upton fahren willst.« Sie stutzte. Er sprach sie plötzlich mit dem vertraulichen »Du« an.

»Auf einen Einkaufsbummel.« Meagan schaute auf den sonderbar aussehenden Schal um seinen Hals. Er wies große Löcher und etliche Strickfehler auf. »Was ist das?«

Die Härte in Barretts Augen wich einem fast sentimentalen Ausdruck. »Ein Geschenk von Ann. Sie wollte es mir früher geben, doch ich war nicht hier.« Er berührte den Schal, als sei er das Kostbarste auf der Welt.

Meagan fühlte sich sonderbar mit ihm verbunden, wenn seine weiche Seite zum Vorschein kam, und in diesem Augenblick konnte sie ihm fast verzeihen, dass er sie letzte Nacht allein gelassen hatte. Fast.

Hochmütiger als beabsichtigt sagte sie: »Wenn es dir nichts ausmacht, möchte ich mich jetzt ankleiden. Bitte geh.«

Er strich über den Schal und sah sie lange und merkwürdig an. Schließlich sagte er: »Nun gut.«

Meagan blickte ihm nach und dachte an Hollys Familie und wie glücklich sie wirkte. Das Gefühl tiefer Leere erfüllte sie. Stirnrunzelnd warf sie die Decken von sich und schwang die Füße aus dem Bett.

Minuten später rauschte Tessa herein. Sie trug einen großen Strauß aus Tulpen, Rosen und Orchideen in einer Hand und eine kleine Schachtel unter dem Arm. »Sieh, was soeben für dich gekommen ist.«

»Wer hat das geschickt?«

»Ich weiß es nicht. Es traf gerade eben ein. Ich bin gleich damit zu dir gegangen.«

Meagan zog das Kärtchen aus dem Bukett. In schöner Handschrift stand darauf:

Ich hoffe, du kannst mir verzeihen,
dass ich dich letzte Nacht verlassen habe.
Ich werde es wieder gutmachen.
Barrett

»Von wem ist es?«, fragte Tessa neugierig.

»Von Barrett.« Meagan neigte sich über die Blumen und roch daran. Sie dufteten himmlisch.

Tessa hob überrascht die Brauen. »Hier, sieh, was er dir noch schickt.« Tessa drückte ihr das Päckchen in die Hand.

Meagan fühlte sich wie ein kleines Mädchen, das ihr erstes Geschenk auspackt, als sie das Einpackpapier aufriss. Sie öffnete eine Schatulle und starrte auf eine Kette mit einem tropfenförmigen Anhänger. Ein Vermögen in Diamanten funkelte sie an.

»Allmächtiger, ist die schön«, stieß Tessa hervor. »Ich nehme an, er versucht, sein Verhalten in der vergangenen Nacht wieder gutzumachen.«

»Anscheinend.« Meagan nahm die Kette und hielt sie an ihren Hals. Dann schaute sie in den Spiegel. »Es ist exquisit. Ich habe noch niemals ein solch kostbares Schmuckstück besessen.«

»Zu fein, um es mit diesem Nachthemd zu tragen.« Tessa lächelte.

Meagan war gerührt. Auf dem Kärtchen hatte Barrett geschrieben, dass er es bei ihr wieder gutmachen würde. Hatte er sich entschlossen, mit ihr zu schlafen? Bei der Vorstellung begann ihr Herz schneller zu pochen.

»Ich möchte mein bestes Hauskleid tragen, Tessa, das blaue.«

»Lass dir nicht diese Klunker zu Kopf steigen. Denk einfach daran, weshalb er sie dir geschickt hat – weil er dich in deiner Hochzeitsnacht verlassen hat.« Tessa schüttelte empört den Kopf.

»Wie könnte ich das vergessen?« Meagan war nicht bereit, sich durch Tessas Pessimismus ihre Hochstimmung verderben zu lassen. Nein, sie konnte es kaum erwarten, Barrett zu danken.

Barrett ging in seinem Arbeitszimmer auf und ab. Quälgeist trottete erschöpft hinter ihm her. Der Hund hatte tatsächlich das Herumtollen mit Uptons beiden Söhnen überlebt, jedoch nicht ohne ein gewisses Maß an Energieverlust, was sich zeigte, als er sich wie ein alter Hund auf den Läufer beim Kamin zusammenrollte.

Barrett ließ sich auf seinen Stuhl hinter dem Schreibtisch sinken und blickte finster auf den Stapel von Einladungen und Geschäftskorrespondenz. Er dachte nicht daran, die Post zu lesen, seine Gedanken waren auf ein veilchenblaues Augenpaar konzentriert und die kühle Art, wie Meagan ihn aus ihrem Schlafzimmer gewiesen hatte. Natürlich war sie ärgerlich, weil er sie in ihrer Hochzeitsnacht verlassen hatte. Damit hatte er gerechnet.

Es klopfte an der Tür.

Er warf einen Blick dorthin. »Herein.«

Fenwick trat ein. Das Purpurrot von Hose und Jackett biss sich mit seiner goldenen Paisley-Weste. Barrett stöhnte innerlich auf.

»Wolltet Ihr etwas von mir?«, fragte Fenwick.

»Nein.« Barrett verzog das Gesicht bei seinem Anblick. »Nehmt Platz.«

Fenwick setzte sich auf einen Lehnstuhl Barrett gegenüber.

Quälgeist hob auf seinem gemütlichen Ruheplatz beim Kamin den Kopf. Er beobachtete jede von Harolds Bewegungen.

»Ihr habt mich rufen lassen!« Fenwick blickte Barrett nervös an.

»Ich wollte mit Euch über etwas sprechen, was meine Frau betrifft.« Als er sich »meine Frau« sagen hörte, runzelte Barrett die Stirn. Er streckte die langen Beine aus und schlug sie übereinander.

»Sie hat darum gebeten, dass Ihr bei uns wohnen dürft. Ich habe nichts dagegen. Schließlich seid Ihr jetzt ein Verwandter. Ihr seid in jedem unserer Häuser willkommen.« Barrett setzte sein liebenswürdigstes Lächeln auf, doch es erreichte nicht seine Augen. »Und wenn Ihr einverstanden seid, können wir zum vertraulichen ›Du‹ übergehen.«

»Sehr freundlich von Euch ...« Harold bemerkte Barretts Blick und korrigierte sich: »... von dir.«

»Sie hat ebenfalls darum gebeten, dass ihr Fenwick Hall und die Hütte in Schottland urkundlich übertragen wird. Ich habe meinem Anwalt geschrieben, dass er sich darum kümmern soll.«

»Oh.« Fenwicks Gesicht wurde so rot wie sein Jackett. Er konnte Barrett nicht in die Augen sehen, als er sagte: »Nun, das sollte sie glücklich machen. Sie war sehr aufgebracht, als ich den Besitz verlor. In jener Nacht war die Glücksgöttin nicht auf meiner Seite.«

»Das war sie einige Zeit nicht, nehme ich an.«

»Ja, im letzten halben Jahr hatte ich Pech.« Fenwick starrte nachdenklich ins Kaminfeuer.

Ein brennender Holzscheit knackte in der Stille.

Barrett zog eine Schreibtischlade auf, nahm einen Scheck heraus und schob ihn zu Fenwick hin. »Hier.«

Fenwick las die Summe und riss die Augen weit auf. »Der ist auf zwanzigtausend Pfund ausgestellt!«

»In der Tat.« Barrett lehnte sich hinter seinem Schreibtisch zurück und verschränkte die Arme vor der Brust.

»Aber das kann ich nicht annehmen.«

»Es ist nur ein Kredit zur Begleichung deiner Schulden.«

Fenwicks überraschte Miene verfinsterte sich. »Verdammt, Meggie. Sie hat dich darum gebeten, nicht wahr?«

Barrett nickte.

»Ich wollte dich nicht um Geld bitten ...« Fenwicks Stimme verklang. Er starrte nachdenklich auf den Scheck.

»Du wirst damit deine Schulden bezahlen. Kein Spielen. Hast du das verstanden?«

Stille dehnte sich zwischen ihnen aus. Barrett warf Fenwick einen Blick zu, der ihn fortsehen und den Scheck in sein Jackett stecken ließ.

»Verstanden«, sagte Fenwick, und seine Stimme klang leise wie die eines gescholtenen Kindes.

Barrett legte die Hände auf den Schreibtisch und hielt die Fingerspitzen pyramidenförmig gegeneinander. »Was planst du jetzt mit deinem Leben anzufangen?«

»Ich weiß es nicht.« Fenwick blickte auf seine Hände, einen verlorenen Ausdruck auf dem Gesicht. »Ich habe ein paar Semester Jura in Oxford studiert, bevor man mich ... ich meine, bevor ich ging.«

»Du bist also von der Hochschule verwiesen worden.«

Fenwick nickte. Er wirkte wie ein trotziger Junge. Sein Gesicht verzog sich zu einer Grimasse, als er sagte: »Ich hatte einen Professor, der mich hasste. Ich konnte bei ihm einfach nicht bestehen.«

»So einen hatte ich in Cambridge, aber es war nicht der Professor, an dem ich scheiterte. Es waren die langen, ausschweifenden Nächte, die mich fertig gemacht haben.«

Fenwick schwieg. Er sah beinahe verzagter aus als in der Nacht am Spieltisch, als Barrett ihn ruiniert hatte.

»Wenn du zurückkehren willst, könnte ich dafür sorgen, dass du in Cambridge zugelassen wirst. Ich bin mit dem Dekan persönlich bekannt.«

»Das würdest du für mich tun?« Fenwick hob den Kopf und sah Barrett an.

»Wir sind jetzt Verwandte.« Barrett verspürte Gewissensbisse. Er musste Fenwicks Vertrauen gewinnen. Wie konnte er das besser, als den besorgten Schwager zu spielen? Barrett erinnerte sich auch daran, dass er ebenfalls jung und leichtsinnig gewesen war.

»Ich hatte dich etwas fragen wollen.« Harold druckste herum und räusperte sich. »Ich habe zwangsläufig mitbekommen, dass du letzte Nacht ausgegangen bist. Heute Morgen hörte ich einige der Diener dazu Kommentare abgeben. Sie sagten, du hättest Meggies Bett gemieden. Gibt es einen Grund dafür? Ich meine, als ich dich in ihrem Zimmer auf Fenwick Hall sah, dachte ich …«

»Ich weiß, was du gedacht hast.«

»Wenn sie Probleme macht, kann ich mit ihr reden.«

»Das ist nicht nötig«, sagte Barrett in so entschiedenem Tonfall, dass Fenwick ihn stirnrunzelnd ansah.

Er musste erkannt haben, dass es ein Fehler gewesen war, ein solch heikles Thema zur Sprache zu bringen, denn er blickte auf seine Hände und schwieg.

»Ich musste Geschäftliches erledigen«, brach Barrett das Schweigen. »Ich habe ihr die üblichen Blumen und ein Halsband geschickt, um es wieder gutzumachen. Das wird seinen Zweck erfüllen. Sie ist eine Frau, nicht wahr? Das klappt bei mir immer.«

Barrett fühlte ein anderes Augenpaar auf sich gerichtet. Er schaute über Harolds Kopf hinweg. Meagan stand in der Tür. Das Halsband, das er ihr geschenkt hatte, funkelte an ihrem Hals. Ihr Gesicht war gerötet, ihre Augen schossen Pfeile auf ihn, die Lippen waren zusammengepresst. Ein flaues Gefühl stieg in Barrett auf.

»Meagan, ich ...«

Sie hörte ihn nicht zu Ende an, sondern warf sich herum und rannte fluchtartig davon.

»Hölle und Verdammnis!«, murmelte Barrett und sprang auf.

»Lass sie gehen. Sie wird darüber hinwegkommen.« Fenwick erhob sich.

»Halte du dich da raus!« Barrett rannte aus seinem Büro, über den Gang, die Treppe hinauf. Für eine Frau in einem Kleid war Meagan erstaunlich schnell. Er holte sie erst ein, als sie in ihre Kammer stürzte.

»Lass mich erklären«, sagte Barrett. »Ich wollte nur ...«

»Ich weiß, was du wolltest.«

Sie schleuderte eine Lampe nach seinem Kopf.

Er duckte sich. Die Lampe krachte gegen die Wand hinter ihm. »Jetzt hör mir zu, Meagan.«

»Nein!« Sie nahm einen Kerzenhalter und warf ihn.

Er duckte sich abermals, und der Kerzenhalter segelte an seinem Gesicht vorbei. Er donnerte gegen die Tür und fiel zu den Scherben auf den Boden.

»Ich lasse mich nicht mit oberflächlichen Geschenken kaufen wie die billigen Huren, an die du vielleicht gewöhnt bist.« Sie griff nach der Blumenvase.

Barrett hechte zu ihr und packte sie, bevor sie mit der

Vase zum Wurf ausholen konnte. Er hielt ihre Hände fest. »Ich wollte es nur wieder gutmachen.«

»Lass mich los!« Sie versuchte, sich loszureißen.

»Erst, wenn du mich anlächelst.«

»Dich anlächeln! Ich könnte dich ...«

Er küsste sie. Sie presste die Lippen zusammen, und ihr Körper versteifte sich. Entschlossen, dieses Lächeln zu sehen und ihre Kapitulation zu spüren, umschmeichelte er ihren Mund mit der Zunge und streichelte ihren Rücken. Ihr Mund wurde schließlich weicher, ihr Körper entspannte sich.

Barrett ließ seine Hände an ihrer Wirbelsäule hinauf und hinabgleiten. Er spürte, wie sie wohlig erschauerte. Innerlich lächelnd, streichelte er zärtlich über ihren Nacken und griff in den Haarknoten. Haarnadeln fielen wie Regentropfen auf den Boden.

»Deine Locken fühlen sich wie Seide an«, murmelte er an ihren Lippen und fuhr mit den Fingerspitzen durch die weiche Haarfülle.

Sie öffnete den Mund. Seine Zunge glitt zwischen ihre Lippen, tief und leidenschaftlich. Er sagte sich, dass er sie küsste, um den aufmerksamen Ehemann zu spielen. Doch das unkontrollierbare Verlangen, das in ihm brannte, sagte ihm, dass dies nichts mit dem Fall zu tun hatte.

»Oh, Barrett«, hauchte sie an seinen Lippen, während sie die Arme um seinen Nacken schlang. Ihre Finger gruben sich in sein Haar. Dann küsste sie ihn mit einer Leidenschaft zurück, die sie ebenso wenig zügeln konnte wie er die seine.

Er streichelte sie unablässig weiter, doch plötzlich wurde ihm klar, was er da tat. Eine Mischung aus Stöhnen und

Grollen entfuhr ihm. Abrupt beendete er den Kuss, löste sich jedoch nicht von ihr.

Sie blickte zu ihm auf, die Augen dunkel vor Verlangen und Enttäuschung. Wenn er sie doch nur im Bett lieben und dafür sorgen könnte, dass sie ihn mit anderen Augen sehen würde! Er schluckte hart und kämpfte gegen den Wunsch an, sie von neuem zu küssen. Sanft strich er mit dem Zeigefinger über ihre Lippen. »Wirst du noch etwas nach mir werfen, wenn ich dich loslasse?«

»Höchstwahrscheinlich.« Sie neckte ihn mit einem spitzbübischen Lächeln, bei dem sich Grübchen zeigten.

»Ich werde von Coates alles Wurfmaterial aus diesem Zimmer entfernen lassen.«

Sie lachte, ein tiefer, leicht rauchiger Laut, der Barrett unter die Haut ging und ihn in Versuchung führte, sie wieder zu küssen. Er zwang sich, von ihr zurückzutreten. Als er ihren Körper nicht mehr an dem seinen spürte, hatte er das Gefühl, etwas Kostbares zu verlieren.

Ihre Miene wurde ernst. »Ich muss dir danken, Mylord, weil du Harold Geld gegeben hast, damit er seine Schulden begleichen kann.«

»Du musst lange an der Tür meines Arbeitszimmers gestanden haben, bevor ich dich bemerkt habe.«

»So ist es. Ich habe gesehen, wie du ihm den Scheck ausgehändigt hast. Jedenfalls stehe ich in deiner Schuld.« In ihren Augen glänzte ein weiches Licht.

»Wirfst du immer mit Sachen auf Leute, die in deiner Schuld stehen?« Er lächelte unsicher.

»Für gewöhnlich nicht.« Sie erwiderte sein Lächeln. »Es tut mir Leid. Ich habe die Beherrschung verloren.«

»Ähm!« Jemand räusperte sich bei der Tür.

Barrett wandte sich um. Coates stand auf der Schwelle, das Gesicht gerötet, weil er störte. »Ich bitte um Verzeihung, aber Lady Upton wartet auf Euch, Mylady.«

»Danke, Coates.« Meagan lächelte ihn an.

Er lächelte verklärt, als hätte sie ihm einen Kuss gegeben; dann machte er kehrt und schritt davon.

»Versuche, dich aus Schwierigkeiten herauszuhalten«, sagte Barrett. »Holly hat so eine Art, sie regelrecht zu suchen.«

»Wir machen nur einen Einkaufsbummel.«

»Hm. Es gibt kein ›Nur‹ mit Holly. Sie ist voller Extreme. Sorge dafür, dass sie mich nicht bankrott macht.« Barrett zwinkerte Meagan zu und verließ sie, während sie ihm noch lange nachblickte, einen verlorenen Ausdruck auf dem Gesicht.

Barrett spürte ihren Blick auf seinem Rücken. Es war so leicht zu vergessen, dass sie eine Verdächtige in diesem Fall war. Er versuchte, sich diese Tatsache zu merken. Dennoch musste er immer wieder daran denken, wie sich ihr Gesicht aufgehellt hatte beim Dank für den Scheck, den er ihrem Bruder gegeben hatte. Er konnte nur nicht gut jeden Tag Fenwick Geld geben. Diamanten und Blumen kamen ebenfalls nicht mehr in Frage. Er würde eine andere Möglichkeit finden müssen.

Zwei Stunden später ging Meagan mit Holly über den Mayfair Square. Leute, Kutschen und Verkäufer bewegten sich in einem stetigen Strom an ihnen vorbei. Weihnachtsgirlanden und Kränze aus Stechpalmenzweigen und Buchsbaum schmückten Schaufenster, Ladentüren und Fensterbänke.

Meagan nahm den Trubel kaum wahr. Sie fuhr sich mit der behandschuhten Hand über die Lippen. Unmöglich konnte sie vergessen, wie Barrett sie geküsst hatte. Sie glaubte immer noch, ein prickelndes Gefühl zu spüren. Trotz seiner oberflächlichen Geschenke konnte er so charmant und unwiderstehlich sein. Sie fragte sich, ob er jetzt seinen ritterlichen Vorsatz vergessen und sich sagen würde, dass sie sich gut genug kannten, um miteinander intim zu werden. Wenn sie ehrlich mit sich war, musste sie eingestehen, dass sie bei dem Gedanken daran innerlich vor freudiger Erwartung bebte. Hollys Stimme riss sie aus ihren Träumereien.

»John wird nervös, wenn ich mehr als drei Stunden lang fort bin – besonders in diesem Zustand.« Sie lächelte auf ihren Bauch hinab. »Männer können so besorgt sein. John tut gerade so, als würde ich zerbrechen, wenn ich mich bewege. Ich sage es nur ungern, aber es ist ein solches Vergnügen, ein paar Stunden von ihm wegzukommen.« Holly blickte flüchtig zu einem Hut im Schaufenster eines Modegeschäftes.

»Ich bin so froh über Euren Vorschlag.« Meagan schenkte ihr ein Lächeln. »Wisst Ihr, ich hatte nie eine Freundin. Ihr seid meine erste.«

»Ich fühle mich geehrt.« Hollys braune Augen waren von einer großen inneren Wärme erfüllt, die ein Teil ihres Wesens zu sein schien. »Da dies unser erster gemeinsamer Einkaufsbummel ist, sollten wir ihn zu einem denkwürdigen machen. Als Erstes sollten wir diese förmliche Anrede lassen und vielleicht den ganzen Tag ausbleiben. Was hältst du davon?«

»Es klingt herrlich für mich.«

Meagan spürte, dass jemand sie beobachtete. Sie warf einen Blick über die Schulter und sah einen kleinen, dünnen Mann. Ein roter Vollbart bedeckte einen Teil seines Gesichtes, rotes Haar lugte unter seiner Mütze hervor. Er trug eine Brille mit dicken Gläsern.

Als er bemerkte, dass sie ihn anschaute, blieb er stehen, um in das Schaufenster eines Flickschusters zu blicken. Meagan wandte sich an Holly. »Sieh jetzt nicht hin, aber der Mann hinter uns ist uns in der vergangenen Stunde gefolgt.«

Holly zog aus ihrem Retikül einen Taschenspiegel hervor und gab vor, ihr Haar zu richten. »Ich sehe keinen.«

Meagan wandte sich um. Der kleine Mann war verschwunden. Sie ließ ihren Blick über die Passanten schweifen, konnte ihn jedoch nirgendwo entdecken. »Er war gerade noch da vor diesem Laden.«

»Nun, jetzt ist er fort. Vielleicht werden wir ihn wiedersehen und du kannst ihn mir zeigen.« Holly steckte ihren Spiegel weg. »Komm. Hierhin wollte ich dich bringen.«

Meagan folgte ihr in ein Miederwarengeschäft. Eine junge Frau mit einer platinblonden Perücke eilte ihnen entgegen. Sie lächelte Holly und Meagan an. »Ah, Lady Upton, es freut mich, dass Ihr uns beehrt.«

Holly lächelte liebenswürdig. »Wir möchten uns Nachtwäsche ansehen, etwas Zartes, Durchscheinendes.« Sie neigte sich zu Meagan hinüber und flüsterte: »Dies wird mein Weihnachtsgeschenk für John sein.«

Die Angestellte überlegte kurz und sagte dann: »Da habe ich genau das Richtige für Euch.« Sie verschwand hinter einigen Verhängen hinten im Laden.

»Ich bezweifle wirklich, dass wir hier irgendetwas kaufen

sollten.« Meagan blickte auf die knappen Korsetts und fast durchsichtigen Mieder, die in dem Laden ausgestellt waren.

»Natürlich solltest du das. Wenn Barrett dich in einem dieser frivolen Dinger sieht ...«, Holly fuhr mit der Hand über ein seidenes Nachthemd, das vorne nur von drei Schleifchen zusammengehalten wurde, »... wirst du ihn nicht mehr aus deinem Zimmer herausbekommen.«

»Ich weiß nicht.«

Holly hakte sich bei ihr ein. »Verzweifle nicht. Barrett kann trotz seiner oberflächlichen Geschenke sehr charmant sein. Gib ihm nur eine Chance. Er ist so lange Junggeselle. Ich bezweifele, dass er sich jemals Gedanken darüber gemacht hat, ob er mit seinen Geschenken jemanden außer sich selbst erfreut.«

Das Glöckchen über der Ladentür bimmelte. Eine gut aussehende, dunkelhaarige Dame mit eisblauen Augen rauschte in den Laden, ihr seidenes lavendelfarbenes Kleid raschelte. Sie strömte Anmut und Selbstvertrauen aus.

Der Blick der Lady glitt flüchtig und gleichgültig über Meagan hinweg. Meagan blickte auf ihr abgetragenes Cape, das über vier Jahre alt war, und ihr schlichtes graues Musselinkleid. Als sie auf dem Land gelebt hatte, hatte sie es nicht für nötig gehalten, Geld für Garderobe auszugeben, besonders, nachdem Harold nichts mehr besaß und ihr das Taschengeld gestrichen hatte. Es wäre eh niemand da gewesen, den sie hätte beeindrucken können. Im Vergleich zu dieser Dame vor ihr fühlte sich Meagan wie eine graue Maus. Wenn sie nur halb so viel Eleganz, Kultiviertheit und anmutiges Auftreten wie diese Lady gehabt hätte, hätte Barrett sie nicht in ihrer Hochzeitsnacht allein gelassen.

Die Dame musterte Holly. »Wie schön, Euch wiederzusehen, Lady Upton.« Ihre Lippen verzogen sich zu einem vagen Lächeln.

Holly erwiderte das Lächeln, doch die Mühe, die es sie kostete, war ihrem Gesicht anzusehen. »Hallo, Lady Matilda.«

»Ich hoffe, Lord Upton geht es gut?«

»Es könnte ihm nicht besser gehen. Danke, dass Ihr Euch nach seinem Befinden erkundigt.«

»Ich sehe, Ihr seid in anderen Umständen. Meinen Glückwunsch.« Lady Matildas Blick streifte über Hollys Bauch, eine Spur von Neid schimmerte jäh in ihren Augen.

»Danke«, sagte Holly mit erzwungener Höflichkeit.

Lady Matildas schöne Augen richteten sich auf Meagan. »Und mit wem habe ich hier die Ehre?«

»Das ist Lady Waterton.«

Bei Hollys Antwort versteifte sich Lady Matilda, ihr Lächeln schwand. »Ah, ich habe die Anzeige gelesen. Ich wünsche Euch Glück in Eurer Ehe.«

Die Ladentür wurde mit Schwung geöffnet, und ein großer Gentleman mit einem raubtierhaften Gesichtsausdruck betrat das Geschäft. Er richtete den Blick seiner schwarzen Augen auf Meagan. Ihr stockte der Atem. Sie erkannte die grausamen schwarzen Augen wieder. Vor ihr stand Lord Collins.

Kapitel 12

Lord Collins nahm keine Sekunde den Blick von Meagan. »Ah, ich wusste, dass ich diese unglaublich blauen Augen schon einmal gesehen habe. Die Winterprinzessin. Ohne Schleier seid Ihr sogar noch schöner.« Sein Blick schweifte über ihren Körper.

Meagan spürte, dass sie eine Gänsehaut bekam. »Ihr irrt Euch, Sir.« An jenem Tag war er volltrunken gewesen. Wie konnte er sie wiedererkennen?

»O nein. Ich vergesse niemals die Augen einer Frau. Man kann so viel über eine Lady in ihren Augen erfahren …« Sein Blick kroch ihren Körper herauf. »Ihr seid die Wahrsagerin auf dem Basar gewesen. Wisst Ihr, dass die Gentlemen in der Stadt Wetten über Eure Identität abgeschlossen haben?«

»Es überrascht mich, dass Ihr nichts Besseres zu tun habt, um Eure Gedanken zu beschäftigen.« Meagan nahm Alkoholgeruch in seinem Atem wahr und erkannte, dass er ein Gewohnheitstrinker sein musste.

Collins lächelte. »Darf ich Euren Namen erfahren, Mylady?«

Lady Matilda machte eine schwungvolle Geste. »Darf ich Euch Lady Waterton vorstellen? Lady Waterton, dies ist Lord Collins.« Sie lächelte Meagan strahlend an.

Das Blut wich gleichzeitig aus Hollys und Meagans Gesicht.

»Nun, nun, nun. Das ist aber eine interessante kleine Neuigkeit.« Lord Collins zeigte ein breites Lächeln.

»Ich glaube, ich bin mit dem Einkaufen fertig. Wärt Ihr so freundlich, mich zu meiner Kutsche zu begleiten?« Lady Matilda hakte sich, immer noch lächelnd, bei Lord Collins ein.

»Mit Vergnügen, Mylady«, sagte Lord Collins und blickte dabei Meagan durchbohrend an.

»Guten Tag, Ladys.« Lady Mathilda ließ sich von Lord Collins zur Tür führen.

Dort verharrte Collins. Er wandte sich abrupt zu Meagan um. »Ich freue mich darauf, Euch wiederzutreffen, Lady Waterton.« Er verneigte sich und führte Lady Matilda dann aus dem Geschäft.

Meagan stieß einen Seufzer der Erleichterung aus.

»O Gott, was habe ich getan!« Holly schlug die Hände auf die Wangen. »Ich habe ihr gesagt, wer du bist. Jetzt weiß es auch Lord Collins.«

»Wir wären uns irgendwo ohnehin über den Weg gelaufen. Zweifellos hätte er mich wiedererkannt. Du brauchst dich deshalb nicht zu ärgern.«

»Aber ich befürchte, ich habe in ein Hornissennest gestochen.« Holly schloss die Augen. »Warum, oh, warum nur habe ich überhaupt mit ihr gesprochen?«

»Ich habe gespürt, dass sie nicht erfreut war, dir zu begegnen.«

»Das sollte sie auch nicht sein. Sie war vernarrt in John, und als wir unsere Verlobung verkündeten, versuchte sie, ihn umzubringen.«

»Tatsächlich? Das hätte ich nie gedacht.« Meagan blickte durch das lange Schaufenster zu Lady Matilda. Die elegante Frau zerrte Lord Collins weiter, und ihr roter Wollmantel schmiegte sich an ihre wohlgeformte Figur. Lord Collins verrenkte sich fast den Hals, denn er schaute durch die Scheibe immer noch zu Meagan.

Ihre Blicke trafen sich. Seine schwarzen Augen schienen sie zu durchbohren. Sie sah schnell fort.

Holly bemerkte es und runzelte die Stirn. »Ja, sie wurde festgenommen und in eine Anstalt gesperrt. Ich kann nicht glauben, dass man sie freigelassen hat.« Sie nagte an ihrer Unterlippe.

»Vielleicht ist sie geheilt. Sie wirkte auf mich ganz normal.«

»Oh, sie ist gut im Verbergen ihrer Gefühle. Sie schickte Barr ...« Holly verstummte erschrocken und betastete ein seidenes Negligé neben ihr.

»Was wolltest du sagen?«

»Ich sollte dir das nicht erzählen, aber du wirst es vermutlich bald genug herausfinden. Barrett bildete sich vor Jahren ein, in sie verliebt zu sein.«

Meagan ballte die Hände zu Fäusten. Mit einer Stimme, die nichts von ihrer Eifersucht verriet, sagte sie: »Tatsächlich?«

»Ja. Zum Glück wollte sie nichts mit ihm zu tun haben. Aber er war verliebt in sie, oder er dachte es jedenfalls.«

»Warum sollte er eine Frau geliebt haben, die ihn abweist?«

»Frag mich nicht. Du weißt, wie Männer sind – man kann nie aus ihnen schlau werden. Sie wollen das haben, was sie nicht haben können. Männer sind widersprüchliche, undurchschaubare Geschöpfe.«

»Meinst du, er liebt sie immer noch?« Meagan wartete angespannt auf Hollys Antwort.

»Er hätte dich nicht geheiratet, wenn er noch Lady Matilda liebte.«

»Er hat mich beim Spiel gewonnen und mich vielleicht nur geheiratet, weil er sich einen Spaß machen wollte.«

»Er hätte dich nicht zu der Ehe gezwungen, wenn du ihm gleichgültig wärst.«

Meagan ließ das Thema fallen. Sie würde wohl niemals verstehen, warum Barrett sie geheiratet hatte, und sie bezweifelte, dass Holly es je verstehen würde.

Als Meagan nichts mehr erwiderte, sagte Holly: »Halte dich von Lord Collins fern. Er hat einen schrecklichen Ruf, und er ist Barretts Feind, seit Barrett dafür gesorgt hat, dass seine Bordelle geschlossen werden.«

Meagan blickte Holly verständnislos an.

»Lord Collins suchte sich junge Mädchen, kaum dreizehn oder vierzehn Jahre alt, und machte sie zu Prostituierten«, fuhr Holly erklärend fort. »Barrett fand es heraus und ging gegen ihn vor. Seither hasst Collins ihn.«

»Welch ein verabscheuungswürdiger Mann.«

»Ich weise dich ungern darauf hin, aber du bist durch die Heirat von Barrett zu Lord Collins' Feindin geworden.«

Meagan runzelte die Stirn und blickte auf, als sie Schritte nahen hörte. Die Angestellte brachte einen Stapel Schachteln und stellte sie auf eine Ladentheke. »Verzeiht mir, meine Damen, aber ich musste eine Lieferung entgegennehmen.«

Sie betrachteten das farbenprächtige Sortiment. Leuchtend rote und verführerische, geheimnisvolle und mitternachtsblaue Nachthemden. Neckische pinkfarbene Unterwäsche für kleine Mädchen. Durchscheinende Seide, hauchdünner Satin und durchsichtige Gaze, die Stoffe waren allesamt verrucht genug, um die Lust jeden Mannes zu wecken.

Meagan berührte ein schwarzes Seidenneglige. Lady Matildas schönes Gesicht kam ihr in den Sinn, und ihre eindrucksvollen blauen Augen schienen ihr zuzuzwinkern. Ein Besitzerinstinkt, von dessen Existenz sie gar nichts gewusst hatte, stieg in ihr auf wie ein erwachender Drache.

Meagan wies auf das schwarze Negligé und ein fast durchsichtiges Unterhemd aus Seide. »Ich nehme diese hier – nein!« Sie deutete auf die Schachteln. »Ich nehme alle!«, rief sie aus.

Holly lächelte erfreut, als sie Meagan ansah. Mit dem Schwung eines Piratenkapitäns stieß sie die Faust in die Luft. »So ist es richtig, Meagan. Wir schreiten zur Tat!«

Meagan eilte die Eingangstreppe von Pellam House hoch, erfüllt von einer weiblichen Zuversicht wie nie zuvor. Eine kleine Prozession von fünf Dienern folgte ihr, die Arme beladen mit Schachteln, die eine Kollektion verführerischer Nachtwäsche enthielten. Sie hatte noch nie so verschwenderisch Geld für sich selbst ausgegeben.

Sie fühlte sich sündig.

Sie fühlte sich wundervoll.

Holly hatte sie sogar überredet, Rouge und einen Lippenstift zu kaufen. Wenn es nach Meagan ging, würde Barrett heute Nacht in ihr Bett kommen. Abermals sah sie vor ihrem geistigen Auge Lady Matilda, elegant und schön. Sie zog die Brauen zusammen und verlor ein wenig von ihrem Selbstvertrauen.

Als sie den oberen Treppenabsatz erreichte, trat plötzlich Lochlann hinter einer der großen weißen Säulen hervor.

»Lochlann!« Meagan schnappte nach Luft. »Du hast mich zu Tode erschreckt!«

»Ich musste dich sehen.«

Meagan wandte sich an die Diener. »Ihr könnt die Schachteln hereinbringen. Danke.« Sie wartete, bis der letzte der Diener die Tür hinter sich geschlossen hatte. »Du solltest nicht hier sein.«

Er ergriff ihre Hand. »Wie konntest du ihn nur heiraten?«

Sie sah ihm an den Augen an, dass er tief gekränkt war. »Ich habe es getan, um dich zu retten.«

Lochlann ließ frustriert die Hände fallen. »Ich brauchte nicht gerettet zu werden. Hast du nicht begriffen, dass er dich manipuliert hat?«

»Wenn er das getan hat, muss ich noch den Grund dafür erfahren.«

»Du brauchst nicht mit ihm verheiratet zu bleiben, Meagan. Du kannst eine Annullierung der Ehe erwirken.«

»Das weiß ich.«

Lochlann ergriff ihre Arme. Er sah ihr tief in die Augen. »Ich kann dir ansehen, dass du nicht glücklich bist. Du wirst nie glücklich mit ihm sein.«

»Aber das bin ich doch.«

»Ich glaube dir nicht.«

»Glaubt ihr«, ertönte Barretts tiefe Stimme hinter ihnen.

Meagan stockte der Atem, sie wandte den Kopf. Barrett lehnte lässig an einer der Säulen, die Beine übereinandergeschlagen und den Spazierstock über den Arm gehakt. Er trug den Schal, den Ann für ihn gestrickt hatte – eine bunte Katastrophe im Gegensatz zu seinem perfekt geschneiderten Mantel und dem teuren Hut. Sein humorloses Lächeln gab nichts preis, doch seine Augen sprühten Feuer.

»Schleichst du dich immer von hinten an die Leute heran?« Meagan sah ihn finster an.

»Nur wenn es zu meinem Vorteil ist.« Er fixierte Lochlann. »Nehmt freundlicherweise die Hände von meiner Frau weg.«

Lochlann ließ Meagans Arme los und trat zurück.

»Geh ins Haus, Meagan. Ich möchte mit Burrows allein sprechen.«

»Nein!« Meagan zuckte beim Anblick der mörderischen Kälte von Barretts Augen zusammen.

Aber es war nicht Barrett, der in die Offensive ging. Lochlann schritt auf Barrett zu. »Sie sollte hören, was wir zu sagen haben.«

Lochlann blieb ein paar Schritte vor Barrett stehen. Barrett, breitschultriger und einen Kopf größer als Meagans Freund, ragte vor Lochlann auf. In seinem hohen Biberfellhut wirkte er noch viel größer als er ohnehin schon war.

Lochlann zeigte sich jedoch unbeeindruckt. »Ihr habt die Dreistigkeit, hier herumzustehen nach dem, was Ihr Meagan angetan habt? Ihr habt keine Ehre. Ich sagte Euch, ich werde Genugtuung verlangen, und die werde ich bekommen.« Lochlanns Augen quollen vor Zorn hervor. Er zog eine Pistole unter seinem Mantel hervor und richtete sie auf Barrett. »Wenn Ihr nicht einverstanden seid, Euch mit mir im Morgengrauen zu treffen, werde ich Euch gleich hier umbringen.«

»Nein!«, schrie Meagan und sprang auf Lochlann zu.

Ein Schuss krachte ohrenbetäubend laut.

Meagan hatte das Gefühl, ihr Trommelfell wäre geplatzt. Etwas war an ihrem Gesicht vorbeigezischt. Jetzt herrschte Totenstille.

Lochlann starrte verblüfft auf die Waffe.

Barrett eilte auf Meagan zu und packte sie an den Armen. »Alles in Ordnung?«, stieß er hervor.

»Ja.«

»Wohl kaum.« Barrett steckte einen Finger durch ein Loch in der Krempe ihres Hutes. Er fuhr herum und starrte Lochlann an. »Ihr hättet sie töten können!«

Lochlann versteifte sich, plötzlich in der Defensive. Er sah Meagan mit flehendem Blick an. »Ich würde dich niemals verletzen.«

»Ich weiß.« Meagan betastete das kleine Loch in ihrer Hutkrempe. Zwei Zentimeter tiefer, und ihre Schläfe wäre getroffen worden. Bei diesem Gedanken verkrampfte sich ihr Magen.

»Geht, solange Ihr das noch könnt.« Barrett trat einen Schritt auf Lochlann zu, ein gefährliches Glitzern in den Augen.

»Ich gehe erst, wenn Ihr einem Duell zustimmt.« Mit leicht zitternder Hand schob Lochlann die Pistole zurück in seine Manteltasche.

Meagan berührte sanft Lochlanns Arm. »Bitte, geh nur.«

»Nein, das tue ich nicht!« Lochlann streichelte verzweifelt Meagans Wange.

Mit einem entschlossenen Funkeln in den Augen trat Barrett zu ihnen und schob Lochlann von Meagan fort. »Dann also im Morgengrauen. Battersea Park.«

»Hört auf, ihr beiden. Das ist verrückt!« Meagan starrte die Männer an.

Lochlann ignorierte ihren Ausbruch. Er wirkte erfreut bei Barretts Zustimmung. »Also im Morgengrauen.« Er stieß die Hände in die Taschen seines Mantels, und auf einmal war etwas von seiner gespielten Tapferkeit wieder verschwunden. »Wir sehen uns später, Meagan.«

»Das bezweifle ich«, rief Barrett mit trügerisch ruhiger Stimme.

»Dies ist noch nicht vorüber.« Mit einem letzten Blick auf Meagan, der von Verlegenheit, Groll und Gekränktheit zeugte – ein Blick, der sagte, dass er nicht bereit war, ihre Freundschaft oder seine Aufgabe, sie vor Barrett zu retten, aufzugeben –, ging Lochlann über den Zufahrtsweg davon.

»Du hättest mich das mit ihm allein regeln lassen sollen«, sagte Meagan, ärgerlich auf sich selbst, weil sie Lochlann in das ganze Debakel verwickelt hatte.

»Er hätte dich fast umgebracht.« Barrett starrte auf das Loch in ihrem Hut.

»Ich kenne ihn, du nicht. Er ist mein Freund.«

»Er sieht dich aber nicht als Freundin«, sagte Barrett, und seine Stimme klang trügerisch sanft.

»Natürlich sieht er mich so.«

»Ich habe gesehen, wie er dich angeschaut und berührt hat. Freundschaft war das Letzte, was er im Sinn hatte.«

Meagan wurde plötzlich klar, dass Barrett vielleicht Recht hatte. Lochlann hatte sie noch nie mit so viel Gefühl angesehen. Sie wechselte schnell das Thema. »Ich hoffe, du hast ihm nur seinen Willen lassen wollen, indem du gesagt hast, dass du dich mit ihm im Morgengrauen treffen wirst.«

»Ich sage nie etwas, nur um jemandem seinen Willen zu lassen.«

»Aber du kannst dich nicht mit ihm duellieren. Du wirst ihn töten.«

»Nein. Ich werde ihm nur eine Lektion erteilen. Ich habe gesehen, wie verrückt er nach dir ist. Er wird nicht aufhören, bis irgendein Unschuldiger ums Leben kommt. Ich hatte gehofft, er kühlt sich ab und kommt zur Vernunft. Das war ein Irrtum. Hitzköpfe wie Burrows kennen keine Vernunft.«

Da hatte Barrett nicht Unrecht. Sie hatte nie diese Seite von Lochlann erlebt. »Ich werde nicht mit dir streiten, sondern eine Möglichkeit finden, dieses Duell zu verhindern.« Barrett setzte zu einer Erwiderung an, doch sie platzte heraus. »Ich bin heute Lady Matilda begegnet.« Sie musterte ihn genau, um seine Reaktion zu sehen.

»Tatsächlich?« Seine Stimme klang gelassen, doch eine Spur von Gefühl blitzte in seinen Augen auf. Es verschwand so schnell es gekommen war.

Da hatte sie ihre Antwort. »Ich hätte wissen sollen, dass du immer noch …« Sie presste die Lippen aufeinander, bevor sie sich zur Närrin machen konnte. Dann raffte sie ihr Kleid und stürmte die Treppe hinauf.

Barrett holte sie ein. Atemlos fragte er sie: »Was wolltest du sagen?«

»Nichts.«

»Habe ich da eine Spur von Eifersucht in deiner Stimme entdeckt?«

»Eifersucht? Ha!«

Sie verharrte bei einer Säule am oberen Treppenabsatz. Meagan wollte um die Säule herumhuschen.

Er war mit einem Satz dort und blockierte ihr den Weg. »Erzähl mir, was du sagen wolltest.«

»Nein.«

Seine Arme schossen vor, und er hielt sie fest. »Ich gebe nicht so leicht auf.« Er neigte sich zu ihr hinunter.

Meagan stieß mit dem Rücken gegen die Säule. »Ich auch nicht.« Sie begegnete seinem Blick, ohne auch nur zu blinzeln.

Dann starrte sie auf den Bartschatten auf seinem ausgeprägten Kinn, auf diesen beunruhigenden Schwung seiner Lippen, das entschlossene Funkeln in seinen Augen. Sie bereute die Herausforderung in ihrer letzten Bemerkung, denn sie sah sein blondes Haar unter seinem Hut hervorlugen, und sie konnte kaum widerstehen, es zu berühren.

»Aber ich ...« Er presste seinen Körper gegen ihren.

»Niemals«, keuchte sie.

»Wir werden sehen.« Er neigte sich vor, und seine Lippen näherten sich ihrem Mund, berührten ihn jedoch kaum.

Meagan kämpfte gegen den Drang an, ihm den Mund darzubieten. »Du kannst jetzt aufhören.«

»Ich habe gerade erst angefangen.« Er küsste spielerisch ihre Mundwinkel, und sie spürte seinen heißen Atem.

Ein heißes Prickeln schoss Meagans Rücken hinab. Obwohl die Temperatur nahe dem Nullpunkt war, bedeckte ein feiner Schweißfilm ihren Körper. »Ich warne dich: ein Versuch, mich zu verführen, wird dir nicht gelingen.«

»Ich liebe Herausforderungen.« Er neigte sich ein wenig tiefer, berührte kaum mit den Lippen die kleine Vertiefung unterhalb ihres Mundes.

Meagan spürte, dass sie am gesamten Leib zitterte, bis

zu den Zehenspitzen, und kämpfte gegen ihr Verlangen an. »Du verschwendest deine Zeit.«

»So?« Er brachte seine Lippen an ihre und verharrte so.

Sie glaubte, das Flattern von Schmetterlingsflügeln zu spüren, was ihren Mund zu verzaubern und ihre Lippen magisch anzuziehen schien. Bevor ihr klar wurde, was sie tat, küsste sie ihn.

Es war die Kapitulation, auf die er gewartet hatte. Er hielt sich nicht mehr zurück. Meagan versuchte, seinem leidenschaftlichen Kuss zu widerstehen, gegen die Gefühle anzukämpfen, die in ihr aufstiegen, als seine Zunge in ihren Mund stieß, als seine starken Arme ihre Taille umfassten und sie fester an sich zogen. Sie bemühte sich, seine breite Brust zu ignorieren, obwohl sie durch ihr Cape ihre harten Konturen und die Wärme spürte.

Die Schlacht war verloren. Ihre Zunge verschmolz mit seiner in einem erregenden Kuss, und sie schlang die Arme um seinen Nacken. Ihre Finger gruben sich in sein Haar, spürten die weiche Fülle, spielten damit, schoben seinen Hut hoch, höher ... Sein Hut fiel auf die Veranda.

Irgendwo im Unterbewusstsein hörte sie eine Kutsche.

»Hölle und Verdammnis!«, murmelte Barrett und zog sich zurück.

Schwer atmend blickte Meagan zum Zufahrtsweg. Eine glänzende schwarze Kutsche, gezogen von sechs grauen Pferden, kam ruckend zum Stehen. Die burgunderfarbenen Federn auf dem Zaumzeug der Pferde wippten. Vier Vorreiter und sechs Kutscher in burgunderfarben gestreifter Livree und roten Reithosen stiegen hastig ab. Sie bildeten eine Reihe zu beiden Seiten der Tür, als ob der König persönlich aus der Kutsche steigen würde.

»Wer ist das?«, fragte Meagan, beeindruckt von dem Spektakel, das um die Ankunft der Person gemacht wurde. Ihr Blick fiel auf das Wappen an der Kutschentür. Ein sprungbereiter Löwe, die Zähne gebleckt.

»Das, Prinzessin, müsste mein Vater sein«, sagte Barrett und konnte seine Überraschung kaum hinter seiner finsteren Miene verbergen.

Bei dem unheilvollen Klang von Barretts Stimme wurde Meagans Mund trocken. Sie wollte Barretts Familie nicht kennen lernen, besonders nicht, weil sie sich ihrer Ehe und Barrett nicht sicher war. Dies war nicht fair.

Einer der Kutscher drehte sich um. Mit lauter, nasaler Stimme kündigte er an: »Der Herzog von Kensington!«

Meagan beobachtete, wie ein großer, gut gebauter Mann um die fünfzig mit dichtem weißen Haar die Kutsche verließ. Er war von aristokratischer Größe, und sein nobles Verhalten ließ darauf schließen, dass er sich seiner Wichtigkeit voll bewusst war. Tiefe Sorgenfalten zeichneten die Stirn des Herzogs.

Beschattet von der Krempe eines großen Biberfellhuts, schweiften die Blicke der blauen Augen über das Haus und das Grundstück. Die Augen ähnelten denen Barretts, mit starrem, zynischem Blick, doch dicht unter der Oberfläche zeigen sie unverhüllten Schmerz, Einsamkeit und unauslöschliche Bitterkeit. Etwas in Lord Kensingtons Augen berührte Meagans unheimliches Gespür im Erkennen anderer Leute Schmerzen. Eine Spur von Mitleid und Sympathie für diesen Fremden erfüllte sie.

Der Herzog blickte zu Barrett, dann glitt sein Blick über Meagan hinweg. Er unterzog sie einer missbilligenden Musterung.

Meagan spürte, dass Barrett ihre Hand umfasste. Der sanfte Druck seiner Finger ermunterte sie, nicht fortzuschauen. Sie hielt dem Blick des Herzogs stand und wusste, dass Barrett jetzt für sie da war. Aus irgendeinem unerklärlichen Grund gab ihr das Trost.

Barrett betrachtete seinen Vater. Er war von klein auf daran gewöhnt, dass der Groll seines Vaters auf ihn gerichtet war, doch zu sehen, dass er sich auf Meagan konzentrierte, tat jeder Faser seines Körpers weh. Kaum fähig, einen höflichen Tonfall zu wahren, sagte er: »Ich dachte, du wärst in Frankreich. Was führt mich zu dieser Ehre?«

»Du weißt genau, weshalb ich hier bin.« Lord Kensington schnippte mit den Fingern, und einer der Kutscher überreichte ihm ein Papier. Er riss es ihm aus der Hand und wies damit in Barretts Richtung. »Diese … diese Ungeheuerlichkeit! Wie kannst du es wagen, ohne meine Einwilligung zu heiraten?«

Die zynische Seite in Barrett, die großes Vergnügen dabei empfand, seinen Vater zu ärgern, sagte: »Ich freue mich auch, dich zu sehen.« Er machte eine übertriebene Verbeugung.

»Nur zu. Nimm es auf die leichte Schulter, aber dieses Mal bist du zu weit gegangen, bei Gott! Verdammter unverschämter Bengel!« Die Adern oberhalb der Krawatte des Lords schwollen an, und er knirschte mit den Zähnen.

»Bitte, Eure Hoheit. Ihr solltet hineingehen.« Meagan warf einen tadelnden Blick zu Barrett, weil er absichtlich seinen Vater wütend machte.

Der Herzog bedachte Meagan mit einem verächtlichen Blick, als hätte sie eine unpassende Bemerkung gemacht.

Dann sagte er zu Barrett: »Ich nehme an, dies ist das junge Ding?«

Barrett spürte, dass Meagan bei den abfällig gesprochenen Worten seines Vaters zusammenzuckte. »Ja, dies ist Lady Meagan. Ich würde es zu schätzen wissen, wenn du sie als solche in einem höflichen Ton ansprichst, denn sie ist meine Gattin.«

Sein Vater versah Meagan mit einem weiteren vernichtenden Blick und schaute dann wieder zu Barrett. »Wir müssen unter vier Augen miteinander sprechen.«

»Sehr gut. Lass es uns hinter uns bringen.« Barrett wies zur Eingangstür. »Wie wäre es in der Bibliothek? Das ist doch dein Lieblingsort, um mich zu tadeln.«

»Wenn du nicht solch ein Fluch in meinem Leben wärst, wären diese Treffen nicht nötig.« Sein Vater stürmte an ihm vorbei, sein Gehstock klickte unheimlich auf den Stufen.

In diesem Augenblick rollte eine andere Kutsche den Zufahrtsweg herauf und hielt. Barrett und Meagan verharrten, ebenso der Herzog. Sie alle sahen, dass Mrs Pool und ein Gentleman aus der Kutsche stiegen. Der Gentleman trug eine unmoderne weiße Perücke aus einer längst vergangenen Epoche und eine Brille mit sehr dicken Gläsern. Die vertraute und entspannte Art, mit der er Mrs Pools Arm ergriff, ließ darauf schließen, dass er gut bekannt mit ihr war.

»O nein!«, flüsterte Meagan entsetzt. »Mrs Pool hatte ich ganz vergessen. Es ist schrecklich. Sie hat Mr Pool mitgebracht.«

Barrett spürte, wie sich ihre Hand um seine spannte, und fragte: »Ist er so schlimm?«

»Mr Pool ist gewöhnungsbedürftig, er wird sicherlich deinen Vater verärgern.« Alles Blut wich aus Meagans Gesicht.

Als ob Lord Kensington Meagan gehört hätte, richtete er einen einschüchternden Blick auf die Neuankömmlinge.

»Lady Meagan, gut, dass ich Euch daheim antreffe.« Mr Pool verneigte sich leicht und fuhr dann in seiner geschwätzigen Art fort: »Ihr wisst nicht, wie entzückt wir waren, als wir von Eurer Heirat lasen. Ich sagte gerade zu Mrs Pool, dass Ihr das mit dem Geld nur vergessen habt. Ich bin überzeugt, dass Ihr die hundert Pfund nicht verlegt habt. Niemand verlegt hundert Pfund. Ihr Bruder sagte, Ihr hättet sie verlegt. Ich habe Mrs Pool gleich gesagt, dass alles nur ein Missverständnis sein kann.« Erst jetzt schien er Barrett zu bemerken. »Ihr müsst der glückliche Bräutigam sein. Und Ihr, Sir – wer seid Ihr?«

Lord Kensington starrte Mr Pool mit gefurchten Brauen an. Er hätte nicht empörter dreinblicken können, weil Mr Pool zu fragen gewagt hatte, wer er war, ohne zuvor formell vorgestellt zu werden.

Barrett freute sich darüber, dass Mr Pool Zorn in seinem Vater geweckt hatte, Meagan jedoch nicht. Er hörte sie neben sich nach Luft schnappen und sagte hastig: »Dies ist der Vater des glücklichen Bräutigams, der Herzog von Kensington. Dies, Eure Hoheit, sind Mr und Mrs Pool.«

»Eure Hoheit.« Mrs Pool machte einen Knicks; sie war kultiviert genug, um für ihren Mann zu erröten. »Mein Lieber ...« – sie ergriff den Arm ihres Mannes – »... vielleicht sollten wir ein anderes Mal wiederkommen.«

»Unsinn. Wir sind jetzt einmal hier. Wir werden das Geld bekommen.«

»Welches Geld?« Barretts Vater ergriff endlich das Wort.

Barrett spürte, wie sich Meagan versteifte; ihre Fingernägel gruben sich in seine Handfläche.

»Es ist ja nicht so, dass wir denken, sie hätte es für sich genommen«, sagte Mr Pool.

»Natürlich hat sie es nicht für sich genommen.« Mrs Pool stieß ihren Mann den Ellenbogen in die Rippen, der das nicht zu bemerken schien.

»Hat sie das Geld genommen oder nicht?« Lord Kensingtons Blick glitt zwischen Meagan und Mrs Pool hin und her.

Barrett blickte zu seinem Vater. »Ich weiß, dass sie das verdammte Geld nicht genommen hat.«

»Ich möchte hören, was das junge Ding dazu zu sagen hat.«

Meagan sah Missbilligung auf Lord Kensingtons Gesicht. Dass sie sich gedemütigt fühlte, zeigte sich an der Röte ihres Gesichts und an den Tränen in ihren Augen. »Es spielt keine Rolle mehr!« Sie riss sich von Barrett los und rannte schluchzend ins Haus.

Barrett sah seinen Vater vorwurfsvoll an. »Das hast du gut gemacht, wirklich. Aber ich will dich warnen: Wenn du sie jemals wieder kränkst, wirst du es teuer bezahlen.« Er wandte sich um und lief hinter Meagan her.

•

Kapitel 13

Barrett folgte der Spur, die Meagan mit ihrem Hut, dem Cape und den Handschuhen im Gang hinterlassen hatte, als sie in ihr Zimmer geflüchtet war. Er öffnete die Tür und fand sie auf dem Bett liegend, das Gesicht in den Händen vergraben. Sie sah entzückend und verletzlich zugleich aus. Ihre Unterröcke lugten unter dem Saum ihres Kleides hervor. Er wich drei Stapeln Schachteln aus und setzte sich zu ihr aufs Bett.

»Geh weg! Ich will in Ruhe weinen«, sagte sie zwischen den Schluchzern.

»Nein.«

»Habe ich nicht genug für einen Tag erlitten?«

»Ich bin nicht hier, damit du etwas erleiden musst, Prinzessin.« Barrett legte die Arme um sie. Obwohl sie sich versteifte, zog er sie an sich und stützte ihren Kopf mit der Schulter. Er hatte es nie zuvor für nötig gehalten, eine Frau zu trösten. Er war sich nicht einmal sicher, ob er es richtig machte, aber er genoss es, sie so zu halten. Nach einer Weile ließ ihr Schluchzen nach.

»Und jetzt erzähl mir von dem Geld, das du Mrs Pool schuldest«, sagte er und streichelte sanft über ihren Rücken.

»Harold hat das Geld vom Basar genommen und verspielt. Ich habe ganz vergessen, es zu ersetzen. Warum in Gottes Namen musste Mrs Pool ausgerechnet heute kommen, um es sich zu holen?«

»Mach dir keine Sorgen.«

»Es ist so demütigend. Dein Vater hält mich für eine Diebin. Er wird mich jetzt niemals akzeptieren.«

»Es ist nicht deine Schuld.« Barrett streichelte weiter über ihren Rücken.

»Aber du weißt, wie sich der erste Eindruck auf die Meinung der Leute auswirkt. Dein Vater wird mich für den Rest meines Lebens verabscheuen.«

»Er braucht keinen Grund, um dich nicht zu mögen. Es ist seine Art, jeden zu missbilligen.«

Sie fingerte geistesabwesend an den Knöpfen seines Hemdes. »Er wäre vielleicht anders, wenn du ihn nicht so verärgern würdest.«

Er schaute auf ihre Finger, die seine Knöpfe liebevoll zu streicheln schienen, fast beneidete er diese Knöpfe. »Ich verärgere ihn nicht. *Er* ist ständig verärgert, wenn er in meiner Gesellschaft ist.«

»Aber du solltest ihn nicht provozieren.«

»Das ist kein Provozieren – das nennt man die Erwartungen meines Vaters erfüllen. Er erwartet es von mir. Und ich will dir noch etwas über ihn sagen: Wenn du auch nur eine Spur von Furcht zeigst, wird er dich bei lebendigem Leib verspeisen. Behalte das in Erinnerung, wenn du gezwungen bist, dich mit ihm abzugeben.«

»Ist er immer schon so gewesen?«

»Immer.«

»Es tut mir so Leid.« Sie fuhr mit der Hand über die Knopfleiste seines Hemdes. »Meine Eltern haben nie ihre Gefühle gezeigt. An der Oberfläche wirkten sie freundlich, doch jeden Tag blickte ich in ihre lächelnden Gesichter und wusste, dass sie nur meine Mängel sahen.«

Er strich eine ihrer Locken von ihrem Mundwinkel. »Ich kann mir nicht vorstellen, dass du welche hast.«

Meagan lächelte traurig. »O ja, meine Mutter sah sie genau und wies ständig darauf hin. Mein Vater tat es weniger gegen Ende seines Lebens. Man lernt damit zu leben.«

»Ja.« Barrett strich leicht über ihre Wange, und sie teilten einen Moment der Stille, in dem beide sich der seelischen Schmerzen des anderen bewusst waren. Die Uhr in der Kammer tickte im Rhythmus mit ihren Atemzügen.

Meagan brach das Schweigen. »Ich habe dich dies nie gefragt, aber hast du Brüder und Schwestern?«

»Halbgeschwister. Eine Schwester und einen Bruder. Sie leben in Frankreich.«

»Hast du Kontakt zu ihnen?«

»Nein.«

Sie stemmte sich auf einen Ellenbogen und sah ihn an. »Warum nicht?«

»Ich bezweifle, dass ich sie öfter als dreimal in meinem Leben gesehen habe. Sie sind viel jünger als ich; bei ihrer Geburt lebte ich hier in England, und sie lebten mit meinem Vater und seiner Frau in Frankreich. Mein Vater wollte es so.« Barretts Gesicht zeigte eine Spur von Emotion, als er ihr in die Augen sah und leicht mit einem Finger über ihre Lippen strich.

»Es tut mir Leid.«

Seine Miene nahm einen harten Zug an. »Mir hat es nicht Leid getan. James war die Familie, die ich brauchte. Wir waren gemeinsam in vielen Internaten.«

»Es freut mich, dass er für dich da war.« Sie umfasste seine Hand. »Du solltest jetzt zu deinem Vater zurückgehen.«

»Ja, das sollte ich.« Er schaute auf ihre zarte Hand, die

auf seiner lag. Dann zog er seine Hand widerstrebend fort, stand auf und schritt zur Tür.

»Warte.«

Ihre Stimme stoppte ihn. Er blickte zu ihr, als sie sich erhob und in einer der Schachteln stöberte. Schließlich fand sie, was sie suchte. Sie nahm ein kleines Päckchen heraus.

»Was hast du gemacht? Die Läden leergekauft?«

»Ich befürchte, ja.« Sie lächelte und gab ihn das Päckchen. »Und hierbei konnte ich nicht widerstehen.« Plötzlich klang sie selbstbewusst, als sie sagte: »Ein frühes Weihnachtsgeschenk.«

Barrett war sprachlos. Ein sonderbares, beunruhigendes Gefühl stieg in ihm auf. Er wickelte das Päckchen aus und sah eine kleine Schatulle. Er öffnete sie und nahm eine goldene Uhrkette heraus. Ein Medaillon mit eingraviertem Mond und Sternen baumelte daran.

»Ich wusste nicht, ob du eine neue Kette für deine Uhr brauchst, doch als ich sie sah, musste ich sie einfach kaufen. Gefällt sie dir?«

»Sehr.« Er betrachtete die goldene Kette in seiner Hand und steckte sie ein. Dann sah er sie lange schweigend an. Jäh wandte er sich um und entschuldigte sich.

Auf dem Gang traf Barrett Lyng. Sein Diener verneigte sich und sagte: »Wie ist Euer Tag verlaufen, Mylord?«

»Nicht sehr interessant.«

»Irgendwelche Hinweise von Fenwick?«

»Er verbrachte den Tag im White's. Es wurde mir langweilig, und ich überließ es James' Mann, ihn zu observieren. Und du?«

»Lady Waterton …« Lyng blinzelte, als er den Namen nannte, »… kaufte den ganzen Tag mit Lady Upton ein. Es war ereignislos – bis sie Lord Collins und Lady Matilda trafen.«

»Lady Matilda ist also so tief gesunken, sich von Collins begleiten zu lassen«, sagte Barrett mehr im Selbstgespräch als zu seinem Diener. Bei dem Gedanken, dass Meagan in Collins' Nähe gewesen war, ballte er unbewusst die Hände zu Fäusten. »Hat Collins versucht, Lady Meagan zu belästigen?«

»Nein, aber mir gefiel nicht, wie er sie angeschaut hat.«

»Halte ein Auge auf sie.«

»Ja, Mylord.«

Schritte ertönten auf dem Gang, dann tauchte Tessa auf. Sie bückte sich, um den Hut, das Cape und die Handschuhe aufzuheben, die Meagan im Gang hatte fallen lassen. »Mylord.« Sie machte vor Barrett einen Knicks und richtete sich auf. Lyng ignorierte sie völlig. »Entschuldigt mich.«

Barrett schaute ihr nach, als sie Meagans Kammer betrat und die Tür zuknallte.

»Diese Frau braucht bessere Manieren«, meinte Lyng und blickte aus schmalen Augenschlitzen auf die geschlossene Tür.

»Vielleicht bringst du ihr die bei.«

»Ich nicht. Ich werde nicht vertraut genug mit ihr, um irgendetwas bei ihr zu ändern. Da wir von besseren Manieren sprechen – ich habe unten Euren Vater gesehen.«

»Ja. Es ist an der Zeit, dem Drachen gegenüberzutreten.«

»Einige Drachen spucken nur Rauch und kein Feuer.«

»Nicht dieser.« Barrett schritt die Treppe hinunter, und seine Miene verfinsterte sich bei dem Gedanken an die bevorstehende Schlacht.

Peter Fields Sherman Rothschild, der zehnte Herzog von Kensington, saß in der Bibliothek und blickte finster den jungen Butler an, der an Muskelzucken litt. Peter mochte kein Muskelzucken bei seinen Pferden, er mochte auch keins bei seinen Dienern. Er trommelte mit den Fingern auf dem Knauf seines Stocks und fragte sich, wann sein Sohn sich bequemen würde zu erscheinen. Barrett ließ sich vermutlich absichtlich Zeit, um ihn zu ärgern.

»Kann ich Euch irgendetwas bringen, Eure Hoheit?«

»Meinen Sohn«, schnarrte Peter. »Wo, zum Teufel, bleibt er?« Er amüsierte sich insgeheim über den eingeschüchterten Ausdruck auf dem Gesicht des jungen Mannes. So wünschte Peter es.

»Ich glaube, er ist bei den Pools, Eure Hoheit«, stotterte er.

»Ha! Zweifellos bezahlt er die Schulden der kleinen Diebin.«

»Davon weiß ich nichts.« Der junge Mann versteifte sich.

»Nun gut, nun gut.« Peter wedelte ärgerlich mit der Hand durch die Luft. »Wenn ich schon warten muss, gib mir einen Brandy.«

»Sofort.« Der junge Mann ging zu einem Tisch, auf dem viele Karaffen standen.

»Du siehst entschieden zu jung aus, um ein Butler zu sein. Wie heißt du?«

»Coates, Eure Hoheit.« In dem Moment, in dem der junge Mann seinen Namen nannte, rutschte ihm die Karaffe aus der Hand und krachte auf den Boden. Scherben flogen quer durch den Raum.

Eine Scherbe traf Peters Schuh. Er starrte darauf. Dann zitterten seine Hände vor Zorn. »Du unfähiger Narr!«

»Es tut mir so Leid, Eure Hoheit.« Coates' Gesicht nahm die Farbe des roten Persianerläufers an, der vom verschütteten Brandy purpurn geworden war. Er zog ein Taschentuch hervor und begann Peters Schuh zu säubern.

»Hinfort mit dir, du Dummkopf!« Peter stieß ihn mit seinem Stock an.

Coates zuckte zusammen und wich zurück.

Plötzlich kam ein alter Mann in die Bibliothek geschlurft. Es schien ein Wunder zu sein, dass er überhaupt noch stehen konnte. Er nahm die Szenerie mit seinen trüben Augen auf und sagte: »Wir werden das sofort in Ordnung bringen.«

»Wer, zum Teufel, bist du?«

»Reeves, Eure Hoheit«, erwiderte der alte Mann mit einer Spur von Stolz in der Stimme.

»Und was bist du hier?«

»Der Butler, Eure Hoheit.«

»Mein Sohn hat zwei verdammte Butler?«

»Ich bin Lady Meagans Butler. Coates und ich teilen uns die Verantwortung.«

»Dieses Gör, ha«, schnaubte Peter.

Coates versteifte sich. Er warf eine große Glasscherbe in einen Abfallbehälter. Glas klirrte.

»Verzeihung, Eure Hoheit, aber sie ist kein Gör.«

Reeves' gekrümmte Schultern strafften sich ein wenig vor Empörung. Er spitzte die Lippen, und die Runzeln um seine Mundwinkel verzogen sich. Dann sagte er: »Ich habe sie aufwachsen sehen. Sie ist eine feine junge Lady – die beachtenswerteste, die es gibt.«

Peter sah den alten Mann aus zusammengekniffenen Augen an. »Wenn ich deine Meinung hören will, frage ich danach.« Höchstwahrscheinlich hatte er Coates und Reeves beleidigt. Sie empfanden offenbar eine Art Loyalität gegenüber der Frau, die Barrett geheiratet hatte. Aber warum sollte ihn das interessieren? Sie würde verschwinden, wenn er hier fertig war.

»Ja, Eure Hoheit.« Reeves presste die Lippen zusammen.

»Kannst du mir was zu trinken geben, oder ist das zu viel verlangt?«

»Selbstverständlich, Eure Hoheit. Sofort.« Reeves schlurfte an Coates vorbei, der eifrig damit beschäftigt war, die Scherben der Karaffe aufzusammeln. Mit zittriger Hand nahm er ein Glas und eine neue Karaffe.

In überraschend kurzer Zeit schaffte es Reeves zu Peter zurück und hielt ihm das Glas hin. Peter wollte es entgegennehmen, doch das Zittern von Reeves Hand machte ihm das unmöglich. Nach zwei Versuchen hielt Peter die Hand des alten Mannes mit beiden Händen fest und entriss ihm das Glas.

Er sah den Alten wütend an und streckte ihm das Glas hin. »Los, schenk mir ein!«

Reeves hob die Karaffe, aber seine Hand zitterte einfach zu stark. Brandy tropfte auf Peters Finger und die Hose.

Peter sprang auf und knallte das leer gebliebene Gas auf die Schreibtischplatte. »Beim heiligen St. Michael! Vergesst den verdammten Drink!«

»Es tut mir Leid, Eure Hoheit.« Reeves versuchte, die Karaffe abzusetzen, doch er war zu durcheinander, um den

Tisch auszumachen. Er tastete ein paar Sekunden lang in der Luft herum, bevor er endlich den Tisch fand und die Karaffe mit dem Brandy abstellte.

Sowohl Reeves als auch Coates wollten Peters Hand säubern, er aber grollte: »Geht mir nur aus den Augen!«

Da tauchte Barrett an der Türschwelle auf. Er betrachtete die Szene mit seiner üblichen Gleichgültigkeit. »Gab es hier ein kleines Problem?«

»Du solltest besser drei Butler anheuern.« Peter wischte sein Handgelenk mit seinem eigenen Taschentuch ab. »Diese beiden unfähigen Dummköpfe sind nicht einmal in der Lage, mir ein Glas Brandy einzuschenken.«

»Lasst uns allein. Das kann später sauber gemacht werden.« Barrett nickte zur Tür.

Peter glaubte, die beiden Butler grinsen zu sehen, als sie einen Blick tauschten. Coates legte eine Hand an den Ellenbogen des alten Mannes und stützte ihn, als sie die Bibliothek verließen.

Barrett beobachtete, wie sie die Tür hinter sich schlossen, als Peter herausplatzte: »Welche Art von Haushalt führst du hier?«

»Die Art, die mir gefällt.«

»Du hattest schon immer eine perverse Freude daran, Außenseiter und Missgeburten zu beschäftigen.«

»Ich spüre eine verwandte Seele in mir.« Barrett setzte sich hinter den Schreibtisch, stützte die Ellenbogen auf die Lehnen seines Stuhls und hielt die Hände pyramidenförmig gegeneinander.

»Du magst höllisch pervers sein, aber du bist nie eine Missgeburt oder unerwünscht gewesen.«

»Natürlich nicht. Deshalb hast du mich ja auch in jedes

Internat gesteckt, das du finden konntest«, sagte Barrett spöttisch.

»Wenn du nicht so voller Groll auf Vedetta gewesen wärst, hättest du bleiben können. Sie versuchte, dir eine Mutter zu sein, doch du wolltest sie das nicht sein lassen.«

»Ja, sie war eine feine Mutter.« Barretts Finger spannten sich um die Armlehnen seines Stuhls.

»Ich habe nie verstanden, warum du sie gehasst hast.«

»Und ich habe nie verstanden, warum du deine Mätresse einen Monat nach Mutters Tod in unser Haus geholt hast.« Wie üblich, wenn er dieses Thema bei seinem Vater anschnitt, zeigte Barrett keine Spur von Reue oder Gefühl. »Lass uns mit den alten Geschichten aufhören, ja? Sag, was du zu sagen hast.«

Sein Vater nahm den Stock, den er an seinen Stuhl gelehnt hatte. »Ich will, dass deine Ehe annulliert wird.«

»Nein.« Barretts Miene verhärtete sich. Entschlossenheit machte sich breit.

»Sie hat keine Mitgift und keine Beziehungen, und ich habe mir ihre Vorgeschichte angesehen. Sie hatte in ihren frühen Jahren eine Art Hautkrankheit. Um Himmels willen! Ich will nicht, dass ihr Blut in den Adern meiner Enkelkinder fließt.«

»Sie hat im Moment keine Hautkrankheit, und es interessiert mich nicht, was sie früher gehabt hat.«

»Sie könnte wieder ausbrechen. Ich kann nicht glauben, dass du so verdammt dumm gewesen bist, sie zu heiraten. Es war schon schlimm genug, an dieser Irren, dieser Lady Matilda, zu hängen, doch diese Heirat setzt allem die Krone auf.«

»Was ich mit meinem Leben mache, geht dich nichts an.«

»Und ob es mich etwas angeht! Du hast eine Pflicht gegenüber der Blutlinie zu erfüllen.«

Barrett lachte bitter auf. »Das ist stark, gerade aus deinem Mund. Korrigiere mich, wenn ich mich irren sollte, aber Vedetta war alles andere als eine Äbtissin.«

»Ich habe meine Pflicht getan und zuerst eine angesehene Frau geheiratet und dich gezeugt – Gott helfe mir! Du warst dein ganzes Leben lang nichts als ein Ärgernis. Ich werde nicht zulassen, dass du nach achthundert Jahren unsere Blutlinie verunreinigst. Du wirst diese Ehe annullieren.«

»Das werde ich nicht tun.«

»Du verdammter undankbarer Balg!« Sein Vater stand auf und umklammerte seinen Stock.

Barrett sprang auf, neigte sich über den Schreibtisch und erwiderte das wütende Starren seines Vaters. In der plötzlichen Stille hielten sie einander wie in einer Umarmung der Feindseligkeit.

Barrett brach als Erster das Schweigen. »Vielleicht bin ich nicht das Wunderkind, das du erhofft hast, aber ich habe meine Wahl getroffen und werde sie nicht ändern. Meagan wird meine Frau bleiben.«

»Das bezweifle ich. Ich werde dem jungen Ding einen Monat mit dir geben. Dann wird sie bereit für eine Annullierung sein.« Der Herzog bedachte Barrett noch mit einem letzten zornigen Blick und stürmte dann aus der Bibliothek.

Barrett schaute seinem Vater nach, und seine Hände, mit denen er sich an die Schreibtischkante geklammert hatte, dass die Knöchel weiß hervortraten, zitterten. Er hätte sagen können, dass er gar nicht richtig verheiratet war, doch er wollte nicht den Fall gefährden, nur damit sich sein Vater entspannte.

Er betastete die Uhrkette, die Meagan ihm geschenkt hatte. Sein Ärger wich ein wenig. Als er Meagan vor seinem Vater verteidigt hatte, war er erregt gewesen und hatte vergessen, dass sie gar nicht wirklich seine Frau war. Es war ein gutes Gefühl gewesen, sie zu verteidigen. Wie würde es sein, sie als seine Frau zu haben?

Die Worte seines Vaters hallten in seinen Ohren nach. Barrett verbannte den Gedanken an eine Ehe. Er begehrte Meagan, doch er war nicht bereit, diese Art Bindung einzugehen.

Sie verdiente einen Mann, der sie lieben konnte. Seine Rastlosigkeit würde es nicht zulassen, jemanden wirklich zu lieben.

An diesem Abend nach dem Essen ging Meagan früh zu Bett. Sie hoffte, Barrett würde ihrem Beispiel folgen, doch er blieb unten und sprach mit Harold.

Quälgeist schien Barretts und Harolds Gesellschaft leid geworden zu sein und folgte ihr nach oben. Seit kurzem zog der launische kleine Hund anscheinend ihre Gesellschaft der Barretts vor. Er sprang jetzt auf ihr Bett und wedelte mit seinem langen, dünnen Schwanz. Sie tätschelte seinen Kopf.

»Du bist ein feines Hündchen.« Sie berührte seine feuchte schwarze Nase mit ihrer Nasenspitze und sah dann zu, wie er es sich auf dem Bett bequem machte.

»Jetzt zu heute Nacht«, murmelte Meagan und hörte die Aufregung und Besorgnis in ihrer Stimme. Sie wandte sich vom Bett ab und schritt zu ihrem Kleiderschrank.

Quälgeist schob seinen kleinen Kopf über die Kante der Matratze und beobachtete sie.

»Hm! Ob ich das tun kann?« Sie trat in den großen Wandschrank, der fast ein Viertel ihrer Kammer einnahm. Tessa hatte all ihre Kleider nach Farben aufgehängt; die gewagten neuen Negligés, die Meagan gekauft hatte, hingen vorne.

Das schwarze fiel ihr ins Auge. Die schwarze Seide erinnerte sie an Lady Matilda und den Vorsatz, dafür zu sorgen, dass Barrett diese Frau vergessen würde. Ja, sie hoffte, dass ihr das Negligé genügend Mut geben würde, ihn zu verführen. Sie zog es vom Bügel, trat aus dem Wandschrank heraus und legte es neben Quälgeist aufs Bett. Die dünne schwarze Seide schimmerte.

Die Uhr an der Wand schlug zwölf Mal. Barretts Tür klappte, als er seine Kammer betrat. Quälgeist hob den Kopf und äugte zur Verbindungstür.

Jede Minute würde er in ihre Kammer kommen. Ihr Herz hämmerte vor Erwartung. Hastig zog sie das Negligé an. Als sie seine Tür noch einmal klappen und seine Schritte hörte, die sich auf dem Gang entfernten, verharrte ihre Hand am vierten Haken …

Er kam nicht.

Plötzlich brannten Tränen in ihren Augen. Sie wischte sie mit dem Handrücken fort; dann verzog sich ihr. Was war so verlockend an seiner Mätresse, dass er sie, Meagan, allein ließ und zu ihr fuhr? Sie knirschte mit den Zähnen und spürte, wie das Blut in ihren Schläfen pochte.

»Das werden wir sehen«, murmelte sie.

Quälgeist spitzte beim Klang ihrer Stimme die Ohren.

Sie zog das Negligé wieder aus. Die Londoner Straßen

waren des Nachts für eine Lady ohne Begleitung gefährlich, und so zog sie die Jungenkleidung an, die Tessa für sie stibitzt hatte. Nachdem sie das Haar im Nacken zu einem Knoten gebunden hatte, setzte sie die Mütze auf, öffnete die Tür und trat auf den Gang hinaus. Bevor Quälgeist ihr folgen konnte, schloss sie sie schnell hinter sich. Wenn ihr der Hund folgte, würde sie sich nicht unauffällig im Hintergrund halten können.

Der Droschkenkutscher ließ Meagan einen Block von der Stelle entfernt aussteigen, an der Barretts Kutsche gehalten hatte. Seit dem Verlassen von Pellam Hose hatte sie das Gefühl, von jemandem beobachtet zu werden. Das Bild des rothaarigen Mannes, den sie beim Einkaufsbummel mit Holly gesehen hatte, erschien vor ihrem geistigen Auge.

Ihr Blick glitt über die von Laternen erhellte Straße. Der Lichtschein fiel auf den mit Kopfsteinen gepflasterten Bürgersteig und warf unheimliche Schatten entlang der Reihe von Bäumen, die ihn säumten. Nichts. Ihre Fantasie musste ihr einen Streich gespielt haben.

Einen halben Block später sah sie Barrett. Sie ging die Harcourt Street entlang, ihre Schritte hallten auf dem Kopfsteinpflaster nach.

Sie hielt sich aus dem Licht heraus, behielt Barrett aber im Auge. Dann beobachtete sie, wie er ein Haus am Ende des Blocks betrat. Zweifellos das Haus seiner Mätresse. Wohnte dort Lady Matilda? Meagan konnte Stratton und Hastings bei der Kutsche stehen sehen, sie hörte sie streiten.

»Du hättest schneller zur Tür gehen sollen«, sagte Stratton.

»Ich wäre schneller gewesen, wenn du mir nicht in den Weg getreten wärst.«

»Du bist so lahm wie ein krankes Maultier. Es überrascht mich, dass der Herr dich behält.«

»Eines Tages werde ich dich . . .«

Ihre Stimmen verklangen, als Meagan an der Seite des Hauses neben dem, das Barrett betreten hatte, vorbeihuschte. In den schmalen Durchgang zwischen den beiden Häusern fiel kein Mondschein. Sie tastete sich blindlings durch die Dunkelheit. Dann hörte sie das kaum wahrnehmbare Geräusch von Schritten hinter sich.

Sie verharrte.

Die Schritte verstummten.

Konnte Barrett hinter ihr sein? Ein überwältigendes Gefühl von Furcht erfasste sie; es hielt sie davon ab, aufzuschreien. Ihr war, als krampfe sich eine kalte Faust um ihr Herz. Ihr Mund wurde trocken. Sie konnte die Atemzüge der Person wahrnehmen, die sich mit ihren eigenen mischten. Sie kämpfte gegen das Zittern in ihren Beinen an und rannte los.

Die Person folgte ihr.

Nahe dem Ende des Durchgangs zerschnitt das schwache Licht einer Gaslampe die Finsternis. Sie stürzte in die Gasse hinaus, blickte gehetzt über die Schulter und erhaschte einen flüchtigen Blick auf eine dunkle Gestalt. Das Gesicht des Verfolgers lag im Schatten.

Sie flüchtete um den Hinterhof des Hauses herum, das Barrett betreten hatte, hörte die Schritte des Verfolgers dicht hinter sich und glaubte sein böses Grinsen auf ihrem

Rücken zu spüren. In einem der Fenster brannte Licht. Es fiel in die Nacht hinaus wie ein Leuchtfeuer. Sie hetzte auf das Licht zu, und das Grauen holte sie ein.

Der Verfolger stürzte sich auf sie.

Meagan blickte in die grausamen schwarzen Augen von Lord Collins, als sie vornüber fiel.

Barrett schaute zu, wie James seine Post las. Er sagte: »Collins muss beobachtet werden. Lyng hat gesehen, dass er mit Meagan gesprochen hat.«

»Dies ist vermutlich kein guter Zeitpunkt, das zu erwähnen.« James warf einen Brief auf den Tisch.

»Was?«

»Collins war heute im White's und hat das Gerücht verbreitet, dass du Lady Meagan auf dem Basar kennen gelernt hast. Und ein Typ namens Pool geht durch die Clubs und erzählt, du hättest auf dem selben Basar ein kleines Vermögen gespendet. Jeder nimmt an, du wolltest dir damit freie Hand bei der Winterprinzessin verschaffen. Und als du sie dann nach so kurzer Bekanntschaft geheiratet hast – nun, du kannst dir den Rest ausmalen.« James zuckte die Achseln. »Im White's schließt man Wetten ab, wann dein Erbe geboren wird.«

»Hölle und Verdammnis!« Barretts Finger klammerten sich um seinen Spazierstock.

»Genau mein Gefühl.« James blickte geistesabwesend auf eine Einladung in seiner Hand.

»Dafür bringe ich Collins um!« Barretts Hand zitterte.

»Nicht der Mühe wert. Er wird sich selbst an den Galgen bringen. Ich bin mir ziemlich sicher, dass er ein Mitglied der Advokaten des Teufels ist. Einer meiner Männer entdeckte ihn im Hyde Park, wie er mit Fields und Coburn sprach, zwei von Fenwicks Kumpanen.«

»Zweifellos ist er der Anführer der Verbrecherbande.«

James warf die Einladung auf einen Stapel mit privater Post. »Ich möchte wissen, wie der Bastard so schnell herausgefunden hat, wer sie ist.«

»Lyng ist ihr heute gefolgt. Sie begegnete Collins beim Einkaufen. Er muss sie wiedererkannt haben.«

»Er wird sie benutzen, um sich an dir zu rächen.«

»Als ich seine Bordelle schließen ließ, hätte ich ihn der Pressemeute überlassen sollen. Vielleicht ist es noch nicht zu spät.«

»Das wäre zu gut für ihn. Ich habe lange Zeit darauf gewartet, ihn hängen zu sehen. Diesmal wird er büßen, zusammen mit all den anderen Advokaten des Teufels.« James fuhr sich mit einer Hand durch sein pechschwarzes Haar. Du hast es also geschafft, Lady Meagans Bett zu meiden. Ich muss ehrlich zu dir sein. So anziehend wie sie ist, wäre das für mich nahezu unmöglich gewesen.«

»Nun, ich bin nicht du.« Barrett erkannte, dass er zu heftig antwortete.

James' Lippen verzogen sich zu seinem wie üblich unergründlichen Lächeln. »Du hast also kein Problem, der enthaltsame Bräutigam zu bleiben?«

»Deshalb hast du mich für diesen Fall ausgewählt, nicht wahr? Du weißt, dass ich ein Meister im Kontrollieren meiner Gefühle bin.«

»Freut mich, das zu hören.«

Ein schriller Schrei gellte zu ihnen ins Haus. Barrett und

James fuhren gleichzeitig herum und blickten zum Fenster.

»Hölle und Verdammnis!« Die beiden Männer stürzten zur Tür. Dieser Schrei kam ihnen schrecklich vertraut vor.

Kapitel 14

Barrett rannte durch den schmalen Durchgang. James, Stratton und Hastings folgten ihm dichtauf. Stratton trug eine Laterne. Im schwankenden Lichtkreis entdeckte Barrett Meagan, die auf dem Rücken in der Gasse lag. Er stieß den Atem aus, den er angehalten hatte.

Er rannte zu ihr hin und packte sie an den Armen. »Was, zum Teufel, treibst du hier?«

»Ich bin ... ich wollte ...« Sie wandte das Gesicht von ihm ab und konnte nicht weitersprechen.

Barrett spürte, dass sie zitterte. Er sah die Tränen in ihren Augen. Seine Stimme wurde weicher, als er fragte: »Bist du verletzt?«

»Nein.«

»Was ist passiert?«

»Lord Collins hat mich gepackt.«

Bei der Erwähnung von Lord Collins spannten sich Barretts Hände fester um Meagans Arme. Er sah sie zusammenzucken und lockerte seinen Griff. »Hat er dir etwas angetan?«

Ihre Unterlippe zitterte, als sie sprach. »Ich konnte ihn beißen und schreien, und als er euch kommen hörte, rannte er davon.«

»Dieses Mal will ich eine ehrliche Antwort hören. Weshalb bist du zu dieser späten Stunde allein hier?« Hatte sie ihm nachspioniert? Er war sich ziemlich sicher, dass sie nichts mit den Advokaten des Teufels zu schaffen hatte, doch sie dachte sich anscheinend nichts dabei, des Nachts verkleidet umherzustreifen. Sein Blick glitt über ihre Hose – die nicht über ihre wohlgeformten Beine hinwegtäuschen konnte – die dicke Jacke und die Mütze.

Sie gab ihm keine Antwort. Sie starrte nur auf die Laterne, die Stratton hielt.

»Nun.« Ihm wurde bewusst, dass er sie schüttelte.

Sie warf einen Blick zu James und den Dienern. »Ich möchte im Moment wirklich nicht darüber sprechen.«

»Gut. Wir reden darüber auf dem Nachhauseweg.« Barrett hob sie auf seine Arme.

»Meagan schaute über Barretts Schulter zu James. »Was macht denn James hier?«

»Er wohnt hier.«

»Oh!« Sie hob überrascht die Brauen und starrte über Barretts Schulter zu James, dessen Miene belustigt war.

»Was hast du denn gedacht, wer hier wohnt?«

»Niemand.« Sie presste ärgerlich die Lippen aufeinander.

Es waren nur sechs Schritte bis zur Kutsche. Als Hastings Barretts finstere Miene sah, beeilte er sich, die Tür zu öffnen. Barrett hob Meagan hinein und setzte sie auf den Sitz. Er ließ sich neben sie sinken, beobachtete, wie Hastings die Tür schloss, und streckte die Beine aus.

Dann sah er Meagan an und sagte: »Jetzt will ich die Wahrheit hören. Warum bist du mir gefolgt?«

»Ich dachte, du würdest Lady …« Sie verstummte und wandte den Kopf ab.

»Du dachtest, ich würde eine Lady besuchen? Welche Lady?« Etwas von Barretts Besorgnis und Wut verschwand bei dem Gedanken, dass sie ihm gefolgt war, weil sie eifersüchtig war. Er umfasste ihr Kinn, drehte ihr Gesicht zu seinem und schaute ihr in die Augen.

»Ich fange langsam an, deine Gedanken zu lesen.«

»Welch schreckliche Vorstellung.« Meagan schürzte schmollend die Lippen.

Unter ihrer Mütze lugten Haarsträhnen her, die seinen Handrücken kitzelten. Er sah auf ihre vollen Lippen und fragte: »Welche Lady habe ich deiner Meinung nach besucht?«

»Ich weiß es nicht.«

»Doch, du weißt es.«

»Lady Matilda. Bist du nun zufrieden?«, platzte sie heraus.

Barrett unterdrückte ein erfreutes Lächeln. »Du kannst dich entspannen, Prinzessin. Lady Matilda ist die letzte Lady, die ich besuchen würde.«

»Dann liebst du sie nicht?« Sie blickte ihm prüfend in die Augen.

»Ich dachte einst, in sie verliebt zu sein, doch als sie keinen Blick für mich übrig hatte, erkannte ich, dass es Einbildung war, die mich denken ließ, in sie verliebt zu sein. Ich habe nie jemanden geliebt, und ich werde wahrscheinlich niemals verliebt sein.«

»Nie?«, fragte sie, und die veilchenblauen Augen erforschten sein Gesicht.

»Nie.« Barrett sah ihre Lider flattern, als hätte er ihr mit seiner Antwort einen Schlag versetzt; dann wechselte er das Thema. »Dann hast du auch gestern Nacht gedacht, ich sei fortgegangen, um Lady Matilda zu besuchen.«

»Ich habe keinen Gedanken daran verschwendet«, sagte

sie, und eine Spur von Bitterkeit in ihrer Stimme strafte ihre gleichgültige Miene Lügen.

»Nicht?« Irgendetwas in Barrett wollte hören, dass sie ihre Gefühle eingestand.

»Nein.«

»Ich kann dir an den Augen ansehen, dass es nicht stimmt.«

»Warum sollte es mir etwas ausmachen, wenn du mich in unserer Hochzeitsnacht verlässt?« Plötzlich rannen Tränen über ihre Wangen. »Warum sollte es mich stören, dass du die Gesellschaft deiner Mätresse aufsuchen musstest? Warum sollte es mich interessieren, dass du nicht wünschst, mit mir zusammen zu sein?«

»Hölle und Verdammnis!« Er hielt ihr Gesicht zwischen den Händen und starrte ihr tief in die Augen.

Sie sah ihn unter tränenfeuchten Wimpern an, und der Anblick der Verletzlichkeit und der Schmerz in ihren Augen schnitten ihm ins Herz.

Mit belegter Stimme, die er kaum als seine eigene erkannte, flüsterte er: »Ich habe nie eine Frau gekannt, mit der ich lieber zusammen wäre als mit dir ...«

Er zog ihren Kopf zu sich und küsste sie, schmeckte ihre salzigen Tränen und verabscheute sich, weil er sie gekränkt hatte. Er machte es jetzt wieder gut, zog sie auf seinen Schoß und bedeckte ihr tränennasses Gesicht, ihre Wangen, ihre Nase, Augen und Kinn mit Küssen.

Dann küsste er ihre Lippen. In dem Moment, in dem ihre Münder verschmolzen, verlor sich Barrett in dem Verlangen, ihr zu zeigen, wie sehr er sie begehrte. Er schob seine Zunge in die süße, heiße Tiefe ihres Mundes, während er ihr die Mütze abnahm, seine Finger in ihrem Haar vergrub und ihre kastanienbraunen Locken löste.

Ihre Hände glitten zu seiner Brust und streichelten über die Muskeln, während ihre Zunge kühn seinen Mund eroberte.

Barrett stöhnte auf, als er ihre Hände zärtlich über seine Brustwarzen reiben spürte. Geschickt und schnell öffnete er die Knöpfe ihrer Jacke. Er zog das Hemd aus dem Hosenbund und schob seine Hand darunter nach oben. Er spürte die Hitze ihres Körpers unter seinen Fingerspitzen, die über ihre nackte Haut glitten, die so glatt und seidenweich war, dass er sich danach sehnte, sie zu küssen.

Ihr Hemd bauschte sich, als er eine ihrer Brüste streichelte. Er spürte, dass sie gerade seine Handfläche ausfüllte. Barrett hörte sie scharf einatmen, als er sich über sie neigte, an ihrer Brustspitze saugte und die harte kleine Knospe mit seiner Zunge umschmeichele.

Ein Laut wie ein leises Schnurren kam über ihre Lippen. Sie schlang die Hände um seinen Nacken, wölbte sich ihm entgegen und zog sein Gesicht enger an ihre Brust.

Er spreizte leicht die Finger und streichelte über die Weichheit ihres flachen Bauchs hinab. Seine Finger verharrten am Bund ihrer Hose. Dann schob er die Hand hinein und über ihren Unterleib bis zu dem sanften Hügel, der von Schamhaar bedeckt war.

Sie presste die Beine zusammen.

»Lass mich dich berühren, Meagan.«

Sie entspannte ihre Schenkel. Seine Hand glitt zwischen ihre Beine, öffnete sie weiter. Sein Zeigefinger tauchte in sie hinein, drang durch ihre feuchte Hitze; dann streichelte er das Zentrum ihrer Lust.

»Oh, Barrett ...« Sie umklammerte seine Arme, als sich ihre Hüften seiner Hand entgegenbewegten.

»Lass dich gehen, Prinzessin.«

»Dieses Gefühl habe ich noch nie empfunden. Es fühlt sich so gut an.«

Er fuhr fort, sie zu streicheln, sah, wie sie die Augen schloss und ihr Gesicht einen verzückten Ausdruck annahm. Er atmete heftig, während er gegen sein schier übermächtiges Verlangen ankämpfte.

Sie warf den Kopf zurück, ließ ihre Hüften gegen seine Hand kreisten. »Was machst du mit mir ...?«

»Ich bereite dir Lust.«

»Bitte, hör auf – o Gott, was sage ich da? Hör nicht auf.« Sie keuchte und wand sich unter seiner Hand.

Er spürte, wie sich ihre Hüften an seiner Erektion bewegten, und brauchte all seine Willenskraft, um sie nicht zu nehmen. Er küsste sie und erstickte so ihren Aufschrei. Meagan sank gegen ihn, ihre schweren Atemzüge erfüllten die Stille. Winzige Wonneschauer durchliefen sie, während ihre Hüften an seiner Hand zitterten.

»Ich mag, was du eben getan hast.« Sie blickte unschuldig zu ihm auf, die Augen dunkel vor Sinnlichkeit.

»Das ist nur der Beginn des Liebesspiels.« Seine Stimme klang rau vor kaum zu zügelnder Lust.

»Wirst du mir den Rest zeigen?« Sie schenkte ihm ein einladendes Lächeln.

»Vielleicht später, wenn wir uns besser kennen.« Er zog die Hand aus ihrer Hose und half ihr, den Hemdschoß hineinzustecken.

»Manchmal habe ich das Gefühl, dich besser zu kennen als mich selbst«, sagte sie mit Enttäuschung in der Stimme.

Barrett versuchte, seine Lüge zu kaschieren. »Ich finde, es gibt verschiedene Ebenen in einer Beziehung, auf denen man jeweils für eine Zeit verweilen sollte, bevor man zur nächsten übergeht.«

»Ebenen?« Sie zog die Brauen zusammen. »Du meinst, wie die Ringe des Saturns?«

»Ja, wenn du diesen Vergleich vorziehst.«

»Aber es gibt keine gleich bleibenden Dinge in der Natur. Selbst die Ringe des Saturns bewegen sich.« Sie küsste sein Kinn und fuhr leicht mit der Zunge über seine Lippen.

Er stöhnte innerlich auf. »Wir werden zum nächsten Ring übergehen – nur nicht so schnell.«

Die Kutsche hielt schaukelnd an. Barrett empfand tiefe Erleichterung. Noch einen Moment allein mit ihr, und er hätte die Kontrolle über sich verloren.

Nachdem sie aus der Kutsche ausgestiegen waren, begleitete Barrett Meagan zur Tür ihrer Kammer. Sie blickte zu ihm auf und spürte, dass sie aus irgendeinem Grund errötete. Als er ihr in der Kutsche Lust bereitet hatte, war es ihr wie ein köstlicher Traum vorgekommen. Jetzt, als sie vor ihrer Kammertür standen, erkannte sie, dass es völlig real gewesen war.

»Kommst du herein?«, fragte sie und forschte in seinem Gesicht nach einer Antwort.

Sein Blick glitt über ihren Körper hinab und wieder hinauf zu ihren Augen.

Sie schauten einander für einen angespannten Moment an. Meagans Puls beschleunigte sich.

Sie spürte, dass er mit sich kämpfte, dann schmolz sein Verlangen hinter seinem festen Vorsatz. »Nein, Prinzessin. Ich sollte dich schlafen lassen.«

»Aber es würde mir gefallen, wenn wir uns unterhalten.«

Sein Blick schweifte zu ihren Lippen. »Leider bin ich nicht in gesprächiger Stimmung.«

In Wirklichkeit wollte sie, dass er zur nächsten Ebene überging und sie liebte. Sie versuchte es von neuem. »Wirst du denn schlafen können?«

»Bestimmt nicht.«

»Ich werde gern mit dir aufbleiben.«

»Nicht nötig, dass wir beide auf Schlaf verzichten.« Er öffnete die Tür und drückte ihr einen Kuss auf die Stirn. »Süße Träume, Prinzessin«, flüsterte er. Dann wandte er sich um und ging zu seinem eigenen Zimmer.

Widerstrebend betrat sie ihre Kammer. Quälgeist hob den Kopf vom Bett und blickte sie aus seinen großen braunen Augen an.

Sie warf die Mütze auf das Bett und runzelte die Stirn. »Nach der Art, wie er mich berührt und in den Armen gehalten hat, bin ich mir sicher, dass er etwas für mich empfinden muss. Aber er sagte, er würde niemals jemanden lieben. Ich hoffe, das stimmt nicht. Was meinst du?«

Quälgeist kläffte und wedelte mit dem Schwanz.

»Freut mich, dass du auch so denkst.« Sie tätschelte seinen Kopf und fühlte sich ermuntert. »Wenn er nur zur nächsten Ebene übergehen und in meine Kammer kommen könnte.«

Quälgeist beäugte sie.

»Ich weiß, ich weiß. Geduld. Die Sterne am Himmel sind nicht über Nacht entstanden.«

Sie rief sich in Erinnerung, wie Barrett sie gestreichelt hatte, welch köstliche Gefühle er in ihr ausgelöst hatte, wie sie sich danach gesehnt hatte, seine Berührungen überall zu spüren. Ihr Puls beschleunigte sich, und sie blickte sehnsüchtig zu der Verbindungstür.

Am nächsten Morgen veranlassten die Geräusche einer zuklappenden Tür und Schritte auf dem Gang Meagan, die Augen zu öffnen. Einen Moment dachte sie, es wäre noch Nacht und Barrett hätte sich entschieden, in ihr Zimmer zu gehen, doch dann sah sie einen Sonnenstrahl durch einen Spalt zwischen den Vorhängen lugen und auf ihre goldfarbene Tagesdecke fallen.

»O nein, das Duell!«, murmelte sie. Sie hatte vorgehabt, früh aufzustehen und Lochlann von seinem Vorhaben abzuhalten, doch Barretts unruhige Wanderung auf dem nächtlichen Gang hatte sie lange wachgehalten, und sie hatte verschlafen.

Meagan warf die Decken zurück und rannte zur Tür. Sie erhaschte noch einen flüchtigen Blick auf einen hohen Biberfellhut und einen schwarzen Umhang, bevor Barrett die Treppe hinunter verschwand, dichtauf gefolgt von seinem Diener Lyng. Quälgeist schoss aus der Tür heraus und lief hinter ihnen her.

Sie knallte die Tür zu, rannte zu ihrem Schrank und riss ein Tageskleid vom Bügel. Hastig zog sie einen Unterrock an und schlängelte sich dann in das graubraune Kleid. Sie schnappte sich ihre Reitstiefel und stolperte bereits zur Tür, während sie versuchte, sie anzuziehen.

Geschafft. Sie stieß die Tür mit dem Stiefelabsatz zu und

rannte durch den Gang und die Treppe hinunter. Als sie die Haustür erreichte, sah sie gerade noch Barretts Kutsche den Zufahrtsweg hinunterrollen. Sie lief die Treppe hinunter, immer zwei Stufen auf einmal und hetzte zum Stall.

Ein breiter Gang mit gewölbter Decke verband den Stall mit dem Haus. Die Sonne spähte soeben über die Spitze des Stalldachs. Der Tau auf den Dachpfannen aus Schiefer glitzerte wie Tausende von Diamanten.

Meagan blinzelte in den Sonnenschein und wartete, bis der Stallbursche, der Frühdienst hatte, in einem Nebengebäude verschwand. Dann rannte sie durch den Gang, ihre Schritte hallten unheimlich von den Backsteinwänden wider. Der Stall bildete ein großes U mit einem Hof in der Mitte.

Als sie den Stall betrat, schlug ihr der Geruch von Heu, Leder und Pferden entgegen. Zwanzig Augenpaare starrten sie aus den Boxen an. Meagan fragte sich, warum Barrett eine so große Unterkunft für die Tiere brauchte, aber sie dachte nicht länger darüber nach. Sie schlüpfte in eine Sattelkammer, schnappte sich Zaumzeug und betrat dann die erste Box, an die sie gelangte. Ein großer Rotschimmel mit weißen Beinen beäugte sie.

»Du brauchst etwas Bewegung, nicht wahr?« Sie sprach sanft auf das Tier ein, während sie es zäumte. Die Wärme des Pferdes fühlte sich gut an ihren Händen an.

Sie hatte keine Zeit, sich mit einem Sattel abzumühen, raffte ihr Kleid und den Unterrock, benutzte dann einen umgedrehten Eimer als Leiter und schwang sich auf den Rücken des Rotschimmels.

Er tänzelte ein paar Schritte hin und her und schoss dann aus dem Stall, ohne dass Meagan ihn antreiben musste. Die kalte Luft schien ihn zum Explodieren zu bringen. Meagan drückte die Knie in seine Flanken und klammerte sich fest.

Als der Stallbursche auf die ungewohnten Geräusche aufmerksam wurde, ließ er das Zaumzeug, das er geholt hatte, vor Schreck fallen. Er rannte hinter Meagan her und schrie: »Ihr könnt dieses Pferd nicht reiten, Mylady! Kommt zurück!«

Die Bäume längs des Zufahrtsweges schienen verschwommen vorbeizufliegen. Das Pferd preschte geradewegs auf das geschlossene Eisentor am Ende des Weges zu. Meagan zog an den Zügeln, doch das Pferd ignorierte ihren Versuch, es zum Anhalten zu bewegen.

Verzweifelt blickte sie nach rechts, dann nach links. Sie sah nur die Mauer, die das Grundstück umgab. Meagan war eine erfahrene Reiterin, doch sie hatte noch nie versucht, ohne Sattel eine mindestens zwei Meter hohe Mauer zu überspringen.

»Brr!« Meagan riss an den Zügeln.

Das Pferd jagte direkt auf das Tor zu.

»Was ist mit dir los?«, schrie sie, und ihr Herz hämmerte. Das Tor war jetzt nahe . . .

Das Pferd sprang. Seinen Flanken schienen Flügel zu wachsen, als es emporschoss.

»Nein!«, brüllte Meagan und spürte, wie sich ihr Gewicht zur Seite verlagerte.

Der Hengst übersprang das Tor und setzte kunstvoll wie Pegasus auf dem Boden auf.

Nicht so begünstigt vom Schicksal, stürzte Meagan über seinen Hals hinweg und überschlug sich in der Luft. Ihr letzter Gedanke war, wenn sie überlebte und wenn Barrett und Lochlann sich nicht gegenseitig im Duell töteten, sie das mit großem Vergnügen für sie erledigen würde.

Meilen entfernt in Battersea öffnete Hastings die Tür der Kutsche, und Barrett stieg aus. Quälgeist sprang hinter ihm heraus und jagte einem Eichhörnchen hinterher.

Das Nahen von Reitern veranlasste Barrett, sich umzublicken. Burrows und ein Mann mit einem runden Gesicht und hervorstehender Stirn saßen ab und schritten auf ihn zu. Ihr Atem bildete weiße Wölkchen in der kalten Morgenluft.

Burrows blieb vor Barrett stehen. »Dies ist mein Sekundant, Mr Melton.

Barrett betrachtete den dicklichen Mann. Er schätzte ihn auf ungefähr dreißig Jahre. Ein buschiger Schnurrbart zierte seinen breiten Mund. Er musterte Barrett, und in seinen kleinen Augen glänzten Misstrauen, aber auch ein beträchtliches Maß an Respekt.

Barrett hatte den Gentleman nie zuvor gesehen. Etwas am Verhalten des Fremden ärgerte ihn.

»Waterton«, Melton verneigte sich steif. »Ich habe von Euren Fähigkeiten im Umgang mit einer Pistole gehört. Ich freue mich auf dieses Duell.«

»Wo ist der Arzt?«, fragte Burrows.

»Lyng ist Arzt.«

Burrows musterte Lyng misstrauisch.

»Sollen wir es hinter uns bringen?« Barrett gab Lyng seinen Spazierstock. »Ich habe einen vollen Terminplan. Das Etui, Hastings.«

Hastings zog ein Etui unter dem Sitz der Kutsche hervor

und überreichte es Lyng, der die Waffen herausnahm und untersuchte.

Lyng nickte Barrett zu. »Sie sind bereit.« Er überreichte Melton das Etui.

Melton nahm eine Pistole in die Hand und überprüfte sie. »Ah, vergoldet. Schönes Stück.«

»In Deutschland hergestellt.«

»Wem sagt Ihr das?«

»Sie sind äußerst präzise.« Barrett hakte seinen Stock über den Arm, zog seine Schnupftabakdose hervor und nahm zwei Prisen.

»Ich bin sicher, dass man nicht lange zielen muss, um damit zu töten.« Melton hob die Pistole an und richtete sie auf einen Baum.

»Lass es uns hinter uns bringen, ja?« Burrows riss seinem Freund die Pistole aus der Hand.

Barrett bemerkte das leichte Zittern von Burrows Hand, als er die Waffe hielt. »Sehr gut«, sagte Barrett und nahm die Pistole, die Lyng ihm hinhielt.

Barrett ging die paar Schritte zu Burrows und stellte sich mit dem Rücken zu ihm auf. Er nahm eine für ein Duell übliche Haltung ein, die Hand mit der Pistole an der Seite. Seine Miene zeigte wie üblich Gleichgültigkeit. Wenn nicht die Pistole in seiner Hand gewesen wäre, hätte man ihn für einen morgendlichen Spaziergänger halten können.

»Zehn Schritte vor dem Schießen«, sagte Lyng.

Barrett und Burrows nickten.

»Eins ... zwei ... drei ...«, zählte Lyng.

Sie legten die Schritte zurück. Barrett stellte sich vor, wo er Burrows treffen wollte. Er wollte ihn nicht töten – ihm nur die Waffe aus der Hand schießen und ihn genügend schocken, damit er sich von Meagan fern hielt und nicht seinen Fall gefährdete. Er konnte nicht zulassen, dass Burrows versuchte, Meagan zu überreden, die Ehe annullieren zu lassen und mit ihm durchzubrennen, nicht, solange die Scheinehe aufrecht erhalten werden musste. Und auch wenn Meagan es nicht zugeben wollte, Burrows hätte sie fast umgebracht. Barrett wollte nicht, dass der Hitzkopf ungestraft damit davonkam, denn er wusste, dass Burrows Meagan genügend liebte, um nicht aufzugeben, bis er die Kränkung seines Egos gerächt hatte. Barrett würde dies ein für alle Mal regeln.

»Acht ... neun ...«

»Wartet!«

Barrett hörte Meagans Schrei, als er sich gerade umwandte. Burrows, erschreckt durch den Schrei, entglitt die Pistole. Als er versuchte, sie zu fassen, ging sie los.

Schmerzen schossen durch Barretts Oberarm, als hätte ihn ein Säbel durchbohrt. Er presste eine Hand auf den Arm und kämpfte zähneknirschend gegen den glühend heißen Schmerz an.

»O mein Gott!« Meagan sprang von dem Rotschimmel ab. Es war Teufelsjunge, ein Jagdpferd, das Barrett an seinem Geburtstag bei Tattersall's gekauft hatte. Es hieß, das Tier sei gefährlich, unberechenbar und deshalb so benannt. Barrett, stets bereit, eine Herausforderung anzunehmen, hatte es für weitaus mehr Geld erworben, als es wert war.

Er bemerkte Meagans Zustand sofort: ihr Humpeln, die Grasflecken auf ihrem Kleid, das Durcheinander ihrer Haare, die Blätter und Ästchen in ihren rotbraunen Locken. Eine Seite ihres Gesichtes war beschmutzt. Sie ergriff seine Hand und sagte: »Alles in Ordnung mit dir?«

»Es ist nur eine kleine Verletzung.« Die Frage ist, ob mit dir alles in Ordnung ist. Warum, zur Hölle, bist du auf diesem Pferd geritten? Es ist gefährlich.«

»Glaub mir, das habe ich herausgefunden.« Ihre Zähne klapperten so, dass er sie kaum verstehen konnte.

»Dies ist kein Ort für dich.« Er zog seinen Umhang aus und warf ihn über ihre Schultern; sein Ärger gewann die Oberhand über den scharfen Schmerz in seinem Arm.

»Ich musste dich stoppen. Danke.« Meagan lächelte ihn strahlend an und zog den Umhang fester um sich.

»Meagan.«

Beim Klang von Burrows' Stimme verschwand ihr Lächeln, und sie fuhr herum zu ihrem Freund. »Wage es nicht, mir näher zu kommen! Ist dir klar, dass du mich neulich fast erschossen hättest? Und jetzt hast du auf Lord Waterton geschossen.«

Burrows machte einen Schritt auf sie zu, das Gesicht zu einer Grimasse verzerrt. »Ich habe nur versucht, deine Ehre zu verteidigen.«

»Ich brauche meine Ehre nicht verteidigen zu lassen.« Sie riss ihm die Pistole aus der Hand und schüttelte sie vor ihm. »Ich habe genug von diesem Unsinn. Es wird keine weiteren Duelle und keine weiteren Waffen geben. Hast du mich gehört, Lochlann? Es ist Schluss damit!« Sie stampfte mit dem Fuß auf und zuckte im gleichen Moment vor Schmerz zusammen.

Burrows sah geknickt aus wie ein gescholtenes Kind. »Ich konnte dich einfach nicht mit ihm sehen.«

»Genug ist genug. Ich bin seine Frau. Ich habe es akzeptiert – und jetzt musst du dich damit abfinden. Es ist aus. Hörst du? Ende! Ich schäme mich für dich. Hörst du? Ich schäme mich sehr.« Sie drückte Lyng die Pistole in die Hand.

Dann wandte sie sich Barrett zu, und ihre Augen spiegelten Zärtlichkeit wider. »Komm. Wir müssen dich heimbringen und uns um deine Verletzung kümmern.« Sie schlang den Arm um seine Taille.

»Vielleicht sollte ich besser dich tragen.« Barrett blickte auf ihren Fuß hinab, der verletzt zu sein schien.

»Nein, nein, es ist nur eine kleine Zerrung. Nichts Schlimmes.«

Melton schritt zu Burrows hinüber. »Nun, dies war eine Verschwendung meiner Zeit«, sagte er mit scharfer Stimme.

»Wenn meine Freundin nicht schreiend hier aufgetaucht wäre ...«

Barrett beobachtete, wie die beiden Männer zu ihren Pferden gingen, aufsaßen und fortritten. Quälgeist lief hinter einem Baum hervor und bellte und knurrte ihnen nach.

Barrett ergriff Meagans Hand. »Komm, Prinzessin.«

»Bist du sicher, dass du wohlauf bist?«, fragte Meagan. »Du siehst blass aus. Du brauchst einen Arzt.«

»Lyng wird sich die Wunde ansehen.« Er blickte auf das Loch in seinem Ärmel am Oberarm. Blut sickerte heraus.

»Lyng?« Meagan hob fragend die Augenbrauen.

»Ja, er war in China Arzt. Ich vertraue ihm absolut.«

Barrett war überhaupt nicht besorgt wegen der Wunde. Seine Gedanken beschäftigten sich damit, wie perfekt ihre kleine Hand in seine passte, wie ihre langen, rotbraun schimmernden Locken bis zu ihrer Taille herabfielen. Sein

Umhang, den er ihr um die Schultern gelegt hatte, reichte fast bis zu den Knöcheln. Er hatte sie nie so zerzaust gesehen – oder so reizend.

»Wie hast du eigentlich Lyng gefunden?« Meagan blickte zu dem Diener. Sie sah ihn mit Hastings und Stratton auf die Kutsche steigen.

»In China geschah etwas Schreckliches mit seiner Frau, und so kam er her«, sagte Barrett mit gesenkter Stimme.

»Weißt du, was geschehen ist?«

»Nein, aber ich weiß, dass es für ihn schmerzlich ist, an sie zu denken. Er hat nie erzählt, was passiert ist, und ich habe nie danach gefragt.«

Sie gelangten zur Kutsche. Quälgeist sprang als Erster hinein, Seine braunen Augen waren hinter dem zottigen Haar kaum zu sehen.

»Du erstaunst mich manchmal.« Meagan schenkte Barrett ein strahlendes Lächeln, die Grübchen in ihren Wangen vertieften sich.

»Warum?«

»Die meisten Leute nehmen den Schmerz der Menschen in ihrer Umgebung gar nicht wahr – besonders nicht den ihrer Bediensteten.«

»Ich hoffe, ich gehe nicht mit Scheuklappen durchs Leben.« Barrett half ihr mit seinem unversehrten Arm in die Kutsche.

»Ich hoffe, dass es bei mir ebenso ist.« Sie drückte seine Hand. »Bist du sicher, dass du es bis nach Hause schaffen kannst?« Ihre Augen spiegelten Besorgnis wider.

»Ja.« Barrett lächelte sie an. Niemand war jemals besorgt um ihn gewesen, ohne eine Gegenleistung dafür von ihm zu erwarten. Er hatte gelernt, die Ehrlichkeit von Leuten einzuschätzen. Er erkannte Gehabe und Schauspielerei. Meagans Besorgnis war aufrichtig.

Ein beunruhigender Besitzerstolz stieg in ihm auf, als er neben ihr in der Kutsche saß. Anstatt zu versuchen, dieses Gefühl zu verdrängen, spürte er, wie es sich in ihm ausbreitete. Seine Hände zitterten leicht, als er gegen das Verlangen ankämpfte, sie in die Arme zu nehmen. Hätte er sie in diesem Moment berührt, hätte er sie nicht mehr loslassen können.

Wenn dieser Fall zu Ende war, würde er sie gehen lassen müssen. Er zwang sich zurück zu der Gleichgültigkeit, mit der er sein ganzes Leben lang überlebt hatte, und ließ sie seine Gefühle beherrschen.

»Kann ich irgendetwas tun?« Meagan stellte ihre unruhige Wanderung ein und blieb vor Lyng stehen, der aus Barretts Kammer trat. Barrett hatte sich geweigert, sie hereinzulassen, während Lyng die Wunde untersuchte. Irgendetwas war mit Barrett in der Kutsche geschehen – etwas, wodurch er sich von ihr distanziert und wieder hinter seiner üblichen Maske der Gleichgültigkeit versteckt hatte.

»Ich werde einen Kräutertee brauen, mit dem ich die Wunde bade.« Lyngs schwarze Augen funkelten sonderbar. »Ihr könnt Verbände vorbereiten, Mylady.«

»Gern.«

»Ich habe die Tücher in der Kammer gelassen.«

»Meint Ihr, Seine Lordschaft wird etwas dagegen haben, wenn ich hineingehe?« Sie blickte mit gerunzelter Stirn zu der Tür.

»Nein, nein. Wenn, dann wird er darüber hinwegkommen.« Lyng ging über den Flur davon; seine Schritte waren so leicht, dass Meagan sie nicht hören konnte.

Sie schaute ihm einen Moment nach und erinnerte sich daran, dass Lyng seine Frau verloren hatte. Er war ein merkwürdiger kleiner Mann; sein reserviertes Verhalten gab nichts preis. In gewisser Weise ähnelte seine Art der seines Herrn.

Meagan wusste nicht, was sie erwartete, und öffnete vorsichtig die Tür. Quälgeist rannte an ihr vorbei und folgte Lyng durch den Gang.

Sie betrat Barretts Kammer, die viel größer als ihre war. Wände, Vorhänge und Polster waren in verschiedenen Blauschattierungen gehalten. Ein Himmelbett stand auf einem Podium, das die Mitte des Raumes ausfüllte.

Barrett saß im Bett und versuchte sein Hemd aufzuknöpfen. Seine Anwesenheit beherrschte den großen Raum. Sonnenschein fiel durch das Fenster auf sein blondes Haar. Das Bett war das größte, das sie jemals gesehen hatte. Als sie den Blutfleck auf seinem Ärmel sah, schluckte sie hart und lief zu ihm.

»Du solltest nicht hier drin sein«, sagte er, und seine Augenbrauen zogen sich zusammen.

»Lyng sagte, ich kann helfen. Und das ist gut. Du solltest das nicht allein tun. Lass mich das machen.«

»Ich kann das allein.«

»Ich weiß.« Sie schlug seine Hand fort und knöpfte weiter sein Hemd auf.

Er blickte sie an, ließ sie jedoch gewähren. Die übliche gleichgültige Maske wurde von einem sonderbaren Ausdruck ersetzt, der die scharfen Linien seines Gesichtes betonte. Ohne den Blick von ihren Händen zu nehmen, sagte er: »Ich wünschte, du würdest dir um mich keine Sorgen machen, Meagan.«

Sie spürte, dass etwas in seiner Seele mit zärtlichen und freundlichen Worten gestreichelt werden musste. Sie sprach zu diesem Teil von ihm. »Es tut mir Leid – es ist zu spät. Du bist mein Mann, und ich bin berechtigt, mich um dich zu sorgen.«

»Eines Tages wirst du es bereuen«, sagte er in einem Tonfall, der aufrichtiger und offener war als jeder, den er jemals ihr gegenüber benutzt hatte.

»Nie.«

Sie schaute ihm tief in die harten blauen Augen, und ihr Blick blieb fest – trotz all ihrer Bedenken, die in ihr zu schreien schienen, auf ihn zu hören.

Sie ignorierte die Zweifel, die sich in ihr breit machen wollten, und knöpfte den letzten Knopf auf. Ihr Handrücken berührte seine muskulöse Brust. Die Wärme seines Körpers drang durch sein Hemd.

Das Hemd klaffte auf. Ihr Blick schweifte an seinem Hals abwärts, über die Brust, die wie die einer Skulptur von perfekt geformter Schönheit war. Ein brauner Haarstreifen verjüngte sich bis zu seinem flachen Bach und verschwand unter seinem Hosenbund. Sein Körper strahlte Kraft aus. Wie es wohl war, ihren nackten Körper an den seinen zu pressen? Meagan spürte, wie ihr Herz bei diesem Gedanken schneller klopfte. Sie leckte sich unbewusst über die Lippen, sehnte sich fast schmerzhaft danach, ihn zu berühren.

»Du solltest mich nicht so ansehen«, sagte er in sanftem Tonfall, der seine Worte Lügen strafte.

Meagan fühlte sich plötzlich unwohl. »Es gefällt mir, dich zu betrachten.«

Sie streifte behutsam das Hemd über die Wunde. Das Blut, das aus dem Loch gesickert war, war getrocknet. Die Wunde war nicht so tief, wie sie gedacht. Überraschend für sie, hatte sie schon zu bluten aufgehört.

Meagan bückte sich, um das Hemd auf dem Bett abzulegen, und erhaschte einen kurzen Blick auf seinen Rücken. Ihr stockte der Atem, als sie auf seine Schulterblätter blickte. Sie starrte so entsetzt hin, dass er es bemerkte.

»Das sind Narben«, erklärte er ruhig und emotionslos.

»Wer hat dir das angetan?«, fragte Meagan.

Kapitel 15

Als Meagan die Hand ausstreckte, um die Narben mit den Fingerspitzen zu berühren, sprang Barrett auf. Er wandte sich um und sah sie an. »Sie stammen aus der Vergangenheit und haben wenig zu bedeuten.«

Meagan sah seine zusammengepressten Lippen, sein stolzes Kinn und seine jetzt kalten blauen Augen, und sie wusste ohne Zweifel, dass die unausgesprochene Grausamkeit, die er irgendwann einmal erlitten hatte, sein Leben und sein Verhalten geprägt hatte.

Sie wusste, wie es ist, seelischen Schmerz zu verbergen, sich von allem und jedem zurückzuziehen. Ihre Allergie hatte dazu geführt. Barrett hatte sich hinter seinem Wohlstand und seiner scheinbaren Gleichgültigkeit zurückgezogen. Plötzlich, in einer Erkenntnis, welche die tiefsten Winkel ihres Herzens erreichte, wurde Meagan klar, dass sie in Barrett eine verwandte Seele gefunden hatte. Wenn er sie gewähren lassen würde, konnte sie ihm Trost anbieten, und indem sie ihm den gab, konnte sie eine Lücke in ihrem eigenen Leben schließen. Vielleicht empfand er niemals Liebe für sie, doch sie würden gut zusammen leben können. Sie hörte sich sagen: »Sie haben Bedeutung für mich.«

Ohne ein Wort schritt er zum Fenster. Er stützte sich mit dem unversehrten Arm auf die Fensterbank und blinzelte gegen den Sonnenschein an. Eine volle Minute lang stand er dort und starrte in die Ferne, wo er mit alten Dämonen zu kämpfen schien. Schließlich sagte er: »Es ist ein Kapitel meines Lebens, das ich vergessen möchte ...«

»Hat dein Vater dir das angetan?«

Barrett setzte zu einer Erwiderung an, doch ein Klopfen an der Tür veranlasste ihn, den Mund wieder zu schließen. Lyng betrat die Kammer, er trug eine Teekanne.

Meagan sah, dass Barrett wieder aus dem Fenster starrte, von neuem in sich zurückgezogen. Sie verwünschte Lyngs Auftauchen. Noch ein paar Sekunden, und sie hätte Barrett vielleicht die Wahrheit entlockt. Ihre Abneigung gegen den Herzog von Kensington verstärkte sich noch.

Lyngs Blick glitt zwischen Meagan und Barrett hin und her. Er hüstelte nervös. »Vielleicht hätte ich mir mit dem Tee mehr Zeit lassen sollen.«

»Nein, nein.« Meagan bemühte sich, die Situation zu entspannen. »Ihr könnt den Tee auf den Nachttisch stellen.«

»Kommt, Mylord. Ich werde die Wunde jetzt säubern und verbinden.« Lyng stellte die silberne Teekanne ab. »Würdet Ihr mir helfen, Lady Waterton?«

»Selbstverständlich.«

Barrett wandte sich um und blickte sie finster und nachdenklich an.

Meagan schenkte ihm ein strahlendes Lächeln. »Komm.« Sie streckte ihm die Hand entgegen.

Er schritt zu ihr wie ein sich sträubendes Kind. Sie setzte ein ermunterndes Lächeln auf. Als sich seine warmen Finger um ihre Hand schlossen, wusste sie, dass dieselbe Kraft, die das Universum und Galaxien und Sterne erschaffen hatte, sie aus irgendeinem Grund zusammengeführt hatte. Vielleicht hatte sie eine Chance, mit Barrett glücklich zu sein.

Vielleicht würde er sie eines Tages sogar lieben.

Ein wenig später überließ Meagan den grübelnden Barrett Lyngs fähigen Händen und ging zu ihrer eigenen Kammer, um sich ein Bad vorbereiten zu lassen. Sie blickte auf den eingerissenen Saum ihres Kleides und runzelte die Stirn.

Als sie die Tür zu ihrer Kammer öffnen wollte, hörte sie Schritte auf dem Gang und verharrte.

»Mylady.«

»Ja.« Beim Klang von Reeves' zittriger Stimme wandte sie sich um.

»Ich habe eine Botschaft vom Herzog.« Reeves' Abneigung gegen Barrett Vater klang in seiner Stimme mit. »Sie ist anscheinend wichtig. Ein Bote wartet auf eine Antwort.«

»Danke, Reeves.« Meagan nahm den Brief und fuhr mit einem Finger über das Siegel. Besorgnis, ja fast Angst stieg in ihr auf. Ihre Finger zitterten, als sie das Siegel brach und die schwungvoll geschriebenen Worte las:

Miss Fenwick,
wenn es Euch passt, wünsche ich ein privates Gespräch
mit Euch um elf Uhr heute Morgen in meinem Haus.
Sprecht darüber nicht mit meinem Sohn.
Es würde nur zu Ärger führen. Ich bin überzeugt,
dass Ihr dies nicht wollt.
Herzog von Kensington

Meagan blickte finster auf ihren Mädchennamen. Offensichtlich konnte es der Herzog nicht über sich bringen, sie als seine Schwiegertochter zu betrachten. Sie fürchtete sich davor, ihm gegenüberzutreten. Hatte er nicht Barrett als Kind schrecklich behandelt?

Empört und entschlossen betrat Meagan ihre Kammer und schritt zum Schreibtisch. Ohne sich die Mühe zu machen, ein anderes Blatt Papier zu nehmen, schrieb sie unter den Brief:

Eure Hoheit,
ich freue mich darauf, Euch zu treffen.
Lady Meagan Waterton

»Hier, Reeves.« Meagan legte den Brief zurück auf das Tablett.

In besorgtem Tonfall sagte Reeves: »Ich bitte Euch um Verzeihung, Mylady, aber ich frage Euch, was er will.« Reeves schielte auf den Brief.

»Eine Art Duell.«

»Ein Duell!« Reeves' buschige Augenbrauen zogen sich zusammen, als er zu ihr aufblickte.

»Ja, eins des Willens.« Meagan verschränkte die Arme vor den Brüsten und ignorierte Reeves' ernste, finstere Miene.

Ein heftiger Wind blies von Norden. Dicke Wolken zogen am Himmel vorüber wie dunkle Wattebäusche. Eine kalte Böe erfasste Meagan. Sie fröstelte und betrachtete die Aktivität auf der Bruton Street.

Passanten eilten über die Bürgersteige. Milchmädchen und Wasserträger, die Schultern gebeugt unter ihrer Last, wichen geschickt den Passanten aus. Ein zweirädriger Einspänner, dekoriert mit Tannengrün und Schleifen, passierte Meagan in schneller Fahrt, die Räder knirschten auf dem gefrorenen Schlamm.

Meagan fühlte sich beobachtet. Sie drehte sich auf dem Damensattel, um hinter sich zu blicken, und glaubte, den kleinen, bärtigen Mann, den sie beim Einkaufsbummel mit Holly gesehen hatte, hinter einem Gebäude verschwinden zu sehen, doch sie war sich nicht sicher.

Meagan wandte sich wieder um und blickte Stratton an. »Hat mein Mann zufällig nach mir gefragt, bevor er fortfuhr?«

»Nein, Mylady.«

»Wirklich nicht?« Meagan konnte den Ärger nicht aus ihrer Stimme heraushalten. Sie hatte gedacht, sie würde sich fortstehlen müssen, dann jedoch festgestellt, dass Barrett bereits weggefahren war.

»Nein, Mylady.«

»Hat er gesagt, wohin er will?« Meagan hielt die Zügel mit fester Hand. Trotz der Warnungen aller Pferdepfleger im Stall, hatte Meagan entschlossen und aus purem Eigensinn Teufelsjunge satteln lassen. Und wenn es sie fast umbrachte, sie würde das Tier bändigen. Eines Tages, so hoffte sie, würde sie Barrett ebenso zähmen.

»Er hat kein Wort gesagt, Mylady.« Stratton blickte besorgt zu Teufelsjunge hinüber. »Wie benimmt er sich?«

»Er hat böses Blut in sich, er ist sehr aufgebracht, und es sieht so aus, als müsste ich ihn hart behandeln, aber er wird sich schon beruhigen.«

»Wir hätten die Kutsche nehmen sollen.«

»Ich brauche die Bewegung.« Die Wahrheit war, dass Meagan dem Herzog von Kensington nicht in einem Rüschenkleid gegenübertreten konnte, wenn sie auch nur ein bisschen Gelassenheit zeigen wollte; sie hatte sich für ihre neue purpurfarbene Reitkleidung einschließlich Stiefel und Gerte entschieden.

»Verzeiht mir, Mylady. Wenn Ihr Bewegung wünscht, hättet Ihr die Stute reiten sollen, die ich Euch empfohlen habe. Wenn der Herr herausbekommt, dass Ihr Teufelsjunge reitet, wird er uns allen die Haut abziehen.«

»Ich werde ihm klar machen, dass dies von jetzt an mein Pferd sein wird.«

Sie hörte Stratton stöhnen. Dann widmete sie ihre Aufmerksamkeit der Westseite der Straße und den Häusern, von denen sie gesäumt wurde. Durch die Fenster erhaschte sie Blicke auf die luxuriöse Ausstattung einzelner Räume. Nummer 15, das größte Haus des Blocks, war vier Stockwerke hoch. Die massiven Fenster an der Front hatten Zierleisten mit Löwenköpfen.

Meagan blickte zu den beiden livrierten Portiers auf jeder Seite der Veranda, die so düster dreinblickten wie bei einem Begräbnis. Trotz der Kälte spürte sie ihre Handflächen in den Lederhandschuhen schweißnass werden; das Herz klopfte ihr bis zum Hals. Sie zügelte Teufelsjunge, wartete, bis Stratton das Pferd entgegennahm und saß ab.

Der Hengst tänzelte nervös hin und her und äugte zu Meagan hinüber. Sie tätschelte seinen Hals und sagte zu Stratton: »Es wird nicht lange dauern.«

Die Portiers betrachteten sie mit genügend Hochmut, um ihr das Gefühl zu geben, unwillkommen zu sein.

Dann verneigten sie sich und öffneten die Doppelflügel der Tür.

Sie trat ein und sah sich dem Butler gegenüber. Er war einen Kopf größer als Meagan.

»Kann ich Euch helfen?« Der Butler schürzte die Lippen.

»Ich bin Lady Waterton. Seine Hoheit erwartet mich.« Meagan überreichte ihm eine von Barretts Visitenkarten; sie hatte am Tag zuvor ihre eigenen bestellt, sie jedoch noch nicht erhalten.

Der Butler sah die Karte an und rümpfte die Nase. »So ist es. Folgt mir bitte.«

Meagan lauschte ihren Schritten, deren Echo in der Weite des Foyers widerhallte. Trotz der großen Fenster an der Front des Hauses herrschte im Innern eine düstere, bedrückende Atmosphäre – nicht einmal der morgendliche Sonnenschein konnte die Räume aufhellen. Die Wände waren dunkel vertäfelt, die marmornen Fliesen schwarz und dunkelgrün. Selbst die Gemälde waren trist und farblos und trugen wenig dazu bei, die allgemeine Trostlosigkeit zu mildern. Die Atmosphäre des Hauses passte zur Persönlichkeit des Besitzers. Meagan fand die Stille und Tristesse bedrückend.

Der Butler erreichte eine Tür, öffnete sie und kündigte an: »Lady Meagan, Eure Hoheit.«

»Schick sie rein«, antwortete eine mürrische Stimme.

Der Butler forderte Meagan mit einer Geste auf, einzutreten.

Sie hatte einen bitteren Geschmack im Mund und ein flaues Gefühl im Magen. Du schaffst das, sagte sie sich. Sie schluckte hart und trat an dem Butler vorbei in ein Arbeitszimmer. Lord Kensington saß hinter seinem Schreibtisch, sein weißes Haar schimmerte in dem Licht, das durch das große Fenster in den Raum fiel. Seine Anwesenheit dominierte das Arbeitszimmer. Er erhob sich nicht bei ihrem Eintreten, ebenso wenig verharrte seine Hand mit der Feder über einem Brief, den er gerade schrieb. Er sagte nur: »Setzt Euch.

»Meagan wollte zu dem Stuhl schreiten, der am weitesten vom Schreibtisch entfernt war. Dann erinnerte sie sich, dass Barrett ihr geraten hatte, keine Furcht zu zeigen. Sie sammelte all ihren Mut und nahm auf dem hochlehnigen Stuhl direkt vor seinem Schreibtisch Platz.

Einen Moment waren nur das Kratzen der Feder und das Ticken einer Wanduhr zu hören. Lord Kensington ignorierte sie weiterhin. In Erwartung dessen, was da kommen würde, schlug Meagan nervös mit ihrer Reitgerte gegen ihre Hand. Einmal ... zweimal ...

»Hört mit diesem verdammten Geräusch auf!« Er knallte die Schreibfeder auf den Schreibtisch.

Sie verlor die Geduld und stand auf. »Ich kann sehen, dass Ihr zu beschäftigt seid, um mit mir zu sprechen. Ich bedauere, Eure Zeit beansprucht zu haben.« Damit wandte sie sich zur Tür.

»Wartet!«

Sie blickte über die Schulter, und es war ihr bewusst, dass sie jetzt einen kleinen Vorteil hatte. Mit einer Kessheit, die sie selbst überraschte, fragte sie: »Warum sollte ich?«

»Ihr seid ein unverschämtes junges Ding.« Seine blassblauen Augen verengten sich hinter einer Nickelbrille.

»Wenigstens bin ich kein mürrischer Herzog, der es darauf abgesehen hat, jedem in seiner Umgebung den Tag zu verderben.«

»Setzt Euch.«

Meagan drehte den Türgriff, um das Arbeitszimmer zu verlassen.

»Bitte«, fügte er in widerwilligem Tonfall hinzu.

Sie hob die Brauen bei seiner Bitte. Aus seinem Tonfall schloss sie, dass es ihm gegen den Strich ging, das Wort »bitte« auch nur auszusprechen. Sie entschloss sich, ihm noch eine Chance zu geben und ging zurück zu ihrem Stuhl, wobei ihr bewusst war, dass er jede ihrer Bewegungen verfolgte.

»Ich sehe, dass Ihr nicht der Typ Frau seid, der die Zeit vertrödelt, und so werde ich gleich zur Sache kommen. Gewiss wisst Ihr, warum ich Euch sprechen will.« Er setzte sich zurück und faltete die Hände vor seinem Bauch.

»Ja, ich glaube, ich habe eine Ahnung.«

»Ihr müsst wissen, dass Ihr unpassend für meinen Sohn seid.«

»Das hat Euer Sohn zu entscheiden.«

»Er hat in seinem ganzen Leben noch keine vernünftige Entscheidung getroffen.«

»Vielleicht solltet Ihr diese Worte korrigieren, Eure Hoheit, indem Ihr präzisiert, dass es Entscheidungen waren, die Euch nicht gefallen haben.«

»Das ist eine Frechheit!«, grollte er, doch seine Augen spiegelten Respekt wider.

»Ich bin nur ehrlich.«

»So, nur.« Er trommelte mit den Fingern auf die Platte seines Schreibtisches. »Dann lasst mich zum zweiten Punkt kommen. Ich gebe Euch fünftausend Pfund, damit

Ihr ihn verlasst und ihm erlaubt, die Ehe zu annullieren.«

»Das ist nicht genug.« Meagan sah ihm in die Augen.

»Zehn.«

»Nein.«

»Fünfzehn.«

Meagan schüttelte den Kopf, die Feder auf ihrer Reitkappe wippte hin und her.

»Ihr seid hart im Verhandeln. Zwanzigtausend, und das ist mein letztes Angebot.«

Meagan blinzelte. Ihr gelang ein überzeugend beleidigter Blick. »Nein!«

»Verdammtes kleines Biest! Das ist ein Vermögen!« Er klang verärgert, doch seine Miene war die eines Mannes, der sich auf einer Auktion vergnügt.

»In der Tat, Sir, aber es ist nicht genug, um mich zu überreden, Euren Sohn zu verlassen.« Barrett hatte Recht: Der Herzog von Kensington genoss einen würdigen Gegner, der keine Furcht zeigte. Ermutigt durch dieses Wissen, fand sie es leichter, ihm in die Augen zu sehen.

»Wie viel wollt Ihr dann?«

»Solltet Ihr mir alles Gold Englands anbieten, würdet Ihr mich nicht umstimmen können.«

»Dann liebt Ihr ihn?« Er blickte sie zweifelnd an.

»Das geht Euch nichts an, ich würde es vor Euch nicht zugeben, wenn es der Fall wäre.«

»Ihr kleines undankbares Ding. Niemand hat es seit Vedettas Tod gewagt, so mit mir zu sprechen.« Er starrte nachdenklich auf seine Hände, verloren in seinen Gedanken.

Meagan sah ihm an, dass Gefühle ihn aufkamen, Verletzungen, aller Kummer seines Lebens kam in diesem Augenblick an die Oberfläche. Das veranlasste sie zu der Frage: »Wer war Vedetta?«

Lord Kensington blickte auf, und sein Gesicht zeigte wieder den giftigen, streitsüchtigen Ausdruck. »Sie war meine zweite Frau. Ich hätte gedacht, mein Sohn hat Euch alles über sie erzählt, da er sie so sehr hasste.«

»Er spricht über niemanden aus seiner Familie.«

Der Lord stieß einen grollenden Laut aus. »Am liebsten würde er vergessen, dass seine Halbgeschwister und ich existieren.«

»Wo leben sie?«

»In Nizza.«

»Dann habt Ihr dort gewohnt?«

»Vedetta war Französin. Sie wollte dort wohnen und unsere Kinder aufziehen.«

»Und was war mit Barrett?« Meagans Hand spannte sich um ihre Reitgerte.

»Leider hat sich Barrett kategorisch geweigert, sein Zuhause in England zu verlassen und in Frankreich zu wohnen. Er war erst acht Jahre alt zu jener Zeit, doch bereits sehr eigensinnig und streitlustig. Ich wusste, dass seine Abneigung gegen Vedetta die Dinge nur verschlimmern würde, wenn ich ihn gezwungen hätte, nach Frankreich zu ziehen, und so steckte ich ihn hier in Internate.« Der Herzog räusperte sich und dachte einen Moment nach; dann wurde seine Stimme ungewöhnlich rau. »Es war das Beste.«

»Ich verstehe.« Vor ihrem geistigen Auge sah sie Barrett als kleinen Jungen, der in Internaten allein gelassen wurde. Mit sanfter Stimme sagte sie: »Manchmal, wenn man denkt, etwas Gutes zu tun, ist es nicht zwangsläufig die richtige Entscheidung.«

Seine Miene verhärtete sich. »Wie könnt Ihr es wagen, hier zu sitzen und über meine Handlungen zu richten?«

»Ich habe nicht über Euch gerichtet, Eure Hoheit, sondern nur eine Bemerkung gemacht.« Es war nicht leicht, unter seinem kritischen Blick ruhig zu bleiben. »Ich glaube, Barrett verhielt sich nur so, um Eure Aufmerksamkeit zu gewinnen. Wisst Ihr, in vielerlei Hinsicht war ich als Kind wie er, doch anstatt Probleme zu machen, versuchte ich verzweifelt, meinen Eltern zu gefallen, um ihre Liebe zu gewinnen.«

»Wie?«, fragte er ungehalten, aber seine barsche Antwort enthielt eine Spur Neugier.

Meagan wollte nicht ihre schmerzliche Vergangenheit vor ihm offenlegen, das hätte ihm möglicherweise Macht über sie gegeben. Aber er musste etwas darüber erfahren, um Barrett besser verstehen zu können, und so sagte sie: »Oh, ich habe es mit Aquarellmalen, Stickerei, Bogenschießen und Reiten versucht, aber es war alles vergebens.« Ihr Lächeln erreichte nicht ihre Augen. »Etwas Dümmeres hätte ich nicht tun können. Ich meisterte diese Dinge kaum, schaffte es nur, gut genug zu reiten, damit mein Vater mich nicht böse ansah. Schließlich erkannte ich, dass ich mit keinem noch so großen Talent die Anerkennung meiner Eltern erlangen konnte. So ging ich meinen Vorlieben nach, meiner Leidenschaft für Bücher und die Astrologie. Dabei fand ich Trost.« Sie schwieg tief in Gedanken versunken.

»Und was wollt Ihr mit dieser langen Geschichte sagen?«

»Versteht Ihr denn nicht? Barrett muss Trost darin

gefunden haben, Euch und seine Stiefmutter zu ärgern.«

»Dessen bin ich mir sicher.« Die buschigen Augenbrauen des Herzogs zogen sich zusammen.

»Vielleicht hättet Ihr mehr Geduld mit ihm haben sollen.«

»Ich habe mich bemüht.«

»Vielleicht nicht genügend. Ich habe stets geglaubt, dass man die Liebe, die man in dieser Welt schenkt, irgendwann zurückbekommt.«

»Ha. Er ist es, der mich abweist. Ich habe versucht, ihm alles zu geben ...«

»Außer Eurer Geduld und Liebe.«

Sein Gesicht lief rot an. »Für wen haltet Ihr Euch, mir Ratschläge zu geben, wie ich meinen Sohn hätte aufziehen sollen? Ihr wisst nichts von den Vorgängen.«

Meagan drehte die Reitgerte in ihren Händen. »Ich habe die Narben auf seinem Rücken gesehen. Ihr habt ihn geschlagen.«

»Das ist eine Lüge!« Lord Kensington schlug mit der Faust auf den Schreibtisch.

Meagan zuckte zusammen und starrte auf seine große Faust, die auf einem Stapel Papier zur Ruhe gekommen war. »So?«

»Ich habe ihn nie angerührt! Wenn er das bei Euch behauptet hat ...«

»Das hat er nicht. Ich habe es nur vermutet.«

»Ich würde niemals meinem eigenen Sohn etwas antun«, grollte er, und seine Wangen bebten vor Empörung.

»Wer hat es dann getan?«

»Das weiß ich nicht.«

»Euer Sohn wurde geschlagen, und Ihr wisst nicht, wer es getan hat?« Meagan blickte ihn skeptisch an.

»Ich wusste nicht einmal, dass er Narben auf dem Rücken hat.« Meagan glaubte eine Spur von Bedauern auf seinem Gesicht zu erhaschen, als er auf seine Hände blickte, die zu Fäusten geballt waren.

Die Wanduhr schlug einmal die halbe Stunde.

Meagan erhob sich. »Ich möchte Euch für dieses Treffen danken.«

»Ihr?« Er sah Meagan auf die Art an, wie ihr Vater ihre Mutter angeschaut hatte, wenn er ihr Verhalten nicht hatte ergründen können.

»Es hilft mir, Barrett jetzt viel besser zu verstehen.«

»Ihr meint, Ihr kennt ihn, wie?« Lord Kensington stand auf und streckte sich zu seiner vollen Größe. »Nun, *ich* kenne meinen Sohn. Sein Charakter ist komplizierter als Ihr es Euch vorstellen könnt. Wenn Ihr meint, er würde jemals Eure Liebe erwidern, irrt Ihr Euch gewaltig. Es ist Barrett nicht gegeben, irgendjemanden zu lieben.«

»Vielleicht noch nicht, aber ich habe nicht vor, so leicht aufzugeben wie Ihr.« Meagan blickte ihn finster an. »Wenn Ihr mich jetzt entschuldigen wollt ...«

»Ihr könnt mich noch nicht verlassen. Wir haben unser Geschäft noch nicht abgeschlossen.«

»Für mich ist es beendet.« Meagan machte einen perfekten Knicks und ging dann zur Tür.

»Ich habe Euch noch nicht entlassen! Wagt es nicht, einfach davonzugehen!«

Sein Gebrüll hallte in ihren Ohren, als sie durch den Flur und zur Tür hinausging. Der Butler sah sie mit einer

Mischung aus Ehrfurcht und Ungläubigkeit an, als sie mit hoch erhobenem Kopf an ihm vorbeischritt.

Sie trat auf den Bürgersteig hinaus und fühlte die Kälte der Luft und gleichzeitig die Wärme der Sonne in ihrem Gesicht. Sie war von dem überwältigenden Verlangen erfüllt, in Barretts Armen zu sein. Wenn er vor ihr gestanden hätte, wäre sie in seine Arme gerannt und hätte ihn fest an sich gedrückt – den kleinen Jungen, der sich entschieden hatte, in Internaten verlassen zu sein, den verletzten Mann, der sich hinter einem Schild von gefühlloser Gleichgültigkeit verbarg. Sie beschleunigte ihre Schritte. Sie sehnte sich verzweifelt danach, bei Barrett zu sein.

Zu diesem Zeitpunkt saß Barrett in seiner Kutsche und schaute auf die goldene Uhrkette, die Meagan ihm geschenkt hatte. Es fiel ihm immer schwerer, in ihre seelenvollen, veilchenblauen Augen zu sehen und ihr die Wahrheit zu verschweigen.

Er hätte ihr gestern Abend keine Lust bereiten sollen, doch er hatte den Schmerz, den er verursacht hatte, auf ihrem Gesicht gesehen und nicht ertragen können. Ebenso wenig würde er jemals den unglücklichen Ausdruck in ihren Augen vergessen, als er sie danach an ihrer Kammertür verlassen hatte.

Er war in sein Zimmer gegangen und hatte unablässig daran denken müssen, wie er in ihre heiße, feuchte Jungfräulichkeit eingedrungen war, wozu er kein Recht hatte. Das hatte er sich immer wieder gesagt, doch es hatte sein Verlangen nicht abgekühlt. Immer wieder hatte er sich mit kaltem Wasser begießen müssen. Fünfmal. Als das nicht geholfen hatte, hatte er versucht, seinen Kummer in einer halben Flasche Brandy zu ertränken. Er hatte auf die Verbindungstür gestarrt, von der sie getrennt gewesen waren, und im Morgengrauen war er schließlich vom Schlaf übermannt worden. Kaltes Wasser und Brandy würden nicht noch einmal helfen.

Er runzelte die Stirn, als die Kutsche hielt. Quälgeist auf dem Sitz neben ihm wurde munter und steckte bellend den Kopf aus dem Fenster. Bevor Hastings die Tür öffnen konnte, sprang der Hund aus dem Kutschenfenster.

»Dummkopf«, sagte Barrett, als Hastings die Tür öffnete.

Hastings Gesicht verzog sich beleidigt.

»Nicht du«, fügte Barrett hinzu, »der Hund.«

»Oh! Gewiss, Mylord.« Hastings lächelte. »Ich hole ihn.«

Barrett trat auf die Curzon Street hinaus und beobachte, wie Hastings hinter Quälgeist her stürzte. Hastings wich einer Gouvernante aus, die sechs Kinder führte, doch Quälgeist schenkte ihm keine Beachtung.

Barrett schüttelte ungläubig den Kopf und schlenderte zum Haus Nummer 17. Ein großer, stämmiger Mann öffnete die Tür. »Sir, was ist Euer Anliegen?«

Barrett gab dem Mann seine Visitenkarte. »Seid so freundlich, Collins zu informieren, dass Lord Waterton ihn zu sprechen wünscht.«

»Einen Moment bitte.« Der Mann knallte Barrett die Tür vor der Nase zu.

Gemächlich schritt Barrett zur Rückseite des Hauses, schwang seinen Spazierstock und pfiff leise vor sich hin. Nachdem Collins Meagan angegriffen hatte, ließ Barrett ihn von einem Mann auf Schritt und Tritt beobachten, und es war ihm gemeldet worden, dass Collins vor einer Stunde nach Hause gekommen war.

Barrett bemerkte Slip, einen jungen Mann mit einem Tic, um eine Mülltonne spähen. Slip trat aus seinem Versteck hervor. Er trug zerlumpte Kleidung und eine fleckige Mütze. Barrett hatte mit ihm in Frankreich zusammengearbeitet.

»Ihr solltet nicht hier sein«, raunte Slip. »Sir James hat strikte Anweisung gegeben, Euch nicht in die Nähe von Collins zu lassen.«

»Ich will nur mit ihm sprechen.«

»Ich habe meine Befehle.« Der junge Mann schob die Hände in seine Taschen und sah Barrett finster an.

»Du willst mir doch nicht in die Quere kommen.« Barrett blickte Slip aus zusammengekniffenen Augen an.

»Sir James wird es nicht gefallen – wirklich nicht.«

»Dann sag ihm nichts davon.« Barrett zog einen Sovereign aus der Tasche und warf ihn Slip zu. »Kauf dir was zu trinken.«

Slip schaute auf die Münze, die auf seiner Handfläche glänzte. Er zögerte einen Moment, wog das Geld auf der Hand. Dann schloss sich seine Faust darum. »Also gut, aber bringt ihn nicht um. Sir James braucht ihn lebend. Ihr habt fünf Minuten.«

»Ich werde nur eine brauchen.«

Barrett schaute Slip nach, als er davonschlenderte. Mit der Erfahrung, die er in seinem Beruf erworben hatte, duckte er sich hinter einen Kohlenkasten und verschwand.

Barett trat hinter eine Backsteinmauer, die an einen kleinen Garten hinter Collins' Haus grenzte. Er lehnte sich mit der Schulter dagegen und wartete nahe der Pforte.

Nach einer Weile hörte er, wie die Haustür knarrend aufschwang. Schritte näherten sich. Die Pforte wurde geöffnet, und Collins tauchte auf.

Barrett stieß ihm seinen Spazierstock entgegen. »Wollt Ihr irgendwohin?«

Als Collins Barrett sah, geriet er in Panik und riss eine Waffe unter seinem Mantel hervor.

Kapitel 16

Bevor Collins schießen konnte, schlug Barrett seinem Gegner mit dem Stock die Pistole aus der Hand. Sie prallte gegen die Wand, fiel herunter und schlidderte über das Kopfsteinpflaster in die Gasse.

Collins sprang auf die Pistole zu. Aber ehe er sie erreichen konnte, packte Barrett ihn am Kragen, stieß ihn gegen die Mauer und drückte ihm den Stock gegen die Kehle. Er nagelte ihn förmlich an die Backsteine. Barrett sah, wie Collins' Augen vor Furcht hervorquollen. »Und jetzt werden wir einen kleinen Plausch halten.«

»Das werdet Ihr bereuen!«, stieß Collins hervor und knirschte mit den Zähnen.

Barrett verstärkte den Druck seines Stocks und hörte Collins würgen. »Ich wusste, dass es ein Fehler war, Euch am Leben zu lassen. Ihr seid nichts als ein Stachel in meinem Fleisch gewesen. Aber jetzt habt Ihr die Grenze überschritten.«

»Ich bekomme keine Luft mehr«, krächzte Collins mit hochrotem Gesicht.

Barrett zwang sich, den Spazierstock zurückzuziehen und zurückzutreten. »Ersticken ist ein zu gnädiger Tod für Euch.«

Er bemerkte, dass Collins zu seiner Pistole schielte. Im Bruchteil einer Sekunde hatte Barrett sie mithilfe seines Spazierstocks geangelt. Sie flog hoch in die Luft, er fing sie auf und steckte sie in seinen Hosenbund.

Collins rieb sich den Hals. Barretts Angriff hatte nicht die Arroganz aus seinem Gesicht vertreiben können. »Ihr seid wirklich reif für ein Sanatorium, wenn Ihr so hektisch reagiert, Waterton«, krächzte er mit heiserer Stimme.

»Wenn Ihr jemals wieder in die Nähe meiner Frau kommt oder sie auch nur anseht, dann zeige ich Euch, wie reif ich für das Sanatorium bin.« Barrett verzog die Lippen zu einem trügerischen Lächeln.

Das Tappen von Schritten veranlasste ihn, den Kopf zu drehen. Quälgeist trottete durch die Gasse auf Collins zu.

Collins lächelte verzerrt, als hätte er soeben pures Tafelsalz gekostet. »Na, na, Waterton, es ist nicht nötig, so überreizt zu reagieren. Ihr wisst, dass ich Eurer hübschen Frau nie etwas tun würde.«

»Da bin ich mir nicht so sicher.« Barrett blickte zu Quälgeist herunter, der an Collins' Stiefeln schnüffelte. Dann hob der Hund das Bein.

Collins machte einen Satz in die Luft, als ein Urinstrahl seinen Stiefel traf. »Du räudiger Köter!«, schrie er. Sein Gesicht verzerrte sich vor Zorn, als er nach Quälgeist trat.

Das Tier sprang zurück, bevor Collins' Fuß es treffen konnte. Collins wollte von neuem auf den kleinen Hund losgehen, doch Barrett trat dazwischen. Er stieß seinen Stock gegen Collins' Brust. »Das ist *mein* Hund, nach dem Ihr tretet.«

»Ihr schuldet mir ein Paar Stiefel.«

»Glaubt mir, Ihr möchtet nicht die Entschädigung haben, die ich Euch gäbe.« Barrett lächelte, als er sah, wie Collins' Halsadern vor Zorn anschwollen.

Einen Moment starrten sie einander hasserfüllt in die

Augen, dann wich Collins zurück. »Also gut, nehmt diesen verdammten Bastard und verschwindet«, zischte Collins.

»Er kann nichts für seine Weihnachtsstimmung.« Barrett nahm Quälgeist auf die Arme, streichelte ihn und ging davon.

Die Wunde in seinem Arm schmerzte, und er dachte an Meagans sanfte Hände, als sie seinen Arm verbunden hatte. Ein überwältigendes Verlangen, ihre Hände wieder zu spüren, erfasste ihn. Im Augenblick konnte er nicht sagen, was ihm mehr zu schaffen machte: sein Arm oder seine Lenden.

Begierig darauf, Barrett zu sehen, eilte Meagan ins Haus. Coates und Reeves standen in Pellam House an der gewundenen Treppe und polierten die Messingpfosten des Treppengeländers. Der Lappen in Reeves' Hand zitterte. Meagan lief durch die Halle zu ihnen.

Ihre Schritte erschreckten Coates. Er ließ die Dose mit der Politur fallen. Sie prallte gegen eine Treppenstufe und hüpfte hoch. Meagan versuchte, die Dose aufzufangen, verfehlte sie aber. Sie traf einen Beistelltisch aus Mahagoni, auf dem kristallene Figurinen standen.

Die erste Glasfigur stürzte um, dann fielen die anderen fünf wie Dominosteine. Meagan sprang hin und schnappte das letzte Figürchen, bevor es zu Boden fallen konnte.

Eine sonderbare Stille erfüllte die Halle – die Art Stille, die auf Geschützfeuer folgt. Meagan stand dort, hielt die Glasfigur und starrte auf die Kristallscherben, die auf dem Boden verstreut lagen.

Reeves blinzelte. Er brach als Erster die Stille. Mit

einem Blick auf das Bild der Zerstörung sagte er: »Eine wundervolle Rettungstat, wenn ich das sagen darf, Mylady.«

»Danke, Reeves.« Meagan bemerkte, dass Coates den Tränen nahe war: »Ihr braucht Euch keine Sorgen zu machen«, tröstete sie ihn, »es tut mir Leid, dass ich Euch erschreckt habe.«

»Oh, ich bin eine verdammte Katastrophe. Ich kann nichts richtig machen.« Er bückte sich und begann, die Glasstücke vom Boden aufzuklauben. »Ich weiß nicht, warum meine Lordschaft mich behält.«

Reeves klopfte ihm aufmunternd auf den Rücken. In väterlichem Tonfall sagte er: »Nun, mach dir keine Sorgen, mein Freund. Wenn du dich erst eingearbeitet hast, wirst du entspannter sein. Jedem zerbricht mal etwas. Stimmt's, Mylady?« Reeves zwinkerte Meagan verstohlen zu.

»Natürlich. Und wir brauchen Euch, Coates. Ich wollte mit Euch über die Weihnachtsdekoration sprechen. Ich sehe, sie ist noch nicht angebracht. Es wäre schön, wenn Ihr diese Aufgabe übernähmt.«

»Ich, Mylady?«, fragte Coates ungläubig.

»Ja! Wenn Ihr Hilfe braucht, fragt Reeves. Er kennt sich gut damit aus.«

Reeves' runzliges Gesicht strahlte. »Wir erledigen das, Mylady.«

»Und ich möchte einen Weihnachtsbaum«, rief Meagan freudig erregt.

Reeves und Coates tauschten einen verständnislosen Blick. Dann frage Coates: »Was ist das, Mylady?«

»Eine deutsche Sitte, glaube ich. Ihr fällt einen Tannenbaum und bringt ihn ins Haus, um ihn mit Kerzen und anderen hübschen Dingen zu schmücken. Lady Uptons Tochter hat mir davon erzählt.« Meagan spähte in die Halle. »Wir brauchen einen ziemlich großen Baum, nehme ich an.«

»Ich hoffe, Ihr habt nicht vor, die Kerzen anzünden, Mylady.« Reeves' buschige Augenbrauen zogen sich zusammen. »Da könnte das Haus abbrennen.«

»Wir werden einfach besonders vorsichtig sein.«

Coates nickte und lächelte; sein Selbstbewusstsein schien zu steigen. »Ja, Mylady.«

»Ist mein Mann da?«, fragte Meagan.

»Nein, Mylady.«

Als Meagan enttäuscht das Gesicht verzog, verschwand etwas von Coates' neu gewonnener Selbstsicherheit. Er bemühte sich, ihr wieder zu gefallen. »Aber Gäste sind da. Lord Fenwick hat Gesellschaft, die ihn erwartet.«

»So früh?« Meagan wusste, dass Harold nicht vor Mittag aufstand.

»Ja«, sagte Reeves. »Mr Fields und Mr Coburn.« Seine Abneigung gegenüber diesen Gentlemen war seiner Miene anzusehen. »Sie befinden sich im östlichen Wohnzimmer.«

»Danke, Reeves.« Bei allem, was Meagan widerfahren war, hatte sie Harolds schreckliche Freunde und seine Probleme völlig vergessen.

Meagan eilte durch die labyrinthartig angelegten Gänge. Das Haus war so groß, dass sie noch nicht mit all den Räumen vertraut war. Sie lauschte dem Echo ihrer Schritte, die von den getäfelten Wänden widerhallten, und passierte den Ballsaal, ein Arbeitszimmer, ein Spielzimmer.

Dann nahm sie gedämpfte Stimmen wahr und folgte

dem Klang zum Wohnzimmer. Vor der Tür straffte Meagan die Schultern, sammelte ihren ganzen Mut und schritt über die Schwelle.

Mr Fields und Mr Coburn saßen beim Kamin auf der anderen Seite des Raumes. Als sie eintrat, verstummte ihre leise Unterhaltung.

Trotz des Sonnenscheins, der durch die großen Fenster fiel, und des Feuers im Kamin war es Meagan plötzlich kalt. Sie rieb sich fröstelnd die Arme und durchquerte das Wohnzimmer. Mr Fields und Mr Coburn standen auf und verbeugten sich.

»Lady Waterton.« Mr Coburns schmales Gesicht verzog sich zu einem Lächeln.

»Guten Morgen«, erwiderte Meagan mit kühler Stimme.

»Ich finde, Glückwünsche sind angebracht.« Mr Coburn bemühte sich um einen freundlichen Tonfall, doch seine Stimme klang schroff.

»Danke.«

»Eine ziemlich übereilte Sache, diese Heirat, nicht wahr?« Mr Fields tauschte einen wissenden Blick mit seinem Begleiter.

»Mein Mann wünschte keine lange Verlobung.« Ihrer Anspielungen überdrüssig, doch entschlossen, höflich zu sein, dachte sie sich schnell eine Lüge aus. »Es tut mir Leid, Harold ist nicht da.«

Die Männer tauschten überrascht Blicke. Mr Fields sprach als Erster. »Wir hatten den Eindruck, dass er hier ist.«

»Ja, Euer Butler sagte so etwas.«

Meagan beobachtete, wie der Schein des Kaminfeuers über Mr Fields pomadisiertes, zurückgekämmtes Haar glitt. »Ich bedauere, Gentlemen.« Sie zuckte mit den Schultern. »Da wurdet Ihr falsch informiert.«

»Hat er gesagt, wann er zurückkehrt?« Mr. Coburn starrte auf Meagans Busen.

Sie spürte, wie sie eine Gänsehaut bekam, und antwortete: »Das hat er nicht.«

Plötzlich ertönten Schritte auf dem Flur. Harold schritt an der Tür des Wohnzimmers vorbei, ohne hineinzublicken.

»Das war er doch, oder?«, platzte Mr Coburn heraus.

Harolds Schritte verstummten. Dann kam er zurück und betrat das Wohnzimmer. »Coburn, Fields! Schön, euch zu sehen. Es tut mir so Leid. Ich habe mich in diesem Haus verirrt.« Er sah Meagan und gab ihr einen Kuss auf die Wange. »Ah, Meggie, auch dir guten Morgen.«

»Guten Morgen«, murmelte Meagan.

Mr Fields teilte mit einem Blick zu Meagan Harold stumm mit, dass er nicht vor ihr sprechen konnte. »Deine Schwester sagte, du wärst nicht da und sie wüsste nicht, ob und wann du zurückkehrst.« Er sah Meagan aus zusammengekniffenen Augen an.

»Meagan, du weißt doch, dass ich lange schlafe.« Harold blickte sie missbilligend an und wartete auf eine Erklärung.

Sie gab keine. Mit erzwungener Höflichkeit fragte sie: »Darf ich mit dir kurz unter vier Augen sprechen?«

Harold und Meagan sahen sich einen Moment in die Augen. Als sie nicht fortschaute, sagte er: »Nun gut. Fühlt euch wie zu Hause, Gentlemen. Bedient euch mit Getränken.« Er wies zu einer Bar in der Ecke. »Ich komme gleich zurück.«

Meagan ergriff Harolds Hand und zog ihn aus dem Wohnzimmer bis in den Ballsaal. »Ich dachte, ich habe dir gesagt, du sollst deine Freundschaft mit diesen Männern beenden. Allein ihre Nähe verursacht mir eine Gänsehaut. Ich meine es ernst, Harold. Hör sofort auf, mit ihnen zu verkehren.«

»Ich kann meine Angelegenheiten selbst regeln.« Harold sah sie finster an. »Übrigens, warum, zum Teufel, hast du Waterton um Geld gebeten, um meine verdammten Spielschulden zu bezahlen?« Harold fuhr sich mit den Händen durch sein weizenblondes Haar.

»Das habe ich getan, damit du diesen schrecklichen Männern nichts mehr schuldig bist.«

»Jetzt hält mich Waterton für einen Versager und eine Belastung. Ich will nicht wie ein Dummkopf bei ihm dastehen.« Zerknirscht blickte Harold zu Boden.

»Er hält dich bestimmt nicht für einen Dummkopf.«

»Jeder Mann, der seine Geldangelegenheiten nicht allein regeln kann, ist ein Versager und ein Dummkopf.«

Meagan drückte seine Schulter. »Es war das Spielen.«

Er schwieg einen Moment nachdenklich und sagte dann: »Nun, ich habe Fehler genug. Aber was ist mit dir, Meggie?«

»Mit mir?«

»Ja. Ich weiß, wie sehr du es mir verübelt hast, dass du Waterton heiraten musstest, nachdem du ausgerissen bist, und ich weiß, dass er nicht sein Bett mit dir geteilt hat ...«

»Weiß jeder im Land eigentlich davon? Zuerst Tessa, und nun du! Und ich habe gehört, wie du mit Barrett darüber in seinem Arbeitszimmer gesprochen hast. Das hättest du nicht tun sollen.«

»Ich hatte mich nur gefragt, ob du der Grund warst. Was ist zwischen euch beiden los?« Harold musterte sie.

»Ich weiß es nicht. Barrett sagte, er will warten, bis wir uns besser kennen, bevor wir ...«, sie zögerte, »... du weißt schon.«

Harold nickte, und eine blonde Locke fiel in seine Stirn. »Ja, ich weiß.«

Meagan erkannte, dass sie von der unmittelbaren Gefahr durch Mr Fields und Mr Coburn abgeschweift waren. Harold hatte großes Talent, ein Gespräch in die ihm angenehme Richtung zu lenken, und so sagte sie: »Was deine Besucher anbetrifft ...«

»Mach dir keine Sorgen. Ich habe alles unter Kontrolle.« Er zwinkerte ihr zu. »Ich werde schon mit ihnen zurechtkommen.«

»Löse nur die Bekanntschaft auf.«

Als hätte er ihre Worte nicht gehört, ging er davon, und seine Schritte hallten auf den Marmorfliesen wider.

Nicht ganz davon überzeugt, dass Harold wirklich alles unter Kontrolle hatte, wartete sie einen Moment, bis sie das Gefühl hatte, dass sie unbemerkt zum Wohnzimmer gelangen konnte. Dann schlich sie über den Flur dorthin.

Kurz vor der Wohnzimmertür verharrte sie und lauschte.

»Was bringt euch so früh her?«, fragte Harold. Ein Stuhl knarrte, als er sich setzte.

»Wir haben die Nachricht von deinem Glück gelesen«, sagte Mr Fields.

»Von deinem großen Glück«, fügte Mr. Coburn hinzu.

»Ja, ich nehme an, es ist ein großes Glück.« Harold sprach mit ruhiger Stimme.

»Da deine Schwester jetzt so gut betucht ist, nehme ich

an, du wirst unseren Kredit nicht länger brauchen.« Mr. Fields' Stimme klang so pomadig wie sein Haar war.

»In der Tat habe ich einen Scheck für euch.«

Meagan stellte sich vor, wie er den Scheck überreichte.

»Zwanzigtausend!«, stieß Mr. Fields überrascht hervor.

»Ja. Das ist alles, was ich euch schulde. Und ich muss euch sagen: Ich werde nicht mehr an den Treffen teilnehmen können. Ich kehre nach Oxford zurück.«

»Nach Oxford?« Mr Coburns Stimme klang erstaunt.

»Ja, ich habe ich entschieden, das Jurastudium fortzusetzen.«

Mr Coburn brach in böses Gelächter aus. »Wie wir dir gesagt haben, Fenwick, du bist dein Leben lang im Club.«

»Aber ich ...«

»Oxford kannst du vergessen«, fuhr Mr Coburn fort. »Du kennst das Verfahren. Wir brauchen dich bei dieser Operation – der Anführer braucht dich. Wir geben dir am Freitag im Hyde Park Anweisungen.«

Plötzlich nahm Meagan jemanden hinter sich wahr. Bevor sie herumfahren konnte, legte sich eine große Hand auf ihren Mund.

Kapitel 17

Barrett neigte sich dicht an ihr Ohr und flüsterte: »Ist das ein Zeitvertreib von dir?« Er grinste sarkastisch.

Meagan blickte ihn mit gerunzelter Stirn an. Sie spürte seine warme Handfläche auf ihrem Mund. Sein dichtes, flachsfarbenes Haar, gescheitelt in der Mitte, fiel lockig an seinen Schläfen herab. Sie nahm seinen Bartschatten wahr. Ihr Herz schien einen Schlag auszusetzen, ihr Gesicht rötete sich. Barrett nahm die Hand von ihrem Mund, und Meagan stand wie gebannt da.

»Ich ... ich habe mir einen Stiefelabsatz abgebrochen«, schaffte sie zu flüstern und glättete imaginäre Falten an ihrem Reitkleid. »Schleichst du dich immer auf diese Weise an Leute heran?«

»Ja.« Er ließ seinen Blick langsam über ihren Körper gleiten.

»Nun, ich wünschte, das würdest du nicht tun.« Sie glaubte immer noch seine Handfläche auf ihrem Mund zu spüren. Harold und seine Gäste fuhren mit ihrer Unterhaltung fort. Dies war vielleicht ein guter Zeitpunkt, um Barrett von Harolds Verwicklung mit den Advokaten des Teufels zu erzählen, doch Meagan wusste nicht, wie er darauf reagieren würde. Es war schon schlimm genug, dass sie ihn gebeten hatte, die Spielschulden ihres Bruders zu begleichen.

»Wo bist du gewesen?«, fragte sie.

»Ich hatte Geschäftliches zu erledigen. Und du, Prinzessin – wo bist du gewesen?«

»Woher weißt du, dass ich fort war?«

»Ich sah Hastings Teufelsjunge absatteln.« Eine Spur von Ärger flammte in seinen Augen auf. »Ich dachte, ich hätte dir gesagt, du sollst dich von dem Pferd fern halten.«

»Er verhielt sich heute Morgen wie eine brave alte Stute.« Meagan verbarg die Lüge hinter süß geäußerten Worten. »Ich möchte, dass er mein Pferd wird.«

»Kommt nicht in Frage. Er wird dich noch umbringen.«

»Aber ich bin eine erfahrene Reiterin. Und ich weiß einen Abwurf zu überstehen«, fügte sie mit einem Grinsen hinzu.

»Er ist kein Pferd für eine Lady. Warum möchtest du ein solches Tier?«

»Ich habe großes Vergnügen daran, Bestien zu zähmen.« Meagan betrachtete ihn mit unverhohlener Anzüglichkeit.

»Und du meinst, du schaffst es, sie zu zähmen?« Er schenkte ihr ein charmantes Lächeln. Das kalte Blau seiner Augen schien wärmer zu werden.

Barretts Lächeln drang in ihren Körper ein. Ihr Puls beschleunigte sich, ein prickelndes Gefühl breitete sich in ihr aus. »Ja, dessen bin ich mir sicher«, flüsterte sie.

»Man kann sich nie einer Sache ganz sicher sein.« Sein Lächeln vertiefte sich noch. Er griff nach einer Locke, die unter ihrer Reitkappe hervorlugte. Sein Handrücken strich leicht über ihre Wange, als er die Locke durch seine Finger gleiten ließ.

Er stand so dicht bei ihr, dass sie die Stärke seines Hemdes riechen konnte. Sie atmete schneller.

»Wohin bist du geritten?«, fragte er und nahm dabei den

Blick nicht von ihren Lippen. Er strich mit seinem Handrücken an ihrem Kinn entlang bis zum Hals. Seine Hand verharrte an ihrer Halsbeuge.

»Ich … äh …« Meagan erschauerte wohlig. Sie wollte ihm nicht erzählen, dass sie seinen Vater besucht hatte, weil sie befürchtete, einen wunden Punkt zu berühren, und so sagte sie: »Ich habe Lady Holly besucht.«

»Hast du deine Freundin bei guter Gesundheit angetroffen?«, fragte er mit einer Spur von Belustigung in der Stimme. Er forschte in ihren Augen, als wüsste er, dass sie gelogen hatte, und als wollte er ihr die Wahrheit entlocken.

»Es geht ihr gut, sie ist immer noch schwanger.« Meagan verschränkte nervös die Hände. Sie musste Holly von der Lüge erzählen. Jäh wechselte sie das Thema. »Und du – wo bist du gewesen?«

»Ich habe einen kleinen Einkaufsbummel gemacht.«

»Das hättest du mit deinem verletzten Arm nicht tun sollen.«

»Hast du dir Sorgen gemacht?«

»Ja. Ich dachte, dass du dich vielleicht mit Lord Collins anlegen willst.« Meagan glaubte, ein seltsames Aufflackern in Barretts Augen zu sehen, doch sie war sich dessen nicht sicher. »Bitte halte dich von ihm fern. Ich bin sicher, dass ein Mann wie er zu allem fähig ist.«

»Du brauchst dir wegen Collins keine Sorgen zu machen. Er ist wirklich das Letzte, was ich im Sinn habe.« Sein Blick streifte über ihren Körper, und die Farbe seiner Augen verdunkelte sich wie die einer stürmischen See.

Seine Blicke waren für sie wie zärtliche Berührungen, und sie erinnerte sich daran, wie er sie gestreichelt hatte.

Hitze stieg in ihr auf. Ihr Herz begann noch heftiger zu pochen.

Hinter ihnen ertönte ein Räuspern.

»Ich dachte, euch beide hier auf dem Flur gehört zu haben.« Harold grinste sie an.

Barretts Miene nahm wieder einen harten Ausdruck an und wurde dann gleichgültig. Er hielt Meagan den Arm hin. »Komm, Prinzessin. Wir sollten unsere Gäste empfangen.«

Meagan ärgerte sich über Harolds Störung. Sie hakte sich bei Barrett ein, und sie folgten Harold ins Wohnzimmer. Sie glaubte die Kraft von Barretts Arm durch den Ärmel seines Samtjacketts zu spüren. Vor ihrem geistigen Auge sah sie seine nackte Brust und das Spiel seiner Muskeln. Das Bild trug nicht dazu bei, ihren Puls zu beruhigen.

Mr Fields und Mr Coburn standen auf und verneigten sich vor Barrett.

Harold sagte mit strahlendem Gesicht: »Ihr kennt bestimmt Lord Waterton.«

»Ja.« Mr Coburn lächelte mit der falschen Freundlichkeit eines Katers, der im Begriff ist, sich auf die Maus zu stürzen.

»Schön, Euch wiederzusehen, Waterton. Unsere Glückwünsche. Ihr hättet keine feinere junge Lady als Frau auswählen können.« Mr Fields sah zu Meagan, eine Spur von Ironie in seiner Miene.

»Ich bin sehr glücklich mit ihr.« Barrett ließ seinen Blick kühl über die Gentlemen gleiten; dann umfasste er die Hand seiner Frau und schaute auf sie hinab. Einen Moment schimmerte Besitzerstolz in seinen Augen, doch er verschwand schnell hinter einem glatten Lächeln.

»Wir wollte gerade den Tee im Esszimmer nehmen«,

sagte Barrett in gelangweiltem, jedoch freundlichem Tonfall. »Werdet Ihr uns Gesellschaft leisten?«

»Das ist sehr freundlich von Euch.« Mr Fields dünne Lippen verzogen sich zu einem verschlagenen Lächeln.

Unwillkürlich spannten sich Meagans Finger um Barretts Arm. Ihre Blicke trafen sich. Als er ihre Miene sah, hob er fragend eine Augenbraue. Sie senkte aber nur den Blick.

»Gehen wir ins Esszimmer.« Harold rieb sich die Hände. »Ich habe noch nicht gefrühstückt und komme fast um vor Hunger.«

Barrett hielt Meagan absichtlich zurück, bis Harold und die Gäste das Wohnzimmer verlassen hatten.

Sie versuchte ihm ihre Hand zu entziehen. »Ich sollte mich zum Tee umziehen.«

»Du siehst absolut perfekt aus.« Er drückte ihre Hand. »Was ist los, Prinzessin? Ich habe den Eindruck, dass du unglücklich bist.«

»Wie kommst du denn auf diesen Gedanken?«

»Ich weiß es nicht. Vielleicht war es der finstere Blick, mit dem du mich angesehen hast.«

»Ich habe Zahnweh. Du wirst mir verzeihen müssen.« Meagan fragte sich, ob er einer von ihnen war. Offensichtlich kannte er die Männer.

Er berührte ihre Wange. »Das ist aber plötzlich gekommen, nicht wahr?«

»Es begann erst vor ein paar Minuten.«

»Ich nehme an, es verschlimmerte sich, als ich unsere Gäste einlud, uns Gesellschaft zu leisten?« Er musterte sie.

»Ich hatte einfach gehofft, den Tee nur mit dir und Harold zu nehmen. Aber ich nehme an, da du mit ihnen bekannt bist, fühlst du dich verpflichtet, sie einzuladen. Wie gut kennst du sie?«

»Sehr flüchtig. Ich habe sie in den Clubs gesehen.«

»Oh.«

»Und du, Prinzessin? Kennst du sie sehr gut?« Er sah ihr tief in die Augen, wie um irgendein verborgenes Geheimnis zu entdecken.

»Ich bin ihnen nur ein paar Mal begegnet.«

»Aha.«

Meagan spürte den forschenden Blick seiner blauen Augen auf sich. Der aufrichtige Klang seiner Stimme, als er behauptet hatte, sie nur flüchtig zu kennen, gab ihr Grund, ihm zu glauben. Dennoch war sie nicht bereit, ihm anzuvertrauen, dass Harold mit ihnen in Geschäfte verwickelt war. Was würde er von ihrem Bruder denken – besonders nachdem er zwanzigtausend Pfund für Harolds Spielschulden bezahlt hatte! Irgendwie musste sie Harold vor Schaden bewahren, und sie musste es allein schaffen.

Sie wechselte schnell das Thema. »Hättest du etwas dagegen, wenn ich deinen Vater zu einem Essen mit uns einladen würde?« Sie blickte ihn an.

Barretts Miene war unergründlich. »Warum möchtest du eine solch dunkle Wolke an unseren Tisch bringen?«

»Oh, Barrett, so schlimm ist er nicht.«

»Das haben wir über Napoleon zuerst auch gedacht.«

Meagan gab ihm einen Klaps auf den Arm. »Du bist schrecklich.«

»Nur ehrlich.« Er grinste, doch seine Miene blieb kalt. »Selbst wenn du ihn fragen würdest, würde er nicht kommen. Er bricht vermutlich bald nach Frankreich auf, damit er Weihnachten bei meinem Halbbruder und meiner

Halbschwester und deren Familien verbringen kann.« Obwohl er sich bemühte, es leichthin zu sagen, schlich sich eine Spur von Melancholie in seine Stimme.

»Hast du etwas dagegen, dass ich ihn frage?«

»Ehrlich gesagt, ja.« Seine Stimme klang scharf. Er wandte sich um und schritt zum Esszimmer.

Meagan musste große Schritte machen, um Barrett einzuholen. Sie spürte die Barriere, die er gegen seinen Vater und sie aufgerichtet hatte. Obwohl unsichtbar, stand sie wie ein Eisengitter zwischen ihnen. Sie war überzeugt, dass seine Weigerung, in ihr Bett zu kommen, nichts mehr als eine gefühlsmäßige Isolation war, ein Weg, sein Herz distanziert zu halten. Sie würde eine Möglichkeit finden, diese Barriere zu überwinden und sein Herz zu erreichen.

Ein paar Minuten später saßen sie im Esszimmer beim Tee. Über den Rand der Tasse hinweg betrachtete Barrett Meagan, die neben ihm saß. Er rief sich in Erinnerung, dass sie ihn angelogen hatte. Er hatte mit Stratton gesprochen und erfahren, dass sie seinen Vater besucht hatte. Höchstwahrscheinlich hatte sein Vater seine Einschüchterungspraktiken bei ihr eingesetzt, doch er konnte keinen Erfolg gehabt haben, denn sie war ja noch hier. Barrett hatte auch Fenwick, Fields und Coburn belauscht und wusste so von ihrem Plan, sich im Hyde Park zu treffen. Er würde dafür sorgen, dass er dort war.

Barrett aß ein Stück Teegebäck. Er konnte den Blick nicht von Meagans schlankem Hals abwenden, von ihrer cremigweißen Haut, die einen starken Kontrast zu ihrer purpurfarbenen Reitkleidung bildete. Bei jedem ihrer

Atemzüge schwoll ihre Brust an und drückte sich gegen das enge Mieder. Er beobachtete die üppigen Halbkugeln und erinnerte sich, wie sie sich in seinen Händen angefühlt hatten …

Reeves neigte sich vor und blockierte ihm jäh die Sicht auf Meagan.

»Noch Tee, Mylady?«

»Ja, danke, Reeves.«

Die Teekanne in Reeves' Hand zitterte. Tee schwappte über den Tassenrand auf die Untertasse. Meagan schien es nicht zu bemerken. Sie lächelte zu Barrett hinüber.

Als ob Reeves und Coates durch eine Nabelschnur der Ungeschicktheit miteinander verbunden wären, ließ Coates ein Tablett mit Sandwiches fallen. Ein Sortiment bunt belegter Weißbrothäppchen rutschte vom Tablett auf Fields' Hosenbeine.

»Du Idiot!« Mr Fields sprang auf und schüttelte die Sandwiches zu Boden.

Quälgeist, der unter Barretts Stuhl gelegen hatte, schnellte zu Fields und begann, die Häppchen zu verschlingen.

»Es tut mir Leid, Sir.« Coates zog sein Taschentuch hervor und wischte die Gurkenpaste von Fields Hose.

»Lass die Pfoten von mir!« Mr Fields schlug seine Hand fort.

Bevor Barrett etwas zu Coates' Verteidigung sagen konnte, sprang Meagan auf und sagte: »Es ist bestimmt nicht so schlimm.«

Bei ihrem entschiedenen Tonfall schien Fields seinen Zorn unter Kontrolle zu bekommen. Langsam setzte er sich wieder. »Natürlich habt Ihr Recht, Mylady. Es ist nicht so schlimm.« Er blickte Coates finster an.

Coates beobachte, wie Quälgeist das letzte Sandwich hinunterschlang. »Ich werde das Tablett auffüllen.«

»Danke, Coates.« Meagan lächelte ihn aufmunternd an. Sie blickte mit zufriedener Miene zu Fields.

»Komm, ich helfe dir.« Reeves klopfte Coates väterlich auf den Rücken, dann schlurfte er schwankend neben ihm aus dem Esszimmer.

»Es mangelt Coates an Selbstvertrauen, dadurch ist er ein wenig ungeschickt«, äußerte Meagan als eine Art Erklärung, doch ihre Stimme enthielt keine Reue wegen des Missgeschicks.

Ihr Rosenwasserparfüm stieg Barrett in die Nase, als Meagan sich wieder setzte. Er ertappte sich dabei, dass er sich näher zu ihr neigte.

»Geht ihr heute Abend zu dem Ball der Gledhills?«, fragte Harold die Besucher und versuchte die peinliche Pause in der Unterhaltung zu füllen.

»Ja, das haben wir vor«, sagte Mr Coburn und schlürfte seinen Tee. Das Geräusch widerte Barrett an. »Ist das nicht eine nette Überraschung? Ich gehe heute Abend ebenfalls mit meiner Frau dorthin.« Barrett hatte nicht lange über diese Entscheidung nachgedacht. So würde er Harold und seine Freunde im Auge behalten können.

»Wunderbar!«, rief Harold.

Die beiden anderen Männer murmelten etwas Zustimmendes.

Barrett ignorierte Meagans entgeisterten Blick und sah Fields an. Der Mann hatte es geschafft, eines der Sandwiches zu retten, und er begann es zu essen.

Barretts Blick schweifte zu dem Ring des Gentleman. Das Pentagramm auf dem Stein schien sich im Licht zu verändern und mit einem eigenen seltsamen Herzschlag zu pulsieren. Coburn und Fenwick trugen identische Ringe.

Barrett fragte Fields: »Wie habt Ihr eigentlich Fenwick kennen gelernt?«

Harold antwortete für ihn. »Ich ging zu einer Rede von James Mills, und sie waren zufällig dort.«

»Ist das nicht ein Befürworter von ökonomischem und politischem Radikalismus?«, fragte Meagan und neigte sich hinab, um Quälgeist zu tätscheln, der zu ihr gekommen war, um zu betteln.

Barrett schaute sie mit geweiteten Augen an. »Ich wusste gar nicht, dass du dich für Politik interessierst.«

»Das ist auch nicht der Fall, aber es ist unmöglich, eine Zeitung aufzublättern, ohne etwas über Mr Mills und seine radikale philosophische Gruppe zu lesen.«

»Er ist ein guter Mann«, sagte Coburn.

»Ich bezweifle, dass es eine gute Tat ist, einen Aufruhr gegen die Regierungspolitik anzuzetteln.« Meagan tätschelte noch immer den Hund.

»Meggie, du weißt nichts über den Mann. Du hast nie seine Reden gehört. Einige seiner Theorien sind bemerkenswert.« Harold musterte Meagan über seine Teetasse hinweg und schob sich dann ein Gebäckstück in den Mund.

»Er hetzt nur unwissende, hitzköpfige Leute auf, die nicht Recht und Unrecht unterscheiden können.« Meagan blickte ihren Bruder aus zusammengekniffenen Augen an; sie verharrte auf ihrer Meinung.

»Manchmal ist es das, was für eine Reform in der Regierung erforderlich ist«, warf Mr Coburn in das Gespräch ein und lächelte Meagan an, als sei sie ein unwissendes Kind, dem etwas beigebracht werden musste.

»Dazu ist keine Revolution erforderlich, Mr Coburn. Es bedarf Logik und Diskussionen und das Erreichen der Herzen der Männer, die unsere Gesetze machen und verabschieden. Darum geht es bei unserer Regierung.«

Barrett verlor jegliches Interesse an dem Gebäck auf seinem Teller. Er legte die Fingerspitzen pyramidenförmig gegeneinander, setzte sich auf seinem Stuhl zurück und beobachtete Meagan. Nicht nur, dass sie sein Blut in Wallung bringen konnte, wie es bei keiner anderen Frau jemals der Fall gewesen war, sie war auch intelligent und informiert, und sie konnte über Politik diskutieren. Eine Frau mit diesen Qualitäten würde ihn nie langweilen.

»Wenn es eine Regierung versäumt, antiquierte Gesetze zu ändern, dann ist die Revolution nicht mehr aufzuhalten«, sagte Fields.

»Das Einzige, was eine Revolution je erreicht hat, sind Blutvergießen, Pestilenz und Leid.« Meagans Gesicht rötete sich, je mehr sie sich für das Thema erwärmte, doch ihre Stimme blieb ruhig. »Es sind die Frauen und Kinder, die in einer Revolution leiden, nicht die fanatischen Männer, die Ideen unterstützen, die ihnen einige radikale Fantasten in den Kopf gesetzt haben.«

Mr Coburn hob sein Glas und prostete Meagan zu. Seine Abneigung gegen alle Frauen ihrer Art zeigte sich unter seinem angespannten Lächeln. »Ich glaube, Gentlemen, wir haben hier eine eiserne Tory bei uns sitzen.«

Sie lächelte ihn gezwungen an. »Danke für Euren charmanten Hinweis, Mr Coburn, aber ich gehörte keiner politischen Partei an.«

»Meggie, du hast eindeutig die Position der Konservativen eingenommen«, fügte Harold hinzu.

»Ich habe nur eine Position gegen Blutvergießen und Gewalt eingenommen. Es gibt Aspekte der Tories, die mir missfallen. Doch bis ich eine politische Gruppe finde, die von kühlen Köpfen mit gesundem Menschenverstand beherrscht wird, ziehe ich es vor, nicht als Anhängerin irgendeiner Partei bezeichnet zu werden.«

»Es ist ohnehin lächerlich, anzunehmen, dass eine Frau politisch denken könnte.« Mr Fields schlürfte seinen Tee, als wäre er sich seiner Beleidigung nicht bewusst.

»Sehr richtig.« Mr. Coburn hob seine Tasse.

»Ich bin sicher, dass Ihr Recht habt. Wenn wir eine Frau im Amt hätten, gäbe es Nähgesellschaften, anstatt Revolutionen. Wie entsetzlich.« Meagans Halsader trat hervor, während sie sich zu einem angespannten Lächeln zwang.

Wegen ihrer konservativen Ansichten und der offensichtlichen Abneigung gegen Fields und Coburn wusste Barrett mit absoluter Gewissheit, dass sein erster Eindruck von Meagan richtig gewesen war. Sie konnte nicht in die Machenschaften der Advokaten des Teufels verwickelt sein. Jede Faser seines Körpers schien sich bei diesem Gedanken zusammenzuziehen. Sie war an alldem unbeteiligt und unschuldig.

Ihr Blick begegnete seinem, verlor sich in seinen Augen. Wenn er nur diesen Fall und die Lüge, die ihn gezwungen hatten, mit ihr zusammenzuleben, vergessen könnte! Er wollte ihr sagen, dass sie in Wirklichkeit gar nicht verheiratet waren. Stattdessen sagte er: »Du hast gesunde Ansichten, Prinzessin.«

»Es freut mich, dass du so denkst«, erwiderte Meagan mit rauer Stimme. Sie löste den Blick von ihm und sah Harold und dessen Freunde an. »Wenn ihr mich entschuldigen wollt, werde ich euch allein weiter über Politik diskutieren lassen.«

Dann erhob sie sich und schritt zur Tür. Quälgeist hob den Kopf, sprang auf und flitzte hinter ihr her.

Barrett empfand ihr Fortgehen wie einen Verlust. »Entschuldigt mich bitte.« Er stellte seine Tasse ab, stand auf und folgte Meagan.

»Ich sage euch, dies ist ein seltsames Verhalten«, bemerkte Coburn und schlürfte den Rest seines Tees.

»Frisch Verheiratete.« Harold zuckte die Achseln und tauschte wissende Blicke mit Fields und Coburn.

Coburn sah Harold aus zusammengekniffenen Augen an. »Ich wollte dich nur daran erinnern, am Freitag um zwölf Uhr im Hyde Park zu sein. Dann kennen wir unsere Pläne. Komm nicht zu spät.«

»Ich werde pünktlich sein.« Harold schluckte hart und blickte nachdenklich auf seinen leeren Teller.

Meagan näherte sich ihrer Kammer, als Barrett sie einholte. Er blockierte ihr den Weg.

Ihr Blick schweifte über seinen maßgeschneiderten schwarzen Anzug, die weiße Krawatte und die schwarze Seidenweste. Er sah elegant aus. Perfekt. Immer noch ein Rätsel für sie. Sie rief sich in Erinnerung, wie er sie im Esszimmer angeblickt hatte, wie seine Augen so viel Bedauern widergespiegelt hatten. Sie musste daran denken, dass er bedauerte, sie geheiratet zu haben.

»Warum bist du so abrupt weggegangen?« Er blickte sie forschend an.

»Ich verabscheue diese Männer. Ich konnte keinen Moment länger mit ihnen ertragen.« Es war nicht völlig gelogen.

»Sind das die Männer, denen dein Bruder so viel Geld schuldet?«

»Ja.« Sie runzelte die Stirn. Sein Blick tauchte in den ihren, als wollte er ihr mehr sagen. Sie erwog wieder, ihm von Harolds Verbindungen zu den Advokaten des Teufels zu erzählen, entschied sich jedoch dagegen. »Bist du mir aus irgendeinem Grund hier hinauf gefolgt?«

»Ich wollte unsere Verabredung für den Ball bei den Gledhills heute Abend bestätigen.«

Meagan spürte ihre Unsicherheiten und Ängste, die sie immer bei fremden Menschenmengen empfand, in sich aufsteigen. Sie war nicht unsicher im Umgang mit Leuten, die sie kannte, und seit der Heirat mit Barrett hatte sie ein gewisses Maß an Selbstvertrauen gewonnen. Aber ein Ball? Wenn es ein Maskenball wäre und sie sich würde verbergen können, hätte es ihr nichts ausgemacht. »Ich habe schlimme Zahnschmerzen.« Sie drückte eine Hand auf ihre Wange.

Barrett lächelte wissend. »Ich lasse von Lyng etwas dagegen zusammenbrauen.«

Meagan sah ihn mit gerunzelter Stirn an und fragte in fast besiegtem Tonfall: »Müssen wir unbedingt zu diesem Ball gehen?«

»Ja. Leider ist durch unsere schnelle Heirat dein Ruf ins Gerede gekommen. Heute Abend führe ich dich aus zu deinem ersten Auftritt in der Gesellschaft. Wenn jeder deine Schönheit sieht, wird man verstehen, weshalb ich dich so schnell geheiratet habe.« Sein Blick verdunkelte sich, als er sie betrachtete.

Meagan fragte sich wieder, warum er sie geheiratet hatte. Sie dachte an das Gefühl, das sie im Esszimmer in seinem Blick glaubte gesehen zu haben. Hatte sie sich geirrt? Oder versuchte er nur, sie zu zwingen, sich mit seinen freundlichen Worten und heißen Blicken zufrieden zu geben?

»Ich bin sicher, dass es nicht helfen wird«, sagte sie. »Der Schaden ist angerichtet. Und mit der Missbilligung deines Vaters ...«

»Ich brauche nicht den Segen meines Vaters, damit die Gesellschaft dich als meine Braut akzeptiert. Niemand würde es wagen, dich zu brüskieren.«

»Du verstehst das nicht. Ich habe mir nie etwas daraus gemacht, auszugehen, und jetzt interessiert es mich noch weniger. Ich möchte mich auf dem Land niederlassen.«

»Du wirst dich dort niederlassen, wo ich bin. Und lass mich daran erinnern, dass du zugestimmt hast, dich mit mir in London sehen zu lassen. Es war ein Teil der Abmachung.« In einem Tonfall, der keinen Widerspruch duldete, fügte er hinzu: »Wir gehen zu dem Ball, Prinzessin.«

Meagan sah seinen entschlossenen Gesichtsausdruck und wusste, dass ihr nichts anderes übrig blieb, als nachzugeben. »Also gut, aber ich werde jeden Moment davon verabscheuen.«

»Ich werde dafür sorgen, dass das nicht der Fall sein wird.« Er streichelte kurz über ihre Wange, dann wandte er sich ab und verließ sie.

Meagan verzog das Gesicht und blickte ihm nach. Sie

hatte das Gefühl, dass ihre Haut von seiner Berührung prickelte.

Barrett betrachtete sich stirnrunzelnd im Spiegel, als er seine Krawatte zu einem perfekten Knoten band und den gestärkten Kragen seines weißen Leinenhemdes überprüfte. »Lyng, das Geschenk.«

Bevor Barrett die Hand ausstrecken konnte, hielt Lyng ihm bereits ein eingewickeltes Päckchen entgegen. Die schwarzen Augen des Dieners glänzten tadelnd, als er sagte: »Ganz gleich, wie schön ein Geschenk ist, es wird nie die Liebe eines Ehemannes ersetzen können.«

»Danke für dein Stückchen Weisheit.« Barretts Stirnrunzeln vertiefte sich, als er sein Jackett anzog.

»Wie lange wollt Ihr sie noch täuschen?«

»So lange, wie es dauert, den Advokaten des Teufels das Handwerk zu legen und herauszufinden, wer hinter ihnen steckt.«

Lyng schüttelte den Kopf. »Um Himmels willen, ich hoffe, es ist bald. Ich bin ihr gefolgt, wie Ihr es verlangt habt. Als sie bei Lord Kensington eintraf, habe ich draußen am Fenster seines Arbeitszimmers gelauscht. Ich habe gehört, wie sie ihm die Stirn geboten und Euch verteidigt hat. Ich denke, sie liebt Euch sehr.«

»Ich weiß, Lyng.« Barretts Hand krampfte sich um das Geschenk. Dann schritt er aus dem Zimmer. Lyng verfolgte ihn mit kritischem Blick.

Barrett klopfte heftiger als beabsichtigt an Meagans Tür. Sie ächzte in den Angeln.

»Wer ist da?«, ertönte Meagans gedämpfte Stimme.

Barrett öffnete die Tür, trat ein und erstarrte. Er zerdrückte fast die Schachtel in seiner Hand und starrte Meagan, die an ihrem Frisiertisch saß, staunend an. Sein Blick glitt über das ärmellose rote Negligé, das an ihren Oberschenkeln aufklaffte und dessen Seide so dünn war, dass er fast hindurchsehen konnte. Sein Mund wurde trocken.

Ihre wohlgeformten Beine waren übereinander geschlagen. Sie trug Seidenstrümpfe und Strumpfhalter. Ihre Ellenbogen ruhten auf dem Frisiertisch, während sie auf ihr Spiegelbild schaute und ein Paar Ohrringe anlegte.

»Du solltest nicht hier sein. Ich kleide mich an.« Sie sprach, ohne ihn anzusehen, den Blick weiterhin auf ihr Spiegelbild gerichtet.

Barrett hörte nur mit halbem Ohr hin. Er starrte auf ihre Brüste, unter dem fast durchsichtigen Unterhemd. Sie drehte sich leicht zur Seite, nahm eine Bürste und bürstete ihre langen, kastanienbraunen Locken. Er erhaschte einen Blick auf rosige Brustspitzen, die schmale Taille und ein Höschen, das so durchsichtig wie das Unterhemd war. Er sah das dunkle Dreieck ihres Schamhügels. Sein Kinn sackte herab, während sich seine Männlichkeit aufrichtete. So sehr er sich auch bemühte, sich unter Kontrolle zu halten, ein leichtes Zittern erfasste seinen Körper. Seine Handflächen wurden feucht.

»Ist alles in Ordnung mit dir? Du siehst ein bisschen blass aus.« Meagan wandte sich zu ihm um, fuhr sich langsam mit der Zungenspitze über ihre Lippen und schenkte ihm dann ein unsicheres Lächeln. Die Andeutung von Grübchen zeigte sich auf ihren geröteten Wangen. Sie drehte sich nervös auf dem Stuhl und betrachtete sich im Spiegel.

»Du weißt genau, was mit mir los ist.«

Sein Blick schweifte über ihren verlockenden Körper und prägte sich jede Einzelheit ein.

Kapitel 18

Meagan sah, wie Barrett auf sie zuschritt. Seine Augen, die wie blaues Feuer loderten, schienen sie zu verschlingen. Ihre Verlegenheit, weil er zu ihr hereingekommen war, als sie kaum bekleidet war, führte dazu, dass ihr Puls zu rasen begann.

Er blieb bei ihr stehen. Meagan hielt den Atem an. Sie spürte, wie ihre Brustspitzen gegen das fast durchsichtige Unterhemd stießen.

Er blickte in ihre Augen und flüsterte: »Hölle und Verdammnis!« Er griff nach ihr …

Meagan sprang auf, wich seinen Händen aus und blickte zur Badezimmertür. »Tessa, wo bleibt mein Kleid?« Sie wandte sich wieder Barrett zu und fragte: »Hast du etwas gesagt?«

Er schluckte, sein Adamsapfel ruckte auf und ab. Sein Blick verharrte auf der Stelle zwischen ihren Schenkeln. »Nein«, stieß er gepresst hervor.

Tessa tauchte an der Türschwelle des Badezimmers auf und hielt ein neues smaragdgrünes Ballkleid, dessen hauchdünner Satin im Kerzenschein glänzte. Sie musterte Barrett, sah seine zunehmend finstere Miene und senkte den Blick. »Verzeihung, Mylord. Soll ich gehen?«

Meagan kam ihm zuvor. »O nein, Tessa! Ich sollte mich wirklich jetzt ankleiden, oder wir werden zu spät kommen.« Sie zog den Gürtel ihres Negligés zusammen – wenn man das Bändchen um den Hauch von durchsichtigem Material überhaupt so bezeichnen konnte. »Bist du aus einem besonderen Grund hier hereingekommen, Mylord?«

Er starrte auf ihre Brüste, die von dem durchsichtigen Stoff kaum verhüllt wurden. Seine Miene wurde gequält. Er ignorierte ihre Frage und wollte stattdessen wissen: »Woher hast du das, was du anhast?«

»Ich habe es gekauft, als ich mit Holly einkaufen war.«

»Das hätte ich mir denken sollen«, murmelte er. Er hielt ihr das Geschenk hin. »Ich bin hergekommen, um dir dies zu geben.«

»Danke.« Meagan bemerkte das leichte Zittern seiner Hände und lächelte innerlich.

»Ich warte unten auf dich«, murmelte er und verließ die Kammer.

Sobald die Tür geschlossen war, schauten Meagan und Tessa einander an und brachen in Gelächter aus.

»Oh, Tessa, ich dachte, ich würde vor Verlegenheit sterben.«

Tessas Miene wurde ernst. »Hauptsache, man hat es dir nicht angesehen.«

»Hast du sein Gesicht gesehen?«

»Er wird dich heute bestimmt früh nach Hause bringen.«

»Ich hoffe es, denn ich will wirklich nicht zu diesem Ball gehen. Ich habe ein schreckliches Gefühl dabei.«

Tessa schüttelte den Kopf. »Natürlich wirst du hingehen. Es ist dein erster Ball. Ich habe immer gewusst, dass es falsch von der Herrin war, dich nicht in die Gesellschaft einzuführen.«

»Denk daran, wie Mutter war. Sie wollte mich nie ausgehen lassen, weil sie befürchtete, die Krankheit würde ausbrechen und ich könnte die Familie blamieren.«

»Es war nicht richtig. Wir wussten inzwischen, wie wir die Krankheit unter Kontrolle halten konnten.«

»Ja, aber das änderte nichts.« Meagan blickte auf das Geschenk in ihrer Hand und erinnerte sich, wie sie all die Nächte allein zu Hause verbracht hatte, während ihre Eltern und Harold zu Bällen, Abendgesellschaften und Essen ausgegangen waren.

Tessa drückte Meagan kurz an sich. »Wir holen das Versäumte nach, Mylady. Du wirst die Schönste des Balls sein.«

»Das bezweifle ich. Ich kann nicht einmal tanzen.«

»Folge einfach seiner Führung. Du wirst es im Nu lernen.« Tessa blickte mit gerunzelter Stirn auf das Geschenk. »Willst du es den ganzen Abend anschauen oder auspacken?«

Meagan riss das Geschenkpapier ab und sah ein Exemplar eines Fachbuches über Astronomie. Als ob sie etwas Kostbares berührte, drehte sie vorsichtig den Buchdeckel um. Es war eine Erstausgabe von unschätzbarem Wert.

»Es ist wunderschön.«

»Du meine Güte, ich kann nicht verstehen, wie du dich über ein altes Buch so freuen kannst.«

Meagan lächelte und drückte das Buch an ihre Brust.

Plötzlich kam ihr ein Gedanke, und ihre Miene wurde schnell ernst. Sie starrte auf das Buch und fragte sich, ob Barrett heute Nacht wieder nicht mit ihr schlafen wollte und ihr mit dem Geschenk sagen wollte, dass sie nicht so bald zur nächsten Ebene übergehen würden. In diesem

Fall hoffte sie, dass er sich anders besonnen hatte, als er sie fast nackt gesehen hatte.

Eine Stunde später saßen Barrett, Meagan und Fenwick in der Kutsche. Barrett fühlte sich angespannt und blickte zu der Ursache: Meagan saß ihm direkt gegenüber, seine Füße waren nur Zentimeter von ihren entfernt.

In ihrem smaragdgrünen Ballkleid und farblich dazu passendem Satincape sah sie zum Anbeißen schön aus. Ihr Haar war aufgesteckt und wurde von einem Perlmuttkamm gehalten. Fünf dichte rotbraune Locken fielen über ihre Schulter auf ihre Brüste. Unauslöschlich hatte sich ihm das Bild ihres Busens unter dem Negligé eingeprägt, der Anblick ihres Schamhügels, mit einem Hauch von Höschen bedeckt. Am liebsten hätte er Holly erwürgt, weil sie Meagan ermuntert hatte, solch verführerische Unterwäsche zu kaufen. Jetzt begehrte er Meagan so sehr, dass es ihn fast verzehrte, verspürte ein heißes Verlangen, wie er es noch nie empfunden hatte.

Als ob Meagan seine Blicke gespürt hätte, sah sie mit besorgter Miene auf. »Sind wir bald da?«

»Bald«, sagte Barrett, sich ihrer zunehmenden Besorgnis bewusst.

Meagan sah ihren Bruder an. »Würdest du bitte mit diesem Summen aufhören? Es geht mir auf die Nerven.«

»Seit wann hast du Nerven?«, fragte Fenwick; es klang beleidigt.

»Seitdem du mit dem Summen angefangen hast.« Meagan knetete nervös die Hände auf ihrem Schoß.

»Du meine Güte, wir sind heute ein bisschen mürrisch, wie?«

»Nur weil mir dein Summen auf die Nerven geht, heißt das nicht, dass ich mürrisch bin.«

»Verzeih mir, Meggie, ich wollte sagen, wir danken dir für deine liebenswürdige Stimmung.« Fenwick lächelte sie spöttisch an.

»Es freut mich, dass du deine Äußerung präzisiert hast. Und übrigens: Mit meiner Stimmung ist alles in Ordnung.« Meagan nestelte nervös an ihrer Handtasche herum.

Barrett mischte sich in das Gezänk. »Hat dir das Geschenk gefallen, Prinzessin?«

»Sehr.« Sie schenkte ihm ein zurückhaltendes Lächeln. »Es war sehr freundlich von dir. Du brauchtest mir wirklich kein weiteres Geschenk zu machen. Ich habe nichts getan, um es zu verdienen.«

Harold blickte seine Schwester finster an. Er sprach, bevor Barrett etwas sagen konnte. »Ein Gentleman braucht keinen Grund, um seiner Frau ein Geschenk zu machen.«

»Häufige Geschenke ohne Grund führen aber dazu, dass sich eine Frau fragt, ob sie von ganzem Herzen kommen, oder ob eine andere Bedeutung dahinter steckt.« Meagan blickte Barrett forschend an.

»Es gab keinen anderen Grund, als den, dass ich dir etwas schenken wollte.« Die Lüge kam Barrett glatt über die Zunge.

»Keinen anderen Grund?« Meagan hob ihre Brauen.

»Nein.«

Sie erwiderte nichts, schaute ihn nur mit einem unheimlich wissenden Glänzen in ihren dunklen Augen an, als sehe sie in die tiefsten Winkel seiner Seele, die er vor jedem verbarg.

Er fühlte sich durchschaut. Sie wusste, dass er ihr das Buch als Entschuldigung dafür geschenkt hatte, dass er heute Nacht wieder nicht das Bett mit ihr teilen würde. Zum ersten Mal in seinem Leben erkannte Barrett, dass er nie ein Geschenk aus der Güte seines Herzens oder aus einem guten Gefühl heraus gemacht hatte.

Er kämpfte gegen Gewissensbisse an und trommelte mit den Fingern auf den Knauf seines Spazierstocks. Als die Kutsche ausrollte und hielt, verspürte er Erleichterung.

Die Tür wurde geöffnet, und Hastings tauchte auf, das Gesicht gerötet von der kalten Nachtluft.

Fenwick erhob sich von seinem Platz und stieg als Erster aus. Barrett folgte; kalte Luft schlug ihm entgegen. Dicke, dunkle Wolken verbargen den Vollmond, kein Stern funkelte am Himmel.

Während Meagan den Saum ihres Kleides raffte, wandte sich Fenwick an Barrett. In geringschätzigem Tonfall flüsterte er: »Du musst Meggie verzeihen. Sie ist heute nicht sie selbst. Ich habe sie noch nie so schlecht gelaunt erlebt.«

»Du brauchst dich nicht für sie zu entschuldigen.«

Meagan erschien in der Kutschentür. »Ich kann mich selbst entschuldigen, Harold, vielen Dank.«

»Dann solltest du es unbedingt tun.« Fenwick blickte sie ärgerlich an und sah dann Barrett mit einem beträchtlichen Maß an Mitgefühl an. »Hast du etwas dagegen, wenn ich mich drinnen mit euch treffe?«

»Überhaupt nichts.« Barrett beobachtete, wie Fenwick an Hastings vorbeischritt und den Zufahrtsweg hinaufeilte.

Licht fiel aus den mit Eisblumen überzogenen Fensterscheiben von Gledhill House. Barrett wandte sich um, um Meagan aus der Kutsche zu helfen. Bei der Berührung ihrer behandschuhten Hand verspürte er einen weiteren Stich von Gewissensbissen.

»Mein Bruder hat das Gefühl, dass ich mich bei dir entschuldigen muss.«

»Das brauchst du nicht.« Er nahm ihren Arm und führte sie an der Reihe von Kutschen vorbei über den Zufahrtsweg.

Der Kies auf dem Weg war überzogen mit Raureif und glitzerte. Barrett lauschte auf ihre Schritte, die auf dem Kies knirschten und sich mit den Unterhaltungen der Kutscher und Diener mischten, die bei den Fahrzeugen ihrer Herrschaften standen.

Meagans Miene wurde eine Spur weicher. »Vielleicht hat es geklungen, als wüsste ich das Buch nicht zu schätzten, doch das stimmt nicht. Ich freue mich sehr darüber. Ich bin einfach nervös wegen dieses Balls.«

»Es wird nicht so schlimm werden.«

Ihr Blick blieb auf Gledhill House gerichtet, und sie schien noch eine Spur blasser zu werden. Je mehr sie sich dem Eingang und der Reihe wartender Leute näherten, desto ängstlicher und besorgter wurde Meagans Miene. »Ich weiß nicht, ob ich das schaffen kann.« Sie zupfte am Kragen ihres Capes.

»Du schaffst es.« Barrett drückte ihre Hand.

»Ich muss dir ein Geständnis machen. Dies ist mein erster Ball. Ich kann nicht einmal tanzen. Ich bin nie in großer Gesellschaft ausgegangen. Die Nacht wird bestimmt in einer Katastrophe enden. Ich sollte heimkehren, wo ich hingehöre.« Meagan versuchte, davonzulaufen.

Barrett packte sie und zog sie in seine Arme. Er streichelte über den Samt ihres Umhangs und flüsterte: »Du kehrst nicht heim. Wir stehen das gemeinsam durch.«

»Können wir nicht gemeinsam einfach von einer Klippe springen?« Meagan versuchte, sich loszureißen.

»Vielleicht kann ich das später arrangieren, aber zuerst gehen wir ins Haus.«

Sie hörte auf, sich zu sträuben, und ein kleines Lächeln spielte um ihre Mundwinkel. »Also gut, aber ich werde es hassen. Und wenn ich mich zur Närrin mache, werde ich danach ganz bestimmt von einer Klippe springen.«

»Nicht ohne mich.«

Ihr Gesicht hellte sich in einem ehrlichen Lächeln auf, und er sah wieder die Grübchen in ihren Wangen. Er wollte wegblicken, doch ihr Strahlen hielt ihn im Bann. Wenn er sie nur küssen, sie nackt in den Armen halten könnte … Mehr Gedanken dieser Art, und sie würden niemals zu dem Ball gehen.

Er drückte ihre Hand und lächelte sie aufmunternd an. Er hatte sie in jeder Weise ausgenutzt, aber er würde es gutmachen, indem er ihr das Selbstvertrauen gab, an dem es ihr mangelte. Ja, das war das Wenigste, was er tun konnte. Wenn dieser Fall vorüber war, würde sie von der Gesellschaft gefeiert werden. Dafür würde er sorgen.

Ein paar Minuten später spähte Meagan um eine Säule herum in den Ballsaal, der so groß war, dass sie bei all den Tänzern und dem Gewühl ringsum das Ende nicht sehen konnte. Girlanden aus Zedern- und Tannengrün, verziert mit roten Schleifen, schmückten die Decke und ließen den Saal festlich und weihnachtlich aussehen. Barrett führte Meagan zu dem Diener, der die Gäste ankündigte, und überreichte ihm seine Visitenkarte.

Mit donnernder Stimme übertönte er die Musik und das Stimmengewirr im Ballsaal und kündigte an: »Lord und Lady Waterton.«

Ihre Namen schienen den gesamten Saal zu erfüllen. Meagan hatte das Gefühl, dass sich aller Blicke auf sie richteten, und ihr stockte der Atem. Die Unterhaltungen verstummten. Nur die weichen Klänge eines Walzers durchbrachen die plötzlich einsetzende Stille. Einen Moment später endete sogar die Melodie.

Barrett neigte sich zu Meagan und flüsterte: »Kopf hoch, Prinzessin. Lass sie wissen, dass du ihnen mit deiner Anwesenheit einen Gefallen erweist.«

»Wie soll ich das tun?«, presste Meagan hervor.

»Nie zu viel preisgeben.« Barrett zog seine Taschenuhr hervor, las die Zeit ab und ließ dann seinen Blick mit geübter Gleichgültigkeit über die Menge schweifen.

Meagan musste einfach lächeln. »Du bist sehr gut im Schauspielern. Ich befürchte, um das zu schaffen, werde ich auch eine Taschenuhr an einer Kette brauchen.«

»Ich werde dir bestimmt eine besorgen, wenn du meinst, sie zu benötigen, aber du hast bereits alles, was du brauchst, um diese Menge zu erobern. Du bist fünfmal schöner als alle Ladys hier und unendlich amüsanter.«

Bei dem Kompliment spürte Meagan, wie ihr das Blut in die Wangen schoss und sich Wärme in ihr ausbreitete.

»Es ist sehr hübsch, wenn du errötest, aber ich muss dich warnen, dass dies nicht erlaubt ist.« Mit geübter Lässigkeit, schob er seine Uhr zurück in die Tasche und führte Meagan in den Ballsaal hinein. »Eine Prinzessin errötet niemals. Du musst dich kühl geben, unpersönlich und äußerst gelangweilt.«

Meagan hätte fast gekichert.

»Grübchen sind nicht erlaubt, wenn du deiner gegenwärtigen Gesellschaft überdrüssig wirken willst.« Er lächelte auf sie hinab.

Sein Lächeln war ein echtes, mit gerade genug Offenheit, um die harte Linie seines Mundes und das Eisblau seiner Augen zu mildern. Meagan hatte ihn noch nie eleganter und attraktiver gefunden. Er trug einen schwarzen Anzug, seine Krawatte war perfekt gebunden, sein weißes Hemd war so faltenfrei, dass es wie aus weißem Karton wirkte.

Sein dichtes blondes Haar, aus dem Gesicht zurückgekämmt, fiel lockig bis auf seinen Kragen; in diesem Augenblick wünschte sie, durch die seidige Fülle streichen zu können.

Die Kapelle spielte wieder auf, während sie einen Kamin passierten, in dem ein anheimelndes Feuer loderte. Ein Arrangement von Limonen, Äpfeln, Weintrauben, langen Zimtstangen und Stechpalmenzweigen zierte den Kaminsims. Der Duft von Zimt, Muskat und Gewürznelken hing in der Luft.

Meagan nahm jetzt die Ballgäste bewusster wahr und sagte: »Bemerkenswert. Sie starren uns nicht mehr an. Nein – das muss ich zurücknehmen! Da steht eine Gruppe Matronen an der Wand, die ihre Lorgnons auf mich gerichtet haben.«

»Denen kannst du leicht den Wind aus den Segeln nehmen. Du musst sie nur hochmütiger ansehen als sie dich. Das klappt immer.« Er drückte sanft ihre Hand.

Sie spürte die Hitze seiner Handfläche durch ihre Seidenhandschuhe. Er war so nahe bei ihr, dass sein Oberschenkel sich an ihr Kleid drückte. Als sich die Seide kräuselte, bewegte sich auch ihr seidener Unterrock, und sie hatte ein Gefühl, als streichelten seine Hände über ihre Beine. Trotz ihrer Anspannung und Besorgnis verspürte sie ein brennendes Verlangen nach ihm.

»Sollen wir tanzen?« Bevor sie ablehnen konnte, führte Barrett sie auf die Tanzfläche zu den anderen Walzer tanzenden Paaren.

Er hielt sie so fest in den Armen, dass ihre Füße kaum den Boden berührten. Irgendwie schaffte sie es trotzdem, ihm auf die Füße zu treten. »Oh, es tut mir Leid.«

»Das braucht dir nicht Leid zu tun. Ich brauche meine Zehen ohnehin nicht mehr, wenn wir doch bald von einer Klippe springen.« Sie lächelte bei dem vergnügten Funkeln in seinen Augen, und er sagte: »Ah! Du lächelst tatsächlich während des Tanzens. Siehst du, du kannst beides gleichzeitig. Jetzt hör auf, dich auf die Schritte zu konzentrieren und lass dich von mir führen.«

Meagan schmiegte sich gegen seine muskulöse Brust und entspannte sich in seinen Armen. Sie nahm seinen Duft wahr, seinen Atem auf ihrem Gesicht, seine starken Arme. Der Rest des Saals schien sich aufzulösen. Es gab nur noch sie und Barrett.

Sie drehte sich im Walzertakt und ließ sich von Barrett führen. Sie wurden eins mit dem Rhythmus des Tanzes. Eins mit dem Moment. Meagan fühlte sich schwindelig, nicht, weil sie das erste Mal in ihrem Leben tanzte, sondern weil ihr Ehemann sie in den Armen hielt.

Plötzlich endete der Walzer. Meagans Kleid wirbelte um ihre Beine, als sie stehen blieben.

Er starrte auf sie hinab, und sein Blick war ernst. »Du bist zum Walzer tanzen geboren, Prinzessin.«

»Danke dafür, dass du mich das gelehrt hast.«

»Es war mir ein Vergnügen.« Sein Gesicht hellte sich mit einem Lächeln auf. Er bot ihr den Arm und führte sie von der Tanzfläche.

Meagan schaute zu all den Leuten, die sie musterten, und spürte, wie ihr Selbstvertrauen stieg. Sie wusste, dass sie dies Barrett zu verdanken hatte. Es war nicht so schlimm gewesen, wie sie befürchtet hatte, im Gegenteil, sie hatte sich nie munterer oder glücklicher gefühlt. Sie hatte so viel versäumt in ihrem Leben. Ihre Eltern hatten kein Recht gehabt, sie so vor der Welt zu verstecken.

Sie ließ sich von Barrett zu einem gut aussehenden Paar führen. Meagan schätzte die beiden auf Anfang vierzig. Sie ähnelten sich sehr mit ihrem schwarzen Haar, den dunklen, dichten Brauen und ihrem breiten Lächeln. Das goldfarbene Kleid der Frau passte zu der Kleidung ihres Mannes. Die beiden waren ein bemerkenswertes Paar.

»Lord Waterton, welche Freude, dass Ihr kommen konntet«, sagte die Lady überschwänglich und reichte ihm die Hand. »Und dies muss Eure Gattin sein, über die ich so viel gehört habe. Ich bin begeistert, weil Ihr meinen Ball gewählt habt, um sie in die Gesellschaft einzuführen.«

»Sehr reizend.« Der Blick des Gentleman glitt über Meagans Figur.

Barrett legte besitzergreifend einen Arm um Meagans Taille. »Lady Gledhill, darf ich Euch meine Gattin vorstellen, Lady Waterton. Meagan, dies sind Lord und Lady Gledhill.«

Meagan machte einen Knicks. »Sehr erfreut, Euch kennen zu lernen.«

Eine blonde Dame mit perfekter Figur in einem weißen

Kleid kam auf Barrett zu. Sie zwinkerte ihm zu und berührte seinen Arm. »Wir haben uns eine Ewigkeit nicht mehr gesehen, Lord Waterton.«

Meagan beobachtete, wie die schöne Frau mit ihrer behandschuhten Hand über Barretts Ärmel strich, und unterdrückte den Wunsch, die Hand der Lady fortzuschlagen.

Barrett bemerkte, dass sich Meagans Miene verfinsterte, und räusperte sich. »Meagan, ich möchte dich mit Lady Dennison bekannt machen.«

»Ah, Eure kleine Frau. Ich konnte einfach nicht glauben, dass Ihr geheiratet habt.« Lady Dennisons Blick glitt kalt und abschätzend über Meagan hinweg.

Der Name löste sofort eine Erinnerung bei Meagan aus, und sie sagte: »Es ist mir ein Vergnügen. Euer Name klingt mir so vertraut.«

»Vielleicht, weil Ihr das hässliche Gerücht gehört habt, dass Barrett und mein Mann sich meinetwegen duelliert haben.« Lady Dennison verdrehte die Augen und zwang sich zu einem kleinen Lachen. »Natürlich ist nichts davon wahr.«

»Natürlich«, echote Meagan.

Lady Gledhill berührte Meagans Arm, neigte sich näher und flüsterte: »Glaubt nicht die Hälfte der Gerüchte über Euren Mann, meine Liebe. Er ist nicht so schlimm, wie er der Welt weismachen will.«

»Ich bin überzeugt, dass das stimmt.« Meagan blickte ärgerlich zu Lady Dennison, die immer noch über Barretts Arm streichelte. Sie versuchte verstohlen, ihre Hand aus Barretts Hand zu lösen, doch sie konnte seinem eisernen Griff nicht entkommen.

Lord und Lady Gledhill bemerkten es und tauschten verwundert einen Blick.

Eine dunkelhaarige Dame schlenderte heran. Meagan blickte der Frau finster entgegen. Alles an ihr wirkte perfekt, einschließlich ihres verführerischen Lächelns. Sie trug ein indigofarbenes Kleid, das jede Kurve ihres Körpers betonte.

Die Dame schenkte Barrett ein einladendes Lächeln und begann dann ihr Revier zu markieren, indem sie Meagan und Lady Dennison geringschätzig musterte. »Nun, mein lieber Barrett. Ich habe dich ja ewig nicht mehr gesehen.« Sie trat dicht an Barrett heran und berührte sein Revers.

»Guten Abend, Mrs Norris.« Barrett blickte sie kaum an, während er gleichzeitig versuchte, seine Hand aus Lady Dennisons Griff zu befreien und Meagans Hand festzuhalten.

Meagan erinnerte sich, ein Gerücht über die Witwe Norris gehört zu haben, dass sie eine von Barretts Mätressen gewesen war, der er den Laufpass gegeben hatte. Sie grub ihre Fingernägel in seine Handfläche, bis er ihre Hand losließ. »Wenn du mich entschuldigst, ich gehe zu meinem Bruder. Ich muss mit ihm sprechen. Es hat mich gefreut, Euch kennen zu lernen, Lord und Lady Gledhill. Mrs Norris, Lady Dennison.«

Barrett wollte ihre Hand ergreifen, doch Meagan fuhr herum und durchquerte den Raum. Natürlich hatte sie damit rechnen müssen, irgendwann seinen Mätressen zu begegnen, aber musste es gleich ein ganzer Harem auf einmal sein? Es machte ihr nur allzu deutlich bewusst, dass sie nicht einmal genug Lust in ihm entfachen konnte, um ihn in ihr Bett zu locken.

Meagan eilte an einem tanzenden Paar vorbei und prallte fast mit ihm zusammen. Sie hüpfte schnell zur Seite und entdeckte Harold, der mit einer Gruppe junger Dandys sprach, die mit ihren bunten Westen und den hohen Kragen, die ihnen kaum erlaubten, den Kopf zu drehen, so lächerlich wie ihr Bruder wirkten.

In einiger Entfernung stand ein einsamer großer Gentleman bei einem Topffarn. Seine schwarzen Locken umrahmten ein längliches Gesicht, und seine zinnfarbenen Augen funkelten.

»O Gott. Lochlann!«, flüsterte sie und wandte den Kopf, um zu sehen, ob Barrett ihren Freund ebenfalls bemerkt hatte.

Er hatte.

Kapitel 19

Meagan versuchte Lochlann zu erreichen, bevor es zu einer weiteren Konfrontation kam. Er hatte sie bemerkt und schritt auf sie zu. Sie wollte an Harold vorbeieilen, doch er ergriff ihren Arm und zog sie zu sich heran.

»Meggie, meine Freunde wollen dich unbedingt kennen lernen.«

Acht junge Dandys umschwärmten Meagan. Sie spähte über die Schulter eines korpulenten, stiernackigen Gentleman und hörte nur mit halbem Ohr hin, als Harold vorstellte, während ihr Blick zwischen Lochlann und Barrett hin und her zuckte.

Harold wirkte erfreut darüber, dass so viele seiner Freunde Interesse für seine Schwester zeigten. Natürlich kam ihm nicht in den Sinn, dass die Gentlemen nur ihre Neugier befriedigen wollten, weil ihr Ruf der Hauptbestandteil des jüngsten Skandals war.

Ein kleiner Mann bahnte sich einen Weg an ihren Bewunderern vorbei und ergriff ihre Hand. »Liebe, liebe Lady Waterton. Darf ich um diesen Tanz bitten?«

»Vergiss es, Wallace! Sie wird zuerst mit mir tanzen«, sagte ein anderer Gentleman.

»Nein, ich werde den ersten Tanz mit der Winterprinzessin bekommen.«

»Nie im Leben«, rief Lochlann und bahnte sich mit den Ellenbogen einen Weg durch die Menge.

»Gentlemen, Gentlemen! Bitte!«, mahnte Meagan, die befürchtete, dass ein Kampf ausbrechen könnte. Sie sah Lochlann an. »Ich tanze mit …«

»Mir.« Barretts Arm legte sich auf ihre Hüfte.

Lochlann und Barrett starrten sich an. Meagan hielt den Atem an, weil sie dachte, Lochlann könnte jähzornig werden. Seine Miene aber wurde grüblerisch. Dann trat er zurück und erlaubte Barrett, sie auf die Tanzfläche zu führen.

Meagan stieß einen Seufzer der Erleichterung aus. Sie hörte die Dandys murren, als Barrett sich mit ihr in den Strom der Walzertänzer einfädelte. Er hielt sie so fest an sich gedrückt, dass die Spitzen ihrer Brüste hart wurden.

»Bitte, sei geduldig mit Lochlann«, sagte sie und kämpfte gegen die Erregung an, die seine Nähe in ihr auslöste.

»Du vergisst, Prinzessin, dass nicht ich der Angreifer bin. Das ist er.«

»Ich bin überzeugt, dass er keinen Ärger machen wird.«

»Wenn er welchen macht, werde ich ihn beenden.« Barrett blickte mit zusammengekniffenen Augen über Meagans Kopf zu Lochlann, der in einer Ecke des Saals stand und Meagan gekränkt anstarrte.

»Ich wünschte, du würdest Lochlann vergessen«, sagte sie. »Der Abend ist bisher so gut verlaufen.«

Er gab ihr keine Antwort. Er schaute nur zu Lochlann, als hätte er sie nicht gehört.

»Was hat es überhaupt für einen Zweck, dass ich mit dir rede? Du hörst mir nicht einmal zu. Warum gehst du nicht zurück zu deinen Freundinnen?«

Sein Blick glitt von Lochlann zu ihrem Möchtegern-Verehrer, der bei Harold herumlungerte. Dann blickte er auf sie hinab. Das Glitzern in seinen Augen verriet ihr, dass er ihr die ganze Zeit über zugehört hatte. »Was ist denn mit deinen Freunden? Wenn diese Typen nicht hinter dir hergehechelt wären, hätte ich nicht eingreifen müssen.«

Die Spur von Eifersucht in seiner Stimme gefiel ihr, doch sie behielt den ärgerlichen Tonfall bei, als sie sagte: »Ich glaube keine Minute, dass es dir etwas ausgemacht hätte, wenn nicht Lochlann darunter gewesen wäre.«

»Dann kennst du mich nicht sehr gut.«

»Du hast völlig Recht. Ich kenne dich überhaupt nicht gut.« Meagan forschte in seinen Augen, doch sein Blick hatte sich auf ihre Brust gesenkt. Zu ärgerlich, um zu erröten, sagte sie: »Manchmal bin ich mir ziemlich sicher, deinen Charakter zu kennen. Und dann sagst und tust du etwas, das mich völlig verblüfft.«

»Ein Ehemann sollte immer auf seine Frau aufpassen.« Sein Blick streifte über die cremig weiße Haut ihres Halses und der Schultern.

»Das Gleiche könnte man von einer Frau sagen.« Sie spürte die Hitze seines Blickes bis zu ihren Zehenspitzen hinab.

»In der Tat. Du entwaffnest mich mit jeder Antwort. Besonders mit dieser Reizwäsche, die du trägst.« Er spreizte seine Hand auf ihrem Rücken und führte sie tiefer, bis über den unteren Rand ihres Mieders.

Meagan spürte seine Berührung durch ihre Kleidung. Ein Prickeln lief ihren Rücken hinab. Während Barrett sie im Tanz drehte, erhaschte sie einen Blick auf Lady Dennison und Mrs Norris, die immer noch mit den Gledhills sprachen und giftige Blicke zu ihr schickten.

Ihre Brauen zogen sich zusammen. »Ich nehme an, das

sagst du zu allen Ladys, die du zu ihrem ersten Ball mitnimmst.«

Barrett folgte ihrem Blick. »Du hast den falschen Eindruck von Lady Dennison.«

»Mir ist es wirklich gleichgültig, was gewesen ist.« Meagan schaffte es, in ruhigem Tonfall zu sprechen.

»Ich wette, dass das nicht stimmt.« Er blickte sie amüsiert an.

»Also gut. Du willst es mir bestimmt erzählen. Nur zu.« Meagan war ein bisschen benommen von dem Schwung, mit dem er sie über die Tanzfläche wirbelte.

»Lady Dennison kam zu mir und bat mich, bei einem Plan mitzuspielen, der ihren Ehemann eifersüchtig machen sollte, denn sie hatte den Verdacht, dass er sie als selbstverständlich betrachtete. So stimmte ich zu. Als ich sie zu umwerben begann, wirkte alles sehr unschuldig und es war unter Kontrolle. Ihr Mann wurde dann aber plötzlich zornig und forderte mich zum Duell heraus.«

»Natürlich konntest du nicht nein sagen.«

»Natürlich. Aber er war ein schrecklich schlechter Schütze, und ich wollte ihn nicht verletzen. So schoss ich weit an ihm vorbei. Und das war das Ende der Geschichte, doch Lady Dennison erzählte die Geschichte herum, um ihren Mann weiterhin eifersüchtig zu machen.«

»Und warum ist er nicht hier?«

»Er grübelt vor sich hin, glaube ich.«

»Behandelt er sie jetzt besser?«

Barrett grinste. »Ich glaube, das wird er, wenn er das Schmollen aufgegeben hat.«

»Und was ist mit Mrs Norris?« Als ihr die Frage herausgetuscht war, bereute Meagan sie sofort.

Barrett warf mit stoischer Miene einen flüchtigen Blick in Richtung der Lady. »Sie ist eine ehemalige Mätresse – das ist alles. Es ist nichts zwischen uns.«

»Wie viele Ex-Mätressen hast du? Nein, vergiss die Frage. Ich will es nicht wissen.«

Belustigung flackerte in den blauen Tiefen seiner Augen auf. »Bist du dir da sicher?«

»Ja, da bin ich mir sicher. Und da ich gezwungen bin, deine Legion von Mätressen kennen zu lernen, musst du mir erlauben, dass ich heute Abend mit Lochlann spreche, ohne dass du dich einmischst. Er ist schließlich nur mein Freund und kein Ex-Geliebter.« Meagan blickte zu Barrett.

Seine Belustigung schwand, und seine Miene verdüsterte sich. »Du wirst dich von ihm fern halten.«

»Aber ich ...«

»Ich sagte, du hältst dich von ihm fern.«

Meagan bedachte ihn mit einem empörten Blick, doch es war ihr klar, dass es nicht gut für sie war, mit ihm zu streiten. Sie hörte die Musik enden und trat von ihm fort.

»Merk dir, was ich gesagt habe.« Er sah sie warnend an und warf dann einen Blick zu Lochlann, der mit einem von Harolds Freunden sprach.

Ein junger Mann kam auf Meagan zu und verneigte sich. »Darf ich um den nächsten Tanz bitten, Lady Waterton?«

Barrett schoss ihr einen Blick zu, der zu sagen schien: »Denk daran, was ich gesagt habe.« Dann schritt er mit finsterer Miene davon. Der junge Mann nahm ihre Hand und führte sie an einer Reihe von Tanzpaaren vorbei, die sich zu einem Volkstanz aufstellten. Meagan beobachtete, dass Barrett bei den Gledhills und Lady Dennison stehen blieb. Sie hätte am liebsten mit irgendetwas nach ihm geworfen. Dann fiel ihr ein, dass sie die Schritte des Volkstanzes nicht kannte. Ihr Zorn wandelte sich augenblicklich in Kummer.

Später am Abend – Meagan verließ gerade die Toilette – berührte jemand ihre Schulter. Sie zuckte zusammen, fuhr herum und sah Lochlann. »Mein Gott! Du hast mich erschreckt!«

Lochlanns Miene wurde weicher, als er ihre Hand ergriff. »Ich wollte mit dir sprechen.«

»Warum? Damit du wieder Ärger machen kannst?« Meagan suchte den Flur nach Barrett ab. Jetzt fehlte nur noch, dass er sie mit Lochlann reden sah.

»Ich sehe, du bist immer noch ärgerlich auf mich.«

»›Ärgerlich‹ beschreibt kaum, wie ich mich fühle.« Meagan entzog ihm ihre Hand.

»Bitte, gib mir noch eine Chance, Meagan. Mir ist jetzt klar, dass wir niemals heiraten werden, aber ich möchte dein Freund bleiben. Ich vermisse die Gespräche mit dir. Du kannst eine lebenslange Freundschaft nicht einfach wegwerfen.«

Meagans Stimme verlor ihre Strenge. »Oh, Lochlann, ich werde unsere Freundschaft niemals vergessen.«

Er lächelte traurig. »Meinst du, dein Mann wird erlauben, dass ich dich besuche?«

»Nicht nach all dem Ärger, den du gemacht hast.«

»Würde es helfen, wenn ich mich bei ihm entschuldige?«

Meagan sah seinen angespannten Gesichtsaudruck und

wusste, dass es für jemanden, der so viel Stolz besaß und der so viele Grundsätze hatte wie Lochlann, ungemein hart sein musste, sich bei Barrett zu entschuldigen, nur um ihr Freund bleiben zu können. Es war eine noble Geste, die sie bewunderte. Sie war nicht bereit, zuzulassen, dass Barrett ihre Freundschaft mit Lochlann zerstörte.

»Ich kann vielleicht mit ihm sprechen und ihm sagen, wie du dich fühlst«, sagte sie. Sie wusste, es würde schwierig werden, Barrett zu überreden, sich anders zu besinnen.

Schritte ließen sie aufblicken, und sie sah Mr Fields. Er nickte ihr steif zu, als er sie passierte. Sie wartete, bis er außer Hörweite war, und sagte dann: »Erinnerst du dich, dass ich dir von diesen Männern erzählt habe, mit denen sich Harold eingelassen hat?«

»Ja.«

»Der Mann, der soeben an uns vorbeigegangen ist, war einer von ihnen.«

Lochlann runzelte die Stirn. »Ich habe ihn schon in den Clubs gesehen.«

»Harold soll sich mit ihm und Mr Coburn am Freitag im Hyde Park treffen. Würdest du mir helfen, ein Auge auf Harold zu halten – ich meine, damit er nicht in Schwierigkeiten gerät?«

»Es macht mir nichts aus, aber ist es nicht Watertons Sache, das zu tun? Er ist schließlich dein Ehemann. Er sollte Harold helfen.«

»Ich habe ihm nicht gesagt, was ich weiß. Ich weiß nicht, wie er reagieren würde. Wirst du mir helfen?«

»Du weißt, dass ich dir keinen Wunsch abschlagen kann.« Lochlann lächelte das erste Mal richtig, seit sie ihn nach ihrer Hochzeit mit Barrett gesehen hatte. »Aber du darfst Waterton nichts davon erzählen. Ich möchte nicht, dass er die Lorbeeren einheimst, wenn ich Harold rette.«

»Ich werde ihm nichts davon erzählen.« Meagan blickte zum Ballsaal. »Vielleicht solltest du jetzt gehen und mit ihnen sprechen. Versuche, etwas herauszufinden. Ich werde dir schreiben und dich wissen lassen, ob Barrett dir erlaubt, mich zu besuchen.«

»Sehr gut. Es wird wie in alten Zeiten sein.« Sein Lächeln vertiefte sich.

»Danke.« Sie drückte seine Hand. Es würde alles in Ordnung kommen. Sie war überzeugt, dass Lochlann schließlich zur Vernunft kommen würde. Er würde sich entschuldigen, und sie würde ihren lieben Freund wiedergewinnen – wenn sie Barrett überreden konnte, Lochlann anzuhören.

Kurz darauf schritt Meagan in den Ballsaal zurück, wo sie Barrett im Gespräch mit einigen Damen entdeckte. Er blickte sie finster an. Sie entschloss sich, mit dem Thema Lochlann zu warten.

Einer ihrer vielen Bewunderer schritt auf sie zu, ein junger Mann mit einer Denkerstirn. Meagan wollte kehrtmachen und davonlaufen, doch plötzlich stand Sir James vor ihr und verbeugte sich.

Als er sich aufrichtete, konnte Meagan die Ähnlichkeit mit Barrett erkennen, doch James wirkte mit seinen wie gemeißelten Gesichtszügen und den tief liegenden schwarzen Augen düsterer und strenger.

»Soll ich Euch retten?«, fragte er und ergriff ihre Hand.

»Ja«, stieß Meagan erleichtert aus. Sie sah den Dandy

verharren, böse zu James blicken, sich dann umdrehen und wieder durch den Ballsaal gehen.

Meagan ließ sich von Sir James zur Tanzfläche führen, und sie schlossen sich den anderen Tanzpaaren an.

»Dafür, dass Ihr das Tanzen gerade erst erlernt habt, beherrscht Ihr die Kunst meisterhaft«, sagte James.

»Wie könnt Ihr das sagen? Habe ich Euch auf die Füße getreten?« Meagans Wangen begannen zu brennen.

»Nein, aber ich habe gesehen, wie Ihr Euch auf die Schritte des Volkstanzes konzentriert habt.«

Meagan runzelte die Stirn. »Ihr seid nur freundlich. Ihr müsst gesehen haben, dass ich zweimal mit meinen Partnern zusammengeprallt bin.«

»Ja, aber danach klappte es wunderbar.« Ein Lächeln spielte um seine Lippen. Er wirbelte sie über die Tanzfläche, und seine Miene wurde ernster. »Wie kommt Ihr und mein Cousin zurecht, meine Liebe?«

»Wollt Ihr die Wahrheit hören oder die Standardantwort?«

»Stets die Wahrheit.«

»Nicht sehr gut.« Meagan blickte an James' breiten Schultern vorbei zu Barrett, der immer noch mit einer Gruppe würdevoller älterer Damen plauderte, deren turbanähnlicher Kopfschmuck auf und ab wippte, als er sie zum Lachen brachte.

»Ah, ja. Er hat seine ehelichen Pflichten nicht erfüllt.«

»Weiß jeder in England davon?« Das Blut schoss in Meagans Wangen.

»Er kam in mein Haus, so weiß ich natürlich davon.« James lächelte sie an. Seine Miene zeigte keinerlei Spott.

»Natürlich.« Er hatte eine ernste, priesterliche Art, als

hätte er von vielen Sterbenden die Beichte gehört. Ihr Gefühl sagte ihr, dass sie ihm vertrauen konnte. Nach kurzem Zögern offenbarte sie ihm: »Er sagte, er wolle nicht … Ihr wisst schon … bevor wir zur nächsten Ebene übergehen.«

»Ebene?« Sir James' schwarze Augenbrauen schossen hoch.

»Ja, er sagte, es gäbe verschiedene Ebenen in einer Beziehung, und wir sollten für eine Weile auf der ersten bleiben.« Sie senkte die Stimme. »Ehrlich gesagt, ich möchte nichts lieber, als zur zweiten überzugehen.«

Sir James behielt seine beherrschte Miene bei. »Ich glaube, Barrett will Euch nicht in sein Bett zwingen, bevor Ihr Euch mit ihm wohl fühlt.«

»Seid Ihr sicher, dass dies alles ist? Ich kann mir nicht helfen, aber ich denke, er könnte noch verliebt in Lady Matilda sein.«

»Ihr wisst also von ihr?«

»Ja.«

Er wirbelte sie herum und ging dann über in einen ruhigeren Schritt. »Wenn Ihr Barrett erzählt, was ich Euch jetzt sagen werde, dann werde ich es leugnen …«

»Ich würde niemals ein Vertrauen brechen.«

Sir James' Lächeln erreichte nicht seine Augen. »Nun denn, ich werde Euch von Barrett erzählen. Mein Cousin hat nicht die leiseste Ahnung, was es heißt, eine Frau zu lieben.« Eine Spur von Trauer flammte in James' Augen auf, doch dann verschwand sie so jäh, wie sie gekommen war.

Der Walzer endete, und James blieb mit Meagan stehen.

Die Stimme eines Dieners übertönte das leise Stimmengewirr im Ballsaal. »Lady Rawlings!«

Meagan presste die Lippen aufeinander, schluckte und beobachtete, wie Lady Matilda in den Raum schwebte.

Kapitel 20

In dem Kleid aus mitternachtsblauer Seide, das Lady Mathildas Körper wie eine zweite Haut umgab, sah sie strahlend schön aus. Meagan blickte an ihrem eigenen grünen Ballkleid hinab – es war nicht halb so verführerisch wie das von Lady Matilda. Meagan hatte auch nicht ihre erregenden Kurven und besaß nicht ihre auffallende Schönheit.

Lady Matilda schien den ganzen Saal mit strahlendem Licht zu erfüllen, als sie ihn betrat. Meagan konnte ihn nicht mal mit mattem Kerzenschein erhellen. Das Selbstvertrauen, das Barrett ihr zu Beginn des Abends eingeflößt hatte, schmolz dahin, und ein Gefühl von Leere machte sich breit.

Als Lady Matilda Barrett bemerkte, betrachtete sie ihn mit verächtlichem Hochmut, obwohl ein neugieriges Lächeln um ihre Lippen spielte.

Meagans Blick schweifte zu Barrett. Er schritt auf Lady Matilda zu, ohne den Blick von ihr zu nehmen. Er verharrte vor ihr und sagte etwas zu ihr.

Sie schoss aus ihren blauen Augen Blitze auf ihn ab, doch sie behielt ihr neugieriges Lächeln.

Barrett grinste amüsiert zurück; in seinen Augen glitzerte ein sonderbares Licht, das fast etwas Bittendes hatte.

Sie zusammen zu sehen, machte klar, was Barrett für Lady Matilda empfand. Er hatte gesagt, dass er einst geglaubt hatte, in Lady Matilda verliebt zu sein, dass dies jedoch vorbei sei. Jetzt konnte Meagan deutlich sehen, dass er sich selbst belogen hatte. Er liebte sie immer noch.

Sir James' Worte schienen in ihren Ohren widerzuhallen: *Mein Cousin hat nicht die leiseste Ahnung, was es heißt, eine Frau zu lieben.* Doch er wusste es. Er liebte Lady Matilda mit all ihrer Perfektion und Schönheit.

Die Erkenntnis war wie ein Stich in ihr Herz. Sie biss sich auf die zitternde Unterlippe und spürte den Schmerz wie den in ihrem Herzen. Sie sah einen Mann mit leuchtend roter Kniehose und weißen Strümpfen nahen. Es überraschte sie selbst, wie ruhig ihre Stimme klang, als sie sagte: »Wenn Ihr mich entschuldigen wollt, Sir James, ich halte es für besser, mich zu verstecken. Ich sehe, dass ein weiterer von Harolds Freunden naht.«

Sir James blickte sie mit gerunzelter Stirn an, doch sie eilte bereits durch den Ballsaal davon und mischte sich unter die Menge. Der Mann folgte ihr. Ein plötzliches Klopfen in ihren Schläfen und ein Schwindelgefühl veranlassten sie, sich in eine Nische zu ducken und sich dort zu verbergen. Die Schritte des Mannes verhallten auf dem Gang.

Meagan trat aus der Nische hervor und bemerkte, dass sich direkt dahinter ein Gesellschaftszimmer befand. Ein Tisch war in der Mitte aufgestellt, auf dem ein Sortiment bunter Häppchen und Gebäck lockten. Sie näherte sich dem Tisch. Vor ihrem geistigen Auge sah sie wieder den Ausdruck auf Barretts Gesicht, als er mit Lady Matilda gesprochen hatte.

Tränen brannten in ihren Augen und rannen ihre Wangen hinab.

Er liebte Lady Matilda.

Sie nahm ein Shrimps-Kanapee und biss hinein.

Natürlich liebte er sie. Lady Matilda war perfekt und schön.

Meagan kostete ein mit Krabben gefülltes Blätterteigtäschchen und einen überbackenen Champignon.

Wie hatte sie jemals denken können, dass sie Barrett dazu bringen konnte, Lady Matilda zu vergessen?

Sie nahm noch ein Kanapee. Meagan hatte keinen Appetit, doch beim Essen fühlte sie sich besser. Als sie den langen Tisch einmal ganz umrundet und von allem etwas gekostet hatte, hörte sie eine tiefe, gebieterische Stimme vom Flur her. Sie erstarrte. Lord Collins.

Sie schlich näher heran, um zu lauschen.

»Wir treffen Fenwick am Freitag im Park«, sagte Mr Fields mit seiner öligen Stimme. »Kommt Ihr?«

»Können wir ihm vertrauen?«

»Ich weiß es nicht. Waterton gab ihm das Geld, um seine Schulden zu bezahlen, aber wir haben ihm klar gemacht, dass er stirbt, wenn er aussteigen will.« Mr Fields lachte leise.

Meagan schluckte und presste eine Hand auf ihre Brust, plötzlich von Furcht erfüllt. Es war leicht zu glauben, dass Lord Collins in die Machenschaften mit den Advokaten des Teufels verwickelt war.

»Sehen wir Euch dann dort?«

»Ja.«

Meagan sah plötzlich die großen roten Flecken auf ihren Armen, Händen und auf dem Dekolleté. Solch einen schlimmen Schub hatte sie noch nie gehabt. Sie wusste, dass die Aufregung, Barrett mit Lady Matilda zu sehen und zu erkennen, dass er sie liebte, den Ausbruch ihres Ausschlages ausgelöst hatte. Sie musste weg, und zwar schnell.

Meagan wartete, bis die Schritte der Männer verklangen. Dann steckte sie den Kopf aus der Tür, um zu sehen, ob der Gang verlassen war. Sie sah Mr Fields und Lord Collins in der Menge verschwanden und lief in die entgegengesetzte Richtung davon.

Ihre Haut brannte wie Feuer. Sie spürte, dass ihre Zunge anschwoll. Sehr bald würde ihr ganzer Körper befallen sein. Wenn Barrett sie so sah – er würde den Anblick nicht ertragen können. Sie eilte am Spielzimmer vorbei und erhaschte einen flüchtigen Blick auf die Kartentische, die von etlichen Damen und Herren umlagert waren. Dann schlüpfte sie durch eine andere Tür.

Ihre Schritte schienen auf den italienischen Fliesen widerzuhallen. Die gestreifte Tapete an den Wänden verschwamm hinter ihren Tränen.

Schließlich fand sie den hinteren Ausgang des Herrenhauses. Sie trat in die Kälte hinaus. Die kalte Luft tat ihrer brennenden Haut gut. Im Mondschein konnte sie auf ihrem Dekolleté und dem kleinen Streifen Haut zwischen ihren Handschuhen und den Kleiderärmeln sehen, wie sich der Nesselausschlag vergrößerte.

Sie lief an einer Stechpalmenhecke vorbei, die an eine Seite des Grundstücks grenzte. Licht aus den Fenstern des Hauses fiel darauf und ließ die roten Beeren glänzen. Vor ihr tauchte der Zufahrtsweg auf. Sie sah eine lange Reihe von Kutschen. Die Fahrer hielten sich in der Nähe auf. Ihre Stimmen hallten durch die Nachtluft und schienen in ihren Ohren zu pochen.

Niemand durfte sie so sehen.

Sie fuhr herum, um in die entgegengesetzte Richtung zu rennen, und prallte gegen eine harte Brust.

»Wen haben wir denn hier?«

Meagan blickte auf und sah in Lord Kensingtons Gesicht. Es war die letzte Demütigung, die sie ertragen konnte. Aufschluchzend schlug sie die Hände vors Gesicht und wünschte sich nichts sehnlicher, als zu sterben.

Lord Kensington räusperte sich. Dann tätschelte er ihren Rücken. »Na, na, wer wird denn weinen?«

Sie spürte seine Arme um sich, seine Hände auf ihrem Rücken. Seine Freundlichkeit überraschte sie, und sie schluchzte noch lauter.

»Schon gut, Kind. Nichts ist all diese Aufregung wert. Ich nehme an, dass mein Sohn dafür verantwortlich ist. Ich wusste, dass es nicht lange dauern wird, bis er Euch wehtut.«

»Er war es nicht so sehr – doch, ja, er war es. Wenn er nicht gewesen wäre, hätte ich darauf geachtet, was ich esse.« Sie bekam einen Schluckauf und schluchzte laut auf.

»Kommt, kommt. Lasst Euch von mir nach Hause bringen, und Ihr könnt mir alles erzählen.«

»Würdet Ihr das tun?«

»Ja, ich bin kein Scheusal. Hier!« Er reichte ihr ein Taschentuch.

Sie erstickte damit einen Schluckauf und schnäuzte sich.

»Ihr müsst frieren.« Er zog seinen Umhang aus und legte ihn um ihre Schultern. »Meine Kutsche steht dort drüben.«

»Ich kann mich so nicht sehen lassen«, sagte Meagan und hielt den Kopf gesenkt.

»Ihr braucht Euch keine Sorgen wegen der Tränen zu machen, Kind. Es ist bekannt, dass Ladys weinen.«

Sie brach wieder in Schluchzen aus. Lord Kensington schüttelte den Kopf, murmelte etwas darüber, dass er leidenschaftliche junge Dinger nie verstehen würde, und führte sie zu seiner Kutsche.

Die Stimmung im Ballsaal hatte ihren Höhepunkt erreicht. »Ich habe deine Frau kennen gelernt. Das arme Mädchen tut mir Leid«, sagte Lady Mathilda zu Barrett.

»Dein Mitleid kannst du dir sparen. Sie ist glücklich.« Barrett hielt Ausschau nach Meagan. Um sich selbst zu beweisen, dass er über die Affäre mit Lady Matilda hinweggekommen war, hatte er sie in eine Unterhaltung verwickelt. Er war so erstaunt über seine völlige Gleichgültigkeit ihr gegenüber gewesen, dass er Meagan nicht so genau im Auge behalten hatte, wie es hätte sein sollen. Jetzt konnte er sie nirgendwo entdecken.

»Entschuldige mich.« Barrett verneigte sich vor Lady Matilda.

»Du kannst nicht einfach so weggehen«, brauste sie auf.

»Unsere Konversation ist zu Ende.« Er verließ sie. Sie legte die Hände auf die Hüften, und ihr Gesicht wurde rot vor Wut. Er schritt auf James, der gerade Lady Gledhill über die Tanzfläche wirbelte, und klopfte ihm auf die Schulter.

James tanzte an den Rand der Tanzfläche und fragte Barrett, als die Musik endete: »Was ist los?«

»Hast du Meagan gesehen?«

»Als ich sie zum letzten Mal sah, ging sie zur Damentoilette.«

Barrett argwöhnte, dass sie mit Burrows zusammen war.

Sein Blick schweifte durch den Ballsaal, und seine Miene hellte sich auf, als er Burrows entdeckte, der mit Fenwick und seinen Freunden sprach.

Lady Gledhill sah Barrett die Besorgnis an. »Sie ist bestimmt auf der Toilette. Soll ich mal nachschauen?«

Barrett nickte. »Danke, das wäre nett.« Er wartete, bis sie fort war. Dann sagte er: »Ich werde sie suchen.«

James folgte ihm auf dem Absatz. »Sie ist hier irgendwo. Ich würde mir keine Sorgen machen.«

»Es gefällt mir nicht. Wo könnte sie sein?«

In diesem Moment sah er Collins, der in einer Ecke mit Lady Dennison sprach. Er nickte Barrett steif zu, und ein überlegenes Lächeln breitete sich auf seinen Lippen aus.

»Wann ist dieser Bastard hergekommen?« Barrett schaute Collins aus zusammengekniffenen Augen an.

»Er ist bisher im Spielzimmer gewesen.«

Barrett wollte zu Collins gehen, doch James zog ihn zurück. »Lass dich nicht von ihm provozieren.«

»Er könnte wissen, wo Meagan ist.«

»Ich habe einen Mann auf ihn angesetzt, der ihn beobachtet. Er weiß nichts davon. Wir werden sie finden.«

Lady Gledhill schritt zu ihnen. Ihre Miene war besorgt. »Auf der Damentoilette habe ich sie nicht gesehen.«

»Danke«, murmelte Barrett geistesabwesend und eilte davon, um Meagan zu suchen.

Kapitel 21

Meagan wischte mit ihrem Taschentuch die Tränen fort. Sie hatte sich an Lord Kensingtons Schulter ausgeweint und richtete sich jetzt verlegen auf. »Es tut mir so Leid. Ich wollte nicht, dass mich jemand so sieht.«

»Es braucht Euch nicht Leid zu tun, Kind.« Er hob ihr Gesicht an und blickte auf die roten Flecken, die im Laternenlicht deutlich zu sehen waren. Seine Augen weiteten sich. »Du meine Güte! Wie sieht denn Euer Gesicht aus?«

Sie zog sich zurück und ließ den Kopf hängen. »Es ist mein Hautleiden. Es bricht jedes Mal aus, wenn ich Pilze esse. Es dauert dann ein, zwei Tage. Es ist schrecklich. Ich habe damit mein ganzes Leben lang gelebt. Erst mit fünfzehn, als unser alter Koch starb und wir einen neuen bekamen, fand ich heraus, dass der Verzehr von Pilzen daran schuld ist. Gott sei Dank mochte der neue Koch keine Pilze.«

»Nun, ein Glück für Euch, dass Ihr die Krankheitsursache herausgefunden habt.« Lord Kensington wirkte erleichtert.

»Ich hätte vorsichtig sein müssen«, sagte Meagan mit kaum hörbarer Stimme. »Barrett wird sich vor meinem Anblick ekeln. Er darf mich so nicht sehen.«

»Dann müsst Ihr mit in mein Haus kommen. Ich werde Euch bei mir einquartieren.«

»Das würdet Ihr für mich tun?«

»Ich will Euch nicht belügen, Kind.« Er nahm ihre Hand und drückte sie. »Ich habe Hintergedanken. Ich gebe zu, als ich Euch kennen lernte, hielt ich Euch unpassend für meinen Sohn, doch inzwischen glaube ich, dass er unpassend für Euch ist.« Er blickte betrübt vor sich hin. »Ihr erinnert mich zu sehr an meine Vedetta. Ich kann nicht zulassen, dass mein Sohn Euer Leben ruiniert, und so wahr ich hier sitze, er wird Euch unglücklich machen. Ich bin überzeugt, dass er niemanden lieben kann. Er ist ein verlorener Fall. Leider ist er der Mensch, zu dem ich ihn gemacht habe.« Sein Gesicht spiegelte Schmerz und Traurigkeit wider.

Meagan spürte seinen seelischen Schmerz. Sie wollte etwas sagen, das die Vergangenheit und die Jahre der Feindseligkeit ändern konnte, in denen eine unsichtbare Mauer zwischen Barrett und seinem Vater entstanden war, aber keine Worte der Welt konnten dies bewirken. So drückte sie seine Hand und sagte: »Ihr braucht Euch keine Sorgen um mich zu machen. Ich hatte keine großen Erwartungen, als wir geheiratet haben.« Ihre Augen füllten sich erneut mit Tränen, und sie blinzelte dagegen an.

Zwei Stunden später saß Meagan in ihrer Kammer in Lord Kensingtons Haus. Sie blickte sich um. Das Bett aus Rosenholz war nicht so groß wie das in Pellam House, doch die Kammer war gemütlich wie ihr Zimmer in Fenwick Hall. Ein Sofa und ein Frisiertisch standen an den hellblau getünchten Wänden. In der Kammer würde sie sich wohl fühlen, bis der Hautausschlag verschwand und sie heimkehren konnte. Würde Barrett ihre Abwesenheit überhaupt bemerken? Würde es ihm etwas ausmachen, dass sie fort war?

Oh, er machte ihr Komplimente und Geschenke und küsste sie, und da war echtes Verlangen in diesen Küssen gewesen, besonders als er sie so erregend gestreichelt und ihr gezeigt hatte, was wahre Lust bedeutete. Doch Meagan war klar, dass er sie nur berührt hatte, weil sie ihm ihr Herz ausgeschüttet und ihm erzählt hatte, dass sie gekränkt war. Es war seine Art gewesen, sein Gewissen zu erleichtern – dazu hatten auch die Geschenke gedient, die er ihr überreicht hatte.

Sie schritt zum Fenster und drückte ihre Nase an die Scheibe. Eine Eiche, deren Äste bis an die Häuserwand reichten, nahm ihr die freie Sicht auf den Himmel. Sie spähte an den knorrigen Zweigen vorbei und konnte nur Wolken sehen. Ganz gleich, wie angestrengt sie hinsah, sie konnte keinen Stern oder den Mond entdecken, um sich orientieren zu können. Wenn sie die Sterne nicht sehen konnte, fühlte sie sich hilflos wie ein verirrter Kapitän, der nach einem Zeichen am Himmel sucht. Während ihrer einsamen Kindheit waren die Sterne ihr einziger Trost gewesen. Heute Nacht würde es keinen Trost geben, wenn sie ihn am meisten brauchte.

Sie verzog das Gesicht und sah ihr Spiegelbild in der Scheibe. Der Ausschlag bedeckte ihr Gesicht, den Hals und die Arme. Es schien keine Stelle an ihrem Körper zu geben, die nicht befallen war. Eine Erinnerung stieg in ihr auf…

Es war der Tag des jährlichen Weihnachtsballs ihrer Eltern. Das Haus war von Aufregung erfüllt. Diener wieselten herum wie Ameisen. Der Geruch von Apfelwein,

Zimt und Plumpudding drang in jeden Winkel des Hauses.

Oben in ihrer Kammer im zweiten Stock des Hauses blickte Meagan durch ihr Teleskop. Es war ein perfekter Tag für einen Weihnachtsball. Dicke weiße Wolken trieben am Himmel dahin. Bei Einbruch der Nacht würde es schneien.

Bevor Meagan sich vom Fenster abwandte, zögerte sie und starrte auf ihr Spiegelbild in der Scheibe. Sie sah kein zwölfjähriges Mädchen mit kastanienbraunen Locken und veilchenblauen Augen – sie sah nur die scheußlichen Flecken auf ihrem Gesicht. Ihr kam in den Sinn, dass es keinen Spiegel in ihrer Kammer gab, und jäh wusste sie, warum. Mit einem Stirnrunzeln trat sie vom Fenster fort und ging zum Bücherschrank.

Sie las die Aufschriften auf den Buchrücken. Seit einer Woche hatte sie jetzt den Nesselausschlag. Sie hatte fast jedes Buch gelesen, dessen Lektüre ihr die Eltern erlaubt hatten. Würde der Ausschlag verschwinden? Sie sehnte sich danach, Lochlann zu sehen und mit ihm zu spielen, doch ihre Mutter hatte ihr verboten, in ihrem Zustand das Haus zu verlassen.

Schritte erklangen hinter ihr. Meagan beobachtete, wie ihre Mutter in einem indigoblauen Kleid die Kammer betrat. Sie war eine schöne Frau. Schwarzhaarig, wohlgeformt, mit einer weißen Haut, die so makellos war, dass sie dem Teint von Meagans Porzellanpuppen ähnelte. Ihre Mutter hatte oftmals stolz gesagt, sie habe so makellose Haut, dass niemand sie auf vierzig schätzen würde.

»Mein Liebling.« Sie tätschelte Meagans Kopf, und ihre Lippen verzogen sich zu einem mitfühlenden Lächeln.

Sie küsste oder umarmte Meagan niemals, wenn die

Allergie ausbrach. Ein Tätscheln – das war alles, was Meagan dann erhielt, als ob ihre Mutter Angst hätte, sie könnte sich an Meagans Ausschlag anstecken.

»Ja, Mama«, sagte Meagan und sah, wie ihre Mutter die Hand sinken ließ und zurücktrat.

»Ich bin nur hochgekommen, um dir zu sagen, wie Leid es mir tut, dass du heute Abend an den Festlichkeiten nicht teilnehmen kannst.«

»Aber ich habe auch den Ball im letzten Jahr versäumt.«

»Ich weiß, mein Liebling, aber wir können dich nicht in die Gesellschaft gehen lassen. Leute können sehr grausam sein, weißt du. Wir haben uns sehr bemüht, deine Krankheit geheim zu halten.«

»Warum?«

»Nun, es wird die Aussichten deines Bruders auf eine gute Heirat verderben. Das willst du doch nicht, oder?«

»Nein, Mama.« Meagan schüttelte den Kopf, und ihre langen Locken schwangen hin und her.

»Ganz meine Tochter. Nun bleib in deiner Kammer wie ein braves Mädchen.« Ihre Mutter lächelte sie an und tätschelte ihre Schulter.

»Ja, Mama.« Meagan senkte den Blick auf ihr Kinderschürzchen und fragte sich, ob ihre Mutter wirklich wollte, dass Harold eine gute Partie machte, oder ob sie sich einfach nur wegen ihrer Tochter schämte.

»Ich habe Tessa angewiesen, dir zu erlauben, lange aufzubleiben.«

»Danke, Mama.«

»Jetzt gehe ich besser. Es ist Zeit, aufzubrechen. Wir werden dich vermissen.« Ihre Mutter hauchte ihr einen Kuss zu und schwebte aus der Kammer.

Meagan starrte auf die Tür. Es machte ihr nicht wirklich etwas aus, den Ball zu versäumen. Sie wollte ohnehin nicht, dass jemand sie mit dem Ausschlag sah. Aber sie wünschte sich, dass ihre Mutter sie einmal in die Arme nahm, wenn sie den Ausschlag bekam. Nur einmal…

Nach dieser Erinnerung wandte sich Meagan vom Fenster ab und ging zum Bett. Sie glaubte, einen riesigen Kloß in der Kehle zu haben. Sie kämpfte dagegen an, nicht wieder zu weinen, schob die aufgerollten Ärmel des Morgenrocks herunter, den sie sich von Lord Kensington geliehen hatte, zog ihn aus und wollte zu Bett gehen, als sie unten im Haus lautes Geschrei hörte.

»Du kannst sie nicht stören!« Meagan erkannte Lord Kensingtons barsche Stimme.

»Verdammt noch mal, und ob ich das kann! Sie ist meine Frau!« Barrett. Sie hatte seine Stimme niemals so zornig erhoben gehört.

»Du verdienst keine Frau.«

»Ist dir klar, dass es mich fast wahnsinnig gemacht hat, sie zu suchen? Du hättest mich wenigstens wissen lassen können, dass sie hier ist. Wo ist sie?«

Türen knallten.

Meagan zuckte jedes Mal zusammen, wenn eine Tür aufgerissen und zugeknallt wurde. »Guter Gott!«, murmelte sie.

»Nun hör mal!«, grollte Lord Kensington.

»Halte dich da raus!«

Barrett erreichte die Tür von Meagans Kammer und rüttelte daran. »Meagan, ich weiß, dass du dort drin bist. Mach die verdammte Tür auf!«

»Nein! Ich will nicht mit dir reden. Geh weg!« Er durfte

sie nicht so sehen. Eher würde sie sterben. Verzweifelt suchte sie nach einem Fluchtweg und rannte zum Fenster.

Die Tür ächzte in ihren Angeln. »Es ist mir ernst, Meagan! Mach auf, oder ich schlage die verdammte Tür ein!«

»Ich will nicht mit dir reden.« Meagan schob das Fenster auf.

»Was tust du da?«, brüllte Lord Kensington. »Nimm nicht die Statue. Sie ist antik!«

Die Tür splitterte, und ein Teil einer marmornen Büste stieß durch das Holz.

Meagan raffte den Saum ihres Nachthemdes und stieg aus dem Fenster auf einen Ast der Eiche. Kalte Luft biss in ihr Gesicht und bauschte das Nachthemd. Ihre Zähne klapperten aufeinander. Sie holte tief Luft und kletterte weiter.

Erneut ein Krachen aus der Kammer.

Sie zuckte zusammen und erreichte den Baumstamm, klammerte sich mit den Füßen an die Rinde und kletterte hinab. Sie schrammte sich Knie und Schienbeine auf.

In dem Moment, in dem ihre Füße den Boden berührten, steckte Barrett den Kopf aus dem Fenster und brüllte: »Hölle und Verdammnis! Komm zurück, Meagan!«

Meagan sah, dass er sich aus dem Fenster lehnte. Sie presste sich atemlos gegen den Baum, die nackten Füße wie festgefroren auf dem Boden.

»Meagan!« Sein Aufschrei gellte durch die Nacht und verhallte längs des schwarzen Eisenzauns, der Lord Kensingtons Grundstück von dem seines Nachbarn trennte.

Meagan hörte, wie Barrett vom Fenster fortging. Sie lief um den Baum herum in den Garten, rannte an einer Reihe von Hecken vorbei und stürzte ins Kutschhaus. Vor Kälte zitternd und mit klappernden Zähnen, zog sie die Tür hinter sich zu. Der Geruch von Pferden, Leder und Achsenfett erfüllte die Luft.

Sie lief an drei Kutschen vorbei, die in der Dunkelheit aufragten, und fand eine Ecke mit hoch aufgeschichtetem Stroh. Eine Pferdedecke, zurückgelassen von einem nachlässigen Stallburschen, lag auf dem Boden. Meagan schnappte sie sich, wühlte sich in das Stroh hinein und zog die Decke über sich. Sie spürte, wie die grobe Wolle über ihren Ausschlag scheuerte.

Hier konnte sie sich verstecken. Hoffentlich würde er sie nicht finden …

Die Tür des Kutschhauses flog auf. Sie hörte Barrett keuchend atmen.

»Ich weiß, dass du hier bist, Meagan. Ich kann es spüren.« Etwas von dem Zorn wich aus seiner Stimme. »Du kannst dich nicht vor mir verstecken. Du hast mich auf eine fröhliche Jagd geschickt, und ich liebe fröhliche Jagden, aber nicht, wenn ich bei der Suche nach dir fast verrückt werde. Es ist an der Zeit, herauszukommen, Meagan.«

Meagan seufzte leise; sie glaubte ihm keinen Augenblick. Sie duckte sich und krabbelte so leise sie konnte tiefer in den Strohhaufen hinein. Bevor sie ihr Gesicht ganz bedecken konnte, erhellte Laternenschein das Kutschhaus. Meagan kniff ihre Augen fest zu. Sie hörte Barretts Schritte nahen.

Er kam näher … näher …

Vor dem Haufen Stroh verharrte er.

Meagan hielt den Atem an, ihr Herz hämmerte.

Sie hörte einen dumpfen Laut, als er die Laterne auf dem Boden abstellte. Dann kitzelte er ihren großen Zeh.

Meagan erschrak, als sie erkannte, dass ihr Fuß halb aus dem Stroh ragte.

»Dieser Zeh kommt mir bekannt vor, und er fühlt sich hübsch warm an.« Er streichelte über ihren Fuß, dann glitten seine Hände über ihren Knöchel hinauf. »An diesen Knöchel erinnere ich mich ebenso. Komm raus, Meagan.«

Sie kämpfte gegen die Versuchung an, mit dem Bein auszutreten und im Stroh begraben zu bleiben. »Ich will dich nicht sehen und nicht mit dir sprechen. Geh weg!«

»Das habe ich nicht vor.« Er hielt im Streicheln ihres Knöchels inne. Seine Stimme wurde samten und reuevoll. »Ich wollte, dass du deinen ersten Ball in guter Erinnerung behältst. Ich befürchte, das ist mir nicht gelungen, Prinzessin. Kannst du mir verzeihen?«

Beim Klang seiner Stimme verspürte Meagan ein überwältigendes Verlangen, Barrett zu berühren. Sie setzte sich auf und streckte die Hand nach ihm aus. Die Decke fiel von ihrem Gesicht und den Schultern herab.

Barretts Augen weiteten sich, als er ihr Gesicht erblickte. Er hätte nicht überraschter sein können, wenn sie ihm in den Bauch getreten hätte. Zu spät erkannte sie, dass sie sich seinem Blick ausgeliefert hatte.

»Was ist passiert?« Er strich sanft mit den Fingerspitzen über ihr Kinn.

»Rühr mich nicht an!« Ihre Augen füllten sich mit Tränen, und sie schlug die Hände vors Gesicht und schluchzte: »Ich habe Pilze gegessen. Sie lösen diesen Ausschlag bei mir aus. Gott weiß, ich wollte nicht, dass du mich so siehst. Ich habe versucht, vorsichtig zu sein, aber als ich dich mit Lady Matilda sah – oh, ich wünschte, wir hätten nie geheiratet. Ich wünschte, ich wäre daheim auf dem Land, wo ich hingehöre, und Harold wäre nicht so dumm gewesen, alles Geld und mich zu verspielen. Ich sollte nicht mit jemandem zusammen sein. Ich weiß, dass du Lady Matilda liebst und deshalb nie zu mir ins Bett kommst. Nun, du kannst sie haben. Ich werde die Ehe annullieren lassen, und du kannst zu ihr gehen. Ich will nur in Frieden gelassen werden. Es war alles mit mir in Ordnung, als ich auf dem Land lebte. Ich kann nicht mal …«

Barrett brachte sie mit einem Kuss zum Verstummen. Er nahm sie in die Arme und zog sie auf seinen Schoß, ohne den Kuss zu unterbrechen. Seine Lippen glitten über ihren Mund, und sie schmeckte ihre eigenen Tränen an seinem Mund.

Er sagte an ihren Lippen: »Du bist immer schön für mich, egal wie du gerade aussiehst, Prinzessin.«

»Das glaube ich dir nicht. Ich sehe schrecklich aus.«

»Würde ich dies bei jemandem tun, der mich abstößt?« Er tupfte winzige Küsse auf ihr Gesicht und den Hals, während er seine Finger in die langen Locken grub, die auf ihren Rücken hinabfielen.

»Barrett …«

Sie konnte nicht glauben, dass er sie tatsächlich berührte, dass er sie küsste. Ihr ganzes Leben lang hatten die Leute sie gemieden – selbst ihre eigenen Eltern. So oft war sie gezwungen gewesen, wegen ihres Nesselausschlags in ihrer Kammer zu bleiben, und sie hatte sich danach gesehnt, von jemandem akzeptiert zu werden, von jemandem berührt zu werden und das Gefühl zu haben, begehrt zu sein, trotz aller Mängel. Barrett schenkte ihr bedingungslose Zuneigung, zum ersten Mal in ihrem Leben tat das ein Mensch. Tränen rannen ihr Gesicht hinab.

Er hob den Kopf und schaute ihr in die Augen. Er schob eine Haarsträhne aus ihrer Stirn und küsste die Tränen fort. »Nicht weinen, Prinzessin.«

»Ich kann nicht glauben, dass du dir etwas aus mir machst.« Sie biss sich auf die Unterlippe und sah in seine Augen.

»Ich begehre dich, und ich werde es beweisen.«

Er rollte sich über sie und küsste sie tief und verlangend. Seine Männlichkeit, der Duft von Stroh, seines Rasierwassers und der Stärke seines Hemdes – all das erfüllte ihre ausgehungerten Sinne und machte sie benommen. Sie streichelte über seinen Rücken, genoss das Gefühl, ihn zu berühren, und wünschte, dass sein Kuss und der Zauber des Augenblicks nie enden würden.

Seine Zunge verschmolz in erregendem Spiel mit ihrer, während er eine ihrer Brüste umfasste, sie streichelte und reizte, sodass sich ihre Brustspitze aufrichtete und hart wurde. Meagan stöhnte auf und wölbte sich ihm entgegen.

»Süße … süße Prinzessin«, murmelte er und küsste ihren Hals hinab.

»Barrett …« Ihre Stimme verlor sich, als sie spürte, wie er seinen Oberschenkel zwischen ihre Beine zwängte und sich dann auf sie hinabsenkte.

Seine Hüften bewegten sich in einem langsamen kreisenden Tanz, seine Erektion presste sich hart gegen sie, berührte eine geheime Stelle in ihr, die nur er zur Ekstase bringen konnte.

Meagan wand sich unter ihm, von einer heißen Sehnsucht getrieben. Er küsste sie wieder, so leidenschaftlich, dass sie ein Prickeln bis in ihre Zehenspitzen spürte.

Kühn geworden durch sein Verlangen, fuhr sie mit der

Hand unter das Leinen seines Hemdes und streichelte seine nackte Haut. Sie konnte die kleinen Narben auf seinem Rücken unter ihren Fingerspitzen spüren, und sie fühlte, dass sein Körper zitterte vor unerfülltem Verlangen.

»Verzeih mir, Prinzessin. Ich muss dich haben.« Er riss den Saum ihres Nachthemdes hoch und knöpfte hastig seine Hose auf. Er befreite seine Erektion, hob die Hüften an und drang in sie ein.

Meagan spürte, wie er durch ihr Jungfernhäutchen stieß und versteifte sich. Obwohl es leicht schmerzte, war es ein wundervolles Gefühl – etwas, auf das sie gewartet und das sie zu fühlen erhofft hatte. Endlich war er in ihr. Endlich war sie in jeder Hinsicht seine Frau. Sie fühlte sich vollkommen glücklich, so, wie sie es in ihren Träumen nie für möglich gehalten hätte. Sie umarmte ihn so fest sie konnte, spürte, wie er sich in ihr bewegte, wie seine pulsierende Härte tief in sie stieß.

»Hölle und Verdammnis, ist das gut«, stöhnte er und küsste sie von neuem.

Meagan grub die Fingernägel in seinen Rücken, ihr Körper schrie nach Erfüllung. Sie fand sie mit ihm. Er stieß ein letztes Mal zu, und ein Zittern durchlief ihn.

»Oh, Meagan ...« Er sank auf sie.

»Habe ich etwas falsch gemacht?«, fragte Meagan und sie spürte, wie Befangenheit sie erneut ergriff.

Barrett küsste sie zärtlich auf den Mund. »Du hast alles richtig gemacht«, flüsterte er an ihren Lippen.

»Ich verstehe nicht ...«

»Barrett!« Lord Kensingtons Stimme vor dem Kutschhaus überschlug sich fast.

»Verdammt!«

Barrett knöpfte hastig seine Hose zu, während Meagan ihr Nachthemd herunterstreifte. Barrett warf die Decke über sie und nahm sie auf seine Arme, als Lord Kensington durch die Tür stürmte. Er blieb abrupt stehen, den Morgenrock nicht gegürtet, die Nachtmütze schief auf dem Kopf.

»Da seid ihr«, grollte Lord Kensington und nahm den Anblick von Barretts zerzaustem Haar, das Stroh auf seinem Jackett und der Hose und das Verlangen wahr, das immer noch in seinen Augen brannte. Sein Blick glitt zu Meagan, die versuchte, das Stroh aus ihren Haaren zu klauben. »Ich sehe, ich komme zu spät.«

»Ich würde sagen, dein Timing war perfekt.« Barrett bedachte seinen Vater mit einem schadenfrohen Blick. »Und wenn es dir nichts ausmacht, bringe ich jetzt meine Frau nach Hause, wo sie hingehört.«

Lord Kensington wurde zornig. Er verschränkte die Arme vor der Brust. Einen Moment kämpfte er mit Barrett in einem stummen Krieg, in dem sie sich mit ihren Blicken beschossen.

»Es ist wirklich alles in Ordnung, Eure Hoheit«, platzte Meagan heraus, weil sie befürchtete, sie würden mit den Fäusten aufeinander losgehen.

»Es tut mir Leid, Kind«, sagte Lord Kensington, und seine Miene spiegelte Bedauern und Ärger wider. »Ich hätte ihn früher aufhalten sollen.«

»Es wird alles gut werden.« Meagan wusste nicht, ob sie das selbst glaubte, doch ihr gelang ein beruhigendes Lächeln. »Werdet Ihr Weihnachten in der Stadt sein, Eure Hoheit?«

Barrett versteifte sich. »Ich bin sicher, er wird nach Frankreich zurückkehren.«

»Tatsache ist, dass ich das nicht tun werde. Ich habe mich entschieden, an den Feiertagen hier zu bleiben.«

»Dann müsst Ihr uns beim Weihnachtsessen Gesellschaft leisten. Werdet Ihr die Einladung annehmen, Eure Hoheit?«

»Ich freue mich darauf.« Lord Kensington lächelte seinen Sohn an, und sein Gesichtsausdruck hatte bemerkenswerte Ähnlichkeit mit der Miene, die Barrett aufsetzte, wenn er unergründlich grinste.

»Gute Nacht«, knurrte Barrett und schritt mit Meagan auf den Armen an seinem Vater vorbei aus dem Kutschhaus.

»Du hättest netter zu ihm sein sollen.« Meagan schmiegte den Kopf an seinen Hals.

»Ich weiß, was du versuchst, Meagan. Es wird nicht klappen. Du wirst unsere Gefühle füreinander nicht ändern.«

»Ich habe es immer für unmöglich gehalten, die engsten Verwandten nicht zu lieben. Schließlich teilt ihr dasselbe Blut. Du musst deinen Vater lieben – wenigstens ein bisschen.«

»Ich bin überzeugt, dass ich niemanden lieben kann – besonders nicht meinen Vater.«

Meagan betete, dass er sich irrte. Es musste einfach so sein. Die verletzte Seite seiner Seele musste gesprochen haben.

Es war schon spät, als Barrett Meagan vor ihrer Kammertür absetzte. »Kommst du nicht hinein?« Sie blickte hoffnungsvoll zu ihm auf.

Er starrte in ihre blauen Augen mit den langen Wimpern, und Schuldgefühle quälten ihn. Er hatte den Kopf verloren und sie genommen. Sie würde ihn verabscheuen, wenn sie erfuhr, dass sie nicht wirklich verheiratet waren. Wenn er in ihre Kammer ging, würde er wieder der Versuchung erliegen, und so sagte er: »Ich würde dich mit meiner Schlaflosigkeit wach halten. Es ist besser, wenn ich nicht mit dir die Kammer teile. Gute Nacht.« Er wandte sich ab.

Meagan hielt ihn am Arm fest. »O nein. So leicht wirst du mir nicht entkommen.« Sie schlang die Arme um seinen Nacken und küsste ihn.

Barrett erwiderte den Kuss und übernahm schnell die Initiative. Er fuhr mit den Händen durch ihr langes Haar, küsste sie, bis sie um Atem rang, und sein Verlangen nach ihr fast übermächtig wurde. Schließlich zog er sich zurück. Er brauchte all seine Willenskraft, um zu sagen: »Geh jetzt ins Bett, Prinzessin.«

Sie setzte ein verführerisches Lächeln auf. »Ich hoffe, du findest ein Heilmittel gegen deine Schlaflosigkeit, denn ich habe nicht vor, den Rest meines Lebens allein zu schlafen, Barrett. Wozu soll ein Ehemann gut sein, wenn er eine Frau nicht in einer kalten Nacht warm halten kann? Dann hätte ich ebenso gut eine Wärmflasche heiraten können.«

Der zynische Ausdruck auf ihrem vom Ausschlag befallenen Gesicht wirkte fast komisch. Dennoch hielt Barrett Meagan für die attraktivste Frau, die er jemals gesehen hatte. »Du wirst feststellen, dass Ehemänner von größerem Nutzen sind als Wärmflaschen, Prinzessin.« Er schlug ihr spielerisch auf das Gesäß. »Geh jetzt ins Bett.«

»Also gut.« Sie zog einen Schmollmund, als sie in ihre Kammer ging.

Er schloss die Tür und erschrak, als er fast mit Lyng zusammenprallte. »Musst du dich so anschleichen?«

»Ich bin nicht geschlichen.« Lyng musterte Barrett, und sein Blick war wissend. »Anscheinend, Mylord, steckt Ihr tiefer in Schwierigkeiten als erwartet.«

»Nicht nötig, darauf hinzuweisen, Lyng.«

»Wann werdet Ihr der Lady die Wahrheit sagen?«

»Das ist meine Sache«, blaffte Barrett. »Sonst noch etwas?«

»Jawohl. Sir James erwartet Euch im oberen Wohnzimmer.«

Barrett fand James ausgestreckt auf einer Couch beim Kamin, ein Glas Brandy in einer Hand und eine Zigarre in der anderen.

»Was bringt dich her?«, fragte Barrett und trat näher.

James setzte sich auf und zog an seiner Zigarre. »Ich habe mich gefragt, ob du deine Frau gefunden hast.« Er hob eine Braue bei dem Wort »Frau«.

»Ich habe sie gefunden.«

»Wo?«

»Im Haus meines Vaters.« Barrett setzte sich auf die Couch neben James.

James entgingen nie kleinste Details, und so bemerkte er sofort einen abgeknickten Strohhalm am Revers von Barretts Jackett. Er nahm das Stroh in die Hand und betrachtete es. »Hat dein Vater jetzt den Stall im Haus?«

»Ich fand sie im Kutschhaus.«

»Und?« James blickte ihn von der Seite an.

»Ich habe es mit ihr getan. Dort. Im Stroh.« Barrett fühlte sich nach diesem Bekenntnis überraschend besser.

James paffte an seiner Zigarre und blies einen Rauchring

zur Decke. Er musterte Barrett scharf durch den Rauch. »Du weißt, dass dies die Dinge kompliziert.«

»Ich weiß. Verdammt, es ist einfach passiert.«

»Einfach passiert, wie?« James' Mundwinkel verzogen sich zu einem skeptischen Grinsen.

»Ja, aber es wird nicht wieder geschehen.«

»Tatsächlich nicht?« James hob zweifelnd eine Augenbraue.

»Du brauchst mich nicht so anzusehen. Ich meine, was ich sage.«

»Natürlich.«

Barrett blickte seinen Cousin finster an. Die Reaktion darauf war ein breites weiteres Grinsen.

Tessa starrte auf den verblassenden Ausschlag auf Meagans Gesicht. »Oh, Meagan. Du warst nicht vorsichtig auf dem Ball.«

»Stimmt, das war ich nicht, aber ich bin gegangen, bevor mich jemand gesehen hat.«

»Hat er dich gesehen?« Tessa wies in Richtung Barretts Zimmer.

»Ja. Und weißt du was, Tessa? Er hat überhaupt nicht so reagiert, wie ich erwartet hatte. Er war freundlich und verständnisvoll.« Meagan lächelte ihre Zofe strahlend an.

Tessa stemmte die Hände auf die drallen Hüften und musterte Meagan. »Ich sehe dir an, dass er endlich seine ehelichen Pflichten erfüllt hat, ein bisschen spät, wenn du mich fragst. Dir erst all diesen Kummer zu machen! Oh, und dieser Ausdruck auf deinem Gesicht. Du liebst ihn, nicht wahr? So sicher, wie ich hier stehe, liebst du ihn.«

»Ja, Tessa. Ich glaube, er wird zur Vernunft kommen und ein guter Ehemann sein.«

»Ich hoffe, dass du Recht hast. Das hoffe ich wirklich. Bis jetzt war er kein so guter. Ich werde gehen und dir ein Sodabad vorbereiten. Es wird den Juckreiz lindern. Bin sofort zurück.«

Tessa runzelte die Stirn, als sie den nachdenklichen Gesichtsausdruck ihrer Herrin sah. Es war nicht der glückliche Ausdruck, den eine frisch verheiratete Braut haben sollte, sondern er verriet Unsicherheit und Zweifel.

Tessa schlüpfte auf den Flur hinaus. Sie sah, dass Seine Lordschaft Sir James Barrett eine gute Nacht wünschte und ihn verabschiedete. Dann wandte sich Lord Waterton um und schritt auf sie zu. Er sah müde aus, und seine Miene war finster.

Tessa ließ sich dadurch nicht beirren. Sie sammelte ihren Mut und sagte: »Mylord, darf ich Euch kurz sprechen?«

Er verharrte und starrte auf sie hinab. »Ja, was ist?«

»Ihr haltet mich vielleicht für unverschämt, aber ich muss einfach mit Euch reden.«

»Nur zu.« Er machte eine auffordernde Geste. »Ich höre.«

»Ich bitte Euch, meiner Herrin nicht wehzutun. Ich weiß, dass sie Euch liebt. Versprecht mir, dass Ihr sie nicht seelisch verletzen werdet. Sie kennt nichts von der Welt, hat ihr ganzes Leben abgeschieden verbracht und ihr kann sehr leicht das Herz brechen, weil sie empfindsamer ist als andere. Sie versucht, es nicht zu zeigen, doch so ist es. Bitte, sagt mir, dass Ihr meiner Herrin nicht wehtun werdet.« Tessa sah, dass sich seine Miene verhärtete.

»Du magst mich nicht, wie?« Der Blick seiner blauen Augen schien sie zu durchbohren.

»Ich muss ehrlich sagen, dass es stimmt.« Tessa fühlte sich beklommen bei seinem forschenden Blick.

»Und warum magst du mich nicht?«

»Weil Ihr meine Herrin gezwungen habt, Euch zu heiraten, obwohl Ihr sie nicht liebt. Ich habe noch nicht herausgefunden, warum Ihr sie geheiratet habt, denn sie hat ja keine Mitgift, aber ich nehme an, es wird noch herauskommen.« Sie erwiderte offen seinen Blick und sah eine Andeutung von Gefühl in diesen kalten blauen Augen. »Aber ihr habt mir noch nicht Euer Wort gegeben. Versprecht mir, dass Ihr meiner Herrin kein Herzeleid zufügen werdet.«

In seinen Augen flackerte kurz Bedauern auf, verschwand jedoch schnell hinter einem harten Ausdruck. »Ihr würde ihr nie absichtlich wehtun.«

»›Absichtlich‹, wie meint Ihr das? Ist das nur eine komische Art zu sagen, dass Ihr meiner Herrin auf andere Art das Herz brechen werdet?«

»Wenn du mich jetzt entschuldigst, es ist spät.« Er schritt an ihr vorbei und ging in seine Kammer.

Tessas Augen füllten sich mit Tränen, und sie murmelte: »Guter Gott, ich habe es gewusst, er wird meiner Lady wehtun.«

Kapitel 22

Am nächsten Morgen machte sich Meagan auf die Suche nach Barrett.

Sie hatte sich in der vergangenen Nacht danach gesehnt, ihn bei sich zu haben, doch er war nicht zu ihr gekommen, und sie hatte sich nicht getraut, zu ihm zu gehen – besonders nicht mit ihrem Hautausschlag.

Zum Glück war der Ausschlag dieses Mal überraschend schnell zurückgegangen. Mit ein wenig Puder war er fast gar nicht zu bemerken. Als Meagan die Treppe hinunterging, passierte sie zwei riesige Gemälde, einen Rubens und einen Tizian. Die ernsten Augen der Personen darauf schienen ihren Weg zu verfolgen.

In der Halle stand Coates auf einer Leiter und hängte eine Girlande aus Tannenzweigen über den Eingang der Bibliothek. Unter ihm stand Reeves, der ihm half.

Der Duft der Tannenzweige stieg ihr in die Nase. Sie sah, dass Reeves' Hand zitterte. »Guten Morgen, ich sehe, wir dekorieren.«

»Ja, Mylady.« Coates lächelte von der Leiter auf sie herab. »Wir hoffen, es gefällt Euch.«

»Es sieht schön und festlich aus.« Meagan beobachtete, wie er die Girlande befestigte. »Ist Seine Lordschaft zu Hause?«

Plötzlich dröhnte Barretts Stimme von jenseits der Halle. »Was habt Ihr hier zu suchen?«

»O Gott! Wer hat ihn verärgert?« Meagan spähte durch die Halle.

»Mr Burrows ist hier.« Reeves verzog das Gesicht.

»Er ist gerade erst eingetroffen.« Coates, den der plötzliche Aufruhr schon wieder aus dem Konzept gebracht hatte, neigte sich zu weit auf der Leiter vor.

»Vorsicht!« Meagan packte die Leiter, die umzukippen drohte. Coates verlor dennoch das Gleichgewicht. Seine Arme ruderten Halt suchend durch die Luft.

Mit überraschender Schnelligkeit für einen Mann seines Alters packte Reeves Coates an den Beinen und stützte ihn. »Ich habe dich!« Reeves freute sich über seine Rettungstat, und sein faltiges Gesicht verzog sich zu einem Lächeln.

»Danke.« Coates war kreideweiß geworden.

Zufrieden, weil eine Katastrophe vermieden worden war, rannte Meagan zu der anderen. Sie folgte dem Klang der lauten Stimmen zum Damenzimmer und fand Barrett und Lochlann, die sich Nase an Nase gegenüberstanden. Barrett hielt Lochlann an der Krawatte gepackt. Lochlanns Gesicht war durch den Würgegriff rot angelaufen.

»Barrett! Hör auf!«, rief Meagan.

»Warum?« Er starrte Lochlann in die Augen.

»Er hat mich gestern Abend gefragt, ob er sich bei dir entschuldigen kann«, platzte sie heraus. »Ich wollte es dir sagen, aber bei allem, was geschehen ist, habe ich's vergessen. Bitte lass ihn gehen!«

Als Barrett zurücktrat, holte Lochlann japsend Luft und rieb sich über den Hals. Mit heiserer Stimme stieß er hervor: »Ich sollte jetzt gehen.«

»Ich bringe dich hinaus.« Meagan warf Barrett einen

vorwurfsvollen Blick zu, der aber den Zorn in seinen Augen nicht milderte.

Barrett nahm ihre Hand. »Er findet selbst hinaus.«

»Es ist nicht nötig, uns anzukündigen«, ertönte plötzlich eine Stimme in der Halle.

Meagan erkannte Lord Uptons Bariton. Sie seufzte vor Erleichterung über die willkommene Ablenkung.

Als Holly und John das Damenzimmer betraten, sah Holly sofort die grimmigen Mienen von Barrett und Lochlann; dann warf sie Meagan einen mitfühlenden Blick zu. »Ah, ich sehe, wir stören. Du musst mir verzeihen.«

»Ihr stört nicht«, sagte Meagan. »Bitte kommt herein.«

Barretts Miene hellte sich etwas auf, als er Holly sah. »Mr Burrows wollte gerade gehen, nicht wahr?« Barrett musterte Lochlann von oben bis unten.

»Ja.« Lochlann machte ein langes Gesicht.

»Ich bringe dich hinaus.« Meagan nahm seinen Arm.

Barrett öffnete den Mund, um etwas zu sagen, aber Holly ließ es nicht dazu kommen. »Lieber Barrett, du musst mir alles erzählen, was gestern Abend auf dem Ball passiert ist. Ich habe so viel darüber gehört.«

Meagan lächelte in sich hinein. Sie wusste, dass Holly ihr Bestes tun würde, um Barrett abzulenken. Sie folgte Lochlann aus dem Damenzimmer. In seiner blauen Hose und der Jacke aus Samt sah er besonders schick aus. Ihr Blick glitt über die Knitterfalten an seinen Ärmeln, und sie musste an Barrett denken und daran, dass seine Kleidung stets tadellos war. Aber sie hatte natürlich noch nie einen Gentleman gekannt, der so viel Wert auf sein Äußeres legte. Vor ihrem geistigen Auge sah sie, wie er ausgesehen hatte, nachdem er sie im Stroh geliebt hatte. Ein Lächeln stahl sich auf ihre Lippen.

»Ich weiß nicht, wie du ihn ertragen kannst, Meagan.« Lochlanns Worte wischten ihr das Lächeln aus dem Gesicht.

»Er ist nicht so schlimm, wie es scheint. Und du hättest nicht herkommen sollen. Ich habe dir gesagt, dass ich dir eine Nachricht schicke.«

»Ich habe gewartet. Ich weiß, dass du immer bei Tagesanbruch aufstehst, und als ich nichts von dir hörte, dachte ich, es wäre in Ordnung, dich zu besuchen.«

»Heute Morgen habe ich geschlafen.« Sie war so müde und nach dem Abenteuer mit Barrett so befriedigt gewesen, dass sie verschlafen hatte. Das Blut stieg ihr in die Wangen.

Lochlann bemerkte ihr Erröten. »Du liebst ihn, nicht wahr?« Er klang verletzt. »Nie in Millionen Jahren hätte ich gedacht, dass du dich in einen Mann wie ihn verlieben könntest. Er ist der Falsche für dich.«

»Halte mir bitte keine Predigten.« Sie ließ seinen Arm los. »Ich hatte gehofft, du wärst über all das hinweggekommen. Ich möchte, dass diese Ehe funktioniert. Wenn du das nicht akzeptieren kannst, dann können wir keine Freunde sein.«

Lochlann ergriff ihre Hand. »Es tut mir Leid.«

Er wirkte so verloren. Sie tätschelte seine Schulter. »Also gut. Ich verzeihe dir. Wir geben uns ein Versprechen. Du sprichst nicht über meine Ehe, und ich werde nicht nach deinem Liebesleben fragen.« Sie versuchte ein Lächeln, und dann fiel ihr etwas ein. »Sag mir, was hast du über Mr Fields und Mr Coburn herausgefunden?«

»Nicht viel. Ich habe versucht, sie auszuhorchen. Ich habe sogar Harold auf dem Ball zur Seite genommen und nach seiner Beziehung zu Fields und Coburn befragt. Er gab mir nur ausweichende Antworten und bat mich, von dir fern zu bleiben und keine Probleme zu machen.«

»Hoffentlich hast du ihm gesagt, dass du nie vorgehabt hast, Probleme zu machen.« Meagan warf Lochlann einen tadelnden Blick zu.

»Glaube mir, Meagan, ich will dir nicht wehtun. Ich weiß jetzt, dass du dich mit dieser Ehe abgefunden hast; ich will nur dein Freund sein.«

Meagan schwieg einen Moment und sagte dann: »Das möchte ich auch.«

»Wenn du es wünschst, werde ich mich an Fields und Coburn heranmachen. Vielleicht nehmen sie mich in diese Gruppe auf. Dann könnte ich dafür sorgen, dass Harold nicht in Schwierigkeiten gerät.«

»Würdest du das tun, Lochlann? Vielen Dank.« Impulsiv umarmte sie ihn.

Plötzlich räusperte sich ein Mann hinter ihnen. Meagan schluckte. Sie blickte über die Schulter und sah Barrett. Ihr Mund wurde trocken. Wie lange hatte er dort schon gestanden?

»Ich habe mich nur von Lochlann verabschiedet«, platzte sie heraus.

»Das kann ich sehen.«

»Geh jetzt, Lochlann.« Meagan ging auf Barrett zu und blockierte ihm den Weg.

Dieses eine Mal in ihrer zwanzigjährigen Freundschaft gehorchte Lochlann Meagan aufs Wort. Er schritt durch die Halle davon.

Meagan sah, dass Barrett ihm nachschaute, und schlang die Arme um seine Taille. »Sei bitte nicht so böse auf mich.« Sie stellte sich schnell auf die Zehenspitzen, presste sich an ihn und küsste ihn.

Sie nahm seine heftigen Atemzüge wahr und spürte, dass sich seine Muskeln anspannten, wie zum Kampf mit Lochlann bereit. Sie fuhr fort, ihn zu küssen, und streichelte über seinen Rücken.

Nach einer Weile entspannte er sich, schlang die Arme um sie und küsste sie zurück. Meagan genoss es, dass sie solch ein Verlangen in ihm wecken konnte. Es war eine Waffe, die sie nutzen konnte, um diesen Teil von ihm zu durchbrechen, den er vor ihr abschirmte.

Plötzlich ertönten Schritte hinter ihnen. Barrett stöhnte auf. Er unterbrach den Kuss.

»Nein, nein, macht nur weiter«, sagte Holly lächelnd. »Wir wollten gerade gehen. Ihr werdet uns morgen Nachmittag im Hyde Park Gesellschaft beim Schlittschuh laufen leisten. Ich bin in meinem Zustand natürlich nicht in der Lage, mitzumachen, aber wir werden die Kinder dabeihaben. Ann hat mich ausdrücklich beauftragt, euch beiden zu sagen, dass sie mit eurem Kommen rechnet.«

»Wir können Ann nicht enttäuschen.« Meagan lächelte. »Wir werden dort sein.«

»Sehr gut.« Holly ergriff Johns Hand. »Komm, Liebling. Wir sind schon länger hier als erwünscht.«

»Wenn es dir erlaubt ist ...« – John blickte zu Meagan und grinste dann Barrett an – »freue ich mich auf einen kleinen Trainingsboxkampf mit dir bei Jackson's.«

»Komm schon, Liebling. Das Letzte, was Barrett jetzt im Sinn hat, ist ein Boxkampf.« Holly schaffte es, ihren

Mann trotz ihres dicken Bauchs durch die Halle fortzuziehen.

»Ich weiß, was er im Sinn hat.« John neigte sich zu ihr und rieb mit der Nase zärtlich über ihren Hals, was sie zum Kichern veranlasste.

Meagan hörte ihr Geplänkel, blickte ihnen lächelnd nach und empfand eine Spur Neid, als sie sich wieder Barrett zuwandte. Seine Miene war alles andere als die eines Verliebten. Das Lächeln schwand aus ihrem Gesicht.

Er blickte auf sie hinab. »Ich will Burrows nicht noch einmal in diesem Haus sehen.«

»Aber ...«

»Ich meine es ernst, Prinzessin.« Er drehte sich um und rief durch die Halle. »Warte, John. Ich bin jetzt bereit für einen kleinen Boxkampf.«

»Das lasse ich mir nicht entgehen.«

Meagan schaute Barrett nach, als er hinter den beiden her eilte. Er ließ sie einfach stehen, während noch die Sehnsucht in ihr glühte, und er begehrte sie auch, Meagan hatte das Verlangen in seinen Augen gesehen. Sie würde ihn niemals verstehen. Heute Abend würde er nicht weggehen, das versprach sie sich selbst.

Meagan lief zur Treppe und sah Tessa und Lyng. Tessa starrte den Diener wütend an.

»Ihr kennt meinen Herrn nicht«, sagte Lyng.

»Ich kenne ihn gut genug.«

»Er ist ein ehrenwerter Mann.«

Tessa schnaubte verächtlich.

Dann bemerkten sie Meagan und beendeten ihr Gespräch. Um ein bisschen Frieden in der Familie zu haben, sagte Meagan: »Wir gehen morgen mit Lord und

Lady Upton zum Schlittschuh laufen. Ich erwarte, dass ihr beide uns Gesellschaft leistet.«

»Was?«, fragten Tessa und Lyng gleichzeitig und blickten entgeistert.

»Ihr habt es gehört.« Meagan ging in ihre Kammer. Ein kleines Päckchen lag auf ihrem Kissen.

Sie lief hin und packte es aus. Es enthielt eine Schatulle. Meagan klappte sie auf und starrte auf eine goldene Taschenuhr. Der Deckel war mit Diamanten besetzt. Auf dem beiliegenden Kärtchen stand:

Prinzessin,
ich dachte mir, du kannst sie gebrauchen,
wenn wir das nächste Mal ausgehen.
Barrett

Meagan starrte auf die hastig hingekritzelte Unterschrift. Kein liebevoller Gruß. Nur *Barrett.* Eines Tages würde sie Worte der Zuneigung erhalten. Er hatte sie geliebt. Das gab ihr Hoffnung.

Im Jackson's war nicht viel los an diesem Nachmittag. Barrett und John waren die einzigen Boxer im Ring. Ein paar andere Männer trainierten an Sandsäcken, während ein Trainer sie mit seinem Spott antrieb: »Ihr streichelt das Leder wie Ladys.«

Der Geruch von Schweiß und Tabakrauch erfüllte die Luft, doch Barrett nahm ihn gar nicht wahr. Er glaubte, noch Meagans Rosenwasserparfüm zu riechen und ihre Lippen auf seinem Mund zu spüren. Dann sah er ein anderes Bild von Meagan mit Burrows vor seinem geistigen Auge. Es ärgerte ihn, dass Meagan ihm anscheinend nicht genug vertraute, um ihn zu bitten, ihrem Bruder zu helfen. Natürlich verdiente er ihr Vertrauen nicht, aber das wusste sie nicht. Er stieß eine weitere Gerade nach John, der geschickt auswich und Barrett am Kinn traf.

Barrett stolperte einen Schritt zurück und schüttelte den Schlag ab. »Verdammter Glückstreffer. Ich wette, das schaffst du nicht noch einmal, Junge.«

»Und ob ich das schaffe. Du bist nicht bei der Sache. Warum, zum Teufel, hast du sie allein gelassen, um hier zu sein?« John tänzelte um Barrett herum und suchte nach einer Lücke in seiner Deckung.

»Das Gleiche könnte ich dich fragen«, sagte Barrett und landete einen sauberen Treffer auf Johns Rippen.

John krümmte sich kurz. »Holly und ich können uns im Augenblick nicht lieben – Verbot des Doktors. Und welche verdammte Ausrede hast du, Mann?«

»Ich kann ebenfalls nicht mit Meagan schlafen.«

»Ich sah Anzeichen von einem Ausschlag auf ihrem Gesicht. Hat sie etwas Ansteckendes?«

»Nein, nichts desgleichen. Es ist viel schlimmer.«

»Schlimmer?« Johns Brauen ruckten hoch.

»Ja.« Barrett musste bei jemandem sein Herz ausschütten, und John war die einzige Person außer James auf der Welt, der er vertraute –manchmal hatte er sogar bei James Zweifel.

Oh, er hatte Bekannte, doch diese Beziehungen waren oberflächlich; die Gentlemen hofften, aus der Bekanntschaft mit ihm Nutzen zu ziehen. Doch John konnte nicht mit Reichtum gekauft werden, und Barrett schätzte ihn deshalb hoch. Obwohl sie beide so taten, als bekämpften sie sich, waren sie die engsten Freunde. So schlug Barrett weiterhin auf John ein, während er ihm die ganze Geschichte erzählte.

Als er endete, war er so erschöpft, dass er kaum noch die Arme heben konnte, und er keuchte abschließend: »Ich weiß wirklich nicht, was ich tun soll.«

»Da sitzt du ja schön in der Patsche! Ich gebe zu, ich muss noch lernen, wie der weibliche Verstand funktioniert, aber ich sehe nur einen Ausweg.«

»Dann erleuchte mich.« Barrett wich mit Mühe einem linken Haken von John aus.

»Sag ihr die Wahrheit. Sei überzeugend und betone die Tatsache, dass du die Heiratsurkunde mit ehrenwerten Absichten gefälscht hast – schließlich steht das Wohlergehen unserer gesamten Regierung auf dem Spiel, und du hast gedacht, sie sei ein Mitglied dieser verbrecherischen Gruppe. Dann gehen ihr die Argumente aus, besonders, wenn du zu Kreuze kriechst und sie auf den Knien um Verzeihung bittest. Und dann heirate sie.«

Barrett grübelte über die Worte nach. Die Ehre verlangte, sie zu heiraten, nachdem er ihr die Jungfräulichkeit genommen hatte. Der gesunde Menschenverstand sagte ihm, dass er ihr das Herz brechen würde. Es stimmte, dass er sie gern hatte, sie mehr begehrte als jemals eine Frau in seinem Leben, doch er bezweifelte, dass er Liebe für sie empfand – oder für irgendjemanden sonst.

John erkannte, dass Barretts Konzentration nachließ. Er fuhr grinsend fort. »Keine Frau sollte sich mit dir einlassen,.aber du könntest dich selbst und sie überraschen.« Er nutzte seinen Rest von Energie und hämmerte auf Barretts Rippen ein.

Barrett konterte mit einer gestochenen Rechten. Beide Männer gingen zu Boden. Sie landeten gleichzeitig auf der Matte.

»Verdammt, das war ein gutes Gefühl«, stöhnte John. »Aber es ist ein dürftiger Ersatz für eine Nacht mit einer Frau.«

»Da hast du verdammt Recht.« Barrett grinste ihn an.

In dieser Nacht konnte Meagan nicht schlafen. Sie hatte schon versucht zu lesen, konnte sich aber nicht konzentrieren. Quälgeist hob den Kopf. Sie streichelte über seine Ohren und spürte sein weiches Fell kitzelnd auf ihrer Haut durch das dünne Seidenneglígé, das sie ausgewählt hatte, um Barrett zu verführen. Fast so gewagt wie das durchsichtige Hemdchen und das Höschen, das sie zuvor getragen hatte, öffnete es sich in der Mitte und wurde nur von zwei Verschlüssen in Höhe ihrer Brust gehalten.

Meagan seufzte. »Ich liebe dich, weißt du, aber ich muss dir leider sagen, dass du nicht annähernd an dein Herrchen herankommst.«

Der kleine Hund verharrte reglos und schaute sie mit seinen großen Augen an.

»Sag mir eines: Warum zieht er es deiner Meinung nach vor, die ganze Nacht mit Harold Karten zu spielen, anstatt zu mir zu kommen? Ich bin ganz sicher, dass er jetzt seit einer Stunde in seinem Zimmer ist. Ich glaube, ich muss den ersten Schritt unternehmen. Was meinst du?«

Quälgeist hob den Kopf und bellte.

»Ja, da stimme ich dir völlig zu.« Sie fühlte sich in dieser Nacht kühner, da ihr Ausschlag fast verschwunden war. Als Meagan aufstand, sprang Quälgeist hinter ihr her und bettelte, aus der Kammer herausgelassen zu werden.

»Sehr gut. Aber wenn du mich verlassen musst, wünsch mir Glück.«

Quälgeist bellte wieder.

Sie tätschelte ihn und ließ ihn hinaus. Dann beobachtete sie, wie er den Gang entlangtollte und in der Dunkelheit verschwand. Meagan drehte sich um und blickte auf die Verbindungstür.

Licht schimmerte unter der Tür hervor. Sie drehte den Türknauf und stellte fest, dass nicht abgeschlossen war. Die Tür quietschte in den Angeln, als Meagan sie aufzog und ins Zimmer spähte. Ihr Blick schweifte durch den Raum, und sie entdeckte Barrett ausgestreckt auf einem Sofa beim Kamin, in einer Hand ein Buch, ein Brandyglas in der anderen.

Er trug nur einen dunkelblauen Morgenrock mit breitem V-Ausschnitt. Meagan blickte gebannt auf seine Brust und erinnerte sich daran, wie sich seine Muskeln unter ihren Fingerspitzen angefühlt hatten. Ihr Blick glitt über seine langen, kräftigen Finger, die das Buch hielten. Sie erinnerte sich, wie er mit diesen Händen ihre Brüste gestreichelt und ihre Hüften gepackt hatte, als er sie kraftvoll genommen hatte. Eine Woge von Hitze erfasste ihren Körper und erfüllte sie mit einem solchen Verlangen, dass sie den Atem anhielt. Sie befürchtete, er würde das heftige Pochen ihres Herzens hören.

Plötzlich sah er auf. Sein Blick glitt über ihren Körper und verweilte bei ihren Brüsten. Dann blickte er tiefer, über ihre Hüften bis zu ihrem Schoß. »Hast du keine Nachthemden, die dich besser bedecken?«, fragte er und schluckte.

»Gefällt es dir nicht?«

»Wie könnte es mir nicht gefallen?« Sein Blick glitt aufwärts. Das Blau seiner Augen schien dunkler zu werden und mit der Intensität eines Kometen zu leuchten.

Aus seiner Reaktion schloss sie, dass er äußerst erfreut über ihren Anblick war. Sie schritt zu ihm hinter das Sofa und blickte stirnrunzelnd auf das Buch hinab. Es war Aristoteles' *Organon* in lateinischer Übersetzung. »Wusstest du, dass du dein Buch verkehrt herum hältst?«

»Ich langweile mich sehr leicht. Anders herum ist es reizvoller.« Er blickte sie fragend an. »Möchtest du es mal versuchen?«

»Nein, ich ziehe die langweilige Art vor.« Sie lächelte auf ihn hinab und legte die Hände auf seine Schultern.

Er versteifte sich. »Du solltest jetzt wirklich ins Bett gehen.«

»Ich konnte ohne dich nicht schlafen.«

»Ich würde dich mit meiner Schlaflosigkeit nur wach halten. Es ist das Beste, du schläfst allein.«

Meagan ignorierte ihn. »Du bist sehr verspannt.«

Sie massierte Barretts Schultermuskeln und erinnerte sich daran, wie ihre Hände unter sein Hemd geglitten waren, als sie sich geliebt hatten.

Nach einer Weile entspannte er sich und legte das Buch mit einem leisen Aufstöhnen auf das Sofa. »Deine Finger bereiten mir eine süße Qual. Wo hast du das Massieren erlernt?«

»Wenn mein Vater krank war, pflegte ich ihm den

Nacken zu massieren. Es half ihm, sich zu entspannen.« Meagan knetete seine Nackenmuskulatur. Sie spürte die Narben unter der Seide seines Morgenrocks und sagte: »Du brauchst es mir nicht zu sagen, wenn du es nicht willst, und es mag neugierig klingen …«

»Du kannst mich alles fragen, Prinzessin. Es gibt keine Geheimnisse zwischen uns, oder?« Er wandte den Kopf und sah scharf zu ihr auf.

Meagan dachte an ihr Geheimnis Harold betreffend, und ihr Blick wurde nachdenklich.

»Ist etwas nicht in Ordnung, Prinzessin?«

»Nein, nein.« Geistesabwesend massierte sie weiter.

Er drehte sich und senkte den Kopf zur Seite. Sie begann seine linke Schulter zu bearbeiten.

Meagan sagte sich, dass es klüger wäre, das Thema Geheimnisse zu wechseln und auf ihre Frage zurückzukommen. »Woher stammen die Narben auf deinem Rücken?« Sie rief sich in Erinnerung, dass sie fälschlich seinen Vater beschuldigt hatte, für die Narben verantwortlich zu sein, und ihre Miene verfinsterte sich.

Barrett schwieg eine Weile. Seine Schultern spannten sich wieder an. »Ich hatte einen besonderen Internatsdirektor, Mr Loveless, der es liebte, seine Frustrationen mit einem Stock abzureagieren.«

»Er hat dich geschlagen? Warum hast du das nicht deinem Vater erzählt?«

»Ich wusste, dass mein Vater nicht behelligt werden wollte, und er hätte vermutlich gedacht, dass ich die Prügel verdient hatte. Weißt du, ich war kein sehr guter Schüler. Ich habe die Geduld jedes Schuldirektors bis zum Äußersten strapaziert. Es wurde zu einem Spiel für mich.« Er grinste. »Ich wechselte fast so schnell von einem Internat zum nächsten wie man mir Saures gab.«

»Warum?« Meagan stellte sich den Jungen Barrett vor, ganz allein, erzogen von unduldsamen Schulmeistern und Probleme machend, um Aufmerksamkeit zu erheischen.

»Ich habe nie darüber nachgedacht, warum ich das getan habe.« Er hob sein Glas, trank es leer und stellte es auf einen Beistelltisch.

»Du musst einen Grund gehabt haben.« Meagan setzte die Massage fort.

»Ich nehme an, ich wollte meinem Vater so viel Ärger machen wie ich konnte – und ich schaffte das auch sehr gut.« Er grinste halbherzig und sagte mehr zu sich selbst als zu Meagan: »Die Direktoren aller Internate, in denen ich war, bezeichneten mich als unverbesserlichen Bengel – nun, tatsächlich benutzten sie viel unfreundlichere Ausdrücke. Ich wäre nicht in Cambridge zugelassen worden, wenn mein Vater keinen guten Bekannten in der Prüfungskommission gehabt hätte.«

»Aber du hast dich gut entwickelt. Du bist einer der wohlhabendsten Männer Englands.«

»Das habe ich meinem Vater zu verdanken. Als ich zwanzig war und aus der Universität in Cambridge rausflog, kam er nach England und hielt mir eine Standpauke, dass ich ihn und unseren guten Namen entehrt hätte. Ich erinnere mich noch genau an die Worte: »Du bist noch wertloser als der sprichwörtliche falsche Penny. Du hast dem Namen Rothschild und jedem deiner Vorfahren Schande gemacht. Du magst mein Erbe sein, aber jetzt ist Schluss damit. Hörst du. Schluss! Ich will nichts mehr mit dir zu tun haben. Von heute an ist dein Taschengeld gestrichen, ebenso alle anderen Zahlungen. Ich werde nicht zusehen, wie du mein Geld für deine verkommenen Ausschweifungen ausgibst.« Barretts Stimme nahm einen harten Klang an. »Als ich ihn vor Wut tobend aus dem Arbeitszimmer stürmen sah, schwor ich, ihm zu beweisen, dass er sich irrte.«

»Und was hast du getan?«

»Ich erbte ein kleines Vermögen aus einem Treuhandfonds, den meine Mutter mir vermacht hatte. Ich studierte den Aktienmarkt und nutzte meine Energie nicht mehr dafür, meinen Vater zu ärgern, sondern zum Investieren. So wurde ich reich – reicher als mein Vater war oder jemals sein wird. Ich habe ihn nie auch nur um einen Viertelpenny gebeten.« Barrett versuchte, erfreut über das Erreichte zu klingen, doch der Klang seiner Stimme verriet mehr Einsamkeit als Stolz.

»Es gibt mehr im Leben als Geld.«

»Niemand weiß das besser als ich.« Er hielt ihre Hände fest, drückte sie gegen seine Schultern und rieb leicht mit den Daumen über ihre Handrücken.

Hitze von seiner Berührung stieg in ihr auf. Meagan neigte sich hinab, spreizte die Finger und schob sie über seine Schulter hinab bis zur Brust. Sie spürte seinen Herzschlag unter den Fingerspitzen. Unendlich langsam schob sie ihre Hände tiefer seinen Körper hinab.

Er atmete scharf ein. Er hielt ihre Hände fest, bevor sie weiter hinabgleiten konnten. »Du solltest jetzt in dein Zimmer gehen«, sagte er mit belegter Stimme.

Ihre Lippen berührten fast sein Ohr, als sie flüsterte: »Das klingt, als ob du wirklich wolltest, dass ich gehe.«

»Meagan ...« Er wisperte ihren Namen gequält, fast flehend, und sein Körper spannte sich an.

»Ich will dich.« Sie küsste seine Wangen hinab und flüsterte. »Liebe mich.«

»Verdammt …«, murmelte er. Dann grub er seine Finger in ihr Haar und zog ihren Kopf zu sich herunter, um sie zu küssen.

Kapitel 23

Von dem Moment an, in dem Meagan in seine Kammer gekommen war, hatte Barrett gewusst, dass er verloren war. Er musste sie einfach küssen, sie berühren, ihren Körper an dem seinen spüren. Ohne den Kuss zu unterbrechen, zog er sie um das Sofa herum.

Schnell und geschickt streifte er ihr Negligé ab. Ein Hauch von Seide fiel auf den Boden, als er Meagan auf seinen Schoß zog.

Sein Blick schweifte über ihren Körper. Ihr Haar bedeckte eine ihrer Brüste. Kerzenschein schimmerte auf ihrem flachen Bauch, den Hüften, auf dem schwarzen Dreieck ihres Schamhügels. Er hatte viele Frauen gehabt, doch keine so begehrt wie sie.

»Du bist wunderschön«, sagte er und neigte sich hinab, um sie zu küssen, während er ihre Brüste umfasste.

Sie schlang die Arme um seinen Nacken, und ihre Finger glitten unter den Kragen seines Morgenrocks.

Ihr zärtliches Streicheln löste ein prickelndes Gefühl in ihm aus. Sein Herz schlug schneller. Er streichelte ihren Leib hinab, tastete über ihren Schamhügel, tauchte in ihre warme Weichheit ein und streichelte sie dort, während er ihren Hals und bis zu ihren Brüsten hinab küsste. Seine Zungenspitze umschmeichelte jede ihrer rosafarbenen Knospen, und er spürte, wie sie in seinem Mund hart wurden.

»So köstlich«, sagte er, als sie sich unter seiner Hand wand.

Ihre Hände glitten seine Brust hinab. Sie spielte mit den Härchen und küsste ihn mit Hingabe.

Ihre Leidenschaft erregte ihn. Seine Zunge verschmolz mit ihrer, während er sie weiter streichelte. »Du bist bereit für mich«, flüsterte er.

»Das war ich schon, als ich in dein Zimmer kam«, murmelte sie und strich zärtlich mit den Fingerspitzen über seine Brustwarzen.

»Komm, Prinzessin ...« Erregt umfasste er ihre Hüften und hob sie rittlings auf sich.

Ihre feuchte Weichheit rieb sanft über sein hartes Glied. Er bewegte sich an ihr, langsam, und ihre Hüften passten sich dem sanften Auf und Ab an, eine süße Qual, die sein Verlangen ins Unermessliche steigerte.

Er hatte das Gefühl zu zerspringen, wenn er nicht bald Erlösung finden würde. Aufstöhnend drang er in sie ein.

»Küss mich, Barrett«, hauchte sie.

Er küsste sie, und Meagan spürte ihn zugleich tief in sich. Sie fanden einen Rhythmus, der ihnen beiden die Erfüllung brachte.

Als sie auf dem Höhepunkt ihrer Lust aufschrien, klammerte er sich an sie und erkannte, dass er zitterte wie ein junger Mann, der seine erste Frau nahm. In gewisser Weise war sie seine erste: die erste Frau, mit der er das Bett geteilt und die ihm gleichzeitig etwas bedeutet hatte. Das war eine neue Erfahrung für Barrett.

Meagan strich sein Haar zurück, das ihm ins Gesicht gefallen war, und lächelte auf ihn hinab. »Das war so anders, aber wundervoll. Gibt es noch viele Möglichkeiten, es zu tun?«

»Unzählige«, sage er und knabberte zärtlich an ihrem Ohrläppchen. »Und ich würde dir gern alle zeigen, aber … das wird warten müssen. Es ist spät. Du solltest längst im Bett sein.«

»Darf ich bei dir schlafen?« Sie sah ihn unter ihren halb gesenkten, dichten Wimpern an und fuhr sanft mit den Fingerspitzen über seine Lippen.

»Wenn du bleibst, wirst du nicht viel Schlaf bekommen«, flüsterte er an ihrem Mund.

»Das macht mir nichts aus.«

Barrett konnte es nicht ertragen, dass sie schon fortging. Er legte seine Hände unter ihr Gesäß und stand auf, spürte, wie sich ihre Arme um seinen Nacken spannten und sie die Beine um seine Hüften schlang. Ihre Brüste rieben gegen seine Brust, und er spürte ihren Schamhügel feucht und heiß an seinen Lenden. Als er sie aufs Bett legte, war er schon wieder bereit für sie.

Am nächsten Nachmittag, im Hyde Park, wärmte Meagan ihre Hände über einem Feuer, das in einem Eisenfass brannte. Schlittschuhläufer glitten an ihr vorbei und schlugen weite Kreise auf dem See, der vor einem Jahrhundert für Queen Carolina angelegt worden war.

Barrett kam übers Eis, Ann an der Hand. Sie liefen an ein paar Jungen vorbei, die das Schlittschuhlaufen soeben erst erlernten. Ann lachte über etwas, das Barrett zu ihr sagte.

»Hallo, Lady Meagan!«, rief Ann und winkte, als sie an ihr vorbeiglitten.

»Hallo!« Meagan winkte zurück.

Barrett lächelte und zwinkerte Meagan zu. Der leuchtend bunte Schal, den Ann für ihn gestrickt hatte, flatterte im Wind. Es kam Meagan in den Sinn, welch ein aufmerksamer Vater er sein würde. Er wirkte so natürlich, wie er Ann an der Hand hielt und ihr bei jedem Wort zuzuhören schien.

Meagan sah sie hinter einer Gruppe von Schlittschuhläufern verschwinden und musste an die vergangene Nacht denken. Sie hätte besser verlaufen können. Sie war in seinen Armen eingeschlafen, und als sie erwacht war, hatte sie festgestellt, dass Barrett sie in ihre eigene Kammer zurückgebracht hatte. Das Geräusch von Schritten riss sie aus ihren Gedanken.

Holly kam auf sie zu und blieb neben dem Feuer stehen. Ihre Wangen waren rosig von der Kälte, sie schnaufte, denn das Gehen strengte sie in ihrem Zustand an.

»Alles in Ordnung mit dir?«, fragte Meagan.

»Ja, es ist ein bisschen schwer für mich, nur zusehen zu können. Ich wünschte, ich könnte den Spaß mit den anderen teilen.« Holly sah zu ihren Kindern, lächelte und musterte dann Meagan. »Die Dinge müssen sich verändert haben. Du hast das Glühen in deinen Augen.«

»Das Glühen?« Meagan sah sie verständnislos an.

»Ja, Johns Großmutter hat mir alles darüber erzählt. Es ist dieser Blick, den Frauen haben, wenn der Mann, den sie lieben, sie glücklich gemacht hat.«

Meagan spürte, wie ihr das Blut in die Wangen schoss, und ein warmes Gefühl auf ihren kalten Wangen auslöste. »Ja, er hat mich geliebt.«

»Ich wusste, dass er es tun würde.« Ein erfreutes Lächeln hellte Hollys Gesicht auf. Sie blickte zu John, der mit Dryden und Brock über das Eis flitzte. Johns jüngerer Bruder Teddy, ein gut aussehender Mann mit eindrucksvollen braunen Augen und braunen, gelockten Haaren, gesellte sich zu ihnen. Brock rempelte seinen Bruder und Teddy an und flitzte dann auf dem Eis davon.

»Das zahle ich dir heim!« Teddy lief hinter Brock her.

»Nicht, wenn ich ihn zuerst schnappe«, sagte Dryden und rannte wie ein Eisschnellläufer los, um sie einzuholen.

John gab auf, zuckte die Achseln und richtete dann einen so liebevollen Blick auf Holly, dass Meagan eine Spur von Neid empfand. Würde Barrett sie jemals so anschauen?

John lief zu ihnen und hakte sich bei Holly ein. »Was hältst du davon, wenn ich die Schlittschuhe ausziehe und wir einen kleinen Spaziergang durch den Park machen, Liebes?«

»Hast du es aufgegeben, mit den Jungs um die Wette zu laufen?«

»Ich hatte keine Chance. Ich würde viel lieber eine Weile mit dir und dem Kleinen beisammensitzen.« Er berührte zärtlich ihren stark gewölbten Bauch und küsste sie auf die Lippen.

Meagan fühlte sich störend in diesem intimen Moment. Würde Barrett so aufmerksam sein, wenn sie eines Tages schwanger war? Sie schluckte und sagte: »Ich laufe noch eine Runde. Ihr werdet mich entschuldigen.« Schnell wandte sie sich ab, ging aufs Eis und lief davon.

Tessa stand auf der anderen Seite des Sees und beobachtete Lyng. Der kleine Mann lief Schlittschuh, als sei er auf dem Eis geboren worden; er konnte sogar rückwärts laufen. Tessa nicht. Ihr sportliches Unvermögen war offensichtlich für jeden, einschließlich Lyng. Wie um die Dinge noch zu verschlimmern, warf er ihr sonderbare Blick zu, auf dem Gesicht ein Grinsen.

Tessa wünschte sich für ihre Herrin, dass sie glücklich war, doch das Gefühl, dass Lord Waterton ihr wehtat, nagte an ihr, und alles, was in Zusammenhang mit diesem arroganten Gentleman stand, ärgerte sie, einschließlich seines Dieners. Wann immer sie sich zufällig begegneten, blaffte sie den kleinen Mann an – besonders wenn er versuchte, den Charakter seines Herrn zu verteidigen. Das ärgerte sie am meisten. So hatte sie sich angewöhnt, ihm aus dem Weg zu gehen und ihn zu ignorieren, so gut sie konnte. Aber in diesem Moment war es nahezu unmöglich, ihn nicht zur Kenntnis zu nehmen.

Weil Tessa Lyng beobachte, prallte sie mit einem Paar zusammen. Der Gentleman ergriff den Arm seiner Partnerin und verhinderte so einen Sturz. Tessa hatte nicht so viel Glück. Sie fiel, rutschte fast fünf Meer auf ihrem Hinterteil über das Eis und landete direkt vor Lyngs Füßen. Warum um alles in der Welt musste das passieren?

»Seid Ihr verletzt?«

»Nein.«

»Sehr gut.« Er bückte sich und half ihr auf die Beine.

Tessa wollte seine Hand wegschlagen, doch das Grinsen war aus seinem Gesicht verschwunden. Es zeigte jetzt echte Besorgnis. Ihr Gesäß schmerzte. »Danke«, sagte sie schweren Herzens.

»Hier, stützt Euch auf mich. Ich helfe Euch beim Hinsetzen.« Lyng legte einen Arm um ihre Taille.

Sie ärgerte sich zwar über seine angebliche Freundlichkeit, doch errötend ließ sie sich von ihm stützen. Etwas anderes überraschte sie ebenfalls: Sie fühlte sich wohl in seinen Armen. Der eigenartige Duft seines Rasierwassers, eine asiatische Duftnote aus Kräutern und Gewürzen, erfüllte ihre Sinne. Es war ein exotischer Duft, berauschend, faszinierend.

»So, da sind wir, Miss Tessa.« Er half ihr beim Setzen, und ihm entging nicht, dass Tessa vor Schmerzen das Gesicht verzog. Er setzte sich neben sie und sagte: »Ihr solltet mir einen Blick auf Eure Verletzung erlauben.«

»Nein, danke.« Tessa sah ein merkwürdiges Glitzern in seinen Augen. Sie war nicht unwissend, was die Art der Männer anbetraf; früher hatte sie einige Liebschaften gehabt. Was Lyngs Augen widerspiegelten, war mehr als nur Besorgnis. Sonderbar, es war gar nicht so schrecklich, dass er vielleicht interessiert an ihr war. Sie hörte selbst, dass ihre Stimme weicher wurde, als sie fragte: »Wie seid Ihr in dieses Land gekommen?«

Er verzog sein Gesicht, und seine Augen verengten sich. Ein schmerzlicher Ausdruck machte sich breit. »Ein teuflischer Kaiser sah meine Frau und begehrte sie. Er nahm sie als Konkubine. Ich wollte sie zurückholen, wir flüchteten den Fluss hinunter, wurden jedoch von Wächtern gefasst.« Er legte eine Pause ein, und sein Blick trübte sich. »Meine Frau nahm mein Schwert und tötete sich, um nicht zurückgebracht zu werden. Ich tötete die Wächter, konnte auf ein Schiff fliehen und verschwand für immer.«

»Das ist ja schrecklich! Ihr müsst sie sehr geliebt haben.« Tessa spürte seine Trauer und legte impulsiv eine Hand auf seinen Unterarm.

Er lächelte sie traurig an und legte seine Hand auf ihre.

Er streichelte mit dem Daumen über ihren Handrücken. »Das habe ich, aber Liebe stirbt nicht. Sie ist wie ein Fluss, der im Laufe der Zeit andere, gewundene Pfade einnimmt. Darf ich Euch heute Abend ins Theater einladen, Miss Tessa?«

Niemand hatte sie jemals so wie eine Lady behandelt. Tessa errötete, und wie in einem Traum hörte sie sich sagen: »Ja, sehr gern.«

Aus einiger Entfernung beobachtete Meagan Tessa und Lyng. Sie konnte kaum glauben, was sie sah. Die beiden wirkten in eine Unterhaltung vertieft, die Köpfe einander auf intime Art zugeneigt.

Lächelnd lief sie zu Harold, der allein auf dem Eis und anscheinend in Gedanken versunken war. Ihr Lächeln schwand, als sie sich bei ihm einhakte. »Woran denkst du?«

»Was? Oh, nichts.« Er betrachtete sie mit seinem jungenhaften Gesicht.

»Ich wollte dir nur sagen, wie stolz ich auf dich bin.«

»Weswegen?«

»Weil du Wort gehalten hast, zu Hause geblieben bist und nicht gespielt hast. Du hast dich besonders gut verhalten.«

Er schwieg eine Weile, und das Kratzen ihrer Schlittschuhe und das Geplapper der Schlittschuhläufer, die sie passierten, waren die einzigen Geräusche. Seine Miene wurde ernst. »Ich habe in letzter Zeit über mein Leben nachgedacht.«

»Und?« Meagan warf ihm einen hoffnungsvollen Blick zu. Würde er endlich erwachsen werden und verantwortungsvoll handeln? Diesen Moment hatte sie jahrelang erhofft, und sie hatte ihn Barrett zu verdanken.

»Ich habe ein neues Leben begonnen. Kein Spielen mehr für mich. Mir ist klar geworden, dass ich ein abscheulicher Bruder für dich gewesen bin. Ich habe Vaters Vermögen verspielt. Du weißt, Mutter und Vater haben mich immer besser behandelt als dich und mich für perfekt gehalten, doch du warst die Vernünftigere. Ich hatte nie deine Intelligenz und deinen gesunden Menschenverstand. Du bist diejenige, vor der man Achtung haben muss.«

Meagan spürte, dass ihre Augen feucht wurden, und blinzelte dagegen an. »Danke, dass du das gesagt hast.«

»Es ist die Wahrheit. Es würde mich nicht überraschen, wenn du mich hasst – besonders, weil ich dich jemanden habe heiraten lassen, den du nicht liebst.« Er blickte reumütig zu Barrett hinüber, der auf der anderen Seite des Sees neben Ann übers Eis glitt.

»Das ist eine Sache, die du nicht beklagen solltest.«

»Dann bist du glücklich? Ich dachte ...«

»Ich weiß. Aber meine Gefühle für ihn haben sich gewaltig geändert.«

»Dann hat er ...«

»Ja.« Meagan spürte, dass sie errötete. Sie fragte sich belustigt, wie lange es wohl dauern würde, bis jeder in England wusste, dass ihr Ehemann endlich mit ihr geschlafen hatte.

»Ah! Nun, das freut mich für dich, Meggie. Ich wusste, dass er irgendwann vernünftig würde.«

Meagan wechselte schnell das Thema. »Da du ein neues Leben anfängst – hast du wirklich vor, heute Mr Fields und Mr Coburn zu treffen?«

»Woher weißt du davon?«

»Ich habe dich belauscht.«

Harold blicke sie mit gerunzelter Stirn an. »Du brauchst dir keine Sorgen zu machen.«

»Ich mache mir aber welche. Diese Männer gefallen mir nicht!«

»Ich werde schon mit ihnen zurechtkommen.«

Meagan sah Barrett und Ann nahen. Barrett schaute Meagan an, und in seinen Augen glänzte ein sonderbares, unergründliches Licht; dann tätschelte er Anns Kopf. »Würde es dir sehr viel ausmachen, meine Kleine, wenn ich die Partnerin wechsle?«

»O nein«, sagte Ann mit der lässigen Art einer Lady, die zweimal so alt war. »Darf ich bitten, Lord Fenwick?«

Etwas von der Besorgnis wich aus Harolds Gesicht. Er sah Ann an und bot ihr den Arm. »Es wäre mir eine Ehre.«

Ann hakte sich bei ihm ein. »Du siehst aus, als ob dich etwas bedrückt, Lord Fenwick.«

Harolds Mund klaffte auf. Er blickte sie misstrauisch an, fast, als fürchte er sich vor ihr, dann schloss er den Mund. »Nichts bedrückt mich«, sagte er.

»Vielleicht möchtest du später über deine Sorgen sprechen«, sagte Ann unbekümmert und zuckte mit den Schultern. »Wusstest du, dass es wirklich Wunder gibt?«

»Nein.«

»Nun, das solltest du aber wissen. Ich habe eins erlebt, bevor …«

Ihre Stimmen verklangen, als sie über das Eis davonglitten.

Barrett nahm Meagans Arm, und sie liefen hinter ihnen her. Meagan spielte mit dem Gedanken, mit Barrett über

Harold zu sprechen, doch dann entschied sie sich, damit zu warten. »Hast du Lyng und Tessa gesehen? Ich glaube, sie haben einander gefunden.«

»Tatsächlich?« Er blickte zu ihnen. Sie saßen immer noch auf der Bank, tief in eine Unterhaltung vertieft, die Köpfe zusammengesteckt. »Ich hätte nie gedacht, dass aus den beiden ein Paar wird.«

»Das könnte man auch von uns sagen.«

Er schwieg, und seine Miene wurde eine Spur härter.

Meagan brach den peinlichen Moment. »Wenn ich Holly so sehe, möchte ich …«

»Bitte sag mir nicht, dass du einen weiteren Einkaufsbummel geplant hast.«

Sie lächelte ihn verschmitzt an. »Nein, ich dachte an Kinder. Wir haben nie darüber gesprochen, aber das sollten wir jetzt, da ich eines bekommen könnte.«

Er furchte die Stirn. »Wir sollten erst darüber sprechen, wenn es nötig ist.«

»Aber sicher sollten wir jetzt schon über Kinder sprechen, wenn wir den Rest unseres Lebens zusammen verbringen wollen.« Sie spürte, wie sich sein Arm versteifte. »Ich habe viel darüber nachgedacht; ich wünsche mir eine große Familie.«

»Wie groß?«

»Fünf Kinder werden reichen.«

»Fünf!« Er stieß die Zahl entgeistert hervor, geriet aus dem Tritt und stolperte, doch er schaffte es, einen Sturz zu verhindern.

Meagan hielt stützend seinen Arm und lachte. »Vielleicht sollten wir darüber reden, wenn wir nicht auf dem Eis sind.« Sie zog Barrett an den Rand der Eisfläche hinter einen dicken Baum, der dort am Ufer stand. Vor den neugierigen Blicken der Schlittschuhläufer geschützt, schlang sie die Arme um seinen Nacken. Sein lockiges blondes Haar war vom Wind zerzaust.

Meagan fuhr sanft mit ihren Lippen über seinen Mund. Es war mehr ein Hauch als ein Kuss, aber sie merkte, dass Barrett schneller atmete, als kämpfe er gegen irgendetwas an. »Jetzt können wir darüber reden«, flüsterte sie.

»Das Letzte, was ich in diesem Moment möchte, ist reden.« Er verlor den inneren Kampf, zog sie an sich und küsste sie.

Sie genoss das Gefühl, in seinen Armen zu sein, sie erinnerte sich an die vergangene Nacht, glaubte seine Hände auf ihrem nackten Körper zu spüren, als er ihr mit seinem erregenden Streicheln köstliche Lust geschenkt hatte. Mit heißem Verlangen erwiderte sie seinen Kuss.

Plötzlich zog er sich zurück, und seine Miene wirkte gequält. »Wenn wir nicht aufhören, werde ich dich gleich hier nehmen.« Er trat von ihr zurück, in seinen blauen Augen glänzte ein hartes Licht. »Komm. Wir sollten zu den anderen zurückgehen.« Hastig ergriff er ihre Hand.

»Aber wir haben noch nicht über Kinder gesprochen.«

»Lassen wir das jetzt auf sich beruhen«, sagte er, und es klang endgültig. Er wandte sich um und zog sie das Ufer hinunter zum Eis.

Seine plötzliche Verschlossenheit ließ Enttäuschung in ihr aufsteigen. Eines Tages würden sie über Kinder sprechen müssen, denn sie wollte unbedingt welche bekommen und hoffte, dass er sich ebenfalls Kinder wünschte. Aber sie erkannte, dass dies nicht der richtige Augenblick war. Vielleicht hatte sie das Thema zu früh zur Sprache gebracht.

Eine ganze Weile vergnügten sie sich noch auf dem Eis, als Meagan plötzlich sah, dass Harold seine Schlittschuhe auszog und vom See fortging. Sie folgte ihm äußerst vorsichtig, damit Barrett sie nicht entdeckte. Er wirkte in seine Gedanken versunken, nippte heißen Apfelwein und aß etwas Gebäck. Holly und John standen bei ihm am Feuer. Dann und wann warf Barrett Quälgeist ein Gebäckstück zu.

Meagan schlich hinter Harold her, duckte sich immer wieder hinter Baumstämme und Hecken, versuchte, ihn um jeden Preis im Auge zu behalten. Als sie hinter einer Ligusterhecke hervortreten wollte, ließ sie das Geräusch nahender Reiter verharren. Sie duckte sich, spähte um die Hecke herum und erkannte Mr Coburn und Mr Fields. Obwohl sich eine Wolke vor die Sonne schob, glänzte Mr. Fields schwarzes pomadiertes Haar wie eine Speckschwarte. Die beiden Reiter zügelten ihre Pferde, saßen ab und gingen auf Harold zu.

»Sieh an, Fenwick, du bist gekommen.« Mr Fields musterte Harold.

»Ja«, sagte Harold in unsicherem Tonfall. »Ich bin gekommen, um zu sagen, dass ich aussteige.«

Mr Coburn packte Harold an der Kehle. »Aus diesem Club kommst du erst heraus, wenn man dich beerdigt.«

Meagan stockte der Atem. Sie sah, wie alles Blut aus Harolds Gesicht wich.

Als ihr Bruder einen erstickten Laut ausstieß, ließ Mr Coburn von seinem Würgegriff ab. Er stieß Harold gegen die Brust. »Hoffentlich habe ich dir nicht zu wehgetan, aber ich muss unseren Standpunkt klar machen.«

»Du bist dabei, und du wirst uns helfen!« Mr Fields sah Harold drohend an.

Plötzlich erklang Hufschlag hinter ihnen. Die drei Männer wandten sich um und sahen Lord Collins absitzen. Bei seinem Anblick zuckte Meagan zusammen.

In diesem Augenblick sprang etwas an ihr Bein.

Meagan unterdrückte einen Aufschrei, da entdeckte sie Quälgeist. Sie blickte sich nach Barrett um, konnte ihn jedoch nirgends sehen. Schnell hob sie den kleinen Hund auf und schalt ihn stumm aus, weil er ihr gefolgt war.

»Nun, Gentlemen, ich sehe, ich habe mich verspätet. Was habe ich versäumt?« Lord Collins rieb sich die Hände.

»Wir haben Fenwick soeben zur Vernunft gebracht.« Mr Coburn warf Harold einen giftigen Blick zu. »Er wollte aussteigen, doch wir haben ihm noch einmal unmissverständlich klar gemacht, dass er sein Leben lang Mitglied ist.«

»Gut, dass das geklärt ist. Habt ihr Nachricht von unserem erlauchten Führer?«

Meagan hob die Brauen. Sie hätte schwören können, dass Collins der führende Kopf dieser Gruppe war. Das Grinsen auf seinen Lippen ließ darauf schließen, dass er sehr gut der Anführer sein konnte, seine Rolle jedoch aus irgendeinem Grund verbarg.

»Ja, ich habe heute Morgen eine Nachricht erhalten«, sagte Mr Fields. »Wir werden jemanden auf dem königlichen Festball beseitigen. Ich weiß noch nicht, wer die Zielperson ist. Der Führer teilte mit, dass er dort sein und uns die Person nennen werde. Wir müssen alle um Punkt neunzehn Uhr dort sein.« Er bedachte Harold mit einem drohenden Blick. »Du also auch. Wir verlassen uns darauf, dass du deinen Teil erledigst.«

»Und wie verschaffen wir uns Eintritt?«

»Wir haben ein Mitglied, das im Außenministerium sitzt«, sagte Mr Coburn. »Es wird für die Einladungen sorgen, die wir brauchen.«

Meagan wagte kaum zu atmen. Lochlann konnte Harold unmöglich vor diesen Männern retten. Wo war er? Sie hatte ihm von dem Treffen erzählt. Höchstwahrscheinlich hatte er sein Versprechen vergessen und pflegte irgendwo sein gekränktes Ego, grämte sich über die Tatsache, dass er sie verloren hatte. Lochlann mochte zu einem Mann herangewachsen sein, aber in gewisser Weise war er immer noch so verantwortungslos wie ein kleiner Junge.

Meagan fühlte sich plötzlich beobachtet. Furchtsam sah sie sich im Park um. Als sie niemanden entdecken konnte, kehrten ihre Gedanken wieder zu Harold zurück. Sie erkannte, dass sie sich nur von einer Person Harolds Rettung erhoffen konnte: Barrett. Sie musste ihn finden, und zwar schnell.

Meagan drückte Quälgeist fest an ihre Brust, duckte sich tief hinter die Hecke und wich einen Schritt zurück ... Laut knackend brach ein Ast unter ihrem Fuß.

Sie erstarrte.

»Habt ihr das gehört?«, ertönte Coburns Stimme.

»Ich glaube, es kam von dort drüben«, sagte Collins.

»Vielleicht schleicht da jemand herum. Ich sehe mal nach«, sagte Mr Fields.

Schritte näherten sich.

Meagan setzte Quälgeist ab. »Lauf. Lass dich von ihnen sehen«, flüsterte sie und wollte ihn durch die Hecke schubsen. Er rührte sich nicht von der Stelle, sah sie nur an.

»Stures Tier. Genau wie dein Herrchen«, wisperte sie.

Tief geduckt, schlich sie hinter der Hecke entlang weiter und prallte gegen etwas Hartes. Eine Hand presste sich auf ihren Mund, sie schnappte nach Luft. Das war das Ende.

Kapitel 24

»Ich bin's, Prinzessin«, flüsterte Barrett an ihrem Ohr und zog ein Ingwerplätzchen aus seiner Tasche. Er ließ Quälgeist daran schnüffeln und warf es dann durch die Hecke. Wie der Blitz brach der kleine Hund durch das dichte Laubwerk, sein grauer Schwanz verschwand zwischen den Blättern. Barretts Hand verschloss noch immer Meagans Mund. Er hielt sie fest an sich gedrückt und spürte ihren heißen Atem auf seiner Hand. Zusammengekauert verharrten sie hinter der Hecke.

Barrett hörte Mr Fields' Schritte auf der anderen Seite der Hecke verstummen. »Verdammter Köter!«, murmelte er.

»Was ist los?«, fragte Lord Collins.

»Ist nur ein blöder Hund«, sagte Mr Fields und entfernte sich.

»Wir machen jetzt besser Schluss«, meinte Collins. »Wir sehen uns dann beim königlichen Festball.«

Die Männer trennten sich. Harold schritt an der Hecke vorbei, hinter der Meagan und Barrett kauerten. Er kehrte zum See zurück, während die anderen Männer auf ihre Pferde stiegen und davongaloppierten.

Barrett rührte sich erst, als er sicher war, nicht entdeckt zu werden. Er ergriff Meagans Hand. »Komm. Wir sollten zurückgehen.«

Quälgeist folgte ihnen auf dem Fuß.

Als sie sich dem See näherten, brach Meagan das

Schweigen zwischen ihnen. »Zum Glück hattest du einen Köder in der Tasche.«

»Ja.« Barrett warf einen Blick zu Quälgeist, der jetzt neben ihm herumtollte.

»Du hast reagiert wie jemand, der an solche Situationen gewöhnt ist.«

»Manchmal muss man eben schnell handeln.« Barrett fragte sich, ob sie ihn jetzt anlügen oder sich ihm anvertrauen würde. Er sah ihr die Besorgnis an und fragte beiläufig: »Was hast du überhaupt da gemacht?«

»Ich muss dir etwas sagen«, platzte sie heraus. »Ich hoffe, du wirst nicht schlecht über Harold denken. Er wird völlig deiner Gnade ausgeliefert sein, wenn ich dir dies erzähle. Er hat sich wirklich verändert, wenn das dein Urteil beeinflussen wird. Du hast einen so guten Einfluss auf ihn gehabt. Und ich weiß, ich hätte es dir eher sagen sollen, aber ich wusste nicht, was ich tun sollte. Ich bin sicher, das du Harold fair behandeln wirst ...«

»Was ist denn los?«, fragte er ungeduldig.

»Es ist einfach schrecklich. Harold ist in eine Gruppe verwickelt, die sich Advokaten des Teufels nennt. Sie plant, jemandem auf dem königlichen Festball zu töten. Das können wir nicht zulassen. Harold wollte aus der Gruppe aussteigen, doch sie werden ihn umbringen, wenn er versucht, sie zu verlassen. Oh, er steckt wirklich in der Klemme. Du bist meine einzige Hoffnung.« Sie drückte seine Hand und blickte flehend zu ihm auf.

Als sie ihn mit den lang bewimperten Augen so ansah, hätte er ihr einfach alles verziehen – sogar, dass sie ihm nicht vertraut hatte. Er hörte sich sagen: »Ich werde mich darum kümmern.«

»Ich bin so froh. Du bist die einzige Person, die Harold wirklich helfen kann.«

»Die einzige Person?« Barrett musterte sie scharf.

Sie zögerte einen Moment. »Nun, ich habe mich Lochlann anvertraut und ihn um Hilfe gebeten, doch jetzt weiß ich, dass ich gleich zu dir hätte gehen sollen. Bist du böse auf mich?«

»Überhaupt nicht.« Eine Art Zufriedenheit erfüllte ihn, die er nie zuvor empfunden hatte. Sie vertraute ihm. Endlich. Er dachte an sein eigenes Doppelspiel, und das gute Gefühl schwand schnell.

An diesem Abend bestellte Barrett Fenwick in sein Arbeitszimmer in Pellam House. Harold sah blass aus. Sorgenfalten ließen sein jungenhaftes Gesicht um Jahre älter wirken.

»Nimm Platz.« Barrett wies auf den Stuhl vor seinem Schreibtisch.

Fenwick setzte sich. Er wirkte gedankenverloren. »Du wolltest mit mir sprechen?«

»Ja. Deine Schwester hat mir von den Advokaten des Teufels erzählt.«

Fenwick versteifte sich. »Dazu hatte sie kein Recht! Ich habe ihr gesagt, dass ich meine Angelegenheiten selbst regeln kann.«

»Anscheinend kannst du das nicht. Du hast das Kaliber der Leute, mit denen du zu tun hast, gewaltig unterschätzt.«

»Du sprichst, als ob du sie kennst.«

»Ich habe Gerüchte über ihre Existenz gehört.« Die Lüge kam Barrett glatt über die Lippen.

»Ich dachte, es wäre eine geheime Gruppe. Welche Gerüchte hast du gehört?«

»Das ist unwesentlich. Das Wichtige ist, dass ich bereit bin, dir zu helfen. Aber du musst ehrlich zu mir sein.«

Fenwicks Miene hellte sich ein wenig auf. Er musterte Barrett schweigend und überlegte, ob er seinem Schwager trauen konnte oder nicht. Schließlich rieb er sich über die Schläfen und sagte: »Ich habe versucht, auszusteigen, doch sie haben mir angedroht, mich umzubringen. Keiner kann mir helfen.«

»Da irrst du dich. Ich kenne jemanden, der das kann. Ich werde dich zu ihm bringen, aber er wird erwarten, dass du die Namen aller Mitglieder, den Treffpunkt und alles sonst preisgibst, was du über die Gruppe weißt.«

»Sie werden mich umlegen, wenn ich sie verpfeife.«

»Sieh es so: Du kannst deine Chance nutzen und dir von mir helfen lassen, oder du wirst der Gnade von verrückten Fanatikern ausgeliefert sein, die zum Töten für ihre Sache bereit sind.« Harold zögerte und murmelte dann: »Also gut.«

»Gut.« Barrett stand auf und ging um den Schreibtisch herum. »Wir werden jetzt hinfahren, solange es dunkel ist. Wir müssen äußerst vorsichtig sein. Da die Advokaten des Teufels nicht sicher sind, ob sie sich auf dich verlassen können, halten sie dich möglicherweise unter Beobachtung.«

Barrett öffnete die Tür und erschreckte Meagan, die auf der anderen Seite gelauscht hatte. Sie strich verlegen errötend über ihr Kleid. »Ich habe dich gesucht.«

»Für gewöhnlich klopft man in diesem Fall an und betritt den Raum.« Barrett musste grinsen. Er hätte ihr am liebsten die Röte von den Wangen geküsst.

»Nun, du hast Recht. Du hast mich erwischt.« Sie hob verlegen die Arme. »Ich habe gelauscht. Bitte, ich möchte mitkommen. Wohin bringst du Harold?«

»Das geht dich nichts an. Ich will nicht, dass du in die Sache verwickelt wirst. Je weniger du darüber weißt, desto besser.« Barrett richtete seinen strengsten Blick auf sie.

»Aber ich mache mir Sorgen. Du musst mich mitkommen lassen.«

»Du bleibst hier, wo du sicher bist.«

»Bitte!«

»Nein.«

»Es ist am besten, wenn du hier bleibst, Meggie.« Harold schritt an Meagan vorbei, seine Miene glich der eines Mannes, der auf dem Weg zu seiner Hinrichtung ist.

»Bleib hier und mach dir keine Sorgen.« Barrett küsste Meagan auf den schmollenden Mund und folgte dann Fenwick.

Lyng wartete wie von Barrett bestellt am Dienstboteneingang. Er hielt ihre Mäntel in der Hand.

Barrett verharrte und flüsterte Lyng zu: »Pass auf sie auf! Lass sie nicht aus dem Haus gehen.«

»Ja, Mylord.« Lyng verneigte sich und lächelte sonderbar zufrieden vor sich hin. »Ich werde sie nicht aus den Augen lassen.«

Lyng beobachtete Meagan, die mit rebellischem Gesichtsausdruck auf dem Flur stand, die Arme verschränkt. Sie sah Barrett und Harold nach, die durch die Tür hinauseilten.

Dann hörte Lyng Schritte hinter sich. Tessa kam mit Quälgeist zu ihm. Der Hund zerrte an der Leine. Tessas Anblick brachte ein Lächeln auf Lyngs Lippen.

»Hallo, Lyng«, sagte Tessa mit weicher Stimme. »Möchtet Ihr mir helfen, mit diesem Hund Gassi zu gehen?«

»Ich kann nicht, ich …« Lyng erinnerte sich an seine Schutzbefohlene und blickte hinter sich. Er erstarrte. Der Flur war verlassen. Er spürte, wie ihm das Blut aus dem Gesicht wich.

»Ist etwas nicht in Ordnung?« Tessa musterte stirnrunzelnd sein bleiches Gesicht.

»Das kann man wohl sagen.« Lyng rannte den Flur herunter und ließ Tessa verwirrt zurück.

Unheimliche Schatten umgaben das Gebäude des Außenministeriums. Meagan schlich um das Gebäude herum. Sie bemühte sich, das Hämmern ihres Herzens und ihr heftiges Atmen unter Kontrolle zu bekommen.

Es war schwer genug gewesen, aus dem Haus zu entkommen, ohne dass Lyng sie entdeckte. Sie hatte sich durch ein Fenster im Kellergeschoss davonstehlen müssen, dann hatte sie Barrett und Harold in eine Mietdroschke einsteigen sehen.

In der Stadt hatten sie mehrmals die Kutsche gewechselt und waren Umwege gefahren. Schließlich waren sie sechs Blocks zu Fuß gegangen und hatten ständig über die Schulter geblickt. Meagan hatte es höllisch schwer gehabt, ihnen zu folgen, ohne bemerkt zu werden. Zweimal hatte sie die beiden Männer aus den Augen verloren und nur durch Zufall wiedergefunden.

Sie hielt sich die Seite, denn sie hatte Seitenstiche vom Rennen, und beobachtete, wie die Männer das Gebäude betraten. Barrett schwang seinen Spazierstock und wirkte gleichgültig, während Harold die Hände zu Fäusten geballt hatte und seine Miene Anspannung verriet.

Sie blickte auf. Der Mond lugte kurz hinter einem dichten Dunstschleier hervor, der endlos über der Stadt hing. Das Bild glich einer Spiegelung im Wasser, verschwommen und unwirklich. Etwas an dem Anblick störte Meagan. Sie blickte sich unbehaglich um und rieb sich fröstelnd über die Arme. Das Gefühl, dass etwas Furchtbares passieren würde, ließ sie nicht los.

Die Tür fiel mit einem dumpfen Laut zu.

Das Geräusch ließ sie aufhorchen. Sie schlich am Gebäude entlang zum Eingang. Ein paar Minuten verharrte sie, dann öffnete sie vorsichtig die Tür. Zum Glück verursachte sie keine verräterischen Geräusche.

Meagan schlüpfte hindurch in die Halle. Es roch nach Zigarrenrauch. Sie hörte Barretts tiefe Stimme. Er sprach jedoch gedämpft, und sie konnte nicht verstehen, was er sagte.

Ihre Schritte hallten leise wider, als sie den Männern mit einigem Abstand durch einen langen Korridor folgte. Wände und Decken waren weiß verputzt. Risse durchzogen den Putz. In den Ecken wirkten sie wie verzerrte Gesichter.

Barrett und Harold bogen nach rechts ab. Meagan hörte, dass eine Tür geöffnet wurde, spähte um die Ecke des Korridors und sah, dass sie ein Büro betraten. Das Messingschild auf der Tür erregte ihre Aufmerksamkeit, und sie schlich hin.

LEITER DES AUSSENMINISTERIUMS
SIR JAMES NEVILLE

Meagan runzelte die Stirn. Barrett hatte ihr nicht erzählt, dass James für das Außenministerium arbeitete. Sie drückte ihr Ohr an die Tür. Nichts. Sie drehte vorsichtig den Türgriff …

Jemand klopfte ihr auf die Schulter. »Seid Ihr auf Besuch hier, meine Liebe?«

Sie zuckte zusammen, griff sich ans Herz und sah Sir James. »Mein Gott, Ihr habt mich zu Tode erschreckt! Schleicht Ihr Euch immer so an die Leute heran?«

Er grinste. »Ich wollte gerade in mein Büro gehen. Würde es Euch etwas ausmachen, mir zu folgen?«

Bevor sie einen Einwand erheben konnte, öffnete er die Tür und schob sie in sein Büro. In dem Raum, der kleiner war als sie sich vorgestellt hatte, standen an drei Wänden Bücherregale. An der anderen Wand hing eine Weltkarte. Stecknadeln mit winzigen Flaggen daran ragten aus Städten auf jedem Kontinent. Auf einem großen Schreibtisch aus Mahagoni lagen unzählige Aktenstapel. Das Büro hätte als Befehlsstand des Militärs dienen können.

Barrett wirkte wie ein General, als er sich ihr zuwandte. Sein Gesicht zeigte kein bisschen Überraschung, nur Zorn. »Ich sehe, du hast dich meinen Wünschen widersetzt.« Er packte seinen Spazierstock, als wollte er sie damit versohlen.

Sie starrte auf den Stock. »Ich habe dir gesagt, dass ich mir Sorgen mache. Ich konnte nicht einfach zu Hause bleiben.« Sie wandte sich an Sir James. »Ihr werdet Harold nicht festnehmen, oder?«

Der gleichmütige Ausdruck verschwand aus Sir James' Gesicht. Seine Augen blickten genauso hart wie die Barretts, als er Harold ansah. »Das hängt von Eurem Bruder ab. Wenn er kooperiert, wird der Richter ihn sicherlich mit nur einer Verwarnung davonkommen lassen, davon bin ich überzeugt.«

»Er wird kooperieren. Nicht wahr, Harold?«

Harold nickte. Dann erzählte er ihnen von dem Mord, der auf dem königlichen Festball stattfinden sollte. James hörte zu, und seine Miene wurde härter.

Als Harold seine Aussage beendet hatte, sagte James: »Sie haben die Zielperson also nicht genannt?«

»Nein.« Harold verzog das Gesicht.

»Was wisst Ihr über den Anführer?«

»Nichts.« Harold fuhr mit den Händen durch sein blondes Haar. »Niemand in der Gruppe hat ihn je gesehen. Er schickt Botschaften und Anweisungen durch Coburn und Fields.«

»Wo trefft ihr euch?«, fragte Barrett, gleichzeitig ärgerliche Blicke auf Meagan abschießend.

»Wir treffen uns an verschiedenen Orten. In Fields' und Coburns Wohnungen. Manchmal bei Collins. Wir haben uns sogar schon in Spielhöllen getroffen. Nie zweimal hintereinander am selben Ort. Die Treffpunkte sind immer verschieden.«

»All dies ist mir bekannt.« James lehnte sich auf seinem Stuhl zurück und fasste Harold ins Auge. »Sagt mir etwas, was ich nicht weiß.«

Meagan war sprachlos. Woher wusste James so viel über die Advokaten des Teufels? Angesichts der Art, wie Barrett seinen Stock umklammert hielt und ihr wütende Blicke zuwarf, nahm sie sich vor, ihn später danach zu fragen und jetzt den Mund zu halten.

»Ich weiß nicht, was Ihr von mir hören wollt«, maulte Harold.

»Ihr müsst etwas über den Anführer gehört haben. Eine Andeutung wie seinen Namen oder die Initialen oder wo er wohnt. Irgendetwas!«

»Nichts.«

Unzufrieden mit Harolds Antwort, fuhr James fort: »Was ist mit den Mitgliedern? Habt Ihr sie alle gesehen?«

»Nicht alle, aber ich kann Euch die Namen derjenigen nennen, die ich kennen gelernt habe.«

James schob ihm Pergament und eine Schreibfeder zu. »Schreibt sie auf, und lasst keinen aus. Es könnte entscheidend dafür sein, ob ein Leben gerettet wird oder nicht.«

Meagan hörte die Feder über das Pergament schaben und beobachtete, wie Harold schrieb. Lord Collins. Der erste Name auf der Liste. Sie starrte auf den Namen, und wieder stieg das unheilvolle Gefühl in ihr auf, dass etwas Schlimmes passieren würde.

Nach der Befragung zog James an einer Kordel. Einen Augenblick später betraten zwei Männer mit ernsten Gesichtern das Büro. Sie wirkten völlig teilnahmslos.

»Sorgt dafür, dass Mr Fenwick an einen sicheren Ort gebracht wird. Ihr lasst ihn keinen Moment allein. Habe ich mich klar ausgedrückt? Ich will keine Pannen.«

Beide Männer nickten.

So etwas wie Erleichterung erfüllte Meagan, als sie sah, dass die beiden Männer Harold aus dem Büro führten. Sie blickte zu James und nahm seine Hand. »Wohin werden sie meinen Bruder bringen?«

»Vermutlich nach Schottland.« Er sah den besorgten Ausdruck auf Meagans Gesicht und fügte hinzu: »Er wird dort sicher sein.«

»Danke. Ich werde nie vergessen, dass Ihr Harold geholfen habt.«

James neigte sich hinab und küsste ihre Hand. »Es war mir ein Vergnügen, Mylady.«

Barrett trat zwischen sie. »Wir sollten jetzt gehen.«

James grinste ihn an. »Sei nicht so hart zu ihr, weil sie dir gefolgt ist, Cousin.«

»Sie ist meine Frau. Ich werde sie behandeln, wie ich es will.«

James Augenbrauen hoben sich bei dem Wort »Frau«. Sie schauten sich einen Moment in die Augen. Barrett erkannte, dass er die Bezeichnung zu leichtfertig und mit zu viel Besitzerstolz benutzt hatte. James war dies ebenfalls bewusst, und sein Grinsen wurde breiter. »Es liegt mir fern, mich in einen Ehestreit einzumischen.«

»Das ist gut. Es geht dich nichts an.« Barrett führte Meagan auf den Flur hinaus.

»Das war sehr grob von dir«, sagte Meagan mit gesenkter Stimme, damit Harold und die beiden anderen Männer vor ihnen sie nicht hören konnten.

»James ist an meine Grobheit gewohnt.«

»Trotzdem …«

»Nichts trotzdem!«

»Musst du so wütend sein?«

»Ich befürchte, ja«, presste er leise durch die Zähne. »Du hast keine Ahnung, in welche Gefahr du dich gebracht hast, indem du hierher gekommen bist.«

»Wenn du mir gesagt hättest, dass du Harold zu James bringst, hätte ich mir nicht so große Sorgen gemacht. Und da wir von James sprechen, warum hast du mir nicht erzählt, dass er Leiter des Außenministeriums ist?«

»Ich dachte, du wüsstest das.«

»Ich habe es nicht gewusst.« Meagan sah, dass sich Barretts Hand um den Knauf seines Spazierstocks spannte, und sie fragte sich, ob er ganz ehrlich zu ihr gewesen war.

Sie gelangten an die Tür und traten hinaus. Harold wartete auf sie bei einer Kutsche. Er wandte sich an Barrett und sagte: »Wie kann ich dir danken?«

»Du kannst mir danken, indem du dich nie wieder mit solchen Männern einlässt.«

»Ich habe meine Lektion gelernt. Du wirst mir nie wieder aus einer Verlegenheit heraushelfen müssen.«

»Ich verlasse mich darauf.«

Fenwick wandte sich Meagan zu und ergriff ihre Hand. »Lebwohl, Meggie.«

»Du musst mir jeden Tag schreiben«, sagte sie und umarmte ihn.

Barrett beobachtete, wie Fenwick Meagan einen Kuss auf die Wange gab. Plötzlich spürte er Gefahr. Er drehte sich um und suchte die Schatten längs der Straße und des Außenministeriums ab. Er bemerkte eine Bewegung bei einem der oberen Fenster des Gebäudes. Es war aufgeschoben worden, eine Person wurde vage sichtbar. Mondschein spiegelte sich wider auf dem Lauf eines Gewehres, das auf Meagan und Harold gerichtet war.

»Vorsicht!«

Barrett hechtete auf die beiden zu. In dem Moment krachte ein Schuss.

Kapitel 25

Harold und Meagan stürzten zu Boden. Eine Kugel zischte an Barretts Kopf vorbei. Irgendwo, ganz in seiner Nähe, schlug sie ein.

Alles schien verlangsamt abzulaufen. Barrett zählte die Sekunden, fühlte sich wie schwerelos, als er zu Boden fiel. Er landete zwischen Harold und Meagan. Wie in Trance nahm er wahr, wie sich die beiden Agenten an die Verfolgung des Schützen machten. Harold fluchte und setzte sich auf. Er war anscheinend unverletzt. Aber was war mit Meagan?

Barretts Herz klopfte zum Zerspringen. Er hatte das Gefühl, dass ein Teil von ihm abstarb. In diesem Moment wurde ihm klar, dass er ein Stück von sich selbst aufgab, wenn er sie jemals verlor. Erst als er sich ihr zuwandte und sah, dass sie blinzelnd die Augen öffnete, stieß er den Atem aus, den er angehalten hatte.

»Alles in Ordnung mit dir?« Er presste sie an seine Brust.

»Das wird es sein, wenn du mich atmen lässt.« Sie lächelte ihn an.

Dieses strahlende Lächeln ging Barrett unter die Haut. Erst jetzt erkannte er, dass er sie so fest an sich gedrückt hatte, dass sie kaum Luft bekam. »Bleib hier.« Er löste sich von ihr und sprang auf, bereit, den Schützen zu verfolgen.

Plötzlich kamen die beiden Agenten aus einer Tür am entgegengesetzten Ende des Gebäudes gerannt. Sie schoben ihre Pistolen unter ihre Mäntel und hasteten auf Barrett, Meagan und Harold zu.

»Habt ihr ihn gefunden?«, fragte Barrett.

Einer der beiden Männer schüttelte atemlos den Kopf. »Kein Anzeichen von ihm. Es ist, als hätte er sich in Luft aufgelöst.«

Die Tür hinter ihnen wurde geöffnet, und James rannte heraus. »Was, zur Hölle, ist passiert? Ich habe einen Schuss gehört.«

»Jemand hat versucht, Harold zu erschießen«, platzte Meagan heraus.

James sah Barrett an. »Sie müssen erwartet haben, dass du Fenwick hierher bringst, und den Verräter in meiner eigenen Organisation alarmiert haben. Verdammt noch mal!«

»Das glaube ich auch«, stieß Barrett aus und half Meagan auf. In diesem Moment sah er die Einschussstelle in der Kutsche.

»Es tut mir Leid, Barrett«, stammelte Meagan, den Blick ebenfalls auf das Loch, das die Kugel verursacht hatte, gerichtet. »Du hattest Recht. Ich hätte an die Gefahr denken müssen.«

»Ja.«

»Ich verspreche dir, von jetzt an auf dich zu hören.«

»Verzeih mir, Prinzessin, aber das glaube ich keinen Moment. Und du auch nicht.« Barrett blickte sie von der Seite an.

Sie setzte ein schüchternes Lächeln auf. »Sagen wir, ich werde mein Bestes tun, um eine gehorsame Frau zu sein.«

»Schon besser.«

James sah Fenwick an. »Kommt. Ich werde Euch persönlich in Sicherheit bringen.«

»Pass auf dich auf.« Meagan küsste ihren Bruder auf die Wange.

»Das werde ich.«

Als Barrett Fenwick und James zur Kutsche gehen sah, fragte er sich, wie der Schütze so leicht hatte entkommen können. Er beobachtete, wie Fenwick und die beiden Agenten in die Kutsche stiegen, dann James. Barrett fragte sich, ob James wusste, wer der Maulwurf im Außenministerium war und wenn ja, warum er dieses Wissen nicht mit ihm teilte. Was war, wenn James seinen beiden Männern befohlen hatte, den Schützen entkommen zu lassen, um ihn zur Strecke bringen zu lassen? Vermutlich verfolgten in diesem Moment mehr Männer den Schützen. James kannte keine Skrupel, wenn es um Kriminelle und deren Verfolgung ging; das störte Barrett am meisten an seinem Cousin.

»Warte hier einen Moment«, sagte Barrett zu Meagan. Dann ging er zur Kutsche. »Da ihr Fenwick nicht habt schützen können, werde ich mich selbst um seine Sicherheit kümmern.«

James' Miene verfinsterte sich. »Willst du damit sagen, dass ich unfähig bin, meinen Job auszuüben?«

»Nein, ich will damit sagen, dass du nicht weißt, wer der Verräter in deiner eigenen Organisation ist. Und deshalb bringe ich Fenwick selbst in Sicherheit.«

Fenwicks blasses Gesicht spiegelte Erleichterung wider. »Das klingt wie eine gute Idee für mich.«

James blickte zu ihm. »Wenn Ihr mit ihm fahrt, kann ich keine Verantwortung mehr für Eure Sicherheit übernehmen.«

»Verzeiht mir, aber ich würde es lieber riskieren, mit ihm zu fahren.« Harold schaute Barrett vertrauensvoll an.

Meagan schritt zu ihnen. »Was ist los?«

»Das sage ich dir später, Prinzessin. Jetzt müssen wir erst deinen Bruder in Sicherheit bringen.«

»Aber ...«

»Vertrau mir.« Barrett wandte sich an James und die anderen Männer. »Wenn es euch nichts ausmacht, borge ich mir eure Kutsche.«

Sie sahen ihn ärgerlich an und stiegen dann aus. Barrett sorgte dafür, dass Meagan und Fenwick sicher in der Kutsche saßen und warf dann die Tür zu. Er ging um die Kutsche herum und sah zu dem Kutscher hinauf. »Das gilt auch für dich, Tea Leaf.«

»Nun, wenn das kein Tritt in den Arsch ist.« Tea Leaf nahm seine Pfeife aus dem Mund, spuckte aus und kletterte murrend hinab. »Fahr schon mein Leben lang für den Sir. Niemand hat mich jemals beschuldigt, ein Verräter zu sein. Das lasse ich mir nicht bieten, Mylord. Ich sage Euch ...«

Barrett hörte sich gelassen sein Schimpfen an und kletterte auf den Kutschbock. Er nahm Zügel und Peitsche, fuhr davon und ließ Tea Leaf murrend und James finster blickend zurück.

Kurz bevor sie den Stadtrand von London erreichten, bemerkte Barrett zwei Reiter, die ihnen folgten. Sie hielten sich eine Viertelmeile zurück. Obwohl sie auf Rappen ritten und schwarze Kleidung trugen, erhaschte Barrett im Mondschein einen Blick auf sie.

Er wartete einen günstigen Moment ab, neigte sich dann zur Seite und brüllte: »Fenwick!«

Harold steckte den Kopf aus dem Fenster. »Was ist los?«

»Wir werden verfolgt.«

Meagans Gesicht tauchte neben dem ihres Bruders auf. »Was willst du tun?« Sie blickte fragend zu ihm hoch, ihre Augen glänzten im Mondschein, der Fahrtwind zerzauste ihre Haare. »Können wir nicht einfach anhalten?«

»Mach dir keine Sorgen, Prinzessin«, schrie Barrett gegen die Fahrgeräusche an. »Kannst du zu mir hochklettern, Harold?«

»Das ist eine meiner leichtesten Übungen. Geh zur Seite, Meggie!« Harold schob sie beiseite und zwängte sich durch das Fenster. Er setzte sich auf die untere Kante und hielt sich am oberen Rand fest.

Barrett hörte Meagan mit Harold streiten. Er hielt die Straße im Auge, band die Zügel an seinen Oberschenkel und lehnte sich über den Sitz zur Seite. »Halte dich an meiner Hand fest.«

Barrett streckte die Hand nach ihm aus.

Er konnte ihn nicht ganz erreichen und streckte die Hand noch weiter vor.

Harold versuchte es von neuem. Er verlor sein Gleichgewicht und fuchtelte in der Luft herum. Aber Barrett schaffte es, Harolds Hand zu packen und ihn auf den Bock hinaufzuzerren.

»Oh, Mann, das war verdammt knapp«, rief Harold, aber es klang wie ein Jubelschrei. »Meine Pumpe rast noch immer. So viel Spaß hatte ich lange nicht, Waterton.« Er klopfte Barrett auf den Rücken.

»Der Spaß ist jetzt vorbei.« Barrett schlang die Zügel von

seinem Bein los und nahm seinen Spazierstock. »Halte die Pferde in gleichem Tempo.«

»Was hast du vor?«

»Ich springe ab. Warte ein paar Minuten und zügele dann das Gespann. Ich werde dich einholen.«

»Aber du kannst bei diesem Tempo doch nicht ...«

Bevor Harold aussprechen konnte, sprang Barrett von der fahrenden Kutsche. Er zog die Beine an, landete im Straßengraben und rollte sich im gefrorenen Gras ab. Geduckt verharrte er dort, den Blick auf die nahenden Reiter gerichtet. Sein Herz hämmerte, und er atmete keuchend.

Er wartete, bis sie fast auf seiner Höhe waren. Dann sprang er. Einen der Männer schlug er mit seinem Stock vom Pferd. Der andere riss so hart an den Zügeln, dass sein Pferd sich aufbäumte.

Barrett griff den abgestürzten Reiter so schnell an, dass der Mann keine Chance hatte, sich aufzurappeln. Eine rechte Gerade an sein Kinn, und er brach auf der Straße zusammen.

Der zweite Reiter trieb sein Pferd mit der Peitsche an, um davonzureiten, doch Barrett schnappte sich die Zügel. Das erschreckte Tier stieg auf die Hinterhand. Barrett benutzte seinen Spazierstock wie einen Schläger und traf den Mann an der Brust.

Als er vom Pferd stürzte, packte Barrett ihn, versetzte ihm einen Fausthieb und packte ihn dann am Kragen. »Wer hat dich beauftragt, mir zu folgen?«

»Niemand.«

Barrett hob seinen Stock und hielte ihn dem Mann drohend vors Gesicht.

»Also gut. Sir James.«

»Das habe ich mir gedacht.«

Barrett schlug dem Mann den Spazierstock über den Kopf, genügend hart, um ihn ins Land der Träume zu schicken. Dann schleppte Barrett die beiden bewusstlosen Männer nacheinander zum Straßenrand, fing die beiden Pferde ein und stieg auf eines davon. Mit dem anderen im Schlepptau ritt er zur Kutsche. Er hätte damit rechnen sollen, dass James ihm Verfolger auf den Hals hetzen würde. Sein Cousin mochte es nicht, über irgendetwas in Unklaren gelassen zu werden. Wenn er eine Situation nicht völlig unter Kontrolle hatte, war er unzufrieden.

Barrett sah Meagan auf sich zulaufen. »Barrett! Ist alles in Ordnung? Ich habe dich springen sehen und gedacht, du wärst umgekommen.«

»Mir geht es gut.« Wie zum Beweis neigte er sich zu ihr und küsste sie auf die Lippen, bevor er sie an sich zog.

»Barrett, wann wird all dies aufhören?«

»Mach dir keine Sorgen. Dein Bruder wird bald in Sicherheit sein.«

»Diese schrecklichen Advokaten des Teufels werden nicht aufgeben. Ich habe gehört, was du zu Sir James gesagt hast. Es gibt Verräter in seinen Reihen. Und was ist mit der Person, die sie ermorden wollen? Es ist alles so schrecklich.«

»Vertraue mir. Es wird kein Mord stattfinden, und deinem Bruder wird nichts geschehen. Wir haben noch eine Woche bis zu dem Ball. Bestimmt überprüft James bereits die Liste der Namen, die Harold ihm gegeben hat. Es wird alles in Ordnung kommen.« Barrett sprach überzeugt, doch er hatte seine Zweifel, was die Verhinderung des geplanten Mordes anbetraf. Bei einem Verräter in James' Reihen konnten sich die Mitglieder der Advokaten des Teufels leicht unter die Besucher des Balls mischen.

»Was genau tut dein Cousin? Ich weiß, dass er mehr ist als nur ein leitender Mitarbeiter des Außenministeriums.«

»Sagen wir, er sorgt für die Sicherheit unseres Staates.«

»Das ist eine nette Art, um zu umschreiben, dass er vom Geheimdienst ist.«

»Im Wesentlichen, ja.«

Sie sah Barrett misstrauisch an. »Warum hat er dich begleitet, als du mich in jener Nacht geheiratet hast?«

»Ich wollte ihn als meinen Trauzeugen dabei haben. Schließlich ist er mein Cousin. Und jetzt vergiss ihn.« Barrett küsste sie.

Er spürte, wie sie in seinen Armen dahinschmolz und wusste, dass sie nicht mehr an James dachte. Aber wie lange würde sie ihn vergessen? Letztendlich würde die Wahrheit doch herauskommen. Er fürchtete sich vor diesem Moment.

In ihrem Traum war Meagan wieder ein Kind. Lochlann rannte hinter ihr her und schwang ein Schwert. Sie erreichten einen Strand, wo dichter Nebel aus dem Wasser aufstieg. Sir James rief ihr zu: »Komm in den Nebel. Du wirst sicher sein. Dein Bruder ist hier. Komm nur.«

Sie trat in den wallenden Nebel. Graue Finger schienen nach ihr zu greifen.

Sie schrie auf, zuckte zurück und drehte sich, um Lochlann zu warnen. Direkt vor ihren Augen veränderte sich Lochlanns Gesicht. Eine Augenklappe bedeckte plötzlich eins seiner Augen, ein Bart sein Kinn. Seine Stimme wurde tiefer. Von einem Augenblick auf den anderen starrte sie auf Lord Collins.

»Diesmal entkommst du mir nicht!« Er stieß sein Schwert nach ihr …

Die Kutsche kam ruckend zum Stehen. Meagan schreckte aus dem Schlaf und zitterte, in kaltem Schweiß gebadet. Dunkelheit umgab sie. Sie zuckte zusammen, als sie an den Traum dachte. Draußen schlug etwas dumpf auf dem Boden auf. Dann noch einmal. Sie erinnerte sich an das, was geschehen war. Harold war auf dem Kutschbock bei Barrett geblieben.

Die Tür wurde geöffnet, und Barrett tauchte auf. Sein Haar war vom Wind zerzaust; er trug den Schal, den Ann ihm gestrickt hatte. Seine Nase und die Wangen waren von der Kälte gerötet.

»Wir bleiben heute Nacht hier.« Er lächelte sie an, ein sonderbares Funkeln in den Augen, als könne er nicht genug von ihrem Anblick bekommen.

»Wo ist hier?«, fragte sie.

Bevor er eine Antwort geben konnte, hörte sie Harold draußen einen Pfiff ausstoßen. »Ich werd verrückt! Meggie wird im Sternenhimmel sein.«

»Was meint er?«, fragte Meagan.

»Du wirst es sehen.« Barrett streckte ihr die Hand hin und half ihr, aus der Kutsche auszusteigen.

Sie sah ein weiträumiges Haus, das von Eichen und Eiben umgeben war. Ein Licht brannte hinter einem der Fenster im Erdgeschoss. Sie wandte sich zu ihrer Rechten und erstarrte.

»Mylord …«, hauchte Meagan und starrte ungläubig auf

Sir William Herschels gewaltiges Teleskop. Für einen Moment glaubte sie, ihren Augen nicht trauen zu können. Sie blinzelte, befürchtete, das Bild würde verschwinden, doch es blieb.

Mit dem ehrfürchtigen Blick eines Kindes, das zum ersten Mal den Weihnachtsmann sieht, ging sie auf das Observatorium zu und nahm den Anblick in sich auf. Keine der Zeichnungen, die sie jemals von dem Teleskop gesehen hatte, war der Realität gerecht geworden. Meagan legte den Kopf zurück und verfolgte das riesige, emporgerichtete Beobachtungsglas mit ihren Augen. Es wurde von einem massiven, pyramidenförmigen Gerüst fixiert. Jenseits des Teleskops funkelte am Firmament das Sternbild der Zwillinge, so hell, als warte es nur darauf, betrachtet zu werden.

Barrett trat hinter sie und legte einen Arm um ihre Taille. »Gefällt dir mein Weihnachtsgeschenk?«

Meagan spürte, dass ihre Augen vor Freude feucht wurden. Sie drehte sich in seinen Armen, um ihn anzusehen. »Kein anderes Geschenk könnte schöner sein. Wie kann ich dir jemals dafür danken?«

»Da wüsste ich schon einige Möglichkeiten.« Er neigte sich vor und küsste sie, bis ihr die Luft wegblieb.

Noch nie hatte er sie mit so glühender Leidenschaft geküsst. Sie vergaß sogar für einen Moment das Teleskop.

Harold räusperte sich. »Ich werde schon zum Haus gehen.«

Barrett löste sich von Meagan und flüsterte: »Wir werden dies später fortsetzen.«

»Ich nehme dich beim Wort«, sagte sie, zog sich widerstrebend zurück und sah, dass Harold sie angrinste.

Die Haustür wurde geöffnet, und ein Mann mit einer

Laterne kam ihnen entgegen. Er hob die Laterne über seinen Kopf und sah sie blinzelnd an. »Ah, Lord Waterton. Lord Herschel hat Euer Kommen angekündigt. Aber wir haben Euch erst zu Weihnachten erwartet.«

»Ich war gezwungen, meine Pläne ein wenig zu ändern, Stubbing.« Barrett blickte zu Harold hinüber und hob die Brauen. »Wir haben einen zusätzlichen Gast.«

»Das geht schon in Ordnung, Mylord.«

»Du hast es die ganze Zeit geplant, ohne es mir zu sagen?«, fragte Meagan.

Er zwickte sie in die Nase. »Ja. Ich habe Sir John geschrieben. Ich wusste ja, dass du außer dir sein wirst, wenn du davon erfährst. Und ich wollte, dass es mein Weihnachtsgeschenk für dich wird.«

»Ich nehme an, dann kann ich dir verzeihen, dass du nichts davon verraten hast.« Sie lächelte ihn an und drückte seine Hand.

»Bitte kommt herein.« Stubbing wies ins Haus. »Ich zeige Euch Eure Zimmer.«

»Ist Lord Herschel da?« Barrett nahm Meagans Hand und folgte Stubbing und Harold ins Haus.

Die Halle war mit Mahagoniholz vertäfelt. An den Wänden hingen große Porträts. Meagan erkannte auf einem Sir William Herschel, Sir Johns verstorbenen Vater.

»Es tut mir Leid. Der Herr ist leider nicht daheim. Er geht in London mit Mr South weiteren Studien nach.«

»Ich habe gehört, dass sie an der Erforschung der Kreisbahnen der Doppelsterne arbeiten.« Meagans Stimme klang ehrfürchtig. Sie legte ihr Cape ab, zog die Handschuhe aus und legte beides auf Stubbings ausgestreckte Hände.

Stubbing lächelte sie an. »Ah, Ihr interessiert Euch also für das Schaffen meines Herrn.«

»Das kann man wohl sagen«, meldete sich Harold und legte seinen Mantel ab. »Ihr kennt meine Schwester nicht. Andauernd schwärmt sie davon, was Sir William Herschel und Sir John getan haben. Sie ist ein richtiger Plagegeist, was die Herschels und diese Sternenguckerei anbetrifft.«

»Sir William war ein brillanter Mann.« Meagan bedachte ihren Bruder mit einem ärgerlichen Blick. Er hatte nie ihre Liebe für die Astronomie verstanden und würde sie wahrscheinlich niemals verstehen. »Und Sir John ist ebenso genial wie sein Vater. Ich wünschte, Sir John wäre hier. Ich freue mich so, ihn kennen zu lernen.«

»Ich werde später ein Gespräch mit ihm arrangieren«, sagte Barrett ungeduldig. Er gab Stubbing seinen Hut und Mantel. »Lass uns jetzt erst mal zur Ruhe kommen. Ich könnte auch etwas zu trinken brauchen.«

»Verzeiht mir, Mylord«, sagte Stubbing, der erst jetzt Barretts und Harolds gerötete Nasen und Wangen bemerkte. »Mir fällt erst jetzt auf, dass Ihr ohne Fahrer und Diener hier seid.«

»Ja, nun, die Ereignisse erforderten, sie zurückzulassen.« Barretts Blick glitt zu Harold hinüber und dann zu Stubbing zurück.

»Ich werde euch heißen Rum bringen lassen. Es gibt nicht Besseres, um die Kälte zu vertreiben.«

Harold rieb die Hände gegeneinander. »Das wäre nett.«

Stubbing führt sie zur Treppe. »Wenn mir die Herrschaften bitte folgen wollen …«

Meagan ergriff Barretts Hand, ließ Harold vorausgehen

und flüsterte: »Darf ich die Sterne betrachten, bevor wir zu Bett gehen?«

»Ich weiß, dass du das willst. Aber ich warne dich. Wenn du versuchst, die ganze Nacht mit Sterngucken zu verbringen, könntest du in Gefahr sein.«

Meagan zog die Brauen zusammen. »In Gefahr?«

»Dass ich dich kidnappe und in mein Bett trage und dich liebe, bis du dich unter mir windest und die Sterne das Letzte sind, was du im Sinn hast.«

»Ich bezweifle, das dies jemals geschehen könnte.« Sie neckte ihn mit einem schelmischen Lächeln.

»Ich kann ziemlich unbarmherzig sein, was dich anbetrifft.« Er schaute sie an, und seine Augen waren so tiefblau und leuchtend, dass sie das Gefühl hatte, in das Blau eines von der Sonne beschienenen Ozeans zu blicken.

Auf diese Weise hatte er sie noch nie angeblickt. Es verschlug ihr den Atem, und es verging fast eine Minute, bis sie wieder etwas sagen konnte. »Ich habe stets gewusst, dass du eine unbarmherzige Seite hast. Sicherlich kann ich lernen, sie zu schätzen.«

Er legte den Arm um ihre Taille und führte sie die Treppe hinauf. Heute Nacht würde sie Barrett nicht zu verführen brauchen. Was war über ihn gekommen? Etwas hatte die vorsichtige Zurückhaltung in seinen Augen verändert, als hätte sich ein Schleusentor der Gefühle in ihm geöffnet. Konnte sie zu hoffen wagen, dass sie ihm so viel bedeutete wie er ihr? Nur die Zeit würde ihr eine Antwort darauf geben.

Meagan stand im Observatorium und spähte durch das Teleskop. Barrett beobachtete sie.

Er stand auf der obersten Stufe der Treppe, die zum Teleskop führte, die Beine übereinander geschlagen, in den Händen seinen Spazierstock. Mondschein fiel durch ein Fenster nahe der Decke und überzog sein Haar mit silbrigem Schein.

Sie hörte ihn nervös mit dem Stock schlagen. »Ich bin gleich fertig.« Meagan konnte den Blick nicht von den Jupitermonden nehmen.

Barrett zog seine Taschenuhr hervor und ließ sie aufschnappen. »Das hast du vor genau einer halben Stunde ebenfalls gesagt.«

»Tatsächlich?«

»Ja.«

»Aber ich habe den Himmel nie so klar gesehen. Weißt du, dass ich tatsächlich einen Blick auf Titania erhascht habe? Dies ist eine perfekte Nacht zum Betrachten der Sterne, das Teleskop ist unglaublich.«

»Ich befürchte die Satelliten des Uranus interessieren mich nicht, Prinzessin.« Sie spürte seinen Blick auf sich. »Aber andere Dinge interessieren mich.«

»Bitte, warte noch einen Moment. Dann verspreche ich, ins Bett zu gehen.«

»Das hast du vor einer halben Stunde auch gesagt.«

»Diesmal halte ich mich bestimmt daran.«

»Wir können wieder herkommen.« Sie hörte seine Schritte nahen.

»Ich weiß, aber …«

Er schlang die Arme um ihre Taille, umfasste dann ihre Brüste und brachte sie so zum Verstummen. »Später, Liebes. Mach mich nicht wild.«

»Mir scheint, du bist schon wild genug«, sagte sie spitzbübisch. Meagan drehte sich zu ihm um und spürte, wie ihr Herz schneller schlug. Sie hoffte, Zeit zu gewinnen, doch er zog bereits die Nadeln aus ihrem Haar und fuhr mit den Fingern hindurch, während er ihren Hals küsste.

»Das ist unfair«, stöhnte sie.

»Es ist die einzige Möglichkeit, dich von hier fortzubekommen.« Er lächelte voller Vorfreude und hob sie auf seine Arme. »Ich habe lange genug gewartet. Jetzt bringe ich dich ins Bett.«

Kapitel 26

Ich wollte ja gar nicht protestieren«, sagte sie und schmiegte den Kopf an seinen Hals.

»Es hätte dir auch nichts genützt.« Barrett trug sie aus dem Observatorium.

Meagan ließ den Kopf auf seine Schulter sinken und blickte zum Himmel empor. Die Sterne funkelten. Ein Nachtvogel schrie von einem Baum in der Nähe von Sir Johns Haus. Ein Artgenosse antwortete aus der Ferne.

Sie genoss das Gefühl, von seinen starken Armen getragen zu werden und fragte: »Hast du das gehört?«

»Die Vögel? Ja.«

»Dies ist eine herrliche Nacht für Liebende, nicht wahr?«

»Das wird sie sein, sobald ich dich in mein Bett bekomme.« Barrett öffnete die Dienstbotentür und schloss sie dann mit dem Fuß.

»Könnten wir so tun, als sei es unsere Hochzeitsnacht? Aus irgendeinem sonderbaren Grund habe ich dieses Gefühl.«

Er blickte auf sie hinab, und sein Gesicht zeigte keine Spur der Zurückhaltung, die er sonst vorgab, nur das Verlangen, sie zu besitzen. »In gewisser Weise ist sie das, denn ich werde dich lieben, wie du es nie zuvor erlebt hast.«

Bei seinen Worten stieg freudige Erwartung in ihr auf. Sie lauschte dem Echo seiner Schritte, als er die Treppe hinaufstieg, schmiegte den Kopf an seinen Hals und flüsterte. »Kannst du nicht schneller gehen?«

Seine Miene hellte sich auf, und er setzte ein verruchtes Lächeln auf. »Mit Vergnügen, Mylady.« Er nahm immer zwei Stufen auf einmal.

Als sie seine Kammer erreichten, lachte Meagan, und Barrett rang um Atem. Er legte sie auf das Bett, zog sein Jackett und die Stiefel aus und warf sie achtlos auf den Boden. Dann ließ er sich neben sie sinken und drehte sich auf die Seite ihr zu.

Ihre Blicke begegneten sich. Das Lachen schwand aus ihren Gesichtern. Ihre Lippen trafen sich. In dem Moment, in dem sie sich berührten, wallte Hitze in Meagan auf.

Sie nestelte an den Knöpfen seiner Weste und zog sie ihm aus. Seiner Krawatte hatte er sich schon früher entledigt. Sie knöpfte sein Hemd auf, während er die Verschlüsse am Rücken ihres Kleides aufhakte. Im Nu streifte er ihr das Kleid und den Unterrock über den Kopf und warf die Sachen zu Boden.

Sein Blick glitt über ihr rosafarbenes Höschen und das Mieder, die weißen Seidenstrümpfe, die von einem ebenfalls rosafarbenen Strumpfhalter gehalten wurden. Sie hatte diese Unterwäsche angezogen, um ihn zu verführen, doch nach dem Ausdruck in seinen Augen war das heute Nacht nicht nötig.

»Muss ich mich bei Holly für das bedanken, was du trägst?«, flüsterte er und tupfte Küsse an ihrem Hals entlang.

»Eigentlich habe ich diese Dessous selbst ausgewählt.«

Er erreichte ihre Halsbeuge und verweilte einen Moment. Sie spürte dort seine Lippe, dann seine Zunge.

»Barrett«, wisperte sie und streichelte mit den Fingerspitzen über seine muskulöse Brust.

»Ich will dich genießen«, murmelte er und küsste ihren Oberkörper hinab.

Im Tal zwischen ihren Brüsten hielt er inne. Dann glitten seine Lippen weiter zu ihrer rechten Brust. Er fuhr mit dem Mund am Rand des Mieders entlang, dort, wo es ihre Brust berührte. Es war so tief ausgeschnitten, dass ihre Brustspitze fast den Rand berührte. Als sie seine heißen Lippen dort spürte und er die Knospe durch den Samt in den Mund nahm und daran saugte, bäumte Meagan sich auf und wand sich unter ihm. »Barrett, du bist unbarmherzig.«

»Ja, und ich genieße jeden Moment davon.« Geschickt löste er ihr Mieder, sodass ihre Brüste herausdrängten.

Er nahm eine der harten Knospen zwischen die Zähne, umschmeichelte sie mit der Zunge, reizte sie. Dann band er das Mieder ganz auf und küsste eine feurige Spur zu ihrer anderen Brust, um ihr die gleiche Aufmerksamkeit zu widmen.

Meagan wollte ihn in sich spüren; sie hatte das Gefühl zu verbrennen, wenn es nicht bald geschah. Sie schob ihre Hand kühn in seine Hose und berührte seine harte Männlichkeit.

Er versteifte sich und hielt ihre Hand fest. »O nein, nicht so schnell. Ich werde mir Zeit lassen. Hab Geduld.«

Er streichelte über ihren flachen Bauch hinab.

Sie spürte, wie seine Finger über ihre Haut bis zum Bund ihres Höschens glitten. Dann verharrte er und küsste ihren Bauchnabel, bevor er ihr das Höschen herunterzog.

Ihre Hüften hoben sich wie aus einem Antrieb. Er streifte das Höschen über ihre Hüften hinab, liebkoste die Haut damit, küsste ihren Unterleib hinab. Als Meagan seinen Mund immer näher an ihrem Schoß spürte, erkannte sie, was er vorhatte, und versteifte sich.

»Nein, Barrett«, murmelte sie und versuchte, ihn hochzuziehen, damit er sie küsste.

»Doch.«

Er schob ihr das Höschen über die Knie hinab und streifte es dann ganz herunter »Entspann dich für mich, Liebste.«

Seine Zunge glitt zwischen ihre weichen, feuchten Falten ins Zentrum ihrer Weiblichkeit. Meagan grub die Finger in das Laken. Nie hätte sie gedacht, mit einem Mann eine solche Intimität teilen zu können. Die Stärke der Empfindungen brachte sie zu den Sternen und wieder zurück. Ihre Hüften passten sich dem Rhythmus seiner Zunge an. Als sie es nicht länger ertragen könnte, schrie sie auf und fand ihre Erfüllung.

Er hob den Kopf und sah sie an. »Das war doch fair, oder?«

»Weit davon entfernt.«

Meagan packte seine Schultern und zog ihn auf sich. »Ich will dich in mir spüren.«

»Das wirst du.«

Sie küsste ihn mit all ihrer Leidenschaft. Er knöpfte seine Hose auf und streifte sie ab. Als er sich auf sie sinken ließ und sie seinen nackten Körper spürte, stöhnte sie auf.

Sie streichelte über seinen vernarbten Rücken und schlang die Beine um seine Hüften. Er küsste sie und glitt sacht in sie. Sie empfand ein unbeschreibliches Glücksgefühl, wünschte sich, dass es niemals enden würde.

Es dauerte nur einen Moment; und plötzlich erfasste sie

ein fremdes Gefühl, als ob dieses Glück nicht andauern würde. Es quälte sie.

Das Gefühl löste sich in seinen tiefen Stößen auf. Die Hitze gewann die Oberhand, und sie konnte nur daran denken, dass Barrett in ihr war, ihr Erfüllung schenkte. Sie klammerte sich an ihn, als sie beide auf den Gipfel der Lust getragen wurden.

Barrett liebte sie noch einmal, bevor er um Atem ringend erschöpft auf sie sank. »Du bist wundervoll«, keuchte er.

Meagan spielte zärtlich mit den Härchen auf seiner Brust. »Ich weiß.«

Barrett genoss es, das Streicheln ihrer weichen Hände zu spüren, ihre Hingabe und tiefe Zuneigung rührten ihn. Es wurde ihm bewusst, wie leer und unvollständig sein Leben ohne sie gewesen war. Bevor er sie kennen gelernt hatte, hatte er für Zuneigung bezahlt, und er hatte nie erkennen können, ob seine Mätressen wirklich Liebe für ihn empfanden oder ob es nur ein Spiel für sie war. Er wusste, dass es für Meagan mehr war.

Barrett zog sich vorsichtig aus ihr zurück und blies die Kerze aus.

»Was machst du da?«, fragte Meagan.

»Ich lege mich schlafen.« Er warf die Decke über sie beide und zog Meagan an sich.

»Bist du wirklich müde?«

»Ja.«

Sie seufzte zufrieden, schmiegte ihr Gesäß an seine Hüfte und ihren Rücken an seine Brust. »Und was ist mit deiner Schlaflosigkeit?«

»Heute Nacht werde ich schlafen, glaube mir.« Er küsste ihr Haar und spürte eine Wärme, die tief in ihm glühte, ein Hochgefühl, wie er es nie zuvor empfunden hatte. Er war nicht mehr von Ruhelosigkeit erfüllt. Er empfand völligen Frieden.

»Barrett?«

»Hm?«

»Lass uns für immer hier bleiben.«

»Für ein paar Tage. Dann müssen wir zurückkehren. James wird meine Hilfe bei dem Ball brauchen.«

»Hilfst du ihm immer bei der Auflösung von Fällen?«

»Das habe ich in der Vergangenheit getan.«

»Wie oft?«

»Das weiß ich gar nicht mehr genau.« Barrett spürte, dass sie ihre Hand in seine schob.

»Ich möchte, dass du ihm nicht länger hilfst. Es ist zu gefährlich.«

»Ich werde aufhören, nachdem die Advokaten des Teufels verhaftet sind«, sagte Barrett und schloss die Augen.

»Warum hast du mit dieser Arbeit angefangen?«

»Aus Langeweile, aber daran werde ich mit dir an meiner Seite nicht leiden. Niemals mehr.« Er spürte, wie ihn die Intimität mit ihr, ein Gefühl tiefer Zufriedenheit erfüllte. Und dann geschah etwas, das er seit Jahren nicht mehr erlebt hatte. Er fiel in einen glückseligen Schlaf.

Die Sonne schien Meagan direkt ins Gesicht, als sie am nächsten Morgen erwachte. Sie lag in Barretts Armen, und ein wunderbares Gefühl überwältigte sie.

Sie erinnerte sich an jede köstliche Wonne, die seine

erregenden Berührungen bei ihr ausgelöst hatten, an die Glückseligkeit, die sie mit ihm geteilt hatte.

In seinen Armen fühlte sie sich schön. Sie erkannte, dass ihr Traum in Erfüllung gegangen war – einen Mann zu finden, der sie so akzeptierte, wie sie war, und sie begehrte. Das Unmögliche war geschehen: Sie hatte sich in den Marquis von Waterton verliebt.

Meagan spürte Barretts Arme um sich. Er küsste ihren Nacken. »Guten Morgen«, murmelte er.

»Guten Morgen auch dir.« Sie drehte sich ihm zu, als er sie näher an sich heranzog.

Meagan musterte sein Gesicht. Sie sah, dass die dunklen Ringe unter seinen Augen verblasst waren. »Du siehst aus, als hättest du gut geschlafen.«

»Ich habe nie besser geschlafen. Anscheinend habe ich mein Heilmittel für Schlaflosigkeit gefunden.«

»Und was ist das?«

»Du bist das.« Er schaute ihr in die Augen.

»Versprich mir etwas«, sagte sie und verlor sich in den Tiefen seiner blauen Augen.

»Was?«

»Versprich mir, dass wir immer so zusammen schlafen werden. Ich möchte jeden Morgen in deinen Armen aufwachen.«

Er zögerte. Eine Spur von Unsicherheit glitt über seine Gesichtszüge, verschwand jedoch schnell hinter einem Grinsen. »Das möchte ich auch.« Er küsste sie und rollte sich auf sie.

Sein kurzes Zögern hatte sie stutzig gemacht, doch Meagan vergaß alles darüber, als Barrett sie von neuem liebte.

Ein paar Tage später verabschiedeten sich Meagan und Barrett von Harold. Barrett gab ihm Geld. Er wies ihn an, für ein paar Wochen nach Schottland zu reisen und auf dem Land unterzutauchen, bis die Advokaten des Teufels festgenommen waren. Meagan machte sich Sorgen um Harold, doch Barrett versicherte ihr, dass er sicher sein würde. Harold hatte ihr versprechen müssen, jeden Tag zu schreiben. Jetzt schaute sie zu, wie er in eine Postkutsche stieg, die nach Glasgow fuhr.

Meagan und Barrett trafen in weniger als zwei Stunden in London ein. Meagan lauschte dem stetigen Trommeln des Hufschlags der Gespannpferde auf dem Zufahrtsweg nach Pellam House. Ein Teil von ihr ärgerte sich über die Störung ihres Glücks. Sie hatten Nächte der Leidenschaft verbracht, sich bis zur Erschöpfung geliebt. Die Morgen danach waren für Meagan ebenso herrlich gewesen, denn sie war in seinen Armen und mit seinen Küssen aufgewacht.

So viel Glück hatte sie bisher nur in ihren Träumen gehabt. Jetzt, da es Wahrheit geworden war, klammerte sie sich daran, genoss es, wehrte sich gegen die quälenden Gefühle, dass es ihr bald schon entrissen werden würde. Vielleicht würde sie diese Gefühle loswerden, wenn die Advokaten des Teufels gefasst worden waren und ihr Anführer gefunden wurde.

Barrett öffnete die Tür. Er sah verfroren und vom Wind zerzaust aus, seine Lippen waren bläulich angelaufen. Er bemerkte ihre bedrückte Miene und fragte: »Schmollst du, weil wir das Observatorium verlassen mussten?«

»Nein, ich bin nur enttäuscht.« Meagan lächelte, ergriff Barretts Hand und ließ sich von ihm aus der Kutsche helfen.

Er zog sie an sich. »Ich werde es wieder gutmachen. Wenn das hier vorüber ist, fahre ich mit dir in die Flitterwochen.«

»Können wir zu Lord Herschels Observatorium zurückfahren?«, fragte Meagan hoffnungsvoll.

»Nein, ich werde nicht die Sterne oder irgendeinen aufgeblasenen Astronomen, in den du vernarrt bist, mit dir teilen.«

»Ich würde es nicht Vernarrtheit nennen. Ich bewundere ihn für seine wissenschaftliche Größe – das ist alles.«

»Ich werde diesen Mann trotzdem nicht mit dir teilen.« Barrett zog sie an sich und küsste sie.

Sie spürte die Kälte seiner Lippen, als sie die Arme um seinen Nacken schlang und seinen Kuss erwiderte.

Das schnelle Pochen von Schritten ertönten hinter ihnen.

Barrett stöhnte auf und murmelte an ihren Lippen: »Ich muss dich unbedingt an einen verlassenen Ort bringen, wo wir allein sein können.«

»Verzeihung, Mylord, aber im nördlichen Wohnzimmer ist ein Feuer ausgebrochen«, schrie Hastings und rannte mit Eimern an ihnen vorbei, dichtauf gefolgt von Stratton.

»Hölle und Verdammnis! Schnell! Holt mehr Wasser«, stieß Barrett hervor, riss Stratton die Eimer aus der Hand und lief die Treppe zum Haus hinauf.

Meagan raffte ihr Kleid und rannte mit hämmerndem Herzen hinter Barrett her.

Kapitel 27

Eine riesige Rauchwolke schlug Meagan aus dem Wohnzimmer entgegen. Die Hitze war unerträglich. Sie hustete. Lyng, Tessa, Coates und Reeves schlugen auf die Flammen ein, die aus dem Weihnachtsbaum loderten. Die Tanne lag auf der Seite; sie war gewaltig – gut fünf Meter hoch – und hatte ausladende Zweige.

»Aus dem Weg!« Barrett schob Reeves beiseite und leerte beide Eimer Wasser auf den in Brand geratenen Baum.

Ein Großteil der Flammen erlosch. Stratton und Hastings liefen herbei und schütteten auch ihr Wasser auf den Baum. Tessa und Lyng ließen die Läufer fallen, mit denen sie versucht hatten, die Flammen auszuschlagen. Reeves sah aus, als würde er zusammenbrechen, und Meagan ergriff schnell seinen Arm. Der alte Mann hustete und rang um Atem.

»Was, zum Teufel, ist passiert?«, grollte Barrett und musterte die Diener.

Tessa sprach als Erste. »Lyng und ich hatten keine Schuld, Mylord. Wir rochen den Rauch und rannten hin.« Sie strich eine Haarsträhne zurück, die sich unter ihrem Häubchen gelöst hatte und in die Stirn gefallen war.

»Das stimmt«, sagte Lyng und blickte Hastings und Stratton aus zusammengekniffenen Augen an.

»Wir waren es auch nicht.« Hastings straffte die Schultern und warf dem Asiaten einen empörten Blick zu.

Stratton wirkte erfreut – sein Kollege hatte Partei für ihn ergriffen. Er fügte hinzu: »Ja, wir hörten Coates und Reeves ›Feuer! Feuer!‹ schreien, rannten hierher und sahen den Baum in Flammen.« Stratton starrte Coates und Reeves an.

Coates' Gesicht war schwarz vom Ruß. Nur das Weiße seiner Augen war zu sehen, zusammen mit einem schuldbewussten Gesichtsausdruck. »Ich bin schuld …«

»Nein, ich«, sagte Reeves und hob seine zitternde Hand, um auf den Baum zu zeigen.

»Wer also?«, grollte Barrett in ungeduldigem Tonfall.

Coates wandte sich an Reeves. »Ich kann nicht zulassen, dass du die Schuld für mich übernimmst. Alles, was ich anfasse, führt zu einer Katastrophe.« Er blickte Barrett an. »Es tut mir Leid, Mylord.«

»Stratton, Hastings, bringt das hier raus.« Barrett wies auf den angebrannten Baum, der immer noch qualmte.

»Sofort, Mylord.« Hastings setzte sich vor seinem Kollegen in Bewegung, verharrte jedoch dann und ließ Stratton den Vortritt.

Überrascht von der Geste, lächelte Stratton und gab ihm den Läufer, den Lyng fallen gelassen hatte. »Hier, nimm besser dies, damit du dich nicht verbrennst.«

Meagan schaute zu, wie sie den Baum mithilfe des Läufers hinaustrugen.

Barrett sah Coates an. »Ich will genau wissen, was geschehen ist.«

»Reeves und ich waren damit beschäftigt, den Baum aufzustellen. Ich nehme an, ich kam ein bisschen zu nahe an den Kamin … und da fing er Feuer.«

»Das stimmt nicht. Es war mein Fehler«, sagte Reeves.

»Ich konnte die Spitze nicht festhalten und ließ den Baum fallen.« Er blickte auf seine zitternden Hände.

»Das ist nicht wahr. Ich verlor das Gleichgewicht und stolperte, und deshalb ließ Reeves die Spitze los. Ich tauge zu nichts. Ich kündige den Dienst, Mylord. Ich weiß, dass Ihr mich nicht behalten könnt.« Coates schritt zur Tür.

»Nun, dann gehe ich auch. Ich hätte längst in den Ruhestand gehen sollen.« Reeves ging schwankend zu Coates, er war voller Verzweiflung.

Als Meagan sah, dass die beiden Männer es ernst meinten, rief sie: »Ihr dürft uns nicht verlassen. Ohne euch sind wir verloren.« Da Barrett immer noch grollte, sah sie ihn bittend an.

»Ja«, zischte Barrett durch seine zusammengepressten Zähne. »Ihr müsst bleiben.«

Coates und Reeves drehten sich um, ein erfreutes Lächeln auf den Gesichtern.

»Wir werden Euch nicht enttäuschen, Mylord ... Mylady.« Reeves verneigte sich.

»Wir werden unser Bestes tun.« Coates reckte das Kinn, und etwas von seinem verloren gegangenen Selbstvertrauen kehrte zurück.

»Kümmert euch darum, dass diese Schweinerei beseitigt wird.« Barrett ging zu Meagan und legte den Arm um ihre Taille.

»Jawohl, Mylord«, sagten Coates und Reeves wie aus einem Munde.

Tessa und Lyng lächelten sie an; dann tauschten sie einen zärtlichen Blick.

Barrett führte Meagan aus dem Wohnzimmer. Er sprach erst, als sie fast bei seiner Kammer waren. »Ist dir klar, was du soeben getan hast? Dein Akt der Freundlichkeit könnte unser Todesurteil sein.«

»Coates braucht einfach etwas Selbstvertrauen. Und Reeves – nun, wenn er mit der Arbeit aufhörte, wäre er unglücklich und würde den Lebensmut verlieren. Das kann ich nicht zulassen. Danke dafür, dass du sie bleiben lässt. Du bist so verständnisvoll, gütig und liebenswert ...«

»Liebenswert?« Barrett hob eine Augenbraue. »Das ist ein bisschen übertrieben, findest du nicht?«

»Nein, finde ich nicht.« Meagan stellte sich auf die Zehenspitzen und küsste ihn. Sie grub die Finger in sein dichtes, blondes Haar und presste sich an ihn.

»Vielleicht denkst du anders über mich, wenn ich dir zeige, wie hart ich sein kann«, sagte er an ihren Lippen.

»Meine Meinung steht trotzdem fest.«

Er hob sie auf die Arme, trug sie in sein Zimmer und knallte die Tür mit dem Absatz zu. Als er sie aufs Bett legte, ihre Brüste streichelte und küsste, sagte sich Meagan, dass seine harte Seite das Liebenswerteste von allem war.

Später an diesem Nachmittag hörte Barrett ein Klopfen an der Tür seines Arbeitszimmers. Er legte die Rechnung, die er gerade überprüfte, zur Seite. »Herein.«

Tessa trat zögernd ein und lächelte verlegen. Sie machte einen Knicks. »Ich bitte Euch um Verzeihung für die Störung, Mylord.«

»Was gibt's?«

»Ich bin nur gekommen, um Euch zu danken.«

»Wofür?«

»Dafür, dass Ihr meine Herrin so fröhlich gemacht habt.

Ich weiß nicht, was Ihr getan habt, aber ich habe sie nie so gut gelaunt erlebt. Ich dachte, Ihr würdet ihr nur das Herz brechen, und ich habe mich geirrt. Ihr habt sie glücklich gemacht. In ihrem ganzen Leben habe ich sie nie so zufrieden erlebt, und ich kenne sie seit ihrer Geburt. Das Leben einer Einsiedlerin war wahrscheinlich nicht das Richtige für sie, nicht wahr?«

»Vermutlich nicht.« Barrett fühlte sich zunehmend unbehaglich. Er musste Meagan die Wahrheit sagen, und zwar bald.

»Ich gebe immer zu, wenn ich mich geirrt habe, und bei Euch habe ich mich geirrt. Ich hoffe, Ihr könnt mir verzeihen.«

»Selbstverständlich«, sagte Barrett, aber er verspürte Gewissensbisse.

»Und ich möchte Euch noch etwas anderes fragen.«

»Nur zu.«

»Nun, es steht mir nicht zu, darum zu bitten.« Ihre Pausbäckchen wurden fast wo burgunderrot wie Barretts Weste. Sie öffnete die Tür, steckte ihren Kopf hinaus und sagte: »Du kannst jetzt kommen.«

Lyng betrat das Arbeitszimmer, seine Miene verriet Unsicherheit.

»Lyng, was ist los?«

»Wir möchten heiraten, Mylord, und wir brauchen Eure Erlaubnis.«

Barrett lehnte sich auf dem Stuhl zurück, verblüfft und zugleich amüsiert. »Tessa, lass uns bitte einen Moment allein«, sagte er, den Blick auf Lyng gerichtet.

»Ja, Mylord.«

Tessa warf Lyng einen unsicheren Blick zu.

Barrett wartete, bis sie das Arbeitszimmer verlassen hatte. Dann sagte er: »Wenn ich die Worte nicht aus deinem Mund gehört hätte, dann hätte ich sie nicht geglaubt.«

»Sie sind wahr.«

»Du hast dich also entschieden, den Drachen zu heiraten.«

»Sie ist überhaupt kein Drachen.« Lyng lächelte Barrett zum ersten Mal an, seit sie sich kennen gelernt hatten.

»Wenn du deiner Sache sicher bist, dann wünsche ich dir alles Gute, alter Junge.«

»Danke, Mylord.« Lyngs Lächeln verschwand, seine Miene wurde wieder ernst. »Mein Weg steht fest. Aber wie ist es mit Eurem? Habt Ihr Eure Seele von der Last befreit?«

»Noch nicht, aber das wird bald geschehen.« Barrett wollte nicht über Meagan sprechen, darum sagte er: »Du kannst jetzt gehen.«

»Je tiefer der Brunnen, desto größer die Zerstörung, wenn er einstürzt«, zitierte Lyng und warf Barrett einen weisen Blick zu. Dann verließ er fast geräuschlos den Raum.

Barrett stand auf. Er befürchtete, dass er zu lange damit gewartet hatte, Meagan die Wahrheit zu sagen. Es war purer Egoismus von ihm gewesen. Er liebte den Glanz in ihren Augen, wenn sie ihn anschaute, die Liebe, die sie ihm so bereitwillig schenkte, die Vertrautheit, die sie teilten, wie es noch mit niemandem in seinem Leben der Fall gewesen war. Sie vervollständigte sein Glück. Seine Welt, sein Leben, waren mit ihr verbunden. Später würde er ihr die Wahrheit sagen und sie bitten, ihn zu heiraten. Aber im Moment konnte er den Frieden, den er mit ihr gefunden hatte, nicht in Gefahr bringen. Wenn er nur den Ausdruck auf Tessas Gesicht vergessen könnte, als sie ihm dafür gedankt hatte, dass er ihre Herrin glücklich machte.

Eine Stunde später stand Barrett bei Jackson's im Boxring. Er verspürte immer noch Gewissensbisse. Skeptisch musterte er Bone Crusher, seinen Gegner, der den Spitznamen »Knochenbrecher« bekommen hatte, weil er in seiner fünfzehnjährigen Karriere als Preiskämpfer schon viele Gegner verletzt hatte. Barrett hatte ihn als Sparringpartner engagiert, um die Lüge vergessen zu können, mit der er lebte; zumindest für eine Weile noch. Es klappte nicht. Barrett landete einen Haken, aber sein Partner, ein Koloss mit Stiernacken und einem Körperbau, der zu seinem Namen passte, grinste Barrett nur an. »Ist das alles, was du drauf hast, Meister?«

»Keine Sorge. Ich fange gerade erst an.« Barretts Rechte schoss vor.

Crusher tänzelte zurück, immer noch grinsend, und Barretts Hieb ging ins Leere.

Eine Traube von Männern hatte sich um den Ring versammelt. Sie feuerten Barrett an, während sie untereinander Wetten abschlossen, wie viele Minuten er durchhalten würde.

»Was ist los? Bist du müde?« Crusher landete einen linken Aufwärtshaken. Er streifte Barretts Kinn und ließ ihn zurückstolpern.

Die Zuschauer schrien aufgeregt durcheinander.

Barrett schüttelte den Treffer ab und griff wieder an. Diesmal täuschte er eine Rechte vor und schlug blitzschnell mit der Linken zu. Der Schlag traf Bone Crusher. mitten im Gesicht.

Er stand da und starrte Barrett an, schien nichts zu spüren, obwohl Blut aus seiner Nase sickerte. »Ziemlich gut für einen Blaublütigen, aber nicht gut genug.« Bones Gesicht nahm einen entschlossenen Ausdruck an. Er griff an.

Barrett schoss zurück, wich den Fäusten aus und blockte sie ab. Aus den Augenwinkeln entdeckte er plötzlich seinen Vater unter den Zuschauern.

Crusher erkannte seine Chance, nutzte sie und schlug Barrett mit solcher Wucht in die Rippen, dass er durch die Luft segelte. Er landete auf dem Rücken, die Luft blieb ihm weg. Seine rechte Rippenpartie fühlte sich an, als wäre sie von einer Kanonenkugel getroffen worden.

»Eins ...«

Barrett hörte den Ringrichter zählen. Er wollte sich aufrappeln, doch sein Vater stieg in den Ring und drückte ihn zurück.

»Zwei ...«

»Was versuchst du hier? Dich umzubringen?«

Barrett keuchte. »Ich verzichte auf deine Predigten!«, stieß er aus.

»Du brauchst einen Arzt, verdammt!«

»Drei ...« Der Ringrichter brach den Kampf ab.

Jubelgeschrei und Gejohle setzten ein, und Wettgeld wechselte die Besitzer.

»Mir geht's prima.« Barrett schlug die Hand seines Vaters zur Seite, hielt sich an den Seilen fest und zog sich daran hoch. Plötzlich sah er, dass sein Vater die Narben entdeckt hatte und zusammenzuckte.

Crusher, der kaum mitgenommen aussah, schlenderte zu Barrett hinüber und sagte: »Guter Kampf. Du hast am längsten durchgehalten. Muss dich bewundern. Bade in heißem Wasser. Dann wirst du dich wie neu fühlen.«

»Neu …«, stammelte Barrett. Dann richtete er sich ganz auf. Er verzog das Gesicht.

»Eine könnte gebrochen sein.« Der Boxprofi schlug mit einer Faust gegen Barretts Brustkasten und grinste, als dieser zusammenzuckte. »Ich habe nicht gut genug getroffen, um sie alle zu brechen.«

Barretts Vater sah Crusher grimmig an. »Sehr mitfühlend, das muss ich sagen.«

»Warum bist du hier?«, fragte Barrett den Herzog, als er aus dem Ring stieg.

»Ich muss mit dir reden.« Der Herzog von Kensington machte eine große Schau daraus, Barrett Hemd und Jackett zu überreichen.

Barretts Augenbrauen hoben sich überrascht. Er konnte sich an keinen Augenblick seines ganzen Lebens erinnern, an dem ihm sein Vater seine Aufmerksamkeit geschenkt hatte. An keinen einzigen. Sie hatten kaum im selben Raum bleiben können, ohne sich zu streiten. Was war mit seinem Vater los?

»Wenn es eine weitere Predigt sein soll, bin ich nicht in der Stimmung, sie mir anzuhören.« Barrett knöpfte sein Hemd zu Ende zu und zog sein Jackett an.

Sein Vater reichte ihm den Spazierstock. »Können wir hinausgehen?« Es klang nicht wie ein Befehl, sondern wie eine Bitte.

Barrett bemerkte einen fast flehenden Ausdruck auf

dem Gesicht seines Vaters. So hatte er ihn noch nie gesehen. Ungläubig murmelte er: »Warum nicht?«

Er folgte dem Herzog nach draußen. Dicke weiße Wolken hatten sich vor die Sonne geschoben. Kalter Wind blies Barrett ins Gesicht. Trotz der Kälte drängten sich die Passanten in einem stetigen Strom durch die Bond Street. Die Schaufenster der Läden waren weihnachtlich dekoriert. Über den mit Girlanden geschmückten Ladentüren waren Glöckchen angebracht, die bimmelten, wenn Kunden hinein- und hinausgingen. Die Vorfreude auf Weihnachten hing in der Luft und spiegelte sich auf den Gesichtern der Käufer wider. Barrett verspürte den Drang, Meagan ein besonderes Weihnachtsgeschenk zu kaufen – auch wenn sie es sicherlich nicht wünschte. Vielleicht würde das seine Schuldgefühle mildern.

»Wie steht es mit dir und Meagan? Ist alles in Ordnung zwischen euch?«

Die Stimme seines Vaters riss Barrett aus seinen Gedanken. Er sah ihn misstrauisch an. »Das ist nicht der Grund, weshalb du nach mir gesucht hast. Was ist der wahre Grund? Warum bist du nach all diesen Jahren nach England zurückgekommen?« Barrett umklammerte den Griff seines Spazierstocks und hielt den Blick auf die Tür von Jackson's gerichtet.

Sein Vater schwieg einen Moment und schaute Barrett nachdenklich an. Schließlich sagte er: »Ich gebe zu, dass ich zuerst verhindern wollte, dass du Meagan heiratest. Aber nachdem ich sie kennen gelernt hatte, wurde mir klar, dass sie dich verändern und dir eine wertvolle Lektion über die Liebe erteilen kann.«

»Du meinst, ich bin unfähig, jemanden zu lieben?«

Barrett nahm wieder seine innere Abwehrhaltung ein. »Ich nehme an, das bin ich. Ich hatte einen guten Lehrer.« Er blickte seinen Vater an.

Peter umklammerte seinen eigenen Spazierstock und rang um seine Beherrschung. Nach einer Weile schwand die Härte aus seinem Gesicht, und es zeigte Gefühle. »Ich weiß, ich war nicht der beste Vater für dich. Aber du musst zugeben, dass du alles getan hast, um mich dafür zu bestrafen.«

»Das kann ich nicht leugnen.« Barrett sah auf seinen Spazierstock hinab.

»Ich hätte mehr Geduld mit dir haben und dich nicht auf Internate fortschicken sollen, aber um häuslichen Frieden zu haben, musste ich mich zwischen dir und Vedetta entscheiden. Ich habe diese Entscheidung nur ungern getroffen. Ich liebte euch beide, aber ...«

»Du hast *sie* gewählt.« Barretts Stimme klang bedauernd.

Peters Lippen bebten leicht, als er weitersprach. »Ich will dir etwas sagen, was ich dir nie erzählt habe. Ich hatte eine lieblose Ehe mit deiner Mutter, und ich wollte keine zweite Ehe. Als Vedetta dich und deine Abneigung gegen sie, weil sie die Stelle deiner Mutter einnahm, nicht unter Kontrolle bekommen konnte, sagte sie mir, dass ich eine Entscheidung zu treffen hätte. Entweder sie oder du. Wenn du es falsch findest, dass ich mich für die Liebe entschied, kann ich dir das nicht verdenken. Ich weiß, es war egoistisch von mir, und ich weiß, dass ich kein Recht habe zu versuchen, dir jetzt nach Vedettas Tod ein Vater zu sein ...«

»Stimmt. Du hast kein Recht«, sagte Barrett bitter.

Bei diesen Worten zuckte sein Vater zusammen. Er schwieg einen Moment, und als er dann wieder sprach, klang seine Stimme weicher. »Ich kann nur hoffen, dass du gut für Meagan sorgst und dir das hilft, zu erkennen, wie es ist, jemanden zu lieben. Vielleicht wirst du dann verstehen, warum ich gezwungen war, dich so aufzuziehen, wie es der Fall war. Ich hoffe, du kannst mir verzeihen.«

Als Barrett schwieg, sagte Peter: »Du solltest dir die Rippen fixieren lassen, mein Junge.« Dann wandte er sich um und schritt über den Bürgersteig davon.

Barrett beobachtete seine nahezu königliche Haltung, seine gestrafften Schultern, die Art, wie er mit arrogantem Selbstvertauen seinen Spazierstock schwang. Als Kind hatte Barrett Ehrfurcht und eine gewisse Angst beim Anblick seines Vaters empfunden, denn er hatte fast immer bedeutet, dass er für irgendein Fehlverhalten bestraft werden würde, doch als Erwachsener empfand er nur Mitleid und das Gefühl eines Verlustes, als er seinem Vater nachblickte. Er wollte nicht, dass die Dinge so blieben, wie sie zwischen ihnen gewesen waren. Es war ein Gefühl, nach dem er nicht sofort handeln würde, jedoch vielleicht im Laufe der Zeit.

Ein Diener öffnete die Tür der Kutsche seines Vaters. Ohne zurückzublicken, stieg der Herzog von Kensington ein. Die schwarze Kutsche reihte sich in den Verkehr ein und verschwand aus Barretts Sicht.

Barrett wollte gerade die Straße überqueren, als James' Kutsche neben ihm anhielt. James sah Barrett finster an. »Du hattest verdammt kein Recht, meine Männer auszuschalten!«

»Ich habe auch nicht angenommen, dass dir das gefällt.«

»Dies ist *meine* Operation!«

»Mag sein, aber du hast eine undichte Stelle in deinen Reihen, und ich möchte nicht, dass Fenwicks Leben gefährdet wird.«

»Ich habe seit Jahren mit diesen Männern zusammengearbeitet. Jedem von ihnen würde ich mein Leben anvertrauen. Die undichte Stelle muss woanders liegen.«

»Ich konnte kein Risiko eingehen.«

James bemerkte die Schwellung auf Barretts Wange. Sein Ärger ließ etwas nach. »Du hast Meagan noch nicht die Wahrheit gesagt, oder?«

»Nein.«

»Nun, dann solltest du das bald tun. Dieser Fall ist fast gelöst.«

»Wie darf ich das verstehen?«

»Ich habe endlich herausgefunden, wer der Anführer ist.

Kapitel 28

»Wie bist du dahinter gekommen?« Barrett sah, wie James' seine Hände zu Fäusten ballte.

»Ich hatte Glück. Wir durchsuchten Coburns und Fields Wohnungen. In Coburns Wohnung fand ich eine angesengte Ecke von einem Blatt Papier im Kamin. Ich nahm an, dass sie eine Botschaft von ihrem Anführer erhalten hatten, die sie nach dem Lesen verbrennen sollten. Es war noch genügend Papier übrig, sodass die Spur zu einem bestimmten Papierhersteller führte.

»Die Ermittlungen müssen dich einige Mühe gekostet haben.«

»Du kennst mich. Ich gebe nie auf.« James' Augen glitzerten unnachgiebig. »Ich überprüfte die Liste aller Kunden, bis ich auf einen Namen stieß, der mich förmlich ansprang. Zuerst hielt ich den Gedanken für absurd, doch je mehr ich darüber nachdachte, desto klarer wurde mir, dass dies unser Mann war. Ich stöberte in den alten Akten über Thistlewood und fand seinen Namen. Er ist jung, ein Extremist und ein sehr guter Schauspieler. Höchstwahrscheinlich nahm er Fenwick zu einer von Arthur Thistlewoods Versammlungen vor der Cato Street-Verschwörung mit und bildete dann selbst die kriminelle Vereinigung, die Advokaten des Teufels genannt wird.«

»Und wer ist es?«

»Du wirst es nicht glauben«, sagte James, und er klang ungewohnt dramatisch.

»Lass schon hören!«

»Der Freund deiner Frau, Lochlann Burrows.«

Barrett fluchte. Ein unbehagliches Gefühl stieg in ihm auf.

Meagan schlüpfte durch den Dienstboteneingang von Pellam House. Stratton und Hastings waren nicht auf ihrem üblichen Posten an der Tür. Sie atmete erleichtert auf. Dies war der perfekte Zeitpunkt, um sich fortzustehlen. Barrett war nicht da, und alle Bediensteten waren in ihre Beschäftigungen vertieft – besonders Tessa und Lyng. Nachdem Meagan sie zu ihrer bevorstehenden Hochzeit beglückwünscht hatte, waren sie Händchen haltend zurückgeblieben und in den Garten gegangen, um Quälgeist auszuführen, wie sie erklärt hatten.

Meagan eilte zum Tor. Sie hielt die Nachricht, die Lochlann ihr geschickt hatte, fest umklammert. Er hatte geschrieben, sie müssten sich dringend treffen. Er hatte auch erwähnt, er werde von einigen der Advokaten des Teufels verfolgt, und sie müsse unbedingt unentdeckt bleiben. Sie glaubten anscheinend, dass Lochlann sie zu Harold führen könne. Meagan fürchtete um ihre Sicherheit.

Der Nordwind hatte aufgefrischt. Sie warf einen Blick zum Himmel und spürte den ersten Schneeregen auf dem Gesicht. Fröstelnd eilte sie durch das Tor, das tagsüber offen gelassen wurde, und huschte an einer Gruppe von Pappeln vorbei. Lochlann trat plötzlich zwischen den Bäumen hervor. Meagan fuhr zusammen.

»Lochlann, du hast mich zu Tode erschreckt!«

Mit besorgter Miene sagte er: »Es tut mir Leid. Wir müssen uns beeilen.« Er zog sie zu einer Kutsche, die in der Nähe einer Baumgruppe parkte.

»Können wir nicht hier miteinander sprechen?«

»Nein. Wir machen eine Spazierfahrt und reden. Es macht dir doch nichts aus, oder?« Lochlann wartete nicht auf ihre Antwort, sondern lächelte sie an. Seine grauen Augen glänzten unergründlich.

Meagan bemerkte, dass der Fahrer ein alter bärtiger Mann ohne Zähne und mit einer Augenklappe war. Es war nicht Lochlanns üblicher Kutscher. Meagan missfiel die Art, wie er sie anschaute, und sie blickte fort. Lochlann öffnete hastig die Tür. Er half ihr einzusteigen, setzte sich neben sie und knallte die Tür zu. Die Kutsche fuhr mit einem Ruck an. Meagan wurde unsanft gegen den Sitz gepresst. »Warum sind die Advokaten des Teufels hinter dir her?«, fragte sie.

»Ich habe herausgefunden, wer der Anführer ist, sie wollen mich töten.«

»Du musst dich verstecken, bis Sir James und Barrett ihnen das Handwerk legen.«

»Ja, Sir James ...« Lochlanns Miene nahm einen verhärmten Zug an.

Er wirkte sonderbar in sich gekehrt. Etwas an seinem Verhalten veranlasste Meagan zu sagen: »Du brauchst dir keine Sorgen zu machen. Barrett und Sir James werden dafür sorgen, dass sie alle verhaftet und gehängt werden.«

Der geistesabwesende Ausdruck verschwand aus seinem Gesicht. Er wandte sich ihr zu und sah sie an. »Das nutzt mir im Moment nichts. Vielleicht sollte ich aus der Stadt fliehen wie Harold?«

»Du weißt, das Harold fortgefahren ist?«

»Ja. Ich hörte Coburn und Fields über ihn sprechen. »Wohin ist er gefahren?«

»Ich weiß es nicht genau. Er ist irgendwo in Schottland.«

»Bist du sicher, dass du wirklich nicht weißt, wo er ist? Ich möchte mich ihm anschließen.«

»Nein, ich wünschte, ich wüsste es. Ich mache mir Sorgen um ihn.« Meagan nagte an ihrer Unterlippe. Sie fragte sich, warum Lochlann wissen wollte, wo Harold war. Schnell wechselte sie das Thema. »Du hast gesagt, du weißt, wer der Anführer ist. Wer ist es?«

»Ich.«

»Du?« Meagan blinzelte ungläubig.

»Mach den Mund zu, meine liebe Meagan. Es steht dir nicht, mich so anzustarren.«

Mit kaum hörbarer Stimme sagte sie: »All diese Jahre dachte ich, wir wären Freunde. Ich dachte, ich kenne dich.«

»Ich hatte auch den Eindruck, dich zu kennen, bis du Waterton geheiratet hast.«

»Ich habe es getan, um dein Leben zu retten, aber jetzt wird mir klar, dass dein Verhalten und deine angebliche Angst nur Schauspielerei war. Du hast versucht, Barrett und mich zu töten, nicht wahr?«

»Ich gebe zu, dass ich sehr beleidigt gewesen bin, als du zu Waterton übergelaufen bist.«

Meagan schwieg einen Moment und verarbeitete seine Worte. »Als du zum ersten Mal die Pistole gezogen und ein

Loch in meinen Hut geschossen hast – war das ein Versehen, oder hast du versucht, mich umzubringen?«

»Ich wollte es, aber im letzter Sekunde entschied ich mich anders. Ich wollte dich benutzen, um herauszufinden, was du wusstest.«

»Und beim zweiten Mal bei dem Duell, als du verfrüht auf Barrett geschossen hast, warum hast du Barrett nicht getötet, anstatt ihm in den Arm zu schießen?«

»An diesem Tag habe ich schlecht gezielt. Es ist sehr schwer, sich wie ein Idiot aufzuführen und trotzdem richtig zu treffen.«

»Ich nehme an, du warst es, der aus dem Fenster des Außenministeriums auf Harold geschossen hat.«

»Ja, das war ich. Auch in jener Nacht habe ich schlecht gezielt – dank Waterton.«

»Und ich nehme an, du bist zu dem Ball und nach Pellam House gekommen, um dich bei mir einzuschmeicheln, damit ich dir erzähle, was ich weiß.«

»Genau, sehr scharfsinnig von dir.« Seine Lippen verzogen sich zu einem spöttischen Grinsen.

»Was ist mit dir passiert?« Meagan starrte ihn an, als könnte sie seine Gedanken und Motive ergründen. »Ich hatte keine Ahnung, dass du dich so stark für Politik interessierst. Du hast bei mir niemals darüber gesprochen.«

»Ich wusste, dass dich das wenig interessiert. Mein Interesse wurde auch erst richtig geweckt, als ich Thistlewood reden hörte.«

»Er war ein Extremist und starb deswegen.«

»Ich bewundere ihn. Er starb für seine Sache.«

»Und du bist bereit, eine alte Freundin ... und zahllose andere, sogar dich selbst, für dieselbe Sache sterben zu lassen?«

»Ich habe es satt, untätig zuzuschauen, wie dieses Land geführt wird. Thistlewood hatte Recht. Wir können die Verhältnisse nur gewaltsam ändern. Ich will diese Veränderung. Ich will nicht wie mein Vater und dessen Vater sein. Sie wurden reich vom Schweiß und Blut ihrer Lehnsleute, die kaum besser als Sklaven lebten. Ich könnte mich nicht im Spiegel ansehen, wenn ich nicht versuchen würde, das zu ändern. Verstehst du denn nicht?« Er drehte sich zu ihr um und packte ihren Arm.

Meagan spürte seine Finger schmerzhaft durch ihr Cape und zuckte zusammen. »Ich weiß, dass dies nicht der richtige Weg ist, um etwas zu ändern. Du hast die Dinge verändert, indem du die Schule für Kinder mittelloser Eltern gegründet hast.«

»Du wirst nie verstehen!« Er ließ ihren Arm los und lehnte sich auf dem Sitz zurück. »Es ist nicht genug. Begreifst du das denn nicht? Du kennst nichts von der Welt. Du hast mit deinen Büchern und deinem Teleskop einsam in Fenwick Hall gelebt. Was weißt du denn schon?«

»Ich weiß, dass du wahnsinnig bist.«

Er lachte bösartig. »Kaum. Es ist kein Wahnsinn, dass ich der Welt meinen Stempel aufdrücken will. Die Leute werden in den kommenden Jahren an mich denken. Wenn ich heute Nacht den König töte, ist mir die Aufmerksamkeit aller Leute gewiss. Es wird Chaos und anschließend eine Revolution geben. Ich werde das Oberhaupt der Partei der neuen Weltordnung sein.«

»Der König ...« Meagan spürte, wie das Blut aus ihrem Gesicht wich.

»Ja, der König.«

Meagan wusste, dass sie ihm entkommen und Sir James

und Barrett warnen musste. Sie sammelte ihren Mut und sprang zur Tür.

Lochlann packte sie. Meagan schlug um sich, kämpfte, doch er presste sie gegen den Sitz.

»Tut mir Leid, aber ich kann dich nicht gehen lassen.« Er umklammerte ihren Hals und drückte, drückte ...

Sie bekam keine Luft mehr. Ihr erstickter Schrei erstarb in einem Röcheln. Als Letztes dachte sie an Barrett, dann ging alles in Dunkelheit über.

Barrett hielt den Kutschwagen auf dem Zufahrtsweg von Pellam House an und blickte hinüber zu Stratton und Hastings. Sie hielten den Kopf gesenkt und schwankten zur Treppe. Barretts Herz begann zu hämmern. Er sprang vom Wagen. James hielt hinter ihm und folgte ihm.

Barrett rannte zu den beiden Dienern. »Was ist passiert?« Er blickte zwischen den beiden hin und her.

»Eine Botschaft für Ihre Ladyschaft traf ein«, sagte Stratton und hielt sich den Kopf.

»Eine Botschaft?« Barrett runzelte die Stirn.

Hastings rieb sich den Nacken und verzog das Gesicht. »Ja, ein junger Bursche brachte sie, aber er wollte nicht sagen, von wem sie stammt. Wir dachten, dass sie vielleicht von diesem Burrows ist, und nachdem Ihr gesagt habt, dass Ihr ihn nicht mehr im Haus sehen wollt, ließen wir den Jungen nicht rein.«

Stratton übernahm das Wort. »Nachdem wir den Jungen weggeschickt hatten, hörten wir einen Hilfeschrei. Wir rannten hin, um zu sehen, was los war, und jemand schlug uns hinterrücks nieder.

James tauschte einen Blick mit Barrett, seine Miene war besorgt. »Das ist zweifellos unser Mann.«

»Verdammt! Ich hoffe, sie ist hier.« Barrett lief ins Haus, das Herz schlug ihm bis zum Hals. Das Gefühl, dass er Meagan nie wiedersehen könnte, ließ ihn erschauern, aber er schaffte es nicht, es zu verdrängen.

Eine Kutsche bog in die Straße ein, die zu den Docks führte. Sie verlangsamte ihre Fahrt und rollte in eine Gasse, die hinter einigen großen Lagerhäusern lag. Slip war ihr gefolgt. Jetzt wartete er am Eingang der Gasse und blickte sich sichernd um.

Die Docks wirkten für einen Nachmittag ziemlich verlassen. Segelschiffe schaukelten im Wind, ihre Vertäuung knarrte. Ein Matrose schrubbte das Deck einer Schaluppe, während die Besatzung Fracht einlud.

Slip saß ab und tat, als untersuche er ein Vorderbein seines Pferdes. Es war eine Kunst, sich unauffällig zu verhalten, aber er war ein Meister darin. Burrows ebenfalls, doch Collins war zu dumm und großspurig. Slip wusste das, weil er ihn oft genug beschattet hatte.

Er beobachtete, wie die Kutsche durch die Gasse rollte und dann stoppte. Der Fahrer, ein Mann mit einer Augenklappe, sprang vom Kutschbock und schob eines der massiven Tore des Lagerhauses auf. Er packte die Pferde am Geschirr und führte sie in das Gebäude.

Als Slip sicher war, von niemandem beobachtet zu werden, band er sein Pferd an einen Baum und schlich in die Gasse.

Er spähte durch das Tor und sah den Kutscher und Burrows, die Lady Watertons schlaffe Gestalt aus der Kutsche zogen. War sie tot? Bei diesem Gedanken zogen sich seine Augenbrauen zusammen. Sir James würde es nicht gefallen, wenn die Lady, die er, Slip, im Auge behalten sollte, umgebracht worden war.

Burrows blickte auf und bemerkte Slip.

Einen Moment starrten sie sich an. Dann winkte Burrows ihn herein.

Slip blickte sich noch einmal um und schlüpfte dann durch das Tor. Innen im Lagerhaus waren zu beiden Seiten Kisten aufgestapelt, für die Kutsche war kaum Platz. Der Geruch von vermodernden Planken, Salzwasser und Teer hing in der Luft.

Slip rümpfte die Nase, als er die Würgemale an Lady Watertons Hals erblickte.

»Warum hast du sie umgebracht?«

»Sie ist nicht tot«, sagte Burrows empört. »Ich konnte sie nicht töten. Sie war wie eine Schwester für mich. Hältst du mich für völlig herzlos?«

Der Kutscher kicherte und murmelte: »Nein, du bist wie ein Heiliger.«

»Ich habe dich nicht für deine blöden Bemerkungen bezahlt«, zischte Burrows; sein Blick wischte dem Kutscher das Grinsen aus dem Gesicht.

»Bist du sicher, dass ihr nicht gesehen worden seid?«, fragte Slip.

»Ich bin vorsichtig gewesen. Mach die Tür für uns auf.«

Slip bückte sich, fegte mit der Hand etwas Stroh zur Seite und zog eine Falltür auf. Er blickte in das finstere Loch hinab und hörte weibliches Jammern.

»Lasst uns raus!«

»Bitte, lasst uns nicht hier unten!«

Slip runzelte die Stirn. »Ihr wollt sie dort runterbringen?«

»Ja. Collins will sie für die nächste Schiffsladung. Dann ist das Dutzend voll.«

»Du hättest sie töten sollen!« Slip wurde wütend. »Eine solche Frau wird nie als Hure taugen. Die anderen kommen von der Straße, aber sie ist eine Lady.«

»Collins sagt, er reitet sie zu und verkauft sie mit den anderen nach Frankreich. Sie werden einen schönen Profit bringen. Wir sind im Augenblick knapp bei Kasse.« Burrows Augen nahmen einen fanatischen Glanz ein. »Ich brauche dich wohl nicht daran zu erinnern, dass diese Organisation nicht ohne Geld auskommt.«

»Collins hasst Waterton. Meinst du wirklich, dass Watertons Frau noch leben wird, wenn Collins seinen Spaß mit ihr gehabt hat? Das halte ich für unwahrscheinlich.«

»Wenn ich deine Meinung hören will, dann frage ich danach!« Burrows kniff die Augen zu Schlitzen zusammen und starrte Slip an.

Slip hielt den Mund. Er beobachtete, wie sie Lady Waterton neben der Falltür ablegten. Burrows sah den Kutscher an. »Bring sie runter, und sei vorsichtig. Ich will nicht, dass sie verletzt wird.«

»Ja, Meister.« Der Kutscher spuckte neben einer leeren Kiste aus, hob Meagan auf seine kräftige Schulter und stieg mit ihr in das Loch hinab.

Burrows blickte ihr nach. Sein Gesicht hatte einen nachdenklichen, fast wehmütigen Ausdruck. »Hast du die Einladungskarten?«

»Ja, habe ich.« Slip zog die Einladungen hervor und legte

sie auf Burrows' ausgestreckte Hand. »Damit werdet ihr zum Ball eingelassen werden. Ich musste allerhand Bestechungsgelder zahlen, um an die Karten zu kommen.«

»Das hast du gut gemacht.« Eine schwarze Locke fiel Burrows in die Stirn, als er die Einladungskarten betrachtete.

»Niemand konnte jemals sagen, dass Slip einen Job nicht richtig macht.«

»Ich werde daran denken, wenn wir unsere neue Ordnung starten. Ich werde dich zum Chefberater für die Sicherheit ernennen.«

»Das ist schön und gut, aber wie steht es jetzt mit Geld?«

Burrows zog einen Beutel mit Münzen aus seiner Tasche und warf ihn Slip zu. »Hier.«

Slip fing den Lederbeutel auf und öffnete ihn. Er sah zwanzig schimmernde Goldmünzen. Normalerweise wäre er vom Anblick so vieler Münzen entzückt gewesen, doch als er jetzt darauf blickte, beschlich ihn ein unbehagliches Gefühl. Er wusste, dass er sein Land für zwanzig Goldstücke verraten hatte, und das für eine Sache, die ihm verdammt gleichgültig war.

Als Meagan erwachte, verspürte sie Schmerzen beim Schlucken. Vorsichtig betastete sie ihren geschwollenen Hals, wo Lochlann sie gewürgt hatte. Sie setzte sich auf. Ein stechender Schmerz schoss durch ihren Kopf. Als sie ihn betasten wollte, merkte sie, dass sie angekettet war.

Meagan versuchte, etwas in der Schwärze ringsum zu erkennen, doch Finsternis hüllte sie ein. Der Geruch von feuchter Erde erfüllte die Luft. Es war kalt. Sie fröstelte und zog ihr Cape enger um sich. Dann nahm sie eine Bewegung wahr, jemand hustete.

»Wer ist da?« Sie wich vor dem Geräusch zurück.

»Wir sind das. Wer sonst?«, antwortete eine Frauenstimme mit einem Akzent.

»Wer seid ihr?«

»Wir sind Gefangene.«

Meagan versuchte vergebens, die Frau in der Dunkelheit zu erkennen. »Wie lange seid ihr schon hier?«

Ketten klirrten, dann sagte jemand: »Zwei Tage. Einige von uns schon drei.«

»Wie viele seid ihr?«

»Du bist die zwölfte, Süße.«

Eines der Mädchen sagte: »Hört euch ihre Aussprache an. Sie müssen es wirklich nötig haben, wenn sie jetzt schon feine Damen von der Straße holen.«

Jemand begann zu lachen, doch es klang nicht fröhlich. Langsam wurde aus dem Lachen ein Schluchzen. Meagan fror noch mehr. Sie wusste, dass das nicht von der Kälte kam.

»Wisst ihr, was sie mit uns vorhaben?«, fragte sie.

Eine andere Stimme antwortete. »Ich habe gehört, wie sie miteinander gesprochen haben. Sie wollen uns als Huren an die Franzosen verkaufen.«

Wie konnte Lochlann ihr dies antun? Alles für seine Sache, dachte sie mit Bitterkeit. Sie zog einen Handschuh aus und betastete die Wand hinter sich. Ihre Finger rieben über die kalte, unebene Oberfläche von Backsteinen. Sie befand sich in einer Art Keller.

Ein wenig weiter links war der Eisenring angebracht, mit dem ihre Handfesseln verbunden waren. Sie riss an dem

Ring, erreichte jedoch nur, dass Ihre Handgelenke schmerzten.

»Du brauchst es gar nicht erst zu versuchen, Schätzchen. Die Fesseln werden in diesem Jahrhundert nicht mehr nachgeben.«

Meagan sank gegen die Wand zurück und lehnte den Kopf dort an. Etwas veranlasste sie, aufzublicken. Ein dünner Lichtstrahl durchdrang kaum sichtbar die Dunkelheit. Dort musste der einzige Ausweg sein.

In einem Anfall von Panik schrie sie: »Hilfe!« Ihre Stimme hallte von den Wänden wider. Sie schrie noch ein paar Mal.

Die Stille war die einzige Antwort.

Eine Gefangene in ihrer Nähe sagte: »Es hat keinen Sinn. Wir alle haben uns schon heiser geschrien.«

Meagan dachte an Barrett. Was würde sie dafür geben, wenn er sie in diesem Moment tröstend in den Armen gehalten hätte! »Oh, Barrett«, wisperte Meagan kläglich in der Dunkelheit.

»Wer ist Barrett?«, fragte eine der Gefangenen mitfühlend.

»Mein Mann …«

Plötzlich waren Schritte über ihren Köpfen zu hören.

Die Gefangene, die in Meagans Nähe hockte, sagte: »Komisch, als ob dein Mann dich gehört hätte.«

»Barrett«, rief Meagan verzweifelt, und ihr Herz schlug schneller in der Erwartung, ihn zu sehen.

Die Falltür wurde geöffnet. Stroh fiel durch die Öffnung Meagan ins Gesicht. Eine Leiter wurde in die Dunkelheit herabgelassen, dann eine Laterne. Für einen Moment war Meagan geblendet vom Licht. Sie blinzelte, und dann sah sie die anderen Gefangenen ringsum. Es waren allesamt junge Frauen in zerfetzter Kleidung und gefesselt.

Sie beschattete ihre Augen und blickte hoch. Als sie das Gesicht sah, das dort sichtbar wurde, zuckte sie zusammen und erschauerte.

»Du brauchst nicht so unglücklich dreinzuschauen, weil du mich siehst. Ich weiß, ich bin nicht Waterton, aber ich bin unendlich amüsanter.«

Ein hämisches Grinsen breitete sich auf Lord Collins' Gesicht aus, als er die Leiter hinunterstieg.

Kapitel 29

Als Barrett auf der Treppe von Burrows Stadthaus stand, überkam ihn plötzlich ein schreckliches Gefühl. Er wurde von einer sonderbaren Furcht erfasst. Irgendeine Laune des Schicksals sagte ihm, dass es Meagans Angst war, die er spürte. Er erschauerte, und sein Puls begann zu rasen.

James verließ hinter Barrett das Haus und knallte die Tür zu. »Nun, hier hat er sich nicht versteckt. Dies war der letzte Ort, an dem wir noch nicht gesucht hatten.« Er sah den entsetzten Ausdruck auf Barretts Gesicht. »Was ist los?«

»Ich habe soeben das Gefühl gehabt, Meagans Furcht zu spüren.« Barrett konnte die Worte kaum hervorbringen, seine Kehle war wie zugeschnürt. Er umklammerte den Griff seines Spazierstocks. »Ich muss sie finden«, sagte er verzweifelt.

»Das werden wir.« James erstaunte Barretts Verhalten. Er war besorgt um seinen Cousin.

»Und wie willst du das schaffen?«

»Meine Männer beschatten Burrows. Sie werden mir bald etwas melden.«

»Sie haben noch keinen Kontakt zu dir aufgenommen. Burrows hat sie vielleicht bemerkt und getötet, oder deine undichte Stelle ist einer von ihnen.« Barrett blickte an den Häusern und Läden der Curzon Street entlang. Wo war Meagan? Die Stadt schien unendlich groß zu sein.

Ein schnurrbärtiger Mann zügelte sein Pferd vor Burrows Haus. Barrett erkannte in ihm einen der Männer, die ihn auf der Straße zu Herschels Haus gestoppt hatten.

Sie sahen sich finster an. Dann wandte sich der Mann James zu. »Ich habe Tibbs bei den Docks gelassen, Sir. Wir sahen, dass Slip mit Burrows sprach. Sie wirkten wie gute Freunde. Wir wollten erst Eure Anweisungen abwarten, bevor wir etwas unternehmen.«

»Slip ...« James knirschte mit den Zähnen. »Er ist also die undichte Stelle. Was ist mit Burrows?«

»Wir haben ihn unten bei den Docks aus den Augen verloren, Sir.« Der Schnurrbärtige sah James' wütende Miene und fügte hinzu: »Er muss gewusst haben, dass wir ihn beschatten. Er schlüpfte in eine Taverne, ging mit einer Hure aufs Zimmer und verschwand.«

Barrett fuhr sich fluchend mit den Händen durchs Haar.

»Da ist noch mehr, Sir. Burrows ließ Lady Waterton in einem Lagerhaus in eine Art Keller hinabbringen. Dann ging er. Es sah aus ...«, der Mann blickte mitfühlend zu Barrett, bevor er sich wieder seinem Vorgesetzten zuwandte, »... als sei sie tot, Sir.«

Seine Worte trafen Barrett, als hätte er einen Schlag ins Gesicht bekommen.

Der Mann fuhr fort: »Wir wollten gerade ermitteln, als Collins auftauchte.«

Barrett presste die Lippen zusammen. Er und James tauschten einen Blick. Dann sagte Barrett: »Denkst du das Gleiche wie ich?«

»Collins ist immer noch im Mädchenhandel tätig. Warum sonst sollte er unten bei den Docks sein?«

Barrett stürzte zu seinem Kutschwagen, stieg ein und

nahm Zügel und Peitsche. James sprang auf den Sitz neben ihm. Barrett ließ die Peitsche knallen und schoss die Straße hinab. Er musste versuchen zu glauben, dass Meagan noch lebte. Sie *musste* leben.

Der schwache Lichtschein der Laterne beleuchtete den Keller nur unzulänglich. Lord Collins' Gesicht sah dämonisch aus. Meagan spürte seinen Blick auf sich. Er wartete darauf, dass seine Männer die jungen Frauen zum Abtransport fertig gemacht hatten. Meagan zitterte am ganzen Körper, während sie die Männer beobachtete. Es waren kräftige Seemannstypen mit brutal wirkenden, stoppelbärtigen Gesichtern. Sie gingen grob mit den Gefangenen um.

»Bitte lass mich gehen«, schluchzte ein hübsches Mädchen, das nicht älter als siebzehn aussah.

»Halt's Maul!« Einer der Männer schlug ihr mit dem Handrücken ins Gesicht.

Sie zuckte zusammen und hielt sich die Wange.

»Ihr sagt, wir können sie zureiten?« Ein anderer Kerl ließ seinen Blick über eine Brünette schweifen.

»Sie gehören euch, Jungs, solange ihr sie nicht verunstaltet«, sagte Collins. »Mit Narben bringen sie mir nichts ein.«

Der Typ, der das junge Mädchen geschlagen hatte, stieß einen Finger in Meagans Richtung. »Was ist mit der da?«

»Mit der habe ich was ganz Besonderes im Sinn.« Lord Collins schritt auf Meagan zu. Das Licht der Laterne fiel auf seine braunen Augen. Sie glitzerten wie die eines Wahnsinnigen.

Meagan blickte an ihm vorbei zu einem Mann, der mit einer Pistole in der Hand die Frauen bewachte. Sie hatte vorgehabt, einen Fluchtversuch zu unternehmen, wenn man ihr die Ketten abnahm, doch ihr Gefühl sagte ihr, dass Collins sie gefesselt ließ, damit sie ihm hilflos ausgeliefert war.

Mit wild pochendem Herzen beobachtete sie, wie die Männer die Gefangenen die Leiter hinauftrieben. Der Mann mit der Pistole fragte: »Braucht Ihr mich hier unten?«

Lord Collins starrte Meagan an. »Für das, was ich mit Lady Waterton vorhabe, bedarf es der äußersten Privatsphäre.«

»Wie Ihr wollt.« Der Mann stieg die Leiter hinauf.

Jedes Mal, wenn er den Fuß auf eine Sprosse setzte, zuckte Meagan zusammen. Sie zerrte so hart an den eisernen Fesseln, dass ihre Handgelenke wieder schmerzten. Als der Mann die letzte Sprosse erreicht hatte, stieg er aus der Öffnung und warf die Falltür zu.

Meagan hatte das Gefühl, dass der dumpfe Aufprall in jeder Faser ihres Körpers widerhallte. »Bitte, lasst mich gehen!«, hörte sie sich schluchzen.

Lord Collins trat auf sie zu. »Ich wünschte, ich könnte das, aber es macht mir zu großen Spaß, dich in Fesseln zu besitzen. Ich würde liebend gern Watertons Miene sehen, wenn er dich jetzt zu Gesicht bekäme.« Er neigte sich hinab und fuhr mit der Hand über ihre Wange.

Meagan zuckte zurück, seine Berührung widerte sie an. »Ihr werdet nicht ungestraft davonkommen.«

»Glaubst du wirklich?« Er grinste. »Waterton wird dich nicht retten. Ich habe gesehen, dass er mit James Neville gesprochen hat. Zweifellos fahnden sie nach Burrows, weil sie denken, er hat dich. Ich kann mit dir machen, was ich will. Ich habe alles so arrangiert, dass der Verdacht auf Burrows fällt und nicht auf mich.«

»Dann wisst Ihr, dass Lochlann der Anführer ist?«

»Ja. Ich habe ihn mit Geld für seine kleine Sache versorgt.«

»Warum seid Ihr darin verwickelt? Ihr seid nicht der Typ, der sich für Politik interessiert.« Meagan hoffte, dass er weiterhin redete.

»Stimmt, ich interessiere mich nicht für Politik, aber es macht mir Spaß, Neville und Waterton eins auszuwischen.« Sein Blick wurde glasig; er schaute an ihr vorbei, als nähme er sie gar nicht wahr. »Waterton hat meine Geschäfte hier in England zunichte gemacht und versucht, meinen Ruf zu ruinieren. Wenn ich nicht vermerkt hätte, welche hohen Tiere der Justiz und der Regierung in meinem Etablissement verkehrt haben, wäre ich des Landes verwiesen worden. Ich bin hier geblieben, um mich an Waterton zu rächen. Er hielt sich für so clever, als er meine Bordelle schließen ließ. Nun, dafür wird er bezahlen.«

»Warum habt Ihr mich bei Sir Nevilles Haus angegriffen?«

Collins' Blick glitt zu ihr hinüber. »Ich konnte mir die Gelegenheit, Waterton zu ärgern, einfach nicht entgehen lassen. Und Burrows hielt es für hilfreich, dass ich Neville und Waterton von ihm ablenkte.«

»Wie lange meint Ihr, mich gefangen halten zu können?«, fragte Meagan. »Barrett wird mich finden.«

»Ja, aber es wird zu spät sein. Ich kann es kaum erwarten, Watertons Gesicht zu sehen, wenn er dich in einem meiner Hurenhäuser in Frankreich entdeckt.« Collins' Hand glitt über ihr Cape. Er verharrte in Höhe der Brüste, dann schob er sie unter das Cape.

»Nein!«

»Du wirst dich daran gewöhnen, von Männern betatscht zu werden, meine Liebe.« Sie spürte, wie sich seine Hand um eine ihrer Brüste schloss, und schrie …

»Meagan!« Oberhalb der Falltür ertönte ein Ruf.

Als Collins Barretts Stimme hörte, fuhr er herum und starrte zur Falltür hinauf. Meagan wollte Barrett etwas zurufen, doch Collins schlug ihr auf den Mund.

»Kein Wort, du Hure!« Collins zog ein Messer aus seiner Manteltasche, löschte das Licht und versteckte sich in der Dunkelheit.

Die Falltür wurde geöffnet.

Meagan schlug das Herz bis zum Hals. Schwacher Lichtschein fiel in die Dunkelheit. Meagan sah Collins. Er hockte in einer Ecke, das Messer erhoben. »Barrett, er hat ein Messer!«, schrie sie.

Barrett sprang herab und wirbelte im nächsten Moment herum. Collins stürzte auf ihn und stieß mit der Klinge zu. Blitzschnell sprang Barrett zur Seite und schlug Collins das Messer mit dem Spazierstock aus der Hand.

Mit einem Schrei warf Barrett seinen Stock weg und griff Collins an. Er rammte ihn mit dem Rücken gegen die Wand. Dann schlug er mit den Fäusten auf ihn ein. Collins hatte keine Chance. Etwas trieb Barrett an wie einen Besessenen. Er hämmerte mit den Fäusten wie von Sinnen auf Collins ein. Als Collins zusammenbrach, packte er ihn an seiner Krawatte und holte zu einem neuen Schlag aus.

»Barrett, hör auf!«, rief Meagan.

Meagans Stimme riss Barrett aus seinem Zorn. Er ließ

von Collins ab, der wie ein nasses Bündel zu Boden fiel. Immer noch um Atem ringend, stieg Barrett über ihn hinweg, kniete sich zu Meagan nieder und drücke sie an seine Brust.

»Hat er dich verletzt?«

Sie spürte seine keuchenden Atemzüge an ihrem Hals, seinen Zorn und gleichzeitig die Erleichterung. Ein unbeschreibliches Glücksgefühl stieg in ihr auf. Er hatte ihr nie gesagt, dass er sie liebte, doch jetzt bewies er es ihr in der Art, wie er sie in den Armen hielt. Er neigte sich zurück, küsste sie leidenschaftlich und blickte ihr dann forschend in die Augen.

»Mir geht es gut, abgesehen davon.« Meagan berührte die Ketten. »Der Schlüssel steckt in Collins' Manteltasche.«

Barrett fand den Schlüssel in Collins' Taschen und befreite Meagan. Dann half er ihr auf. Plötzlich erschien James' Kopf in der Falltüröffnung. »Alles in Ordnung dort unten?«

»Ja«, sagte Meagan. »Aber sie haben elf andere Frauen an Bord eines Schiffes nach Frankreich gebracht ...«

»Darum habe ich mich bereits gekümmert, Mylady.« James lächelte sie an; dann schaute er Barrett an. »Übrigens habe ich Slip auf demselben Schiff gefunden und festnehmen lassen. Er hatte ein kleines Vermögen bei sich. Ich lasse die Männer später abholen, aber im Moment müssen wir uns beeilen. In einer Viertelstunde fängt der Ball an.« James ließ die Leiter hinunter.

Barrett schleifte Collins' reglose Gestalt zu der Stelle, an die zuvor Meagan gefesselt gewesen war, legte ihm die Ketten an und befestigte sie an dem Eisenring.

»Komm, wir sollten uns beeilen.« Barrett nahm Meagan an die Hand und half ihr die Leiter hoch.

Hand in Hand liefen sie hinter James her. Als sie das Lagerhaus verließen, schlug ihnen kalte Luft entgegen. Meagan erschauerte und ließ sich von Barrett in den Kutschwagen helfen.

»Lochlann hat mir gesagt, wen er ermorden will«, sagte Meagan, als Barrett die Zügel nahm.

»Wen?«, fragte James.

»Den König.«

Barrett schaute über Meagans Kopf hinweg zu James. Sie tauschten einen Blick: »Verdammt!«, war das letzte Wort, das Meagan vernahm, bevor die Kutsche losprescht-te.

Barrett lenkte die Kutsche so riskant durch den Verkehr, dass sie fast mit einem offenen Einspänner kollidierten, der ihnen in schneller Fahrt entgegenkam. Meagan schloss die Augen. Sie klammerte sich am Sitz fest, als der Einspänner sie passierte. Mit Höchstgeschwindigkeit rasten sie an einer langen Schlange von Kutschen vorbei, die sich bis zur Bond Street erstreckte.

Schließlich tauchte Carlton House, der Wohnsitz des Königs, vor ihnen auf. Manche Leute hielten das Herrenhaus für vulgär, weil es mit seinem Überfluss und den vielen Verzierungen übertrieben wirkte. Der König hatte das Parlament fast Bankrott gemacht, als er dieses Haus hatte umbauen lassen. Meagan blickte an der Front empor. Sie war tief beeindruckt.

Laternen erhellten die Wege, die zu den Lauben des

Parks hinter dem Palast führten. Kerzenschein flackerte hinter den Fenstern, die mit Girlanden dekoriert waren. Meagan konnte Damen in eleganten Kleidern und Herren im Hofstaat erkennen.

»Welch ein Gedränge«, murmelte James und stieg aus der Kutsche.

Barrett sprang ebenfalls hinunter und wandte sich um. Er ermahnte Meagan mit erhobenem Zeigefinger: »Warte hier!«

»Aber ich kann euch helfen, Lochlann zu finden.«

»Nein. Du bleibst hier.« Barrett warf ihr einen warnenden Blick zu und folgte James.

Meagan sah, wie sie durch den Säulengang der Toreinfahrt eilten und sich einen Weg zwischen den Ballbesuchern an der Eingangstür bahnten. Niemand konnte Lochlann leichter entdecken als sie. Vielleicht würde sie ihm das Leben retten können. Sie konnte nicht so leicht die vielen Jahre der Freundschaft vergessen wie er. Sie stieg aus der Kutsche und eilte um das Haus herum zum Hintereingang.

Bedienstete eilten hin und her, leerten Spülwasser und Küchenabfälle aus Behältern und waren zu beschäftigt, um sie zu bemerken. Sie schlüpfte ins Haus und passierte Speisekammern, Spülküchen, Vorratskammern und Küchen und erreichte schließlich eine Treppe.

Meagan erkannte einen von James' Männern, der am oberen Treppenabsatz Wache hielt. Er war ein Mann mit strengem Gesicht und wachsamem Blick. »Guten Abend«, sagte sie in ihrem gebieterischsten Tonfall.

»Lady Waterton!«

»Ja, ich bin mit meinem Mann hier. Anscheinend habe ich mich verlaufen.«

Sein wachsamer Blick glitt über den beschmutzten Saum ihres grauen Kleides und die Haarsträhnen, die sich gelöst hatten. »Sir James hat Anweisung gegeben, niemanden passieren zu lassen.«

»Hören Sie, ich kenne Burrows besser als jeder sonst. Wenn er den König tötet, weil Ihr mich nicht hereingelassen habt ...«

Meagan sah den Mann eindringlich an. Er zögerte. »Also gut«, sagte er schließlich, hielt die Tür für sie auf, sah jedoch unglücklich dabei aus.

»Danke.« Meagan ging einen langen Flur entlang. Sie nahm staunend die kunstvoll vergoldeten Stuckarbeiten an der Decke und die roten Velourstapeten an den Wänden wahr.

Das Orchester spielte zu einem Walzer auf, die Musik übertönte das Stimmengewirr. Meagan verharrte an einem der Hintereingänge eines Saales mit kuppelförmiger Decke. Weiter vorn zweigten zwei Treppen ab. Sie hatte über das Haus gelesen und wusste, dass sie zu den Privatgemächern des Königs führten.

Tannengrün und kunstvoll arrangierte Blumengestecke schmückten das ganze Haus. Anscheinend waren alle Möbel entfernt worden, um Platz für die Gäste zu schaffen. Die einzigen Möbelstücke waren einige Stühle am Rande der großen freien Fläche. In den Ecken standen gewaltige Statuen. Ein chinesischer Drache war mit einer Stechpalmengirlande geschmückt.

Barrett und James, einen Kopf größer als die meisten Gentlemen, waren leicht zu entdecken. Sie standen an einer Säule und suchten den Saal ab, während der König Walzer tanzte.

Meagan betrachtete den König. Er war einundsechzig Jahre alt, wirkte aber viel älter. Übergewichtig, übertrieben gekleidet und von einem Leben der Ausschweifungen und des Überflusses gezeichnet, sah er fast komisch aus, als er versuchte, mit seiner jungen Tanzpartnerin, einer attraktiven Dame mit langen blonden Locken, im Takt zu bleiben. Als er ihr auf die Füße trat, unterdrückte sie einen Aufschrei und verbarg den Schmerz hinter einem höflichen Lächeln. Aus seinem stark geröteten Gesicht und seinen glasigen Augen schloss Meagan, dass der König zu tief ins Glas geschaut hatte.

Etliche Paare umkreisten die Tanzfläche und warteten darauf, dass sie am nächsten Tanz teilnehmen konnten. Meagan bemerkte Lord Kensington, der keine fünf Schritte von ihr entfernt mit dem Kanzler sprach.

Wo war Lochlann?

Sie erblickte einen Bediensteten auf der Treppe und hätte fast weggeschaut, doch die grauen Augen des Mannes weckten ihre Aufmerksamkeit. Lochlann. Er trug eine weiße Perücke und die Livree eines Dieners.

Meagan suchte den Saal ab und entdeckte auch Fields und Coburn. Die beiden waren ebenfalls mit Perücke und Livree als Diener verkleidet.

Barrett und James sahen Lochlann zum gleichen Zeitpunkt wie Meagan. Lochlann hielt den Blick starr auf den König gerichtet. Langsam zog er eine Waffe unter seiner Livree hervor. Fields und Coburn hatten auf dieses Signal gewartet. Sie folgten seinem Beispiel.

Kapitel 30

Und dann passierte alles gleichzeitig.

Meagan schrie.

James stürzte sich auf den König.

Barrett hechtete auf Lochlann zu.

James' Männer tauchten wie aus dem Nichts auf und überwältigten Fields und Coburn.

James hatte den König und seine Tanzpartnerin zu Boden gerissen. Die Kugel zischte über ihre Köpfe hinweg. Einer der Musiker schrie auf. Sein Geigenspiel endete mit einem Misston, und er presste eine Hand auf seinen Arm. Dann verstummte die Musik.

Meagan sah Lochlann, der Barrett hinter sich her die Treppe heraufspurten sah. Lochlann zog im Laufen eine zweite Pistole hervor und feuerte auf Barrett.

Meagan wollte schreien, doch nur ein erstickter Laut entrang sich ihrer Kehle.

Barrett schlug einen Haken. Die Kugel verfehlte ihn, und er setzte die Verfolgung fort.

Als Lochlann den oberen Treppenabsatz erreicht hatte, erwarteten ihn zwei von James' Männern, die Pistolen gezogen. Lochlanns Blick schoss zwischen Barrett und den beiden Männern hin und her. Für einen Moment wirkte er verzweifelt und unschlüssig. Dann sprang er über das Treppengeländer hinweg und brüllte: »Es ist noch nicht vorüber!«

Lochlann stürzte in die Tiefe. Der Menge stockte der Atem.

Mit einem dumpfen Laut schlug er auf dem Boden auf.

Bei dem Geräusch zuckte Meagan zusammen. Einige Ladys fielen in Ohnmacht, die Gentlemen konnten sie gerade noch auffangen. Lochlann prallte hart auf dem Boden auf. Meagans Augen weiteten sich vor Überraschung, als er sich bewegte und zu stöhnen begann. James' Männer packten ihn und trugen ihn aus dem Ballsaal. An der Tür hob er den Kopf und sah Meagan an. Ihre Blicke trafen sich.

Tränen brannten in Meagans Augen, als sie von neuem seinen Würgegriff zu spüren glaubte. Erinnerungen an den kleinen Jungen mit dem schmutzigen Gesicht, mit dem sie Pirat gespielt, gelacht, gestritten und ihre dunkelsten Geheimnisse geteilt hatte, schienen sie zu überwältigen. Er hatte sie während ihrer Unsicherheiten, Zweifel und Ängste getröstet. Er war stets für sie da gewesen. Durch einen Tränenschleier sah sie, wie er hinausgetragen wurde. James' Männer stießen Fields und Coburn hinter ihm hinaus.

James half dem König aufzustehen. Er klopfte ihm auf die Schulter und sagte: »Ausgezeichnete Reaktion, Eure Hoheit.«

»Sagt mal, Neville, ist es bei Euch Gewohnheit, bis zur letzten Sekunde zu warten, bis Ihr Euren Job tut?« Der König richtete seine Perücke, der Glanz in seinen Augen war verschwunden.

»Manchmal muss man Geduld haben.«

»Ich verstehe. Ich hätte eine solche Darbietung von Waterton erwartet, aber Ihr überrascht mich.« Der König von England klopfte James auf den Rücken.

James grinste. »Wir haben die Bande festgenommen.«

»In der Tat. Als Ihr mir von einem möglichen Mordanschlag erzähltet, hätte ich nie gedacht, dass ich das Opfer sein könnte.«

»Bis vor Minuten wusste auch ich nicht, auf wen sie es abgesehen hatten.«

»Nun, nun, wozu taugt ein König besser als zur Zielscheibe?« Die Miene des Königs hellte sich über sein übliches leutseliges Lächeln hinaus auf. Er winkte den wie betäubten Ballbesuchern zu und rief mit lauter Stimme: »Ihr werdet alle noch in Jahren von diesem Tag reden, bei Gott. Nun feiert weiter. Musiker, spielt auf. Und lasst die Wunde dieses armen Geigers behandeln. Er verschmutzt noch meinen ganzen Boden!«

Einer der Diener band ein Taschentuch um den blutenden Arm des Geigers und führte ihn aus dem Ballsaal. Meagans Blick schweifte über die Menge, die bei den Schüssen in den Saal gelaufen waren. Sie sah Barrett. Er stand in dem Gedränge, und jeder Gentleman in seiner Nähe schlug ihm wegen seiner Tapferkeit anerkennend auf die Schulter.

Der König wandte sich wieder an James. »Es war ein schlauer Plan, eine Ehe vorzutäuschen. Solch ein gerissener Plan wäre mir selbst nie eingefallen. Ich nehme an, Waterton wird den Zorn seiner Lady ertragen müssen.« Er zwinkerte James zu.

James lächelte hölzern; dann nahm sein Gesicht einen nachdenklichen Ausdruck an.

Als Meagan die Worte des Königs hörte, wurde ihr übel. Ihre Schultern sackten herab, sie begann zu zittern. Das Blut schien in ihren Ohren zu rauschen, sie nahm die

Geräusche im Saal kaum wahr. Ein schmerzliches Gefühl stieg in ihrem Herzen auf, und sie glaubte, ohnmächtig zu werden.

Nur verschwommen nahm sie wahr, dass sich die Menge jetzt um James versammelte. Sie raffte ihr Kleid, fuhr herum und taumelte über den Flur davon. Die rote Velourstapete verschwamm hinter ihren Tränen. Wie hatte sie denken können, dass er sie liebte? Er hatte sie benutzt, um Lochlann zu stellen. Sie benutzt … Die Worte schienen in ihr widerzuhallen. Sie stachen ihr ins Herz.

Eine Stunde später saß Meagan in Lord Uptons Stadthaus. Sie schaffte es kaum, ihr Schluchzen zu unterdrücken, um hervorzustoßen: »Ich mache mich zur Närrin. Es tut mir Leid.«

Holly nahm ein Taschentuch und reichte es Meagan. »Das stimmt nicht. Es hat dir das Herz gebrochen.«

John, der ihnen in einem Sessel gegenübersaß, verschränkte die Hände und sagte: »Ich finde, du solltest ihn zumindest treffen und mit ihm reden.«

»Ich will ihn nie wieder sehen.« Meagan wischte sich mit dem Taschentuch ihre verweinten Augen.

Sie blickte sich im Wohnzimmer um. Es war ein gemütlicher Raum, ganz in Blautönen gehalten. Die Möbel waren alt, die Sessel passten nicht ganz dazu. Es war genau die Art Wohnzimmer, die sich Meagan bei Holly vorgestellt hatte, und sie hätte sich darin wohl gefühlt, wenn John sie nicht nach seiner letzten Bemerkung finster angeschaute hätte.

»Du weißt, er wird dich suchen«, sagte John.

»Ich hatte gehofft, hier blieben zu können, bis ich meine Sachen aus Pellam House bekomme.«

»Ich weiß nicht.« Er wirkte hin und her gerissen zwischen seiner Loyalität Barrett gegenüber und ihrem Wunsch zu bleiben.

Holly bedachte John mit einem hitzigen Blick. »Du hast gehört, was er ihr angetan hat. Natürlich kann sie nicht dorthin zurückkehren. Und ich hoffe, er wird so anständig sein, nicht gewaltsam in dieses Haus einzudringen und sie zu belästigen.«

»Sie zu belästigen? Sie ist seine Frau!«

»Du hast nicht richtig zugehört. Sie sind nicht rechtmäßig verheiratet. Er hat kein Recht auf sie.«

»Das habe ich gehört. Sie ist zwar nicht gesetzmäßig mit ihm verheiratet, aber er hat sie entjungfert, verdammt nochmal. Das gibt ihm einige Rechte.« John umklammerte die Lehnen seines Sessels.

»Er hat sie angelogen. Warum sollte ihm das überhaupt irgendwelche Rechte geben?« Holly hob die Stimme wie ihr Mann.

»Weil das so ist!«

»Ich nehme an, jetzt wirst du eine Predigt über die Ehre und Pflichterfüllung eines Mannes halten wollen und ...«

»Bitte!« Meagan blickte sie an. »Ich will keinen Ärger machen. Ich werde gehen und in einem Gasthof wohnen.«

Holly sah Meagan an, die Wangen gerötet vor Zorn. »Du bleibst hier. Und wenn wir in unser Haus auf dem Land fahren, kommst du mit uns.«

»Ich kann unmöglich bleiben.«

»Natürlich kannst du das. Und wir werden auch deinen Bruder einladen. Sag ja. Bitte ...«

Meagan zuckte zusammen, als es laut an der Tür klopfte. Dann hörte sie Dunn, den Butler der Uptons, Grüße von Barrett ausrichten.

»Er hat nicht lange gebraucht«, murmelte John, und ein zufriedenes Lächeln breitete sich auf seinem Gesicht aus.

Ein scharfer Blick von Holly, und Johns Lächeln verschwand.

»Ich will ihn nicht sehen! Ich kann es nicht ertragen, ihn zu sehen!« Meagan sprang auf und blickte sich nach einem Fluchtweg um. Nichts. Sie rannte zur Wohnzimmertür – und prallte mit Barrett zusammen.

Barrett packte sie an den Armen, und sein Gesicht war eine Maske des Zorns. »Was, zur Hölle, treibst du hier? Ich sollte dich hart bestrafen, weil du nicht in der Kutsche geblieben bist. Ich habe dich in der ganzen Stadt gesucht.«

»Wie kannst du es wagen, mich so zu behandeln? Komm nie wieder in meine Nähe!« Sie schlug seine Arme fort und wich von ihm zurück.

Er musterte ihr Gesicht eine scheinbare Ewigkeit lang. Seine Wut verschwand allmählich, und mit belegter Stimme flüsterte er: »Du weißt es?«

»Ich habe gehört, wie der König mit Sir James gesprochen hat.«

»Lass es mich erklären.«

»Nein! Geh weg!«

Holly stemmte sich von der Couch auf sah Barrett ärgerlich an. »Ich bitte dich, Meagans Wünsche zu respektieren. Aber ich bezweifle, dass du dazu fähig bist, eine Lady anständig zu behandeln. Ich bin wirklich enttäuscht von dir, Barrett.«

John nahm Hollys Arm. »Komm, Schatz. Sie müssen ein wenig allein sein.«

Meagan wollte Holly bitten, sie nicht mit Barrett allein zu lassen, doch Holly wollte sich nicht in die Dinge, die nur zwischen Mann und Frau geklärt werden können, einmischen, und John wirkte entschlossen, Barrett Zeit mit Meagan allein zu verschaffen.

So entzog Holly John nicht den Arm, schaute Meagan an und sagte: »Wenn du wünschst, dass ich bleibe ...«

»Nein, nein, ich werde mit ihm reden.« Meagan sah Barrett finster an.

»Siehst du, Liebling«, sagte John. »Sie wollen allein sein.«

»Du hast Nerven, mich nach dem Streit, den wir soeben hatten, Liebling zu nennen.«

»Ich liebe es, wenn du wütend wirst. Dann funkeln deine Augen so feurig.« John führte Holly aus dem Wohnzimmer. Sie schien es gar nicht zu bemerken. Ihre Stimmen verklangen auf dem Gang.

Barrett trat auf Meagan zu. »Bitte. Wir müssen miteinander reden.«

»Was gibt es da zu reden? Ich weiß genau, warum du mich zum Schein geheiratet hast. Du wusstest, dass Harold ein Mitglied der Advokaten des Teufels war, und du brauchtest eine Möglichkeit, um dich mit ihm anzufreunden und ihn zu beobachten. Du wusstest ebenfalls, dass du seine Spielsucht ausnutzen konntest. Dafür verabscheue ich dich am meisten.« Meagan konnte es nicht ertragen, ihn anzuschauen. Sie wandte ihm den Rücken zu, durchquerte das Wohnzimmer und blickte aus dem Fenster. Sie sah, wie die Gaslaternen ihren schwachen Lichtschein über das Kopfsteinpflaster warfen.

»Du hast jedes Recht, ärgerlich zu sein ...«

»Ja, das habe ich.« Sie warf einen kurzen Blick in seine Richtung. »Sag mir, war es dein Ernst, als du gesagt hast, du wirst mir Fenwick Hall und die Jagdhütte urkundlich übertragen? Oder war das eine Lüge, um mich zu ködern, dich zu heiraten?«

»Mein Anwalt hat die Urkunden erstellt und einen Treuhandfonds für dich eingerichtet.«

»Ich nehme an, das ist eine Entschädigung dafür, dass du mich ein wenig liebevoller benutzt hast als eine deiner Mätressen.«

Mit tiefer Stimme, die von Bedauern erfüllt war, sagte er: »Ich habe dies nie tun wollen.«

»Nun, du hast es getan.« Sie wandte sich vom Fenster ab, um ihn anzusehen. »Ich habe mehr Haare als Verstand. Wie dumm ich gewesen bin! Ich dachte, du empfindest etwas für mich, aber das war ein Irrtum! Du hast kein Herz und kein Gefühl.«

Barrett spannte sich an, als ihre Worte ihn trafen. Seine Miene nahm einen harten Zug an. »Du hast ganz Recht. Ich bin ein herzloser Lump. Das habe ich die ganze Zeit zugegeben. Du warst es, die glauben wollte, dass ich anders bin. Wenn wir schon mit Steinen werfen, dann lass uns auch ein paar nach dir werfen. Ich war nicht der Einzige, der gelogen hat. Du wusstest, dass dein Bruder in die Machenschaften der Advokaten des Teufels verwickelt war. Und du hast mir nichts gesagt. Du bist zu Burrows gelaufen.« Er stieß Lochlanns Nachnamen wütend hervor.

»Ich habe es dir gesagt.«

»Ein bisschen spät, nicht wahr?«

»Vielleicht, aber es war nicht schlimmer als das, was du mir angetan hast«, gab Meagan heftig zurück.

»Dann sind wir quitt.«

»Wie kannst du es wagen, dies zu sagen? Wir werden niemals quitt sein. Du hast mich unter der Vortäuschung, mit mir verheiratet zu sein, verführt. Wie kannst du das ›quitt‹ nennen?«

»Ich bezweifle, dass nur ich verführt habe.«

Darauf fand Meagan keine Erwiderung. Sie hatte versucht, ihn zu verführen, und das wussten sie beide.

»Ich bin es leid, mit dir zu streiten, Prinzessin. Tatsache ist, dass ich dir die Jungfräulichkeit genommen habe, und ich werde das Ehrbare tun und dich heiraten. Du kommst jetzt mit mir nach Hause.«

»Das tue ich nicht! Glaubst du auch nur für einen Moment, ich würde einen so herzlosen Mann wie dich heiraten – besonders, damit er das bisschen Gewissen, das er hat, beruhigen kann? Ich werde nicht den gleichen Fehler ein zweites Mal machen. Ich hasse dich – verstehst du das? Ich hasse dich! Ich will dich nie wieder sehen!«

»Ich werde nicht mit dir streiten.« Mit zwei langen Schritten stand er vor ihr. Er ergriff ihren Arm.

Meagan spürte, wie sich seine langen Finger um ihren Arm schlossen. Sie stieß hervor: »Dein Vater hatte Recht, was dich betrifft. Ich weiß nicht, warum ich es nicht eher erkannt habe. Ich habe dich sogar verteidigt und an dich geglaubt, aber er hatte am Ende Recht. Er sagte, du würdest mit wehtun, und das hast du getan. Jetzt weigerst du dich, mich in Ruhe zu lassen und verlängerst so meinen Schmerz. Ich will nur vergessen, dass dies jemals geschehen ist. Ich will vergessen, dass du jemals existiert hast, und mein Leben weiterführen. Und jetzt lass mich in Frieden!« Sie riss sich los und schlug ihm ins Gesicht.

Einen Moment stand er wie betäubt da, rote Male von ihrem Schlag auf der Wange. Meagan hatte das Gefühl, dass ihre Handfläche brannte, und sie schaute ihn an. Im ersten Moment wollte sie tröstend über seine Wange streichen, doch dann rief sie sich in Erinnerung, wie sehr er sie verletzt hatte, und sie unterdrückte schnell den Wunsch. Ihre Augen füllten sich mit Tränen, und sie kämpfte dagegen an.

Barrett presste die Lippen aufeinander. Der Blick seiner blauen Augen bohrte sich für einen Moment in ihr Gesicht. Für einen flüchtigen Augenblick wirkte er traurig, doch dann verschwanden die Anzeichen von Gefühlen hinter einer distanzierten, unnachgiebigen Maske. Er ließ die Hände sinken. »Nun gut, wenn du das so siehst.« Er wandte sich um und schritt aus dem Wohnzimmer.

Meagan schaute ihm nach, als er mit unbewegtem Gesicht um die Ecke bog. Er ging zur Haustür, seine Schritte verhallten.

Sie starrte auf ihre Handfläche, die immer noch zu brennen schien. Sie würde eine Möglichkeit finden, um die Scherben ihres Lebens aufzusammeln und ohne ihn zu leben. Sie musste es.

Die Tür fiel zu. Meagan zuckte zusammen. Endlich lösten sich die Tränen und rannen unaufhaltsam über ihre Wangen.

Kapitel 31

Meagan saß in ihrer Kammer in Lord Uptons Stadthaus. Sie lauschte dem Knistern des Feuers im Kamin und beobachtete die kleinen Stäubchen, die in den Sonnenstrahlen tanzten, die über ihr Bett fielen. Seit ihrer letzten Begegnung mit Barrett am Vortag hatte sie oft weinen müssen, und sie kämpfte gegen eine immer wiederkehrende Benommenheit an. Sie konnte nicht darüber hinwegkommen, dass er sie dazu gebracht hatte, ihn zu lieben, und wie er diese Liebe verraten hatte. Er hatte wohl nie etwas für sie empfunden. Wie hatte sie so dumm sein können, das nicht zu erkennen?

Jemand klopfte zaghaft an die Tür.

Meagan setzte sich auf und tupfte Augen und Wangen mit einem Taschentuch ab. Dann strich sie ihre Haare zurück. Als sie ihr Äußeres einigermaßen in Ordnung gebracht hatte, fragte sie: »Wer ist da?«

»Ich bin's. Darf ich dich für einen Moment besuchen?«

Meagan erkannte Anns gedämpfte Stimme und sagte: »Komm herein.«

Ann betrat die Kammer und lächelte, doch mit nachdenklichem Gesichtsaudruck. Ihr niedliches pinkfarbenes Taftkleid mit der breiten Schleife an der Taille hatte Schmutz- und Grasflecken am Saum. Sie sah Meagan über die Topfpflanze in ihren Händen hinweg an, als sie die Kammer durchquerte.

Ann bemerkte Meagans Blick. »Ich habe mit meinen Brüdern gespielt und mich danach nicht umgezogen.«

»Sieht aus, als hättest du viel Spaß gehabt.«

»Den hatte ich, denn ich habe gewonnen.« Ann sah plötzlich die Staubteilchen, die in der Sonne tanzten. »Oh. Du hast so viele Staubfeen in deinem Zimmer. Onkel Barrett muss dir schrecklich wehgetan haben.«

»Warum sagst du das?«

»Nun, erstens mögen Feen nicht sehen, dass Leute verletzt werden, und sie versuchen, sie aufzuheitern. Und zweitens sind deine Augen geschwollen und rot – ein sicheres Anzeichen darauf, dass du geweint hast.«

»Ich nehme an, es ist sehr schwer, rote Augen vor Feen oder ...«, Meagan sah Ann an, »... schlauen kleinen Mädchen zu verbergen.«

»Ja, sehr schwer«, sagte Ann, und ihr Lachen verschwand. Sie setzte sich auf die Bettkante und gab Meagan die Pflanze. »Ich habe diesen Weißen Feldklee eingetopft. Ich dachte mir, er wird dich aufheitern. Den Feen wird er auf jeden Fall gefallen.«

»Vielen Dank.« Meagan berührte eine der vier zarten Blätter mit der Fingerspitze. »Er ist wunderschön.«

»Wusstest du, dass Feen Pilze und Feldklee lieben? Ich glaube, sie lieben den Weißen Feldklee am meisten.«

»Das wusste ich nicht. Woher hast du dieses Wissen?« Meagan sah, dass Anns Haar fast golden in der Sonne glänzte.

»Ich habe mit allen Arten von Pflanzen experimentiert, um herauszufinden, welche sie am meisten mögen. Es ist der Weiße Feldklee. Wenn die Sonne untergeht, lässt er die Blätter hängen, und die Feen verstecken sich darunter.«

»Aha. Ich werde ihn gleich hier neben mein Bett stellen, damit die Feen einen Platz zum Schlafen haben.« Meagan stellte den Messingtopf auf den Nachttisch neben eine Kerze.

Ann berührte Meagans Hand. »Ich hoffe, du wirst bald wieder fröhlich werden. Mama hat Papa gesagt, dass Onkel Barrett dir etwas Schreckliches angetan hat und wir deshalb freundlich zu dir sein und darüber hinwegsehen müssen, wenn du weinst.«

»Du hast Recht. Er hat mir etwas Schreckliches angetan«, sagte Meagan geistesabwesend.

»Onkel Barrett hätte dich nicht kränken sollen«, sagte Ann und nagte gedankenverloren an ihrer Unterlippe. »Es passt gar nicht zu Onkel Barrett, jemanden zu verletzen. Er ist immer freundlich zu mir.« Anns Augen schimmerten feucht.

»Er hat mich nie geliebt.«

»Ich hatte gehofft, er wäre nicht mehr einsam, seit er dich geheiratet hat, aber …« Anns Worte verklangen, und eine Träne kullerte ihre Wange hinab.

Meagan erkannte, dass sie ihren Gedankengang verloren hatte. Sie blickte zu Ann und sah die Tränen. »Bitte, weine nicht.«

»Ich kann nichts dafür.« Ann wischte mit dem Handrücken die Tränen fort. »Ich will nicht, dass du und Onkel Barrett euch streitet. Das regt mich auf.«

»Bitte verzeih mir. Ich wollte dich nicht aufregen«, Meagan nahm Ann in die Arme und drückte sie an sich.

»Ich muss nicht nur deinetwegen weinen«, sagte Ann. Sie schien die ganze Last der Welt auf ihren Schultern zu tragen. »Ich mache mir wegen vielem Sorgen, aber hauptsächlich, weil Mama ein Baby bekommt. Ich will nicht, dass ihr irgendetwas passiert.«

»Deswegen solltest du dir keine Sorgen machen. Deine Mama ist sehr stark. Sie wird die Geburt gut überstehen.«

Ann zog sich zurück und wischte eine Träne weg. »Danke dafür, dass du versucht hast, mir Mut zu machen. Jetzt fühle ich mich gleich besser.«

Meagan zwang sich zu einem beschwingten Tonfall. »Vielleicht kannst du für mich lächeln.« Meagan versuchte selbst ein Lächeln, doch es wurde kaum ein Anheben der Mundwinkel daraus.

Ann schob eine Haarsträhne zurück, die ihr über die Augen gefallen war, und lächelte, jedoch traurig. »Du hast Recht. Ich sollte nicht so melancholisch sein. In nur einer Woche ist Weihnachten. Es ist in unserem Haus nicht erlaubt, an Weihnachten unglücklich zu sein. Wir kehren bald aufs Land heim, und Mama sagt, du kommst mit uns. Ich freue mich, dass du mitkommen wirst. Du wirst meine Großmutter mögen. Sie wohnt bei uns. Sie wird uns beide zum Lachen bringen.«

»Das glaube ich dir.«

»Und an Heiligabend schicke ich immer ein Weihnachtsgebet zu Sankt Nikolaus. Es gibt ihn wirklich – ich habe ihn einmal gesehen, weißt du.«

»Tatsächlich?«

»Ja. Er ist lustig und rund, und sein Bart sieht wie aus Silberfäden aus. Und er hat mir gesagt, wenn ich jedes Jahr an Weihnachten bete und das Gebet nicht egoistisch ist, wird es erhört werden. Dieses Jahr werde ich beten, dass du und Onkel Barrett glücklich miteinander werdet.«

Meagan dachte daran, wie Barrett ihr das Herz gebrochen hatte. Das ließ sich nicht rückgängig machen, auch nicht, wenn dieses liebe kleine Mädchen darum betete. Von neuem brannten Tränen in ihren Augen. Sie versuchte, sie wegzublinzeln, doch es gelang ihr nicht.

»Du weinst ja schon wieder«, sagte Ann betroffen.

»Es ist nichts.« Meagan wischte sich mit dem Taschentuch über die Augen.

Wieder klopfte jemand an die Tür.

»Ja?«

»Ich bin's, Miss.« Tessas gedämpfte Stimme erklang auf dem Gang.

»Komm herein.«

Tessa trat mit besorgter Miene ein. »Oh, Meagan, ist alles in Ordnung mit dir? Ich habe mir solche Sorgen gemacht.«

Ann drückte Meagans Hand. »Ich gehe jetzt besser. Ich habe Mama versprochen, ihr beim Plätzchenbacken zu helfen. Sie lässt sie immer anbrennen, wenn ich nicht bei ihr in der Küche bin.« Sie grüßte Tessa ernst und eilte aus dem Zimmer.

Tessa schaute ihr nach und eilte dann zum Bett.

»Ich habe deine Sachen gepackt. Ich konnte es nicht glauben, als der Herr die Anweisung gab.«

»Ja, nun, ich werde mit den Uptons aufs Land fahren; dann werde ich nach Fenwick Hall zurückkehren.«

Tessa schaute betrübt drein. »Oh, Meagan, wirst du nie zum Herrn zurückkehren?«

»Du brauchst nicht so traurig zu sein, Tessa. Es gibt keinen Grund auf der Welt, warum du nicht deine Pläne verwirklichen und Lyng heiraten solltest.«

»Mein ganzes Leben lang habe ich mich um dich gekümmert. Ich habe gesehen, wie du geboren worden bist. Ich kann dich jetzt nicht verlassen.«

Meagan sah den entschlossenen Zug um Tessas Mund und sagte: »Du wirst es und sollst es. Hast du mich verstanden? Du wirst Lyng heiraten. Wenigstens eine von uns wird glücklich sein.« Sie sah Tessa mit bestimmtem Blick an.

»Aber ...«

»Ich höre mir keine Ausreden an.«

»Du wirst mir fehlen.« Tessas Augen füllten sich mit Tränen.

»Und du mir.« Meagan stand auf und umarmte sie. Warum war Liebe mit einer solchen Folge von Schmerz verbunden? Sie hatte nicht nur einen Mann verloren, dessen Liebe sie sich nur eingebildet hatte, sondern jetzt verlor sie auch noch eine Frau, die wie eine Mutter zu ihr gewesen war. Würde der Schmerz denn niemals enden?

»Ich wünschte, du würdest ihn heiraten. Du bedeutest ihm etwas – ich weiß das. Du hättest sehen sollen, wie er dich angeschaut hat, wenn er heimgekommen ist. In seinen Augen tanzten blaue Teufelchen, und sein Blick war voller Liebe.«

»Er hat mich benutzt, um an Harold heranzukommen. Das kann ich nicht vergessen. Er will mich jetzt nur heiraten, weil er sein Gewissen entdeckt hat. Er hat mir sogar einmal gesagt, dass er unfähig ist, jemanden zu lieben oder auch nur zu mögen. Ich wollte es nicht glauben, habe mich sogar selbst belogen, doch jetzt weiß ich, dass er die Wahrheit gesagt hat. Ich war für ihn nur ein Mittel zum Zweck. Es ist vorbei.«

»Ich hasse das alles«, rief Tessa aus; es klang wie ein Schluchzen.

Meagan zwang einen heiteren Tonfall in ihre Stimme. »Eigentlich bin ich jetzt besser dran als zuvor. Ich habe Geld und Besitz.«

»Und was hast du davon? Ich kenne dich. Du wirst nach Fenwick Hall zurückkehren und einsam leben.«

Meagan hatte lange darüber nachgedacht und war zu einem Resultat gekommen. Nachdem Barrett ihr das Selbstvertrauen wiedergegeben hatte, an dem es ihr das ganze Leben gemangelt hatte, konnte sie nicht in die Einsamkeit zurückkehren, und so sagte sie: »Nein, Tessa. Du irrst dich. Nach Weihnachten werde ich Harold überreden, mit mir ins Ausland zu gehen. Ich muss von England fort ... und von dem Skandal, der sicherlich folgen wird ...« Eine Woge von Übelkeit erfasste sie. Sie presste eine Hand auf den Mund und klammerte sich am Bettpfosten fest.

»O Gott!« Tessa griff nach der Waschschüssel und hielt sie Meagan hin. Sie schaffte es gerade noch rechtzeitig. Meagan übergab sich heftig.

Dann sank sie erschöpft aufs Bett zurück: »Ich kenne diesen Blick. Deine Mama hatte ihn, als sie mit dir schwanger war«, sagte Tessa.

»Ich muss etwas Verdorbenes gegessen haben oder irgendeine Krankheit ausbrüten.« Meagan verdrehte die Augen, als ihr von neuem schwindelig wurde.

»Das Einzige, was du ausbrütest, ist ein Baby.«

»Ein Baby?« Unwillkürlich betastete Meagan ihren Bauch. Sie dachte an das kleine Wesen, das vielleicht in ihr wuchs, und sagte: »Ist das Leben nicht sonderbar, Tessa? Ich habe einen Ehemann verloren, den ich niemals gehabt habe, doch dafür etwas sehr Kostbares gewonnen.«

»Du wirst es ihm sagen, nicht wahr?«

»Auf keinen Fall.«

»Du *musst* es ihm sagen.«

Als Meagan Tessas finsteren Blick sah, rief sie: »Ich werde mich nicht zwingen lassen, ihn wegen eines Kindes zu heiraten. Du musst schwören, ihm nichts zu erzählen.«

Tessa zögerte einen Moment und seufzte dann. »Also gut, Meagan. Es ist dein Baby, aber ich halte es für falsch, es ihm zu verschweigen.«

»Mein Entschluss steht fest, Tessa.« Meagan umfasste wie schützend ihren Leib. Dann stieg von neuem Übelkeit in ihr auf. Sie stöhnte auf und schloss die Augen.

Barrett ging unruhig vor dem Kamin auf und ab. Er spürte die Hitze des Feuers an seinen Beinen und warf einen Blick zu Quälgeist hinüber. Der kleine Hund lag in einem Ohrensessel und genoss die Wärme. Seine Vorderpfoten zuckten, wahrscheinlich träumte er.

Barrett beobachtete den Hund, doch seine Gedanken waren bei Meagan. Unwillkürlich betastete er seine Wange. Er glaubte, noch Meagans Schlag zu spüren. So oft war er an Johns Haus vorbeigefahren. So oft hatte er an die Tür klopfen und Meagan sehen wollen. Dann hatte er sich daran erinnert, dass sie ihn nicht mehr wiederzusehen wünschte. Wie konnte er ihr das verdenken nach dem, was er ihr angetan hatte?

Seit ihrem Streit war eine Woche vergangen, heute war Heiligabend. Pellam House hatte nie so leer gewirkt. Das Ticken der Wanduhr schien durch das Wohnzimmer zu hallen und in Barretts Ohren zu dröhnen, das Knacken und

Zischen des Kaminfeuers klang wie ein gewaltiges Tosen für ihn. Er spürte wieder die Ruhelosigkeit. Er konnte es nicht länger ohne Meagan ertragen. Irgendwie musste er sie zurückgewinnen.

Barrett wollte das Wohnzimmer verlassen, doch Schritte in der Halle ließen ihn verharren. Einen Augenblick später tauchte James auf der Schwelle auf.

Quälgeist erwachte, äugte träge zu James, drehte sich dann zur Seite und döste weiter.

James trat ein. »Ich habe mich selbst hereingelassen. Wo sind deine beiden Butler?«

»Sie hängen Mistelzweige auf, nehme ich an. Was willst du? Ich wollte gerade gehen.« Barrett warf James einen ungeduldigen Blick zu.

»Wirst du sie besuchen?«

»Ja.«

»Nun, dies wird dir vielleicht helfen, sie zurückzugewinnen. Betrachte es als ein verfrühtes Weihnachtsgeschenk.« James warf ihm einen großen Umschlag zu.

Geschickt fing Barrett ihn auf. Er brach das Siegel und zog seine eigene Heiratsurkunde hervor. »Ich will das nicht.« Er holte aus, um das Schriftstück ins Kaminfeuer zu werfen, doch James hielt seinen Arm fest.

»Ich würde sie nicht wegwerfen. Es ist keine Fälschung.«

Barrett starrte James an. »Ich sollte dich erwürgen! Weißt du, welcher Hölle du Meagan und mich ausgesetzt hast?«

»Ich fand erst gestern heraus, dass Hibbert nicht nur Schauspieler war, bevor er für mich arbeitete, sondern auch geweihter Priester.«

»Das glaube ich dir nicht.«

James trat einen Schritt zurück und grinste.

»Du hast es die ganze Zeit geplant.« Barrett holte zu einem wütenden Schwinger aus.

James Fäuste blockten den Schlag ab. »Verdammt noch mal, du solltest mir dankbar sein! Sie ist deine Frau. Du kannst sie jetzt zwingen, zu dir zurückzukommen.«

»Oh, vielen Dank!« Barrett schlug eine Gerade und erwischte James' Gesicht. Er hatte die Genugtuung, ihn zurücktaumeln zu sehen.

James hob kapitulierend die Arme. »Okay, wir sind quitt.«

Barrett ließ die Fäuste sinken, und sein Zorn verrauchte mit einem schiefen Grinsen, das dem James' ähnelte. »Nein, wir werden erst quitt sein, wenn ich sie zurückbekomme.«

James betastete sein Auge, das zu schwellen begann, und sah Barrett argwöhnisch an. »Also gut, nachdem wir diesen Punkt jetzt geklärt haben, sag mir, was du von Fenwick gehört hast.«

»Ich habe heute Morgen einen Brief von ihm bekommen. Er ist in Glasgow. Ich habe ihn darüber informiert, dass die Gefahr vorüber ist und er heimkommen kann.«

»Damit ist der Fall perfekt gelöst, abgesehen von deiner Ehe.« James' Augen funkelten nachdenklich.

Barrett sah ihn finster an. »Denk nicht daran, dich wieder einzumischen. Du hast genug Schaden angerichtet. Halte dich da raus. Schreib deine verdammten Berichte und mach weiter deine Arbeit.«

James' Grinsen erreichte seine Augen nicht. »Genau das habe ich vor. Fröhliche Weihnachten.«

»Dir auch.« Barrett schaute James nach, dann hob er die Heiratsurkunde vom Boden auf. Gedankenverloren starrte er darauf. Sein Entschluss stand fest.

Holly schrie markerschütternd; der klagende Laut schien das ganze Haus zu erfüllen und in Meagans Ohren widerzuhallen. Sie blickte zu Dryden und Brock, die ihr am Kartentisch gegenübersaßen. Die Jungen tauschten betroffen Blicke.

Geistesabwesend legte Meagan eine Karte auf den Tisch, in Gedanken halb bei Holly, halb bei Barrett. Wenn er sie auch nur ein kleines bisschen liebte, hätte er klein beigegeben und sich entschuldigt. Aber das hatte er nicht getan.

Dryden schaute auf die Karte. »Das ist eine Herz-Dame. Du musst bedienen.«

»Ah ja.« Sie nahm sie Karte zurück.

Ein weiterer Schrei gellte.

Dryden blickte zur Decke. »Es ist bald wo weit.«

»Gleich wird sie Papa verfluchen«, meinte Brock und betrachtete seine Karten.

Meagan runzelte die Stirn. »Verfluchen?«

»Nun, vielleicht nicht ganz, aber sicherlich wird sie ihn wissen lassen, wie es ist, ein Kind zu kriegen«, sagte Dryden.

Brock legte einen Kreuz-König auf den Tisch. »Beim letzten Mal hat sie ihn fast eine halbe Stunde lang angeschrien, wie unfair es ist, dass Frauen die Kinder zur Welt bringen müssen.«

»Hoffentlich weckt sie Lawrence nicht auf«, meinte Dryden besorgt. »Dann plärrt er die ganze Nacht.«

Meagan schluckte hart und rieb sich über den Bauch. Würde sie Barrett verwünschen, wenn ihr Kind geboren wurde? Zweifellos, nachdem er ihr das angetan hatte. »Macht es euch etwas aus, wenn ich aufhöre? Ich kann mich nicht auf das Spiel konzentrieren. Ich glaube, ich sehe mal nach eurer Schwester.« Sie legte ihr Kartenblatt ab.

»Sie ist auf dem Speicher.« Dryden versuchte, seinem Bruder in die Karten zu schielen.

»Hör auf, du schummelst!«

»Gar nicht wahr!«

»O doch!«

Ihr Gezanke blieb hinter Meagan zurück, als sie die Treppe hochstieg. Die Tür zum Speicher stand offen, der Schein einer Kerze warf unheimliche Schatten an die Dachbalken. Ein kalter Luftzug ließ Meagan erschauern. Fröstelnd rieb sie über ihre Arme. Sie passierte Hutschachteln, eine alte Kommode mit einem zerbrochenen Stuhl darauf und eine große Truhe, auf der in einem Halter die Kerze stand.

Sie sah Ann am offenen Fenster stehen. Das kleine Mädchen hatte die Hände auf die Fensterbank gestützt und zum Gebet gefaltet. Mondschein fiel auf ihr Gesicht und das blonde Haar, der silbrige Schein ließ sie fast engelhaft erscheinen.

Ann hob das Gesicht und blickte zum Himmel. »Weißt du, Sankt Nikolaus, ich hätte zwar gern ein Schwesterchen, aber ob es ein Junge oder Mädchen wird, ist mir jetzt nicht mehr so wichtig. Ich wünsche mir nur, dass es Mama gut gehen wird. Und wenn es ein Junge ist, werde ich auch glücklich sein, denn jeder Junge, der an Heiligabend geboren wird, muss ein Segen sein. Ehrlich, ich werde glücklich sein. Es macht mir auch nichts aus, dass Mama nicht aufs Land fahren kann, sodass wir dieses Jahr nicht dort Weihnachten feiern können. Ich bin mir sicher, dass du weißt, wo wir sind.«

Ann seufzte laut und fuhr fort: Und da ist die Sache mit Lord Waterton und Lady Meagan. Nun, jeder sollte bei der Person sein, die er liebt, meinst du nicht auch? Es gibt auf der Welt nur eine Person, die zu einem passt. Ich bin mir sicher, dass Lord Waterton diese Person in Lady Meagan gefunden hat. Sie sollten zusammen sein. Ich weiß, dass ich dieses Jahr Wünsche für zwei Weihnachten äußere. Ich werde es nächstes Jahr wieder ausgleichen, indem ich mir nichts wünsche – nein, das möchte ich zurücknehmen. Ich werde dich bitten, Freude in das Leben aller Kinder auf der Welt zu bringen – das ist mein Wunsch für das ganze nächste Jahr. Zählt das?«

Meagan hatte nach Ann sehen wollen, um sie zu trösten, denn sie wusste, dass sich Ann Sorgen wegen des Babys und Holly machte, doch es war Ann, die Meagan Trost schenkte. Ihr Gebet berührte etwas tief in ihr und milderte irgendwie ihre Verzweiflung.

»Hallo«, sagte Meagan leise, um Ann nicht zu erschrecken.

Ann warf einen Blick über die Schulter. »Lady Meagan, du bist's.«

»Ja, mein Liebes, ich bin's.« Meagan ging zu ihr, neigte sich hinab und küsste sie auf die Wange.

»Wofür war denn das?«

»Dafür, dass du da bist. Du bist wunderbar.« Meagan lächelte sie an und streichelte über ihr weiches Haar.

»Bleib nicht zu lange bei offenem Fenster. Es ist sehr kalt. Du könntest dich erkälten.«

»Ich werde nicht lange bleiben, aber ich mag es, bei offenem Fenster zu beten. Da fühle ich mich dem Himmel näher. Ich bin gleich fertig.«

Meagan lächelte Ann noch einmal zu und ging dann zur Tür. Bevor sie den Speicher verließ, sah sie, dass Ann sich wieder zum Fenster wandte und ihr Gebet fortsetzte. »Vielleicht meinst du, ich habe bereits genug gewünscht, aber könnte das Baby schnell kommen ...?«

Mit leichteren Schritten als vor ihrem Besuch bei Ann erreichte Meagan den zweiten der vier Treppenabsätze. Unter ihr in der Halle ertönten Schritte. Brachte jemand Neuigkeiten über das Baby? Sie raffte ihr Kleid und eilte die Treppe hinab. Als sie den ersten Absatz erreichte, blickte sie hinab und sah Barrett.

Er erstarrte.

Sie erstarrte.

Eine volle Minute lang nahm Meagan seinen Anblick in sich auf. Er trug keine Krawatte und keine Weste, die obersten Knöpfe seines Hemdes standen auf. Ungekämmtes Haar hing zerzaust um sein Gesicht, Bartstoppeln bedeckten sein Kinn. Die dunklen Ringe unter seinen Augen waren wieder da. Sie hatte ihn nie so verhärmt gesehen. Dennoch fand sie ihn so schön wie nie!

Sein Blick forschte in ihrem Gesicht, ein gequälter Ausdruck war in seinen Augen. Zwanzig Schritte trennten sie noch, doch es war nicht die Entfernung, die Meagan zwischen ihnen spürte, sondern eine Barriere der Verlegenheit. *Sag etwas. Irgendetwas,* flehte sie stumm und wartete mit heftig klopfendem Herzen. All die Unsicherheit kehrte zurück und quälte sie. Warum starrte er sie nur so an? War er gekommen, damit sie sich noch unglücklicher fühlte?

Meagan konnte das Schweigen nicht länger ertragen. Sie fragte: »Warum bist du hier?« Ihre Stimme klang schroffer als beabsichtigt.

»Ich bin hier, um dich zu sehen, Prinzessin«, flüsterte er.

Meagan schluckte. »Du hast mich gesehen. Und jetzt? Bist du gekommen, um mir weitere Lügen zu erzählen?« Sie sehnte sich danach, ihn sagen zu hören, dass er sie liebte. Sie wünschte sich zu hören, dass er wie sie gelitten hatte, dass es ihm ebenfalls das Herz gebrochen hatte.

Forschend blickte er sie an. »Ich hatte gehofft ...« Seine Stimme verklang. Er wandte sich zum Gehen.

Sie war eine Närrin! Er liebte sie nicht! Warum war er gekommen? Ihre Mutter hatte Recht gehabt: Es war ihr Schicksal, von keinem Mann geliebt zu werden. Tränen verschleierten ihren Blick.

Abrupt verharrte er. »Hölle und Verdammnis!«, knirschte er. Dann drehte er sich um und rannte die Treppe hinauf zu ihr, immer zwei Stufen auf einmal nehmend. Er riss sie in seine Arme und zog sie an sich. »Es tut mir Leid, Meagan. Ich werde alles tun, um es wieder gutzumachen. Ich liebe dich.«

Bei seinen Worten glaubte Meagan, ihr Herz würde vor Glück zerspringen, doch ihre Stimme klang tonlos, als sie sagte: »Wie kann ich etwas glauben, das aus deinem Mund kommt?«

»Ich weiß, ich verdiene dein Vertrauen nicht, aber wenn du es zulässt, hoffe ich, ich kann es mir wieder verdienen.«

Sie blickte prüfend in die blauen Tiefen seiner Augen. Die gleichgültige Fassade war verschwunden, sie sah nur

Aufrichtigkeit und Liebe. »Vielleicht lasse ich es zu«, hörte sie sich sagen.

Seine Miene verhärtete sich. »Ich gehe hier nicht weg, bis du zustimmst, mit mir heimzukommen. Ich werde nicht in die Leere dieses Hauses zurückkehren. Ich kann nicht schlafen. Ich kann keinen zusammenhängenden Gedanken fassen. Ohne dich bin ich fast verrückt geworden.«

»Das hoffe ich. Du verdienst mich wirklich nicht, weißt du. Du hast mich sehr verletzt.« Meagan genoss das Gefühl, wieder von ihm in die Arme genommen zu werden.

»Ich weiß. Ich bin ein Schuft.« Er nahm ihr Gesicht in seine großen Hände. »Bitte sag, dass du mir verzeihen kannst.« Mit den Daumen streichelte er zärtlich über ihre Mundwinkel.

»Ich nehme an, ich kann dir verzeihen, weil ich dich immer noch liebe, aber es wird einige Zeit dauern.« Sie schlang die Arme um seinen Nacken und lächelte zärtlich zu ihm auf.

»Ich stehe ganz zu deiner Verfügung, süße Prinzessin.« Er neigte sich zu ihr hinab und küsste sie.

In dem Moment, in dem sich ihre Lippen berührten, spürte Meagan, wie heißes Verlangen in ihr aufstieg. Es kam ihr wie eine Ewigkeit vor, seit er sie zum letzten Mal geküsst hatte, doch in Wirklichkeit war nur eine Woche vergangen.

Sie fuhr mit ihren Händen durch sein zerzaustes Haar und spürte, wie er ihre Brüste umfasste und streichelte.

Nach einer Weile stöhnte er tief und kehlig auf. »Wenn wir nicht sofort heimkehren, werde ich dich gleich hier nehmen.« Er hob sie auf seine Arme.

Sie lächelte. »Wir können jetzt nicht hier weg. Holly bekommt ihr Baby.«

»Ich glaube, ich habe Holly fluchen gehört, als ich hier eintraf.«

In diesem Augenblick war draußen ein Knall zu hören, dem laute Rufe folgten. Sie tauschten einen Blick.

»Was war denn das?«, fragte Meagan.

»Wenn mich nicht alles täuscht, hat John allen und jedem verkündet, dass sein Kind geboren ist.«

Schritte ertönten auf der Treppe über ihnen. Ann rannte mit strahlendem Gesicht an ihnen vorbei. »Es ist ein Mädchen! Es ist ein Mädchen! Ich hörte, wie Papa es gebrüllt hat. Ich habe ein Schwesterchen!«

»Oh, Barrett, wir müssen bleiben. Ich möchte das Baby sehen!« Meagan schaute Ann nach, als sie mit fliegendem Haar die Treppe hinunterflitzte.

»Wir bleiben ein paar Minuten, aber nicht länger.«

»Danke.« Meagan küsste seine Stirn. Später würde sie ihm von ihrem Baby erzählen.

Meagan stand am Fenster des Salons, die Nase an die Scheibe gedrückt, und lauschte der Sinfonie der Kirchenglocken. An diesem Weihnachtsmorgen war die Luft erfüllt vom Geläut.

Die Tür öffnete sich, und Barrett betrat den Salon. Guter Gott, sie sah wunderbar aus, seine Prinzessin. Sie hatte ihr Haar gelöst, es war nur oberhalb der Stirn mit einem perlenbesetzten Kamm festgesteckt. Rotbraune Locken fielen bis auf ihre Schultern hinab. Sie trug ein Kleid, das ihre Figur und ihre Brust vorteilhaft betonte.

Barrett konnte es kaum erwarten, sie in die Arme zu nehmen.

Auf der Straße sangen Weihnachtssänger, die von Haus zu Haus zogen, ihr Lied mischte sich mit dem Glockengeläut. Barrett schlang die Arme um Meagans Taille.

Er schmiegte den Kopf an ihren Nacken. »Guten Morgen.«

»Es ist ein wundervoller Morgen.« Meagan drehte den Kopf, damit er ihren Hals küssen konnte.

»Warum hast du mich nicht geweckt?«

»Ich habe es nicht gewagt; ich dachte, du brauchst den Schlaf.«

»Wie konnte ich nur bei all diesem infernalischen Lärm schlafen?« Er drehte sie zu sich herum.

»Das ist kein Lärm. Es ist Weihnachten.« Meagan streichelte über seine nackte Brust. Er trug nur seinen Morgenmantel.

»Stimmt.« Er legte die Hände auf ihre und genoss es, die Weichheit ihrer Finger auf seiner Haut zu spüren. Dann hob er ihre Hände an und küsste ihre Handflächen. »Da Weihnachten ist, habe ich ein Geschenk.« Er zog einen Umschlag aus der Tasche seines Morgenmantels und drückte ihn Meagan in die Hände.

»Was ist das?« Neugierig öffnete sie das Kuvert und zog ihre Heiratsurkunde heraus. Sie blickte darauf. »Ist das deine Art, mir einen Heiratsantrag zu machen?«

»Eigentlich sind wir bereits verheiratet.«

»Was?« Meagan ließ die Urkunde fallen.

Er fing sie auf. »James hat mich gestern Abend darüber informiert.«

»Ich kann nicht glauben, dass er uns das nicht eher gesagt hat.«

»Ja, nun, das wird er bereuen.« Ein Grinsen spielte um Barretts Lippen, dann küsste er sie auf den Mund. »Ich habe es dir nicht eher erzählt, weil ich dich heute Morgen damit überraschen wollte – und damit.« Er zog einen Ring aus der Tasche und streifte ihn auf ihren Finger neben den schmalen Ehering, den er ihr angesteckt hatte, als sie geheiratet hatten.

Meagan streckte die Hand aus und betrachtete den goldenen Ring. Darin eingearbeitet war stilisiert das Sonnensystem. Diamanten nahmen die Stelle der Planeten ein und waren ihren Umlaufbahnen entsprechend eingebettet. »O Barrett, er ist wunderschön. Ich liebe ihn!« Sie umarmte und küsste ihn.

Er streichelte über ihr Gesäß und küsste sie, bis Erregung in ihm aufstieg. Er hatte sie gestern Abend dreimal geliebt, doch er spürte bereits wieder heißes Verlangen. »Liebst du ihn genug, um mit mir zurück ins Bett zu kommen?« Sein Blick glitt kühn über ihren Körper.

»Später«, hauchte sie an seinen Lippen. »Ich habe eine kleine Überraschung. Es ist mein Geschenk für dich.«

»Das schönste Geschenk, das du mir bereiten kannst, bist du in meinem Bett.«

»Nein, hör mich an!«

Jetzt wurde Barrett neugierig. »Was ist es?«

Sie nahm seine Hand und legte sie auf ihren Leib. Nach kurzem Zögern sagte sie: »Du wirst Vater werden.« Sie biss sich auf die Unterlippe und schaute ihn besorgt an.

Barrett verbarg seine Aufregung hinter einem Stirnrunzeln. »Und warum sagst du mir das erst jetzt?«

»Ja, nun, als ich es bemerkt habe, haben wir nicht miteinander gesprochen.«

»Aha.«

»Aber ich hätte es dir schon noch gesagt.« Meagan stellte sich auf die Zehenspitzen, schlang die Arme um seinen Nacken und drückte ihm einen Kuss auf den Mund. »Du bist nicht böse auf mich, oder?«

»Ich weiß nicht. Es wird vielleicht ein ganzer Tag im Bett nötig sein, bis ich das entscheiden kann.« Er hob sie auf seine Arme. »Wir fangen jetzt mit der Entscheidungssuche an.«

»Aber das geht nicht.«

»Warum nicht?«

Hinter ihnen räusperte sich Reeves. »Ich bitte um Verzeihung.«

»Ja?« Barrett verzog das Gesicht. Er sah den alten Diener missbilligend an.

»Lord Kensington wartet im Wohnzimmer.«

»Das ist der Grund.« Meagan lächelte und küsste Barretts zusammengepresste Lippen.

»Was macht mein Vater hier?«

»Ich habe ihn für heute Morgen eingeladen.«

»Aha.«

»Lass mich bitte herunter«, flehte Meagan.

Wenig begeistert ließ Barrett sie von seinen Armen hinab. Meagan nahm ihn an die Hand und zog ihn zum Wohnzimmer. Der Herzog saß auf der Couch, ein Stapel von Geschenkpäckchen an seiner Seite. Quälgeist saß zu seinen Füßen und schnüffelte an seinen Schuhen. Coates stand auf einer Leiter und zündete die Kerzen des Weihnachtsbaums an. Alle bis auf drei brannten bereits. Ein mulmiges Gefühl erfasste Barrett, als er sah, wie Coates Mühe hatte, das Gleichgewicht zu bewahren.

Der Herzog von Kensington erhob sich und sah sie an. »Fröhliche Weihnachten!« Er umarmte Meagan und gab ihr einen Kuss auf die Wange. Dann wandte er sich Barrett zu und forschte in dessen Gesicht, als wolle er auch ihn umarmen, getraue sich jedoch nicht. Nie hatte Barrett so viel Gefühl im Gesicht seines Vaters gesehen. Der Anblick rührte etwas tief in ihm. Nach ein paar Sekunden breitete er die Arme aus und sagte: »Fröhliche Weihnachten, Vater.«

»Die haben wir, nicht wahr?« Sein Vater lächelte und schloss ihn in die Arme.

Barrett konnte sich an kein einziges Mal in seinem Leben erinnern, an dem er seinen Vater umarmt hatte. Jetzt wurde ihm klar, was ihm entgangen war.

Plötzlich schnappte Meagan nach Luft. »Du liebe Güte!«

Barrett trat von seinem Vater zurück und folgte Meagans Blick, der auf Coates gerichtet war. Seine Hand zitterte, als er sie zur letzten Kerze an der Spitze des Baumes ausstreckte. Barrett machte einen Schritt auf ihn zu, überzeugt, dass es eine Katastrophe geben würde, doch Coates schaffte es, die Kerze zu entzünden. Er schaute auf sein Werk, sein Gesicht strahlte.

Meagan klatschte in die Hände. »Gut gemacht, Coates. Wirklich gut gemacht!«

»Danke, Mylady.« Coates stieg mit neuem Selbstvertrauen erfüllt von der Leiter.

Reeves, der an der Tür stand, lächelte stolz wie ein Vater. Dann kamen auch Lyng und Tessa Arm in Arm ins Wohnzimmer und schauten auf den Weihnachtsbaum. Tessa begann zu singen, und der Herzog von Kensington sang in volltönendem Bariton mit. Die anderen schlossen sich an.

Barrett nahm Meagan in den Arm. Sie blickten sich an. Er schaute in ihre veilchenblauen Augen und sah nichts als Liebe darin. Ein warmes Gefühl stieg in ihm auf. Er wusste, dass es Glück war, wahres Glück.